La dama

Catherine Coulter

La dama

Traducción de
Aurora Echevarría

CÍRCULO de LECTORES

Para Catherine Lyons-Labate,
a quien le fascinan el chocolate y las gardenias,
le encanta reír y se muestra incondicionalmente alegre.
Mejor aún, se ríe de mis bromas.

Capítulo primero

Londres
2 de diciembre de 1814

Estaba excitado e impaciente, y lo único que quería era perderse dentro de ella y olvidar al menos por un rato que allá fuera había dolor y maldad. Respiraba agitadamente tras haber logrado por fin sostenerse en equilibrio sobre ella.

–Lo siento –dijo, la voz tan desnuda y en carne viva como su alma–, lo siento.

Y en ese instante supo que no iba a serle de ninguna utilidad. Se preguntó si realmente le servía de algo volcarse en lo más profundo de ella, perdiendo todo sentido de su ser, todo sentido de quién y qué era, o de pertenecer a alguien o algo. Se desparramaba e iba a la deriva, y disfrutaba enormemente de ese breve instante de inconsciencia. Pero una vez agotado el placer demoledor, volvía a sentirse terriblemente solo. Y recordaba una vez más que fuera, en la noche, había maldad.

Se apartó despacio de ella, cobrando dolorosa conciencia de sí mismo, y vio las sombras que proyectaba el fuego en la pared del otro lado de la cama. Las siguió con la mirada hasta las sombras más oscuras que llenaban las esquinas de la alcoba, bañando todo de vacío gris. No, el vacío estaba dentro de él, y sin embargo era él quien seguía vivo.

Se volvió hacia ella. Estaba tendida de espaldas, con las piernas todavía separadas, una delicada mano ligeramente cerrada sobre el pálido vientre. Él le tomó la mano.

–Lo siento –volvió a decir–. La próxima vez lo haré mejor.

Ella no iba a decirle que le traía sin cuidado si la utilizaba a su conveniencia, porque no era cierto. Lo trataba desde hacía dos años, no mucho tiempo para conocer a un hombre tan complejo, orgulloso y ferozmente sensual como Richard Clarendon, pero el suficiente para que una mujer tan arrogante –a su manera– como él, y acostumbrada a quedar satisfecha, dijera:

–Nunca eres un amante descuidado o egoísta. Más valdría que me dijeras qué te pasa.

Él le besó los nudillos y volvió a ponerle la mano en el vientre. Le estiró los dedos uno por uno, separándoselos sobre su blanca piel.

–Eres hermosa –dijo, su voz tan distraída como su mente.

–Sí, lo sé, pero eso no importa. Tú también lo eres. Dime qué ocurre, Richard.

Él se levantó despacio, se acercó al fuego que había dejado de arder con furia y lo hacía silenciosamente, y se estiró. Su espléndida figura quedó bañada en luz dorada. Ella admiraba tanto su mente como su cuerpo, ambos rápidos y poderosos.

–Estás cansado –dijo.

–Sí, muy cansado. –Había algo más. También era un necio. Había esperado que estar con ella lo renovara de alguna manera, le hiciera saborear una vez más la vida y sus goces, pero no había sido así. Se sentía aún más cansado que una hora atrás–. Sí, muy cansado. Lo siento –repitió una vez más.

Ella se levantó y, acercándose, se apretó contra su costado.

–Es esa joven, ¿verdad? La que se ha casado con Phillip Merceráult. La que te dio calabazas. Tu espíritu masculino sigue deseándola.

Eso le hizo sonreír. Las cosas serían mucho más sencillas si Sabrina fuera responsable del dolor que había arraigado tan hondamente en su interior.

–¿Mi espíritu masculino? ¿En qué se diferencia del espíritu femenino?

–Son muy diferentes. Tu espíritu alimenta tu fe en ti mismo. Si una mujer te rechaza, lo que hiere es tu amor propio, no tu corazón. El espíritu de una mujer es un desierto a la espera de ser llenado de la atención de un hombre. Es fácil herirlo, porque los hombres no se distinguen por prestar demasiada atención, no son así. De modo que tanto los hombres como las mujeres sufren, pero su dolor es muy diferente.

–Debatir eso sería una tarea imposible. No, esto no tiene nada que ver con Sabrina. Ella y Phillip han hecho lo que debían. Ella está embarazada y nunca he visto más feliz a Phillip.

La mujer asintió, dándose cuenta de que él le decía la verdad.

–Entonces ¿qué es? ¿Está enferma tu madre?

–No; está en plena forma.

–¿Echas de menos a tu padre?

–Claro que sí. Era el mejor de los hombres. Lo echaré de menos hasta que me muera. –Se interrumpió y bajó la vista hacia su hermosa cara–. No vas a parar, ¿verdad, Morgana?

–No. –Ella tenía una mano en su brazo. No había nada seductor en ese gesto, pero aun así el cuerpo de él reaccionó. Ella advirtió su calor renovado y cómo su fuerza y energía se volvían hacia ella. Se apresuró a retroceder–. Dímelo antes de abalanzarte otra vez sobre mí.

–Una mujer no debe atormentar a un hombre. Diablos, se trata de un asesinato, Morgana. El asesinato innecesario de alguien que no debería haber muerto, alguien a quien yo estaba muy unido.

–¿Has matado al asesino? –preguntó ella con tanta naturalidad que él se sobresaltó. Ella le hundió sus largos dedos en el cabello.

–No, no sé exactamente quién lo mató. Me gustaría mandarlo al infierno, que es donde debería estar, pero lo que me hace enfurecer y desesperar es lo que hay detrás de él. Empiezo a preguntarme si alguno de nosotros estamos a salvo.

Se volvió hacia el fuego con la cabeza baja, y ella supo que no iba a decirle nada más. Sufría. Ella debía ayudarlo. Él le pagaba para que siempre estuviera a su entera disposición, pero en esa ocasión lo habría estrechado entre sus brazos de buen grado a cambio de nada.

–Lo siento –dijo, y se apretó contra él. Notó que se ponía duro contra su vientre. Le besó el hombro y apoyó la cara contra su pecho–. Vamos, deja que te ayude a olvidar, al menos por un rato.

Él no volvió a llevarla a la cama. La levantó del suelo y la penetró hasta el fondo. Se preguntó si le hacía daño, pero ella emitió un ruidito gutural y él supo que estaba a punto. Esta vez no la defraudó, pero cuando la dejó cuarenta y cinco minutos más tarde, ella sabía que seguía frío como el mármol.

Capítulo 2

Romilly-sur-Seine, Francia
10 de febrero de 1815

Era tarde. Evangeline dejó en el tocador el cepillo de mango de plata al lado del peine, demasiado cansada para trenzarse el pelo. Oyó a su doncella Margueritte reír bajito y tararear mientras alisaba las arrugas del traje de terciopelo azul que Evangeline había llevado esa noche.

Se examinó en el espejo. Estaba demasiado pálida, y ni en sus ojos ni en sus labios había rastro de diversión. Se sentía muy cansada, un cansancio profundamente arraigado en su alma.

Algo la desgarraba por dentro, y sabía qué era. Quería irse a casa, a Inglaterra.

Odiaba Francia.

Pero no podía decírselo a su padre, le disgustaría profundamente. Y ella lo quería más que a nadie en el mundo. Al enterarse de la derrota de Napoleón y de que los ingleses habían devuelto a Luis el trono de Francia, se había alegrado tanto que se puso a bailar con ella.

Hacía seis meses que habían regresado a Romilly-sur-Seine, no al hogar de sus antepasados, sino a una pequeña casa que se hallaba a unos tres kilómetros del *château*. En su casa solariega vivía ahora un comerciante rico con su obesa esposa y seis vástagos.

A su padre no le había importado. Estaba contento de estar en su país, de volver a hablar su idioma y reírse de las cosas que se suponía hacían reír a los franceses. Nunca había entendido realmente el humor inglés. Ella imaginaba que sencillamente nunca había querido tomar como propio nada inglés. Hablaba inglés a la perfección, pero pensaba en francés. Ella se preguntaba cómo se había sentido su madre, una dama muy inglesa, porque seguramente sabía que su marido nunca compartiría con ella sus pensamientos y sueños.

Había vivido veinticinco años en Kent, casado con la hija de un barón local que vivió con ellos desde que perdió todo su dinero en el juego. A ella le gustaba su abuelo inglés. Dudaba que le hubiera gustado de adulta, pero los niños no discriminaban. Como había muerto antes de que ella adquiriera una mentalidad adulta, siempre lo recordaría como una figura romántica.

Ella era el reflejo exacto de su padre. Hablaba francés a la perfección, como una nativa en realidad, pero sencillamente no era francesa. ¿Cómo iba a decir a su padre que prefería morir antes que casarse con un francés como el conde de Pouilly, Henri Moreau, un joven noble bien parecido y rico que la dejaba fría y rígida, sin una sonrisa en la imaginación y mucho menos en los labios?

La velada había sido larga y penosa, en gran medida porque, por alguna razón que a Evangeline se le escapaba, Henri había decidido con espantosa convicción que ella sería su esposa ideal. Dios sabía que ella lo había desalentado, pero él era un palurdo. La deseaba. A la menor oportunidad trataba de arrinconarla contra una pared o un árbol, o arrastrarla a los matorrales para intentar besarla. Lo había logrado una vez, y ella le había mordido la lengua.

Alguien llamó débilmente a la puerta de la alcoba. Ella sonrió maquinalmente y se levantó, porque sabía que era su padre. Venía a verla cada noche antes de que se acostara. Para ella era uno de los momentos preferidos del día.

–*Entrez* –dijo, porque sabía que era lo que él quería oír.

Su padre, Guillaume de Beauchamps, el hombre más guapo que ella había visto en su vida, entró en la alcoba con la decisión del guerrero que no era. En realidad él era un filósofo, pensó ella sin dejar de sonreír mientras él se acercaba con los brazos extendidos. Las mujeres acudían a él en tropel, y aunque él les hablara de los fundamentos metafísicos de Descartes, le sonreían y se acercaban aún más.

–Papá –dijo ella, y se deslizó entre sus brazos.

La naturaleza había dotado a su padre con el rostro y el cuerpo de un guerrero. Era magnífico. Pocos sabían que el corazón no le latía correctamente, y ella siempre estaba preocupada por él, porque había cumplido cincuenta y cinco años y el médico inglés había dicho que no había nada que hacer, que debía descansar y estar tranquilo. Había comentado que era conveniente que su padre fuera filósofo, que eso lo mantendría sentado pensando. El único problema era que su padre se excitaba muchísimo cuando leía a Montaigne.

–*Tu es fatiguée, ma fille?*

–*Oui, papa, un peu.* –Muy cansada, pensó, pero era algo más que cansancio. Toda ella estaba exhausta y abatida. Se volvió hacia su doncella–. *Margueritte, c'est assez. Laissez-nous maintenant.* –Y, como hacía siempre que hablaba francés, acto seguido pensó en inglés: «Déjanos ahora, ya es suficiente».

Los dedos regordetes de Margueritte alisaron una última arruga antes de lanzar a monsieur De Beauchamps una mirada ávida, luego murmuró buenas noches y cerró la puerta detrás de ella.

Se sonrieron al oír tararear a Margueritte mientras se alejaba por el estrecho pasillo hacia el tercer piso.

–Ah, papá, *assieds-toi.* –Ella lo escudriñó mientras él se sentaba en la otra silla de su alcoba. Respiró hondo y añadió en inglés–: Tenías a muchas damas detrás de ti esta noche.

Él suspiró, fingiendo no haber advertido el cambio de idioma, y respondió en francés.

–Aunque estén con sus maridos, se sienten obligadas a flirtear conmigo. Es penoso. Sencillamente no lo entiendo, Evangeline. No hago nada para atraerlas.

Ella rió.

–Vamos, papá. No te he visto agobiado en toda mi vida. Te encanta ser el centro de atención. Y sabes muy bien que lo único que tienes que hacer para atraer a las damas es quedarte mirando al vacío. Aunque babearas, ellas seguirían acercándose a ti. Dime, ¿hablabas solo de tus filósofos cuando todas esas damas te decían lo atractivo que eras?

Él respondió con seriedad.

–Naturalmente. Esta noche he hablado de Rousseau. Un idiota, pero sus ideas te hacen vacilar, por así decirlo. No vale gran cosa, pero es francés. De modo que de vez en cuando hay que prestarle un poco de atención.

Ella no pudo evitar reír. Su padre se limitó a mirarla con su atractiva cabeza ligeramente ladeada, un gesto común a los dos.

–Eres el mejor padre del mundo –dijo ella–. Te quiero. Por favor, no cambies nunca.

–Tu madre, que tenía un corazón muy grande, ha sido la única persona que ha tratado de cambiarme.

–Mi madre solo intentó sacar de su marido algo aparte de elucubraciones metafísicas –replicó Evangeline, todavía riendo–. Por fin estoy comprendiendo que el deber de una esposa es llamar la atención del marido y no dejarlo divagar demasiado en busca de respuestas a preguntas que no las tienen.

–Te burlas de mí, hija mía, pero como te quiero mucho te perdonaré. –Se recostó en la silla, con las manos en las rodillas, y al cabo de un momento añadió–: No te has divertido esta noche, *ma fille*. Estabas rodeada de todos esos jóvenes, todos esos caballeros jóvenes te admiraban y te han pedido todos los bailes. Solo he logrado bailar una vez contigo. Y mi querido Henri se ha mostrado agradablemente atento.

–No hay nada agradable en Henri. Es más persistente que una gaviota hambrienta, y más terco que nuestra cabra *Dorcas*, en Kent, y a veces tiene las manos sudadas. Si le entrara en la cabeza que en el mundo hay otras cosas aparte de sus caballos, intentar tocarme el trasero, los ingresos de sus rentas y la perspectiva de sumarme a sus posesiones, tal vez podría permanecer en su compañía más de cinco minutos sin sentir ganas de abofetearle.

–Has dicho muchas cosas, Evangeline, pero, naturalmente, la

única que he oído es que está tratando de seducirte. ¿Tu trasero? Cielos, supongo que tendré que hablar con ese muchacho.

–No es ningún muchacho. Tiene veintiséis años.

–*Oui*, pero eso es muy joven para un hombre. Es sabido que los muchachos tardan más en madurar que las muchachas. Es lamentable, pero ese es sin duda el plan divino. Henri tal vez sea un poco bobo, pero con los años madurará. Goza de la protección de su familia y ahora lleva la hacienda mientras su tío pasa todo el tiempo con el rey Luis en París. Eso hará madurar a Henri, o eso me dice su tío.

»Y tú, mi querida niña, ya tienes casi veinte años. Ya va siendo hora de que te cases. Hace dos años que estás a punto. Sí, un marido es justo lo que necesitas. He sido demasiado egoísta.

–No. Yo he sido la egoísta. ¿Por qué iba a querer casarme, papá, cuando te tengo a ti?

–Nunca has estado enamorada –respondió él, con un magnífico ceño y haciendo brillar sus bonitos ojos grises–. Jamás se te habría ocurrido decir semejante tontería si lo hubieras estado.

Ella se puso repentinamente seria y se inclinó hacia él con el cabello cayéndole sobre los hombros.

–No veo que un marido sea algo tan maravilloso. Todas esas damas que se derriten por ti, ¿qué hay de sus maridos? ¿Qué hay del amor que sienten por ellos? Tengo la impresión de que, para la mujer, el matrimonio no es sino una forma de dejar la casa de su padre para ir a la de su marido; la única diferencia es que con el marido se espera de ella, de hecho se le exige, que tenga hijos y consienta cada uno de sus caprichos.

Monsieur de Beauchamps se limitó a hacer un gesto de negación. Su hija era obstinada, como su querida madre, Claudia, que se había cerrado en banda más veces de las que él alcanzaba a recordar. Eso le hizo pensar. ¿Era posible que Evangeline fuera aún más obstinada que su querida madre? ¿Era posible que fuera tan obstinada como su tía abuela Marthe? Debía tener mano firme; no le gustaba, pero era su deber. Tenía que hablar con autoridad.

–Hija mía, hay que encauzarte en la forma de pensar adecuada. El amor no es imprescindible para que un matrimonio tenga éxito.

–¿Tú no estabas enamorado de mamá?

–Ya lo creo que sí, pero, como he dicho, no es imprescindible. Una similitud de ideas, de valores, de filosofías, eso es lo que hace falta. Un respeto mutuo. Nada más.

–Nunca oí a mamá darte la razón en nada, y sin embargo os oí reír muchas veces cuando estabais a solas en vuestra alcoba. De pequeña pegaba la oreja a la puerta. Una vez me sorprendió Bessie, una de las criadas, y me dijo que nunca volviera a hacerlo. Luego se puso muy colorada. –Evangeline rió al ver que a su padre también se le subían los colores–. No te preocupes, papá. Como has dicho, tengo casi veinte años, soy lo bastante mayor para saber algo de lo que pasa entre marido y mujer. Pero, como he dicho, que yo sepa ninguno de los dos estabais de acuerdo en nada, ni siquiera en qué ibais a comer. Mamá detestaba las salsas y tú detestabas ver un trozo de carne pelado.

»¿Respeto mutuo? Yo no quiero un matrimonio así, papá. Además, Henri es tan poco ing... –Se detuvo en seco.

–Entiendo –dijo su padre.

Ella sonrió con timidez y agitó las manos ante sí.

–La verdad es que a menudo me faltan palabras para hablar de Henri.

–¿Tal vez querías decir que el pobre Henri es tan poco inglés?

Monsieur De Beauchamps contempló a su hija con sus bellos ojos grises y sintió una punzada de inquietud. En ese instante comprendió que ella nunca sería feliz en ese país. Pero trataría de fingir por él. No; se equivocaba. Estaba cansado. Ella cambiaría de opinión. ¿Acaso él no se había rendido al final y cogido gusto a Inglaterra? Había pasado más años allí que los que ella tenía.

–Lo siento, papá, de veras, pero preferiría dejar este mundo como una solterona marchita antes que casarme con Henri Moreau. Luego están Etienne Dedardes y Andre Lafay... empalagosos, papá, eso es exactamente lo que son. Nunca te miran a los ojos cuando te hablan. Oh, no lo sé, supongo que son agradables, pero no me gustan. Y sus ideas políticas... No deberían hablar del rey como lo hacen.

Se encogió de hombros de un modo totalmente galo, muy distinto de su madre inglesa, pensó él con una ligera sonrisa.

–Ha habido tantos cambios, Evangeline. Luis no se ha comportado como debería desde que volvió a Francia. Aunque lo deploro, comprendo que muchos franceses se sientan traicionados por su estupidez, sus excesos y su falta de comprensión de la situación que vivimos.

–Dudo que la gente común pueda reivindicar el camino real. Ellos mismos son mezquinos unos con otros. Y luego tienen el descaro de mofarse de los ingleses que los salvaron. Confieso que me sulfura. –Se interrumpió y se llevó una mano a la frente–. Lo siento, papá. Estoy cansada, eso es todo. La lengua no siempre me obedece cuando estoy cansada. Soy una bruja. Perdóname.

Monsieur De Beauchamps se acercó a su hija. La levantó de su silla y la miró a sus ojos castaños, los ojos de Claudia, redondos y grandes, y tan penetrantes que un filósofo podía hallar en ellos el significado de algunas verdades. Le dio unas palmaditas en los hombros y la besó, a su manera ritual, en las dos mejillas.

–Eres hermosa, Evangeline. Más hermosa por dentro que por fuera.

–Soy una pava real y lo sabes. A tu lado no soy ni una pava.

Él se limitó a sonreír, recorriéndole la barbilla con los nudillos.

–Estás tan acostumbrada a los impasibles ingleses. Son una raza reconfortante, es cierto, si a uno no le importa sentirse perpetuamente fatigado por sus comidas pesadas y su conversación aburrida.

–¿Entonces solo amas de mí mi mitad francesa? Estoy segura de que mamá nunca aburrió a nadie.

–Es cierto, nunca lo hizo. Me encantan hasta tus uñas, *ma fille*. En cuanto a tu querida madre, sin duda su alma era francesa. Me admiraba, ¿sabes? Pero me estoy apartando del tema. Tal vez un viejo debería aceptar el hecho de que, a pesar de mis deseos, eres más inglesa que francesa. ¿Quieres volver a Inglaterra, Evangeline? No estoy ciego, ¿sabes? Desde que has vuelto no has sido feliz.

Ella lo abrazó con fuerza, pegando la mejilla a la suya, porque era muy alta para ser mujer.

–Mi lugar está aquí contigo, papá. Me acostumbraré. Pero no pienso casarme con Henri Moreau.

De pronto oyeron a alguien aporrear las pesadas puertas del piso de abajo, y ruido de botas en la madera. Hubo un grito. Era Margueritte. Luego se oyó la voz de Joseph, fuerte y asustada. Otro grito, el ruido de alguien recibiendo un buen golpe y una potente voz masculina.

–No te muevas –dijo monsieur De Beauchamps.

Estaba junto a la puerta de la alcoba y la abrió de par en par.

Ella oyó el ruido de pesadas botas en el entarimado del pasillo. Parecía un pequeño ejército.

De pronto él dio un paso atrás y Evangeline corrió a su lado. En el umbral aparecieron dos hombres vestidos con ropajes pesados. Los dos iban armados.

Uno de ellos, con la cara marcada y barba incipiente, dio un paso adelante con la mirada fija en Evangeline. Se limitó a mirarla, no solo la cara sino los pechos, el vientre. Ella tenía tanto miedo que sintió náuseas.

–Mírala –dijo al otro hombre–. Es como nos dijeron. Houchard se quedará muy satisfecho.

El otro hombre, grueso y con la cara hinchada y pálida, se quedó comiéndosela con los ojos. Guillaume de Beauchamps logró arrebatarle el arma con un grito e hincársela en su gruesa tripa.

–No la toques, cerdo repugnante.

Un arma le golpeó la cabeza. Evangeline corrió hacia él para intentar cogerlo antes de que cayera inconsciente al suelo. El hombre de la cara marcada volvió a alzar el arma y ella protegió con su cuerpo la cabeza de su padre.

El otro hombre se aferraba la gruesa tripa, jadeando de dolor.

–No, no vuelvas a golpearlo. Muerto no nos servirá de nada.

–El muy bastardo te ha hecho daño.

–Sobreviviré.

–Lo va a pagar muy caro. –El hombre se volvió hacia Evangeline. Houchard le había enseñado el valor del miedo y la sorpresa, sobre todo a altas horas de la noche. Le miró los pechos y dijo–: Quítate ese camisón. Deprisa o lo haré yo por ti.

CAPÍTULO 3

Castillo de Chesleigh
Cerca de Dover, Inglaterra

Por fin había cesado la maldita lluvia. El sol de última hora de la tarde seguía brillando, y las gaviotas daban vueltas y descendían en picado para luego volverse hacia el mar, alejándose no más de cien metros. La brisa traía un intenso olor salado. Al final había sido un día caluroso.

Richard Chesleigh Saint John Clarendon, octavo duque de Portsmouth, adentró sus dos bayos emparejados por el camino de grava del hogar de sus antepasados, el castillo de Chesleigh, una vieja mole de piedra gris que había reinado sobre esa parte de la costa sur de Inglaterra durante los pasados cuatrocientos veintidós años. Detuvo los caballos delante del amplio pórtico de piedra. Una gaviota sobrevoló la cabeza del primer caballo, *Jonah*, y el duque rió con ganas de la expresión de indignación que vio en los ojos del magnífico animal.

–¡Tranquilo, muchacho! –exclamó, y bajó de un salto del coche al camino de grava.

Lo aguardaba el palafrenero mayor, McComber, quien exami naba los bayos como si fueran suyos. Se frotó sus nudosas manos antes de coger las riendas.

–¿Habéis sido buenos? –preguntó, acariciando primero a *Jonah* y luego a *Benjamin*, y dándoles trozos de manzana mientras les hablaba de su linaje inmaculado desde hacía al menos quinientos años.

El duque puso los ojos en blanco.

–Frótalos bien, McComber. Han trabajado duro hoy. Me

pregunto por qué de repente las gaviotas se han vuelto tan agresivas.

–He oído que se avecina una tormenta –dijo McComber.

–Acabamos de tener una. Cada semana tenemos una, a veces hasta dos.

–Bueno, estamos en invierno y en Inglaterra, su excelencia. Junte las dos cosas y no tendrá muchos motivos para estar alegre. Ya lo sé, tal vez hay contrabandistas y a las gaviotas no les gusta cómo huelen.

–No hemos tenido contrabandistas en cincuenta años –replicó el duque–. Pareces estar incubando algo, McComber. Cuídate. Apuesto a que lo has pillado de Juniper, quien haría mejor estando en la cama mientras hablamos.

–Nunca me acerco lo suficiente a ese sujeto para pillar nada de él.

El paje Juniper y McComber se odiaban. El duque nunca había averiguado el porqué. Al parecer se trataba de un odio intenso y profundo que venía de largo, un odio tenaz y permanente, un odio que no podía menos que suscitar admiración.

–Como si caes enfermo por la morcilla de la cocinera.

–Sí, su excelencia –dijo McComber–. Pero es la verdad, jamás pillaré nada de ese. No haga caso de lo que dice de mi madre.

Y se puso a hablar a los bayos mientras los conducía a los establos situados al norte del castillo, que treinta años atrás el padre del duque había ampliado.

El sol se ponía por el oeste. Se había levantado viento y empezaba a hacer más frío. El duque olió el aire salado e inhaló hondo, luego volvió a contemplar el maravilloso sol que no se había dejado ver en tres días.

Levantó la vista y vio correr hacia él a Juniper, que debería estar acostado, con la chaqueta de su librea carmesí agitándose al viento.

–¡Su excelencia! Aquí me tiene. Dios mío, he pedido concretamente a Bassick que me avise en cuanto usted se acercara. Como le cae mejor McComber, no lo ha hecho, y por eso llego tarde y sin aliento. Dios mío, se ha llevado los bayos, ¿verdad? Se ha llevado a mis muchachos.

–Sí. Y no los golpeará ni les hará ningún daño. Vuelve a la cama, Juniper. Créeme, no les pasará nada a los caballos. Te quedarás en cama hasta que dejes de toser de ese modo.

Juniper tragó saliva, tosió y volvió a tragar saliva.

–Solo es algo bilioso, su excelencia –dijo mirando hacia los establos y viendo los bayos brincar alegremente detrás del canalla de McComber.

–No quiero tener que enterrarte aún, Juniper. Fuera de mi vista.

Juniper siguió mirando con optimismo al duque, un joven bien parecido y muy corpulento que en todos los años que lo conocía nunca había caído enfermo excepto cuando abusaba del brandy. Para el duque no era ningún problema ir en un coche descubierto, con la lluvia azotándolo y los vientos marinos sacudiéndole su abundante cabello. De haber cometido él tal imprudencia, no habría tardado en estar a dos metros bajo tierra con una losa sobre la cabeza y una margarita plantada encima de la tripa. El aire seguía húmedo a causa de la lluvia pertinaz, y la brisa que llegaba del canal era fría y húmeda. Tembló.

–Vete –volvió a decir el duque.

–Sí, su excelencia –respondió Juniper–. Ah, su excelencia. Olvidaba darle esto. Lo ha traído hace una hora uno de esos hombres que trabajan para su amigo lord Pettigrew. –Entregó al duque un sobre con los bordes doblados y torcidos.

El duque no esperó. Tenía que ser eso, pensó. A esas alturas ya debían de haber resuelto el asunto. Rasgó el sobre y leyó:

> Pensamos que lo teníamos, pero se nos ha escapado. Lo siento, Richard. No pierdas la fe. Atraparemos a ese asesino malnacido.
> D. H.

El día se oscureció de pronto. Levantó la mirada y solo vio en el cielo nubarrones deprimentes que lo volvían de un desagradable tono plúmbeo. Arrugó el papel que sostenía. Habían estado seguros de que iban a capturar al vil traidor que había matado brutalmente con un garrote a Robbie Faraday en un callejón cerca de Westminster a comienzos de diciembre.

Quería dar un puñetazo a algo. Se volvió y advirtió que Juniper lo miraba con fascinado horror.

–Vete, Juniper. Ahora mismo.

Juniper regresó corriendo a la amplia escalinata, preguntándose qué noticia tan horrible comunicaba esa carta. Bueno, el joven duque tenía últimamente muchas cosas en la cabeza, aunque Juniper ignoraba cuáles. Tal vez una mujer. Sabía, como todo el mundo, que el duque era un joven muy fogoso, hasta el punto de que ya era una leyenda en esa zona de Inglaterra. Y eso le hizo pensar en Polly, una de las doncellas. Tal vez podría engatusarla para que le llevara a la cama un plato de sopa caliente de huevos de codorniz de la señora Dart. Tal vez hasta podría persuadirla de que se la diera a cucharadas. Tal vez después de comer podría convencerla de que no estaba tan enfermo como para no deslizarle los dedos entre ese bonito pelo suyo...

La expresión abatida se borró de la cara del duque, quien miró por un instante a Juniper con ceño, los ojos entornados.

–¡No vas a contagiar a Polly y se acabó, Juniper! –le gritó cuando llegaba al primer escalón–. No quiero que caiga enferma. Vete y deja de soñar.

En ese momento abrió las grandes puertas de roble su anciano mayordomo, con una poblada melena blanca que en cualquier hombre de su edad despertaría una admiración rayana en la envidia profunda. El duque recordó que de niño había creído que Dios debía de parecerse mucho a Bassick. Su padre le había dicho con una sonrisa: «No, a Dios no. Se parece a Moisés».

–Ve a buscar a Murdock, Bassick.

No había transcurrido un minuto cuando apareció un lacayo alto y pelirrojo, impresionante con su librea dorada y carmesí.

–Acompaña a Juniper a su cama y arrópalo. Si no se queda acostado, átalo a la cama. Di a la cocinera que le prepare una sopa nutritiva. Dile a Polly que no se fíe de sus palabras y que no se acerque a él.

Murdock lanzó a Juniper una mirada compasiva y se lo llevó.

–Su excelencia no debería saber esas cosas –oyó decir a Juniper en voz baja a Murdock.

–Ya, pero las sabe. Una vez supo que me había quitado la camisa para enseñarle a Betsy la cicatriz que tengo en el hombro derecho. –Murdock suspiró–. A ella le encantó la cicatriz.

–¿Por qué se casó entonces con el hijo del carnicero de Eastbourne?

Esa pregunta no tenía respuesta, pensó el duque sonriendo, pero la sonrisa no tardó en desaparecer. Echó un vistazo a la carta arrugada que sostenía. ¡Maldita sea! Habían estado muy cerca. Llevaba dos días esperando noticias de su captura. Estaba de peor humor que un momento atrás.

–Juniper, Bassick se ocupará de que te vea la señora Needle. Haz lo que ella te diga. Es una orden.

Oyó gruñir al paje y vio a Murdock darle una palmadita en la espalda.

–La señora Needle le asusta, su excelencia –dijo Bassick con su majestuosa parsimonia–. Es comprensible, supongo. Tiene el aura de una bruja, con ese pelo gris y enmarañado que deja a la vista su cuero cabelludo. Hasta tiene una olla que coloca sobre un hornillo en su chimenea. Si fuera un poco más grande podría pasar por el calderón de una bruja. Los brebajes que prepara tienden a ser aromáticos. Y habla sola. Para los menos educados resulta inquietante, su excelencia.

–No afectará su virilidad –dijo el duque–, y créeme, eso es en lo único que piensa Juniper. En cuanto a la señora Needle, mi madre siempre ha dicho que es responsable de la recuperación de la salud de más personas de las que Dios ha querido que vivieran.

Bassick se aclaró su anciana garganta.

–Tengo entendido que la señora Needle actualmente hace elogios de los poderes reconstituyentes de la mostaza francesa con especias, el ponche caliente y una pizca de algas frescas. No estoy seguro de si estas últimas se ingieren o se aplican directamente sobre las partes pudendas.

–Con suerte nunca tendremos que averiguarlo.

Bassick dijo amén al tiempo que lanzaba una mirada al segundo piso del ala norte del castillo. Le pareció oler los nocivos hedores que emanaban del laboratorio de hierbas de la anciana. El duque subió a grandes zancadas los escalones de piedra. No esperó a que Bassick lo alcanzara para liberarlo del gabán y los guantes, sino que entró en el vestíbulo sin mirar atrás, sus botas resonando contra el suelo de mármol. Quería estar solo. Quería reflexionar y empezar a trazar nuevos planes. Esta vez se involucraría personalmente en la estrategia. Si hacía falta un anzuelo, lo sería él. Drew Halsey había tenido su oportunidad para atrapar al asesino de Robbie y la había desaprovechado.

–¡Su excelencia! Un momento, por favor. He olvidado decirle algo importante.

Las negras cejas del duque se juntaron bruscamente.

–¡Puede esperar, Bassick! –gritó sin volverse–. Estoy de un humor de perros, la verdad. Tengo un nubarrón sobre la cabeza y de un momento a otro lloverá a cántaros sobre mí. Déjame tranquilo y encárgate de que nadie me moleste.

–Pero, su excelencia, es algo que debe saber.

El duque reconoció el tono indeciso de Bassick. Si se mostraba blando no se libraría de él hasta medianoche.

–¡Déjame en paz! –exclamó a gritos–. Ya te llamaré cuando quiera saber de qué noticia tan importante se trata. Si has contratado a dos camareras nuevas, no hay problema. Aumenta el personal. Contratemos a cada persona robusta del condado. –Se volvió ligeramente y despidió con un ademán al anciano, que llevaba en el castillo de Chesleigh desde antes de que él naciera–. Que nadie entre en la biblioteca. Si realmente te importo, eso es lo que puedes hacer para tenerme contento.

–Pero, su excelencia...

El duque sintió una repentina punzada de aprensión.

–¿Está bien lord Edmund?

–Desde luego, su excelencia. Su señoría ha pasado la tarde montando en su pony. En estos momentos está cenando con Ellen en el cuarto de los niños.

–Excelente. Entonces no digas más. Y si la señora Dent pega a la fregona, ocúpate tú de ello.

El duque giró sobre los talones, el gabán arremolinándosele

alrededor de los tobillos, y cruzó a grandes zancadas el vestíbulo, pasando por delante de tapices medievales que colgaban como gruesas cortinas sobre las antiguas paredes de piedra. Dejó a Bassick con la boca indecorosamente abierta, las palabras a medio formar y una expresión de inquietud en sus ojos reumáticos.

Ya está bien, pensó el duque. No solo había pasado dos horas con un amigo de su padre, el barón Wisslex, que agonizaba valerosamente mientras su hijo lo rondaba, esperando a que le tocara el turno de ostentar el título, sino que al volver a casa había recibido la detestable noticia de Drew Halsey, lord Pettigrew. Se detuvo en seco al sentir un pinchazo en el pie.

Tenía una piedrecilla, nada menos, dentro de la bota. Se sentó en una pesada silla Tudor bajo el retrato de un antepasado con peluca, un tío tatarabuelo del siglo anterior, y se quitó la bota. Retiró la piedrecilla, se frotó la planta del pie y se levantó de nuevo sin molestarse en volver a ponerse la bota. Ignoró al lacayo que estaba a menos de tres metros de distancia y que había aparecido como por arte de magia para ver si necesitaba algo.

Se puso la bota bajo el brazo y abrió la puerta de la biblioteca.

La biblioteca de Chesleigh era la habitación favorita del actual duque. Era una estancia oscura, lúgubre y suntuosa, llena de profundas sombras, y siempre olía a cera de limón y libros viejos. Echó un vistazo a las paredes, con todas las estanterías empotradas que alcanzaban los siete metros de altura, y las ventanas estrechas y alargadas cubiertas de cortinas de terciopelo granate, colgadas allí por su padre no hacía ni dos años. En la cavernosa chimenea ardía un fuego de considerables dimensiones, y solo había un brazo del candelabro encendido para ahuyentar la noche inminente. Bassick, como siempre, había sabido que llegaría pronto a casa y le había preparado la habitación para que se sintiera a gusto.

Era una habitación masculina y muy confortable para el duque, y sintió que empezaba a relajarse, que empezaba a disiparse la ira ciega y la sensación de impotencia que había sentido en lo más hondo de su alma. Se quitó los guantes y el gabán y los arrojó sobre el respaldo de un sillón de brocado azul marino, luego se sentó para ponerse la bota. Como era una tarea que rara vez realizaba él mismo, se sorprendió maldiciendo su ineptitud.

Una risa melodiosa salió de la penumbra. Se volvió bruscamente y vio al lado de la chimenea a una mujer, envuelta de la cabeza a los pies en una capa oscura.

–Un noble y sus botas –dijo, sacudiendo la cabeza–. Me pregunto cómo se las arreglan los pobres mortales. Supongo que podría ofrecerle mi ayuda. –Habló con tono divertido.

Sin embargo, no se movió.

Capítulo 4

El duque se levantó rápidamente, por fortuna con la bota calzada correctamente. Con las prisas y la sorpresa casi dio un traspié.

–Podría haberte matado –dijo–. Ha sido una estupidez esconderte aquí.

–¿Ah, sí? ¿Cómo me habría matado? ¿Tal vez arrojándome la bota?

–Si hubiera ido armado ahora yacerías en la alfombra con una bala en el gaznate. A veces voy armado. Hoy no. Pero todavía tengo las manos, y estas se acoplarían perfectamente a tu cuello.

–Oh, no creo que me matara. Su agradable mayordomo no permitiría que se cometiera un crimen delante de sus narices.

–No te apuestes la cena.

–Tiene un aspecto fascinante. Si llevara una túnica blanca podría pasar por un profeta bíblico.

–No es ningún profeta. Pero se supone que tiene que vigilar las puertas de mi reino. Dime, ¿quién demonios eres? ¿Cómo has llegado aquí?

Ella se limitó a permanecer de pie como un espectro envuelto en una capa negra. La sorpresa empezó a ceder paso a la cólera. El duque había deseado estar solo, y esa mujer había irrumpido en su casa y su biblioteca. Lo cierto es que empezaba a sentir deseos de asesinar. Luego comprendió lo ocurrido.

–La cabeza de Bassick rodará por esto. Maldita sea, la entrada de los criados es por el ala norte. Si quieres conservar tu empleo en Chesleigh, la utilizarás en el futuro y no pondrás los pies en esta parte del castillo. Dile a Bassick que no me hace falta entrevistarte. Vete. Quiero estar solo.

–Ha dicho mucho y yo le he escuchado, pero no acabo de entenderlo. ¿Podría repetirlo? Solo que esta vez podría resumir todos sus pensamientos en uno solo.

La mujer tenía el descaro de parecer tan divertida como ofendida. Pero había más que diversión, y todo ello a su costa. Se moría por estrangularla.

–Estoy cansado de este juego, niña. Retírate. No quiero que nadie me moleste y menos una mozuela, por mucho que tenga que ofrecer. Y di al mayordomo que venga. Tiene mucho de qué responder.

–Es la primera vez que me llaman mozuela. ¿Siempre es tan grosero, su excelencia? ¿O se debe a que es miércoles y este día en la mitad de la semana lo pone de mal humor? ¿O tal vez es el tiempo? Yo misma me quedé encantada cuando dejó de llover. Empezaba a enmohecerme.

–Calla, maldita sea.

Ella obedeció, contentándose con mirarlo fijamente y rezar por que no lo hubiera juzgado mal.

En la mente de él sonó por fin una nota discordante. Había permanecido obnubilado por su alma en pena. Maldita sea, esa mujer no era ninguna sirvienta que aguardaba en la biblioteca para que la entrevistara el amo y señor. Se expresaba correctamente. ¿Y no tenía un dejo francés? Pero no importaba. Estaba allí cuando no debería estar allí. Ese era su escondite privado, el último lugar donde debería estar esa mujer. Ardía de cólera e impotencia, y en ella vio de pronto un chivo expiatorio, listo para ser sacrificado, por así decirlo, de modo que decidió desahogar toda su furia.

Se acercó de modo amenazador. Ella no se movió ni retrocedió. De haberlo hecho, habría acabado dentro de la chimenea.

–¿Me has llamado grosero? –Acercó la cara a la de ella, que permanecía en la penumbra–. ¿Grosero? ¿Tienes la audacia de llamarme a mí grosero? ¿Quieres que te dé unos azotes con mi fusta?

–Creo, su excelencia –respondió ella dando un paso hacia un lado al tiempo que se desabrochaba la capa–, que está en un error. En realidad no soy una sirvienta.

Se volvió hacia él, con la luz del candelabro que había sobre la repisa de la chimenea detrás de ella, y se bajó la capucha.

El duque se detuvo en seco. Sintió como si le hubieran dado un puñetazo en el estómago. No era una sirvienta. Y tampoco ninguna mozuela.

No estaba muy seguro de qué había esperado, pero la joven que tenía ante él, con la barbilla alta, no encajaba con ninguna imagen que pudiese conjurar. Contempló la tez blanca, los altos pómulos, sonrosados del calor de la chimenea, la nariz recta y orgullosa. El cabello no era ni castaño ni rubio, sino de un color intermedio, intenso y opulento y, como el resto de su persona, suave y abundante como el vellón. Lo llevaba recogido en un moño poco atractivo en la nuca, y alrededor de la cara le caían guedejas rebeldes, muy bonitas. Era hermosa. No tanto como otras mujeres que se había llevado a la cama. No, el rostro de esta no haría botar cien barcos, pero curiosamente era más que la suma de sus partes. ¿Qué era, entonces? Ese rostro encerraba misterios, una riqueza de expresión y tonalidades que pedían ser exploradas y sondeadas. Tenía los ojos castaños tirando a oscuros, lo que parecería vulgar y nada interesante si no fuera porque, en su caso, no era en absoluto así. También en sus ojos había esa riqueza, ese alijo escondido de secretos. Los tenía ligeramente rasgados hacia arriba, de una forma almendrada que le resultaba familiar.

Eso era absurdo. La estaba mirando como un hombre hambriento miraría un banquete. No hacía ni cuatro días que se había regalado con uno en Londres. Sin duda Morgana era mucho más que suficiente para cualquier hombre, aunque llevara un año de privaciones. Luego, sin poder evitarlo, volvió a mirarla a la cara, y observó cómo su amplia boca se curvaba despacio en una sonrisa que dejaba al descubierto una dentadura blanca y perfecta.

–Espero que acabe pronto su examen, su excelencia. Empiezo a sentirme como una esclava en una subasta. ¿Sigo sonriendo?

–Sí, tienes una sonrisa encantadora. ¿Estás preguntándote si he decidido comprarte?

En eso la pilló. Él vio cómo sus ojos fascinantes se abrían de un modo casi imperceptible. Pero no era cobarde. Ni parecía tenerle miedo.

–En realidad me preguntaba –dijo, solo con una levísima vacilación– si tal vez suscribía la creencia de sus antepasados ducales de que cada mujer que se internaba en sus tierras estaba a su entera disposición.

–Por supuesto –respondió él.

–¿Por supuesto qué?

–Naturalmente que la suscribo. Tal vez esté anticuada, pero me veo obligado a preguntarme por qué iba a entrar una mujer en mis dominios privados si no me desea como compañero de cama. –No estaba comportándose como un caballero, sino más bien como un canalla, claro que ambos conceptos no tenían por qué no estar relacionados. Pero si su escrutinio y sus malos modos habían ofendido a la joven, esta no dio muestras de ello. No se movió, se limitó a quedarse mirándolo y, maldita sea, él se preguntó qué estaba pensando. Habló despacio, tratando de parecer menos intimidante–: Creo que ya es hora de que me digas exactamente quién eres y qué estás haciendo en mi biblioteca.

Esos ojos, su forma... ¿por qué le resultaban tan familiares?

Ella lo estaba examinando casi con tanto detenimiento como él a ella. No había cambiado nada de la imagen que conservaba de él; seguía pareciéndole tan grande y apabullante como le había parecido seis años atrás. Sus sombrías facciones se habían afilado, y el rostro era enjuto y de rasgos duros, pero igual de perfecto. No; había diferencias. Sus ojos habían visto mucho más que los del joven de seis años atrás. Aquel joven solo había conocido el placer, la obstinación y el desenfreno de la juventud. El hombre que tenía ahora ante ella había experimentado muchas cosas con los años. Había aprendido y sufrido, y todo eso se reflejaba en sus ojos, en su rostro.

–¿No vas a responder?

–Sí, supongo que debo hacerlo.

Al verlo entrar en la habitación con una bota bajo el brazo, Evangeline se había preguntado cómo iba a salir de esa. Él estaba de un humor de perros, saltaba a la vista, pero eso no la había intimidado. Lo que le importaba era el hecho de que no tuviera ni idea de quién era ella. Eso le dolía, aun cuando habría sido un milagro que lo hubiera sabido.

–¿No me reconoce? –preguntó por fin.

Él ya la había mirado bastante y se limitó a encogerse de hombros.

–¿Por qué estás enfadada? ¿Acaso eres una amante a la que rechacé? Eso no podría haber sido hace mucho, porque eres muy joven. Sí, si te rechacé supongo que no te gustará que te haya olvidado.

–Nunca he sido su maldita amante –replicó ella con tono gélido.

–¿No? Espero que no, porque eso me llevaría a pensar que has tenido un hijo mío y vienes a pedirme dinero. Y eso sería penoso, como seguramente comprenderás.

Ella permaneció inmóvil, las palabras embrolladas en su lengua. Se limitó a seguir de pie, mirándolo como hipnotizada.

–No he tenido ningún hijo suyo.

–Eso es un alivio. No creo que un caballero deba tener bastardos desperdigados por el condado. No hablaría bien ni de él ni de su familia. De manera que no nos hemos acostado. ¿Quién eres, entonces?

–Si me hubiera llevado a la cama la última vez que lo vi, su excelencia, habría sido culpable de abusar de una menor.

Él seguía mirándola con desconcierto. Ladeó la cabeza. Era una mujer impertinente. Le pareció que lo estaba poniendo a prueba, lo que sin duda era raro. La derrotaría, o al menos lo intentaría. Se quitó una pelusa inexistente de la manga de la chaqueta.

–Como eso ciertamente me revuelve el estómago, me alegro de que tampoco sea el caso. Solo dime cuántos años tienes. ¿Sigues guardando silencio? Ah, las mujeres y sus años. Siempre con vuestras tímidas protestas. Veamos. Tengo fama de saber acertar la edad de las mujeres casi en el año y el mes de nacimiento, solo examinándoles los pechos, el vientre y las piernas. ¿No tienes calor con esa gruesa capa?

La observó tragar saliva. Seguro que en esos momentos tenía la boca reseca. Nadie lo derrotaba a él, y menos esa joven desconocida que tenía ante sí en su biblioteca.

Ella abrió la boca, pero él agitó una mano en el aire.

–Basta de juegos. ¿Quién demonios eres?

–Sí –dijo ella–. Tengo calor.

–Entonces deja que te ayude a quitarte la capa. Descuida, nunca me ha atraído la violación. La virtud que conserves está segura conmigo.

–Supongo que nunca ha tenido necesidad de recurrir a tal medida. Además, imagine cómo mancillaría su nombre.

–¿Es un cumplido o un insulto? No, no me respondas.

Observó cómo se desabrochaba la gruesa capa de lana y se la deslizaba por los hombros.

–Antes de que decida examinar mi persona, su excelencia, deje que le diga que podría considerarse una gran grosería ofrecer tal trato a una prima.

–¿Prima? Diablos. ¿Dices que eres mi prima? Eso es imposible.

–Tiene razón. No soy exactamente su prima. En realidad soy su prima política. Marissa era mi prima carnal, la sobrina de mi padre.

Él se quedó sin habla. Ella se sintió mejor al ver que por fin había logrado detenerlo en seco. Sin duda se trataba de una gran proeza. El duque le escudriñó el rostro en busca de un parecido con Marissa.

Ella amartilló un arma imaginaria apuntada a él y apretó despacio el gatillo.

–Se acuerda de Marissa, ¿verdad?

–No sea impertinente –dijo él cambiando al tratamiento formal y escudriñándole el rostro. Añadió–: Sí, se parece a ella en la forma de sus ojos, ligeramente sesgados. –Era eso lo que le había resultado familiar. La prima de Marissa–. ¿Cómo se llama, mademoiselle?

–De la Valette, su excelencia.

–El nombre de mi mujer era Beauchamps.

–Sí, así es como se llama también mi padre. De la Valette es el nombre de mi marido.

–¿Está casada? Eso es ridículo. No parece una mujer casada.

–¿Por qué? Hace un momento se preguntaba si se había acostado conmigo. Sin duda eso es todo lo que entraña estar casado.

–Bueno, no todo. De ninguna manera. ¿Y dónde está ese maravilloso marido suyo? ¿Escondido en la despensa? ¿O allá detrás de mi escritorio?

–No.

–Comprenderá mi dilema. No estoy acostumbrado a encontrar a mujeres solas en mi biblioteca, listas para abordarme en cuanto cruzo las puertas. Pero ¿hay algún marido en alguna parte? ¿Está detrás del revestimiento de madera?

De pronto la situación pudo más que ella.

–¿Puedo sentarme, por favor? Ha sido un día muy largo.

–Mientras descansa, ¿por qué no busca detrás de ese orejero a su marido ausente?

Ella se limitó a dejarse caer en un amplio sillón de cuero situado junto a la chimenea, donde las llamas se habían consumido y solo quedaban brasas tibias. Se alisó su anticuado traje gris perla, un traje que hacía cuatro años había sido caro y que proclamaba a gritos que era una dama venida a menos. Houchard se había reído, satisfecho consigo mismo, cuando ella se lo puso por primera vez para él. Le dijo que su amante lo había elegido para ella, y que el duque, un hombre de mucha experiencia pese a su limitado número de años en la tierra, sabría encasillarla a la perfección.

–Está bien –dijo el duque por fin–. No hay marido. Veo que el caballero la ha dejado en la estacada. En fin, estoy rodeado de fieles criados, madame. ¿Tendría la amabilidad de decirme cómo se las ha arreglado para entrar en mi biblioteca sin que yo haya sido informado de ello?

–He llegado unos momentos antes que usted, su excelencia. Su mayordomo fue lo bastante amable para no hacerme esperar en el vestíbulo. Tenía mucho frío y él no quiso que estuviera incómoda.

–De modo que eso es lo que quería decirme Bassick. Me parece que le oigo: «Su excelencia, le tengo a una bonita joven bien calentita en su biblioteca, esperando para complacerlo». Sí, ese habría sido el estilo de Bassick, claro que no querría que yo... no importa. Confío en que esté lo bastante a gusto. ¿Le apetece una taza de té? ¿Un brandy? ¿Algo de comer, tal vez de mis mejores platos de porcelana china?

Se mostraba esquivo, escurridizo como el mercurio, no como la lluvia fina deslizándose entre sus dedos, sino más bien como un tifón rugiendo sobre ella, aplastándola pero al mismo tiempo despertando su admiración. Era encantador, sin duda implacable, y su sensual juego de palabras totalmente indigno de los oídos de una dama. ¿Qué pensaba en realidad?

–No, su excelencia.

Él se sentó frente a ella en un sofá y estiró sus largas piernas, y la capa cayó al suelo a ambos lados. Llevaba unas botas grandes y negras, muy brillantes. Juntó las manos sobre su vientre.

–Y bien, ¿cuándo va a hacer su aparición ese marido suyo?

–No está aquí. No sé dónde está. Verá, está muerto. Soy viuda.

Él se recostó, aún más a sus anchas.

–¿No es muy joven para que la hayan dejado en ese triste estado, madame?

–No más que usted, su excelencia. Usted mismo quedó viudo bastante joven.

Las palabras surgieron con naturalidad de la boca de Evangeline, y a sus oídos sonaron perfectamente serenas.

–Me casé mayor que usted y me quedé viudo también mayor que usted –dijo él al cabo de un momento–. Ahora tengo veintiocho años. Me atrevería a decir que usted aún no ha cumplido los veinte.

–Los cumplí la semana pasada. –Ella bajó los ojos, pero no sirvió de nada. Detestaba esa situación aún más de lo que había imaginado–. Me casé a los diecisiete años. Usted solo tenía veintidós cuando se casó con Marissa, ¿verdad? Y Marissa acababa de cumplir los dieciocho.

–Está bien informada.

–Tengo una memoria excelente. Estuve en su boda, su excelencia.

–Entiendo. La recuerdo vagamente. ¿Tiene hijos?

Ella negó con la cabeza.

–¿Tiene muchas más preguntas que hacerme? Me está entrando sed.

–Sí, por supuesto que tengo más preguntas, pero antes deje que haga memoria. Me casé con Marissa hace seis años y medio. Usted debía de tener trece.

–Sí. Después de la boda no volví a verles a ninguno de los dos.

–De modo que su marido ha muerto. ¿Está en Inglaterra su padre?

Terreno seguro, pensó ella, y aunque odiaba dar a las palabras algún crédito, le bastó con pronunciarlas en alto para darles más crédito del que creía posible. Experimentó una sensación muy extraña, hasta aterradora, al decir sin titubear:

–No, murió hace poco. Mi madre, que era inglesa, falleció hace tres años. Cuando Napoleón cayó y el rey borbónico volvió al trono, mi padre y yo regresamos a Francia. Mi padre estaba delicado. Pero, gracias a Dios, expiró sin sufrir.

En realidad su padre se encontraba en esos momentos en París, en una habitación bastante cómoda, porque ella se había ocupado de ello antes de partir para Inglaterra. Tenía una criada que se encargaba de sus necesidades y una mujer que le cocinaba. Ella había insistido en que tuviera todos los libros que quisiera. Houchard había accedido, ese deplorable bastardo. ¿Y por qué no iba a hacerlo? Ella estaba haciendo lo que él quería. Y un médico; ella dijo que no colaboraría a menos que su padre tuviera un médico a su disposición. Ella le había suplicado que no perdiera la calma, le había dicho una y otra vez que no le ocurriría nada. Pero ¿cómo iba a permanecer tranquilo mientras ella estaba en Inglaterra contra su voluntad? ¿Y si le pasaba algo a su padre?

–Lo siento mucho. La pérdida de un padre es dolorosa. Mi padre murió el año pasado. Le quería mucho. Lo siento.

–Gracias –dijo ella, y bajó los ojos para que él no viera la mentira. Evocó de pronto al padre de él, un hombre atractivo y encantador, alto y erguido como un poste, con el cabello más oscuro que su hijo–. Siento lo de su padre. Me acuerdo de él. Fue muy amable conmigo.

El duque asintió, luego se recostó y la miró, deseando que no estuviera tan pálida, que no hubiera muerto su padre, porque sabía lo difícil que era.

–Sí, tiene sentido. –Sostuvo en equilibrio los codos en los brazos acolchados del sillón y juntó los dedos pensativo–. Tanto el padre de Marissa como el de usted eran emigrantes. El de Marissa también odiaba a Napoleón, supongo que como su padre. Se negaba a regresar a Francia mientras Napoleón siguiese en el poder. En realidad sigue viviendo en Londres, y bastante contento con su país adoptivo. ¿Sabe su tío que está usted aquí?

–No. Ni siquiera sabe que papá y yo volvimos a Francia. Ya no tenemos trato ni con su familia ni con la de usted.

–¿Murió en Inglaterra su marido, madame? ¿También era emigrante?

Ella sabía que se lo preguntaría. Lo sabía porque Houchard lo había sabido, y le había formulado pregunta tras pregunta hasta que ella había recitado con claridad y serenidad las respuestas. Aun así, sintió náuseas. Las mentiras se amontonarían cada vez más, hasta que no podría ver más allá.

–Sí, su excelencia. Como mi padre, él también era emigrante. Tengo mucha sed, su excelencia. ¿Podría tomar una taza de té antes de partir?

Él se levantó, se acercó a la pared y tiró del cordón del servicio. Sin decir nada más, la dejó sola en la biblioteca.

Eso sí era extraño, pensó ella, levantándose para calentarse las manos frente al fuego. ¿Adónde había ido?

Capítulo 5

Diez minutos más tarde volvió a aparecer llevando una gran bandeja. No lo acompañaba ninguna sirvienta.

–¿Acaso soy una visita tan vergonzosa que no desea que me vean ni los criados? ¿Tiene miedo de que chismorreen de usted por estar a solas con una joven que no debería estar aquí?

Él le dedicó una sonrisa irresistible. En ese instante ella supo que no solo era un hombre increíblemente apuesto; también poseía infinito encanto si decidía mostrarlo, y en ese momento parecía quererlo así. Todo ese encanto estaba en su sonrisa. Aun para una mujer fuerte, esa sonrisa podía ser un golpe demoledor.

–¿Cómo lo sabe? Ah, tal vez ya los ha oído hablar. Sí, tengo la costumbre de recibir a jovencitas en mi templo del vicio. –Dejó la bandeja y sirvió una taza de té para cada uno–. ¿Ninguna ingeniosa réplica? No me extraña. Eso ha sido todo un rodeo hacia la idiotez, madame. Bueno, pruebe una de las tartaletas de limón de la cocinera. No quiero soltarla aún a los míos. En realidad no quiero que la vean hasta haber decidido qué haré con usted. No me creo que solo haya venido al castillo de Chesleigh para una juerga nocturna.

»Sí, pruebe una de las tartaletas de limón. Está algo delgada, aun cuando sus atributos parecen más que suficientes, al menos desde mi punto de vista. Ahora que tiene la boca llena, hábleme de su marido. ¿Era un emigrante? ¿Lo conoció aquí en Inglaterra?

–Sí –respondió ella.

Y se acabó una tartaleta de limón tan crujiente y ácida que los ojos casi le lagrimearon. Era la mejor tartaleta de limón que había probado en su vida. Al instante alargó la mano para coger otra, pero él la retuvo.

–No, no se atiborre solo de esas. Pruebe la de manzana. La cocinera las hace exquisitas.

Ella se la comió en dos bocados. Alargó la mano para coger otra, pero se abstuvo. Necesitó toda su resolución para no hacerse con ese trozo de lo que parecían peras con pasas envueltas en una masa redonda.

–Hace bien en desistir. Admiro a las personas con fuerza de voluntad. Un amigo mío, Phillip Mercerault, es también el orgulloso y posesivo patrón de una cocinera excelente. Hemos hablado de celebrar un concurso entre las dos cocinas, pero aún no lo hemos hecho. Al igual que él, tengo mucho cuidado cuando estoy aquí, como lo tuvo mi padre antes que yo. –Hizo una pausa y volvió a dedicarle aquella sonrisa irresistible–. Mi padre siempre me decía que a las damas no les gustaban particularmente los caballeros con tripa.

–Usted no tiene.

–Gracias por fijarse.

–Claro que no puedo estar segura. Aún no se ha quitado la capa.

Eso fue hábil. Él se levantó, se desabrochó la capa y la arrojó sobre el respaldo del sofá. Se quedó un instante allí, dejando que ella lo mirara.

–Supongo que sigue sin tener tripa.

–He sido un hijo obediente. Siempre hice caso a mi padre. –Volvió a sentarse, juntando las manos en el regazo–. Bien, hablemos de su marido.

–Le conocí aquí, ya que vivíamos en Kent. Nos casamos aquí.

–¿Cuál era su nombre completo?

–André de la Valette. Su padre era el conde De la Valette. Con él ha muerto su linaje. Una lástima. –«No digas más», le había dicho Houchard. «Deja que se pregunte. Le divertirá hacerlo. Es un hombre que enseguida se aburre.»

–Entiendo. Bien, supongo que debo preguntarle por qué está aquí.

Ella se echó hacia adelante en su silla.

–Como sabe, su excelencia, nunca he visto a mi primo Edmund. Mamá estuvo muy enferma todos esos años y yo no podía dejarla. Además, creo que hubo una especie de disputa con su familia, y tales visitas, de haber sido posible, no estaban bien vistas.

Vio en los ojos del duque un repentino destello.

–Supongo que su padre o su estimado tío le habrán explicado la razón de tal distanciamiento. Oh, sí, hay una que viene de largo.

Ella negó con la cabeza.

–Me gustaría conocerla, su excelencia, porque tenía mucho cariño a Marissa y la he echado de menos. Siempre he querido conocer a su hijo.

El duque rió. No era una risa agradable, sino irritada, que no contenía ni un ápice de humor. Luego se encogió de hombros y bebió un sorbo de té.

–Tal vez algún día lo sepa. Si su padre no se lo dijo, no me corresponde a mí hacerlo. En cuanto a su primo e hijo mío, es el mejor de los niños y ya tiene cinco años.

Ella notó cómo se le enternecía la voz, vio el orgullo en sus ojos oscuros. Quería a su hijo. Ella esperó. Él dejó en la mesa su taza vacía.

–En fin, déjese de rodeos, madame. Dudo que haya venido aquí para contemplar la vista desde mis ventanas, aunque es espectacular cuando la maldita lluvia lo vuelve todo gris. Dígame en qué puedo ayudarla.

Ella lo miró.

–No tengo dinero –dijo con osadía–. Al morir mi padre, los franceses cogieron todo lo que nos quedaba, que no era gran cosa. Afirmaron que ni mi padre ni yo éramos realmente leales a nuestro país de nacimiento, y que a su muerte yo no debía heredar nada de él.

–¿Por qué no me escribió para explicármelo?

–No hubo tiempo. Además, podría haber ignorado una carta. Pero a mí no puede ignorarme, al menos no ahora que estoy aquí.

Él se limitó a mirarla.

–No tengo ningún otro lugar adonde ir. He estado dándole

muchas vueltas, su excelencia. No deseo ser una pariente pobre aferrada a su manga. No quiero ser una carga. En pocas palabras, su excelencia, me gustaría permanecer aquí en el castillo de Chesleigh en calidad de niñera de Edmund. –Ya estaba, había brotado de su boca más deprisa de lo que aconsejaba la prudencia, pero no podía seguir soportando el suspense. Añadió–: Por favor, su excelencia. No soy una boba frívola. He recibido una buena educación, mi padre se ocupó de ello. Era un brillante filósofo. Conozco a los clásicos. Me encantan los niños.

–Eso me tranquiliza.

De pronto se la veía desamparada y vulnerable.

–He gastado mis últimos francos en tomar un paquebote que me llevara de Calais a Dover. Un herrero que venía para aquí me ha traído en su carro.

Él no sabía de dónde venían las malditas palabras, pero le salieron de la boca.

–¿Llovía?

–Ha dejado de hacerlo poco después de que dejáramos Dover.

–¿Sabía que yo me encontraba aquí?

Ella hizo un gesto de negación. Bebió un sorbo de té.

–No lo sabía. Recé para que así fuera. –Por supuesto que había sabido que se encontraba allí, pero no podía decírselo.

–¿La volvió contra mí su padre?

–No, en absoluto. Creo que usted le gustaba. No solo hubo una disputa entre su familia y la familia de mi tío, mi padre tampoco se hablaba con su hermano. Tampoco sé la razón de esa ruptura. Ojalá la supiera.

Era verdad. Ella no sabía nada. Había oído chismorrear a los sirvientes hacía varios años, sobre que su tío estaba enamorado de su madre, pero ella no había dicho nada a ninguno de los dos. Después de que muriera su madre, le había parecido cruel preguntar a su padre. Naturalmente, podía ser algo totalmente distinto.

Antes de que la echaran de París, no se le había ocurrido hablar con su padre de cosas tan triviales.

–Si yo no hubiera estado aquí, ¿qué habría hecho?

Ella hizo una mueca.

–Supongo que habría tenido que construirme un refugio en las lindes del bosque Grampston y esperarle.

–Estamos en lo más crudo del invierno. Llueve todo el tiempo. Habría pillado una pulmonía.

–Pero usted está aquí. –Ella respiró hondo y se lanzó–: ¿Me dejará ver a Edmund? Si congeniamos, ¿dejará que me quede como su niñera?

–Ayer no tenía ni idea de su existencia, y ahora está aquí, sentada en mi biblioteca, ofreciéndose como niñera. Es algo inesperado, madame.

–Lo sé, y lo siento. No tenía alternativa. No quise convertirme en la amante de monsieur Dumornay, que era la otra alternativa.

–¿Quién es ese Dumornay?

–Uno de los supuestos amigos de mi padre. Estoy segura de que su esposa no tiene ni idea de que él me habría instalado en una casa y mantenido encantado. Es una mujer muy agradable. Él es un idiota lujurioso.

–La mayoría de los hombres de su calaña son idiotas. Bien, ¿ha venido con una doncella?

Ella negó con la cabeza y bajó la vista hacia un bollo particularmente redondo y seductor. Parecía relleno con pasas y tenía un aspecto delicioso.

–No tenía dinero para pagar a Margueritte, de modo que la dejé en Francia.

–Entiendo.

Contemplaba las estrechas llamas que brincaban desde las brasas de la chimenea. Parecía a punto de echar una cabezada.

Si Evangeline hubiera tenido una piedra se la habría arrojado. Se puso en pie con agilidad y cogió su capa. Él no mostraba ningún interés en ella. Le traía sin cuidado si moría a un lado del camino o si pillaba una pulmonía. Ella estaba interrumpiendo su privacidad. El muy canalla. La chica sintió el impulso de largarse de aquella maldita biblioteca y de aquel maldito castillo, sin mirar atrás.

Pero no podía hacerlo.

Respiró hondo y se dominó.

–Tengo hambre. Antes de marcharme tal vez podría comer algo. En la cocina, con esa cocinera suya que es una diosa.

–Cómase el bollo que no ha parado de mirar.

Se levantó despacio para encararse a ella, que se sorprendió mirando fijamente su fular blanco como la nieve.

Evangeline era alta, más alta que ninguna mujer que conociese. A los doce años Thomy Barkly, que tenía trece, la había llamado torre. Pero al levantar la mirada hacia la cara del duque, de pronto se sintió baja. Era una sensación de lo más extraña. Él la miraba con esa expresión meditabunda que ella no sabía interpretar, en silencio, limitándose a observarla.

Todo se había acabado. Había fracasado. Y ahora tenía hambre. Él era un hombre frío, no un caballero. La joven se irguió, más tiesa que el atizador de la chimenea.

–No tengo tanta hambre. No quiero ese bollo. Me marcho.

–No se preocupe –respondió él con suavidad, sujetándole el brazo con una de sus grandes manos–. Le daré de comer, aunque no creo que siga famélica si toma ese bollo. Ah, sí, ahora lo entiendo. Lo que quiere es una comida sustanciosa de carne y verduras. Muy bien. –Hizo una nueva pausa, luego añadió–: Me cuesta creer que una señorita haya viajado de Francia hasta aquí sin acompañante.

–¿Con qué iba a pagarle? ¿Con una de mis botas?

–Si yo hubiera sido el acompañante, le habría pedido las dos botas y una oportunidad para ponerle las manos encima.

No supo cómo había sido capaz de insultarla de esa manera, pero ya lo había dicho. Observó cómo los ojos castaños cambiaban literalmente de color, y de un intenso castaño oscuro pasaban a un color whisky claro. Era fascinante.

–Soy una mujer viuda, su excelencia, no una mujerzuela –dijo ella en voz muy baja.

–Maldita sea, ya lo sé. –Sin embargo, él no se disculpó, sino que añadió–: Antes que nada, pediré a la señora Raleigh, el ama de llaves, que le muestre su habitación. Al menos conocerá a Edmund por la mañana. ¿Tiene equipaje?

Aún no había tomado una decisión. Bueno, de haber estado en su situación ella tampoco la habría tomado. Era su hijo, su heredero, y lo quería. Miraría mucho quién se acercaba a él.

–He traído una sola maleta. La tiene Bassick. –Y, porque no podía soportarlo, añadió–: No he venido aquí para suplicarle que me ayude. He venido para ofrecerle mis servicios como niñera. Trabajo honrado, eso es todo lo que le estoy pidiendo, su excelencia. No le robaré la cubertería. Soy una mujer seria y responsable, se lo aseguro. No le defraudaré.

Hablaba con tono defensivo. No parecía una niñera. Al menos no se parecía a la suya, la señora Tucker, que le había dado palmadas en las nalgas, le había abrazado contra su enorme pecho, le había cantado canciones y le había pegado en las manos cuando era maleducado, y le había querido hasta su muerte hacía diez años.

Había tenido previsto pasar la tarde allí solo, ardiendo de cólera e impotencia, porque el malnacido que había matado a Robbie Faraday seguía en libertad, riéndose sin duda de ellos porque había logrado escapar sin dejar rastro. No, ni siquiera el brandy le parecía ahora tan tentador.

No podía ordenar que sirvieran la cena a la joven en la alcoba. No sería cortés. No tenía más remedio que cenar con ella. De hecho, no le importaba en absoluto.

–Lo sé –dijo por fin, sin recordar en realidad lo que había dicho ella, solo que había sonado lastimero. Se volvió de nuevo hacia ella, mesándose el cabello–. Maldita sea.

–Cielos, no pensé que mis palabras fueran a afectarle tanto, su excelencia.

La joven tenía ingenio cuando no temía que él la echase. No, eso no era totalmente cierto. Ella había utilizado esa lengua suya para intentar derrotarlo en cuanto él había irrumpido en su biblioteca.

–El decoro, madame. Mi madre está en Londres. No hay nadie aquí que le haga de carabina, para proteger su buen nombre.

Ella sonrió.

–Oh, eso no tiene importancia. Soy viuda, su excelencia, no

una jovencita pura e inocente de mente y cuerpo, con esperanzas de encontrar un marido rico. También soy medio pariente suyo. Nadie creería que iba a utilizar sus perversas artes conmigo.

–Es sorprendente su ignorancia sobre mi reputación, madame.

–Oh, no, conozco muchas historias perversas sobre usted. Pero, como digo, soy viuda y una mujer madura, que no tiene interés por nadie, una mujer ajena a tales menesteres.

–No solo es usted terriblemente ignorante, también es algo dura de mollera.

–Soy una prima. Los parientes son un caso aparte.

Seguramente desconocía su reputación o no trataría tan a la ligera el asunto, pero el hecho era que estaba en la miseria. ¿Adónde iba a ir? No, no tenía elección. Tenía que quedarse allí. Él trataría de impedir que alguien se enterara del motivo por el que estaba allí. El que estuviera emparentada con él por su matrimonio solo empeoraba las cosas, pues si fuese una simple empleada desconocida estaría perfectamente a salvo, ya que no tendría ninguna reputación que proteger. La dejaría en su ignorancia.

–Sin duda tiene razón, madame. También ha olvidado mencionar su edad avanzada.

–No, ya le he dicho que soy una mujer madura. La madurez implica una edad avanzada.

–Siempre he odiado esa palabra. Lo mismo que mi madre.

No había transcurrido ni un minuto cuando la señora Raleigh entró en la biblioteca, sus faldas de bombasí de brillante color purpúreo crujiendo a cada paso. Era muy menuda, y llevaba su hermoso pelo blanco recogido en lo alto de la cabeza, enmarcando un rostro sin edad. De su estrecha cintura colgaba un grueso llavero bien bruñido que le había dado la madre del duque hacía muchos años.

–Señora Raleigh –dijo el duque, bajando la vista hacia ella con una sonrisa. Cuando ella llevaba tacón le llegaba al hombro. Ese día habría podido encajarla fácilmente debajo del brazo–. Le presento a mi prima, madame De la Valette. En realidad es prima de la señora. Ha venido a visitarnos y a conocer a Edmund. Tal vez, si consigo convencerla de que se quede, se convierta en la niñera de lord Edmund. Por desgracia, todas sus maletas menos una se han perdido en el canal en una tormenta. Su acompañante cayó enferma y decidió volver a Francia. Así que la tendremos enteramente para nosotros por una temporada.

Evangeline quiso aplaudir su historia. Había sido generosa, fluida y convincente.

–Señora Raleigh –dijo ella, y le hizo un gesto de saludo. La menuda mujer del gran llavero le correspondió con una garbosa inclinación.

–Ah, usted también es alta, como la madre de su excelencia. Nos alegramos de tenerla aquí, madame. Será un placer para lord Edmund. Si viene conmigo le mostraré su alcoba. ¿Desea cenar a las seis, su excelencia?

–Sí, señora Raleigh. Dígale a la señora Dent que tiene una nueva conversa, una que sin duda se acabará cada plato que le sirvan y probablemente matará al carnicero si no la complace.

–La señora Dent estará satisfecha. Creo que madame está demasiado delgada y necesita engordar un poco. Eso se convertirá para ella en una misión.

–¿Por qué no muestra a la señora la alcoba de la duquesa? Tal vez le reconforte disponer de la habitación de su prima.

–Mantenemos la alcoba impecable –dijo la señora Raleigh–, pero nadie se ha quedado en ella desde que su excelencia nos dejó hará cosa de dos años. Oh, querida, qué momento más triste. Espero que le complazca y le reconforte, madame.

–Por fuerza –dijo ella e, inclinando la cabeza hacia el duque, salió de la biblioteca detrás de la dicharachera señora Raleigh.

El duque la oyó decir con su aguda voz:

–Qué terrible para usted, madame, perder no solo su equipaje sino también a su doncella. Fíjese en cuántos botones tiene su vestido. Es un milagro que haya logrado abrochárselos todos usted sola. Le enviaré a Dorie para que le ayude. Si le parece servicial, podrá asistirla durante su estancia en el castillo de Chesleigh.

Apenas hacía una hora él había estado solo y ahora tenía a una prima alojándose en su casa. Una prima joven que, si no se equivocaba –y nunca lo hacía en lo que se refería a una mujer–, tenía unos bonitos pechos.

La vida era inexplicable. Se inclinó para coger la carta arrugada de Drew Halsey y la guardó en el cajón superior de su escritorio.

Se acercó a la chimenea y contempló las brasas encendidas, pensativo. Recordó a la niña de trece años, alta para su edad, más alta que su prima mayor Marissa. Recordaba vagamente haber pensado que era una niña extrañamente madura para su edad, sus delgados hombros orgullosamente cuadrados, sus ojos castaño oscuro grandes y serios cuando los clavaba en su cara. Siete años después, esos ojos lo miraban tan suplicantes que como pariente no podía dejar de atender tal súplica.

«¿En qué me he metido?», se preguntó en la amplia y silenciosa estancia.

Capítulo 6

–Su excelencia.

El duque se detuvo al pie de la enorme y ancha escalera.

–Oh, Bassick, no te preocupes. No es culpa tuya que me negara a escucharte. Gracias por velar por la comodidad de mi prima.

Bassick se acercó más a él y bajó la voz:

–No ha sido ninguna molestia, su excelencia. Parece una joven muy agradable. ¿Se quedará un tiempo con nosotros?

–Ahí está el asunto. Te lo diré cuando haya tomado una decisión.

–Ah, su excelencia. Al final he sonsacado a Juniper que había llegado una nota de lord Pettigrew para usted. ¿Malas noticias, su excelencia?

–Sí, las peores. Seguimos sin desenmascarar al traidor. Drew no quiere que me mezcle en el asunto, pero ya es demasiado tarde. Robbie será vengado. Le di mi palabra a su esposa. Maldita sea, la dejó con dos gemelos, no mucho mayores que lord Edmund. –Casi temblaba de rabia e impotencia. Finalmente se dominó–. Lo siento, Bassick. En fin, tengo entendido que madame De la Valette ha llegado en el carro del herrero.

Bassick asintió.

–Ella no me ha visto hacerlo, pero he pagado al herrero. Él esperaba que lo hiciera, ya lo creo, pero ella no. Una joven viajando sola, casi me da un pasmo. Y saltaba a la vista que era una dama. Basta con mirarla para saberlo.

–Sí –dijo el duque–. A mí también me dio un pasmo cuando me dijo cómo llegó aquí. Pero ahora está a salvo con nosotros. –Asintió y empezó a subir las escaleras. De pronto se volvió, riendo–. Como has supuesto correctamente, no tiene dinero. En realidad no hay razón para que no te lo diga, puesto que quiere ser la niñera de lord Edmund. Aún no hay nada decidido. ¿Qué opinas?

–El pelo se me pone blanco solo de pensarlo, su excelencia.

–Ya lo tienes blanco, Bassick.

–Me esforzaré por pensar en otra expresión más adecuada para describir la situación, su excelencia. Solo puedo decir que espero que la joven sea firme de espíritu. En realidad, espero que tenga una voluntad de hierro.

–Lo averiguaremos.

El duque gruñó y siguió subiendo en dirección al cuarto de su hijo.

Al llegar al rellano echó a andar por el pasillo del ala este. Sabía que había sirvientes cerca, pero no se oía nada. Pasó despacio por delante de los numerosos retratos que cubrían las paredes del largo pasillo. Lo de pasillo era un decir, pues tenía unos tres metros de ancho. Menudo laberinto era esa casa, pensó mientras recorría otros quince metros hasta el cuarto de los niños. Se detuvo y oyó la risa de su hijo. Estuviera del humor que estuviese, en cuanto oía reír a Edmund sonreía.

Aún no había cruzado la puerta cuando Edmund corrió hacia él y dio un salto. El duque, acostumbrado a ello, lo cogió con habilidad y lo sostuvo en el aire para a continuación dejarlo en el suelo y abrazar el menudo y robusto cuerpo contra su pecho.

Edmund se apartó un poco y dijo:

–Papá, Ellen ha puesto mi mesa como Bassick pone la tuya. Estoy a punto de empezar el tercer plato. Es un plato de pescado. –Se retorció en los brazos del duque–. ¿Verdad, Ellen? ¿No has dicho que he de hacer como que me servías lubina hervida?

–Así es, lord Edmund. Es la receta de la señora Dent y está deliciosa.

–Ellen es mi mayordomo –explicó lord Edmund.

El duque advirtió que Ellen, la tímida niñera de diecinueve años, hija de una costurera local, llevaba una chaqueta negra arremangada que seguramente le había prestado Bassick. También se había puesto una servilleta alrededor del cuello a modo de fular.

–¿Utiliza ya el cubierto adecuado, Ellen?

–Es muy brillante, su excelencia.
–¿Qué te pasa, papá?
–Estoy deliberando si caer enfermo o no. ¿Tú brillante, Edmund? Nunca lo hubiese imaginado.
–Oh, ya lo creo que lo es, su excelencia –dijo Ellen, y se apresuró a retroceder tres pasos.
Él sabía que la intimidaba, aunque hacía lo posible por evitarlo. Ella había hecho un buen trabajo hasta entonces. Le sonrió mientras volvía a abrazar a su hijo.
–Si tú lo crees, Ellen, no lo discutiré.
Al duque le invadían los recuerdos cada vez que entraba en el cuarto de los niños de Chesleigh. Era la habitación más importante del castillo, más que el gran salón del piso de abajo. En aquel cuarto de los niños había pasado sus años formativos cada generación de niños Chesleigh. Cuando Edmund había empezado hacía un año a recibir sus lecciones, el duque había hecho pintar y empapelar de nuevo la amplia estancia de los colores que el mismo Edmund había escogido de los libros de muestras. Cada ocupante había dejado en ella su impronta. La del duque era la estantería hermosamente tallada de la esquina del fondo, con sus iniciales orgullosamente cinceladas en la base del primer estante. Había trabajado casi un año en esa estantería, tiñéndola una y otra vez hasta obtener el color marrón que quería. Sus padres le habían elogiado incansablemente.
Cruzó la larga extensión alfombrada hasta la mesa de comedor de su hijo, que Ellen había colocado en un sitio de honor frente a la chimenea. Dejó a su hijo en el suelo, y lo vio acercarse a su silla en la cabecera de la mesa y permanecer inmóvil hasta que Ellen la apartó por él. Se le veía serio y algo ensimismado. El duque se preguntó si su hijo trataba de imitarlo, que era exactamente lo que había hecho con su propio padre, y a buen seguro el padre de este antes que él. Vio en ello la elegante mano de Bassick. Cuando Edmund seleccionó el tenedor adecuado, miró a su padre con ojos brillantes de emoción.
El duque sonrió a Ellen.
–Es bastante brillante. Tienes toda la razón, Ellen.

El niño de cinco años empezó a cortar con cuidado una pasta que la cocinera había moldeado en forma de trozo de pescado. Luego dio un bocado, masticó despacio y asintió pensativo.

–Excelente, mi buen amigo. Por favor, felicite a la cocinera de mi parte.

Hasta había conseguido adoptar el tono del duque. Era sobrecogedor y reconfortante al mismo tiempo. ¿Mi buen amigo? ¿Dónde demonios lo había oído? Continuidad, pensó el duque, eso no era sino otro ejemplo de continuidad. Ellen abandonó su postura lo justo para abrazar a Edmund. Él imaginó que lo quería más que lo había querido la propia madre del niño. No, no iba a pensar en Marissa. No ganaba nada haciéndolo.

–Mientras das cuenta de tu lubina, déjame que te diga que Bassick me ha dicho que esta tarde has montado a *Pansy*.

Lord Edmund ofreció a su padre un vaso de pretendido vino, luego fingió beber un sorbo del suyo de una copa muy bonita.

–Sí, señor, y después de dejar a *Pansy* en el establo, Grimms y yo exploramos la playa. Construimos un castillo con torreones y un foso, y entonces Grimms dijo que por qué no jugábamos a que la marea era Guillermo el Conquistador y sus soldados. Vimos desaparecer el castillo desde el sendero del acantilado, y no quedó nada después de que Guillermo acabó con él.

El duque se acuclilló a la altura de los ojos de su hijo.

–La marea no tiene el cerebro de un hombre, Edmund. Destruye, eso es todo. Si tú o yo atacáramos el castillo, no querríamos destruirlo sino tomarlo. Para a continuación reconstruirlo y tener a nuestra gente trabajando en él, engordando y prosperando. En fin, tengo una sorpresa para ti. Tenemos visita.

–¿Phillip?

–No, no es Phillip Mercerault. Él está en su casa solariega de Dinwitty con su nueva esposa. Se llama Sabrina y te gustará. Sería capaz de liderar una carga de caballería.

–Creía que las mujeres no podían ser soldados.

–No lo he dicho en ese sentido. Solo quería decir que es valiente y tiene coraje. Ya conoces a Phillip, una mujer tiene que tener estrategias para tratar con él.

–¿Es Drew?

–No, no es Drew. Antes de que te pases las tres próximas horas tratando de adivinar quién es, deja que te diga que es una dama y que nunca la has conocido. Es una prima de tu madre. Se llama... –Se interrumpió, sintiéndose tonto. No sabía su nombre de pila–. Puedes llamarla madame De la Valette. Tal vez si te portas muy bien te diga su nombre de pila.

–Suena a extranjero, papá.

–Solo es medio extranjera. En realidad es totalmente inglesa, ya lo verás. Ahora tengo que ir a cambiarme para cenar. La traeré mañana por la mañana para que te conozca. Ellen, encárgate de que esté presentable para su prima.

–Sí, su excelencia.

–¿No tengo más remedio, padre?

–No, Edmund, no tienes.

Edmund pareció resignarse.

–Me dará palmaditas en la cabeza y tratará de fingir que le intereso. Peor aún, querrá besarme y me susurrará cosas dulces.

–Si eres digno de interés, mostrará interés. Si no, se mostrará educada y punto. No seas impertinente.

–¿Es guapa como Ellen o la abuela?

Ellen dio un gritito sofocado.

–Tal vez –respondió el duque–. Tendrás que decidirlo por ti mismo.

–Bueno, sé que no puede ser tan guapa como la madre de Rohan. Es la mujer más guapa del mundo.

Eso probablemente era cierto, pensó el duque recordando a Charlotte Carrington, la madre de Rohan Carrington, quien era una auténtica diosa, una criatura espléndida, una Venus en ropas inglesas. Había oído decir que Charlotte le había enseñado a hacer ojitos a Sabrina para que coqueteara con su marido.

–Sigue con tu cuarto plato, Edmund.

Dio una palmadita en el hombro a su hijo, y, haciendo una señal con la cabeza hacia Ellen, salió del cuarto de los niños.

A decir verdad, Evangeline no había tenido nada de hambre, no después de probar las deliciosas pastas de la cocinera, pero la comida que había logrado mordisquear había superado cuanto había comido en su vida.

–Estaba delicioso, su excelencia. Su cocinera es un genio con la ternera. En realidad, empiezo a creer que es un genio con todo. –Se recostó en su silla con un suspiro de saciedad y se limpió los dedos en una servilleta.

–Gracias. Bassick, transmite a la cocinera las felicitaciones de madame. ¿Le apetece un poco de jerez? –Casi oyó las mismas palabras brotando de la boquita de su hijo. Sonrió en dirección a ella.

Evangeline tragó saliva. Esa sonrisa, pensó, debería estar prohibida. A ningún hombre debería estarle permitido sonreír de ese modo a una mujer desventurada. Observó a Bassick servir jerez en una delicada copa de cristal.

El duque lo despidió.

–No te necesitaré más por esta noche, Bassick. Sé que tú y la señora Raleigh jugáis al whist los martes por la noche. Debes mantener intacta nuestra dignidad masculina. Cuento con que ganes.

–Lo intentaré, su excelencia. Pero la señora Raleigh es una feroz contrincante.

Después de que Bassick hubo salido del comedor llevándose consigo los dos lacayos, el duque se recostó en su silla de respaldo alto tan intrincadamente labrada que parecía digna de un miembro de la realeza y bajó la vista hacia su prima política.

–Hay demasiada distancia entre ambos –dijo–. No me había fijado antes. Pediré a Bassick que quite las alas de la mesa. Eso la reducirá a tres metros de longitud. –Levantó la copa hacia ella–. Bienvenida a Chesleigh, madame. ¿Me permite que sea tan impertinente como para beber a su salud?

–Es muy amable, su excelencia –dijo ella, y acercó la copa a la de él antes de beber un pequeño sorbo. Era un jerez exquisito, intenso y rico, y sintió cómo abría un tibio sendero hasta llegar a su estómago–. Es una habitación impresionante. Calculo que en esta mesa, totalmente extendida, pueden sentarse cuarenta personas.

–Más o menos. A Bassick le gusta dejarla en todo su esplendor. Por lo menos ha retirado los tres centros de mesa de plata para que podamos vernos. Por cierto, cuando estaba con mi hijo he caído en la cuenta de que no sé cómo se llama.

–De la Valette.

–No; su nombre de pila.

–Evangeline, su excelencia.

–Un nombre encantador.

Ella se había comportado debidamente durante la cena, con Bassick y los lacayos moviéndose alrededor, y había tocado temas mundanos e intrascendentes. Él había estado a la altura de ella, sin dejar pausas largas en la conversación, un anfitrión de fría cordialidad, que no mostraba un interés manifiesto ni por la cena ni por su invitada.

–Mi madre me dijo que lo eligió ella. Era mayor cuando me dio a luz, de modo que mi llegada fue como un milagro. Dijo que me llamó Evangeline para dar las gracias.

Se interrumpió, dándose cuenta de que nunca se lo había contado a nadie. Se limitó a mirarlo.

–Cuando nací, o eso me dijo más tarde mi padre, mi madre me miró y exclamó: «Alabados sean los santos. Por fin tengo al heredero». Había perdido tres niños antes de tenerme a mí.

–Usted también fue un milagro.

–Cuando conozca a mi madre tendrá que preguntárselo.

–Dudo que tenga ocasión –replicó ella.

De pronto contuvo el aliento. Le había caído un poco de la excelente salsa de la cocinera en la manga del vestido, el único adecuado para llevar por la noche. Se apresuró a frotársela con agua y a secarla. No tenía otro vestido. Era de muselina gris oscura, con la cintura alta, sin volantes, encajes ni enaguas. Al menos era uno de los suyos, y no uno de los seleccionados por Houchard o su maldita querida. Miró al duque, cuyo cabello negro brillaba a la tenue luz de las velas, y admiró su traje de etiqueta negro y su camisa de hilo blanco almidonada. Los recuerdos de su infancia de hacía siete años, congelados en el tiempo, no habían hecho justicia al hombre de verdad. Era magnífico, y, por supuesto, él era plenamente consciente de ello.

Eso le hizo sonreír. Ella tenía exactamente el aspecto de la persona por quien quería pasar ante él. De modo que los dos encajaban perfectamente con la imagen que querían ofrecer al mundo.

–Está sonriendo a su copa de jerez.

–Oh, no, esa sonrisa no tiene nada que ver con ninguna libación.

–¿Con qué tiene que ver entonces?

–Le seré franca, su excelencia. Estaba pensando en que los dos encajamos exactamente con lo que somos.

–Yo soy un caballero y usted una dama. No veo en eso nada que haga sonreír. O al menos no me hace sonreír a mí. Lo que me haría sonreír es ver aparecer por esa puerta a una mujer atractiva ataviada solo con velos para provocarme.

–Dudo que dijera eso un caballero. Lo pensaría, pero difícilmente lo diría. ¿Es cierto eso? ¿Velos?

–Le diré que mi madre probablemente preferiría que solo pensara tales cosas, así no tendría que acalorarse tanto. Aunque ahora que lo pienso, me parece recordar a mis padres riendo cuando no se daban cuenta de que yo andaba cerca.

–La risa es algo excelente. Mi padre y mi madre también reían, y en los momentos más insospechados.

–Sé exactamente a qué se refiere. Recuerdo haber visto a mi padre besando a mi madre. La tenía acorralada contra una pared y la besaba ardorosamente. Es algo que nunca he olvidado. Por supuesto, en ese momento no lo entendí. –Hizo una pausa y luego dijo en voz baja–: La muerte de mi padre ha sido difícil para ella.

–Y también para usted.

–Sí. Todos mis amigos querían venir a casa solo porque mi padre era el mejor padre. Caía bien a todos, los trataba como correspondía y los animaba a ser valientes, firmes e íntegros. –Se le hizo un nudo en la garganta. Lo odiaba, pero no podía evitarlo.

Tampoco podía evitar hablar de su padre, a quien creía el mejor padre del mundo. Pensó en Edmund y lo que se había perdido al morir su abuelo, y sacudió la cabeza–. ¿Le satisface su alcoba?

–Mucho. Recuerdo que Marissa tenía un gusto exquisito. La alcoba combina sus colores favoritos, el azul pálido y el crema.

–No conozco el gusto de Marissa. Nunca he puesto un pie en su alcoba.

Capítulo 7

¿Nunca había estado en la alcoba de Marissa?

Ella había abierto la boca para preguntarle, con toda franqueza, cómo era posible, sin haber estado nunca en la alcoba de su mujer, que hubiera tenido un hijo.

Él sabía exactamente lo que pensaba ella en esos momentos. Sus pensamientos se hacían patentes en su rostro. Carecía de astucia. Tendría que aprender si quería ser presentada en sociedad.

–Me acostaba con mi mujer, solo que nunca en su alcoba. En realidad Marissa nunca puso un pie en el resto del castillo. No le gustaba estar aquí. Prefería Londres. De hecho, solo estuvo aquí durante el embarazo de Edmund. –Cogió un tenedor y empezó a dar golpecitos en el mantel blanco–. Odiaba el mar y la humedad. Estaba impaciente por dar a luz a Edmund para regresar a Londres. Está enterrada en la parcela de la familia, en el cementerio del pueblo. Puede visitar su tumba si lo desea. –Al hablar de su padre, su voz se había llenado de pasión. Con Marissa se volvió inexpresiva.

–¿Pasa mucho tiempo aquí en Chesleigh, su excelencia?

–Procuro pasar tres meses por año. Además de la casa de Londres, donde reside actualmente mi madre, hay otras tres casas en Inglaterra. Soy responsable de las propiedades de los Chesleigh y divido mi tiempo entre ellas.

Así hablaba un duque, pensó ella, un hombre que conocía sus responsabilidades y las asumía. Bueno, ella se quedaría en Chesleigh. Houchard se había mostrado firme, al menos hasta que le enviase nuevas instrucciones.

–A decir verdad –continuó él al cabo de un momento–, como

Marissa y mi madre, yo también prefiero Londres. Tengo muchos amigos allí. Hay innumerables atracciones.

–Si me permite quedarme como niñera de Edmund, tal vez le tranquilice saber que, a diferencia de usted, yo prefiero el campo y el mar. Siempre he detestado las ciudades grandes. Las encuentro sucias y ruidosas. Si me permite quedarme, su excelencia, puede estar seguro de que me daré por satisfecha viviendo aquí en Chesleigh. Aparece en todas las guías turísticas como una de las residencias más nobles y suntuosas de Inglaterra. No es Blenheim, por supuesto, pero aun así.

–Blenheim es un montón de piedras dispuestas sin gusto, de ningún estilo en particular y sin ninguna antigüedad. Sus jardines son míseros y sus bosques esmirriados. Dentro de sus muros no se percibe el orgullo de unos antepasados ni un sentido de permanencia. El castillo de Warwick es otro asunto. Entre sus muros uno siente siglos de miseria y triunfo. Por desgracia, mis antepasados no dispusieron de los medios de los famosos Warwick. –El duque arqueó una ceja negra–. No soy un frívolo inútil, madame. No me mire con esa expresión sorprendida. A veces intervengo en política.

A ella le sorprendió. ¿Qué demonios entendía él por política? Dios mío, tenía que averiguarlo. Houchard había dicho que el duque no se dignaba interesarse en política.

–¿Qué quiere decir, su excelencia? ¿Se sienta en la Cámara de los Lores? ¿Propone nuevas leyes?

–No, no exactamente. Nada más lejos de la realidad. No tiene importancia. De hecho, lo que debería haber dicho es que trato de hacer exactamente lo que me place en todo momento. Y la mayoría de cosas que me placen no es una conversación digna de los oídos de una dama.

Se había guardado algo. Ella se preguntó qué era.

–Eso no lo ha detenido esta tarde, ni hace treinta minutos.

Él se echó a reír. ¿Qué otra cosa podía hacer?

–*Touché*, madame. ¿Le apetece ir al salón? Imagino que Bassick nos servirá en breve el té.

–Pero si acabamos de comer.

–Bassick está convencido de que el té es la base de la felicidad, la salud y el bienestar. Si pasamos al salón, en menos de una hora tendremos la bandeja del té.

El duque la instaló cerca del fuego, en un bonito sofá tapizado de seda azul pálido. Él permaneció de pie, de espaldas a la repisa de la chimenea, con los brazos cruzados sobre el pecho.

–¿Ha decidido si voy a quedarme aquí, su excelencia?

–No hace ni cuatro horas que ha llegado, madame.

–Estoy asustada, su excelencia –dijo ella con franqueza, mirándose las manos.

–No la voy a echar de mis propiedades.

–No, pero tal vez me permita quedarme sin hacer nada, sin contar para nada. Eso no me gustaría. De hecho, no podría soportarlo.

–¿Por qué demonios está tan nerviosa?

–Porque aún no me ha dicho si puedo quedarme como niñera de Edmund.

–Es usted muy joven, madame. Uno pensaría que preferiría ser introducida en sociedad. Soy pariente suyo. Es mi deber encargarme de que esté debidamente establecida y no le falte nada. Sé que mi madre estará encantada de introducirla en el *beau monde*. Con su sangre francesa, y su cara y su figura innegablemente encantadores, le auguro un éxito inmediato. No soy nada tacaño, madame, y le proporcionaré la dote suficiente para financiar una segunda alianza adecuada.

Ella no había imaginado que fuera tan generoso. Tenía que permanecer en Chesleigh a toda costa.

–A pesar de que soy medio francesa –dijo por fin–, en realidad soy inglesa hasta la médula. No me gustan los franceses.

–Eso es exactamente lo que pienso yo, sobre todo de Napoleón. Y bien, ¿qué dice?

–No quiero ir a Londres.

–¿Perdón?

–No tengo ningún deseo de abandonar Chesleigh. Ya se lo he dicho. Me encanta esta casa, y el mar. Quiero permanecer con

Edmund. A pesar de que aún no le conozco, estoy segura de que congeniaremos.

De pronto él pareció aburrido de ella, y cínico. Aparentó ir a decir algo, pero se contentó con encogerse de hombros.

Evangeline se levantó con brusquedad, derribando sin querer la silla sobre la bonita alfombra Axminster.

–Oh, Dios mío –exclamó, recogiéndola del suelo.

–¿He de suponer que le ha afectado algo de lo que he dicho?

–No comprendo su escepticismo, su excelencia. Le he dicho lo que deseo y sin embargo parece no creerme.

–¿Tan poco hace que ha enviudado que el buen gusto le prohíbe la diversión? Si esa es la razón por la que desea el aislamiento, entonces lo comprenderé.

–Hace más de un año que enviudé, su excelencia. Mi padre murió poco después de mi marido. He cumplido con mis obligaciones sociales. Ahora solo deseo tener paz y descansar.

–Debía de estar muy unida a su marido –dijo él, y su voz se volvió distante.

–No... sí, quiero decir que desde luego estaba unida a él. André era un gran hombre.

–Además de pobre, claro.

–No tengo dinero porque no le di un heredero. Así es como funciona el mundo en todas partes, incluso aquí en Inglaterra. Su hermano menor es ahora el señor. Nunca me he llevado bien con él. Al morir André volví con mi padre.

–¿Trató de seducirla ese joven estúpido?

De nuevo, su cinismo consumía el aire que había entre ambos.

–Sí, lo hizo. Yo no podía soportarlo. Me marché. Siempre le olía el aliento a ajo.

–Entiendo –dijo el duque, examinándose la uña del pulgar, ligeramente irregular–. ¿Quién era exactamente su marido, madame?

–André Neigeon, hijo mayor del conde De la Valette.

–No puedo seguir llamándola madame o prima. ¿Puedo llamarla Evangeline?

Ella asintió y pensó que su nombre sonaba como la miel cuando él lo pronunciaba. También sonaba seductor y provocativo. Era lo curioso de ese hombre. Además de ser el hombre mejor parecido que había visto en su vida, tenía un carácter tan complejo e inquietante que dudaba que alguien lo entendiera. Tal vez su padre lo había conseguido.

–Por supuesto, su excelencia.

–Puede llamarme Richard.

Ella asintió, pero no quería intimar tanto con él como para que le saliera de manera natural llamarlo por su nombre de pila. Quería mantenerlo a cierta distancia, apartado. Debería haberse sentido aliviada al ver lo deprisa que él la había aceptado, pero en lugar de eso se sentía tan avergonzada que quería escabullirse y esconderse.

–Si realmente desea permanecer en Chesleigh en compañía de mi hijo, supongo que sería perverso y poco razonable por mi parte no permitírselo. No se la tratará como a una niñera, por supuesto. De hecho, espero que en mi ausencia sea la señora de la casa.

De desconocida a dueña de casa en su ausencia. Ella se limitó a mirarlo fijamente, sin saber qué pensar ni qué decir. Empezó a pasearse nerviosamente por la estancia.

–Eso es ridículo. No me conoce. No soy nadie. Jamás consentiré tal cosa. Seré su empleada, como sus otros cien empleados.

–¿Cómo sabe cuántos tengo? ¿Se ha pasado toda la tarde contando caras?

–No, pero esta casa es enorme. Cada vez que levanto la vista hay un lacayo o una doncella distintos a menos de un metro de mí.

–Es usted la prima de mi esposa. No le queda más familia que su tío, quien ni siquiera sabe que está en Inglaterra. De manera que ahora yo soy el cabeza de su familia, o si lo prefiere, se ha convertido en parte de mi familia. Ahora soy responsable de usted. No puedo instalarla en una habitación mal ventilada de la buhardilla sin que me remuerda la conciencia.

»No era mi intención utilizar este tono. Pero es imposible. Perdóneme. –Se apartó de ella de manera tan efectiva como si hubiera salido de la habitación y la hubiera dejado sola. Parecía indiferente. Añadió–: Tener en Chesleigh a mi encantadora prima no hará sino poner rojo de envidia a todos los caballeros que conozco. Además, mi madre insistirá en ello. Si no es lo que usted desea, lo lamento, pero es lo que va a ser.

»Una vez se haya instalado, traeré a mi madre para que la conozca. El decoro de que viva usted aquí, sin una acompañante, por muy prima que sea, es otro asunto en el que mi madre está bien versada. No podemos permitir que su reputación se vea mancillada por vivir aquí conmigo. Tal vez mi madre venga ahora a Chesleigh, aunque el aire del mar le resiente la salud.

–He estado casada. No hay nada que mancillar. Veo que le he aburrido con mi presencia y toda esta conversación. Excúseme.

–¿Aburrido? No lo creo. ¿De modo que no hay nada que mancillar? Dado que es usted medio francesa, esa opinión me parece extraordinariamente ingenua. ¿Dónde está su afamado sentido común francés, madame? Sin duda tiene previsto casarse de nuevo en el futuro. Deje que le asegure que eso inquietará sobremanera al caballero de su elección.

–No tengo ninguna intención de volverme a casar. Además, me parece ridícula la idea de que su pobre madre se vea arrastrada hasta aquí por una norma sin sentido. Lo cierto es que no soy más que una pariente pobre. A nadie le importa mi reputación o la falta de ella.

Él ni siquiera la miraba.

–Está bien –dijo–, dentro de un mes, cuando Edmund la haya trastornado y se encuentre usted al borde de estrangularlo, irá a Londres. No tendrá por qué casarse con el primer hombre que se le cruce en el camino, se lo prometo.

–No quiero marcharme nunca de Chesleigh.

–Ya lo veremos –dijo él. Sacó del bolsillo del chaleco el reloj y lo consultó–. Es tarde. Tal vez sus opiniones disparatadas sean consecuencia del cansancio.

–Solo porque no me atrae su estilo de vida, su excelencia, me toma por estúpida. Dios mío, ¿acaso le he insultado? Lo siento. ¿Dejará que me quede como niñera de Edmund?

–¿Sabe? –dijo él al cabo de un momento–, nunca he conocido

una mujer como usted. Corre por cierto camino y de pronto hace un giro que la lleva a un camino en sentido contrario. Es como un rompecabezas. Siempre se me ha dado bien resolver rompecabezas. ¿Por qué no me da las buenas noches? No, no diga nada más. Le estoy dando la oportunidad de escapar del salón sin ofender nuevamente a su anfitrión. –Dio un paso hacia ella y se detuvo, acariciándose la barbilla con sus largos dedos–. Antes de que se retire, quisiera saber exactamente cuál cree que es mi estilo de vida.

Ella lo miró a la cara.

–Creo que es usted un hombre de mundo, un hombre que puede tener casi todo con solo chasquear los dedos. En pocas palabras, un hombre que, por su riqueza, rango y atributos personales, puede permitirse embarcarse en cualquier empresa que le interese.

–Para concluir, un hombre no muy digno de estima.

–Siempre le creeré digno de estima, su excelencia –respondió ella sin vacilar–. ¿Cómo iba a pensar lo contrario? –Se volvió y se dirigió a la puerta del salón. Se detuvo con la mano en el pomo y dijo por encima del hombro–: Después de todo, ¿no ha permitido que una prima política pobre invada su fortaleza?

–Una nueva visión de usted –susurró él–. Confío en que no lamente haber venido.

–No puedo lamentarlo, su excelencia –dijo ella, y se apresuró a salir de la habitación.

Las palabras de ella lo dejaron desconcertado. Se encaminó a la biblioteca. Una hora después, antes de acostarse, decidió posponer su regreso a Londres al menos una semana, hasta asegurarse de que ella y Edmund se llevaban bien.

Capítulo 8

Llovía torrencialmente; el edificio era de piedra gris vieja y frente a él había una zanja por la que corría agua. Dentro, ella oía el eco de sus propias botas sobre los suelos de piedra. Nunca en su vida había conocido tanto terror. Uno de los dos hombres la metió de un empujón en una habitación pequeña y estrecha, donde solo había una ventana alta detrás de un joven delgado y demacrado. Parecía un monje en su celda. Estaba sentado detrás de un viejo escritorio cubierto de rasguños, en cuya superficie no había papeles ni nada. El joven se levantó despacio sin apartar los ojos de su rostro. Tanto el abrigo como los pantalones de lana negros que llevaba tenían aspecto raído.

Se acercó a ella y, sujetándole la barbilla con sus dedos largos y delgados, le levantó la cara. Ella trató de zafarse, pero uno de los hombres le torció el brazo a la espalda, diciéndole al oído:

–Quédate quieta, mademoiselle, o te partiré esta bonita ala. –Los dedos le apretaron con más firmeza la barbilla y de pronto la soltaron. Le señaló una silla–. Siéntate.

Así lo hizo. No tenía elección. Quería preguntar dónde estaba su padre, pero era incapaz de articular palabra. ¿Por qué les habían llevado allí a ella y su padre? ¿A París? Estaba tan asustada que las palabras se le habían quedado atascadas en la garganta.

–Me llamo Houchard –dijo el hombre–. Vas a hacer exactamente lo que yo te diga o mataré a tu padre.

¿Dónde estaban las palabras para gritarle, o preguntarle por qué hacía eso, fuera lo que fuese?

–Es un alivio ver que eres bastante atractiva. Al duque solo le gustan las mujeres guapas. Si es menester, te acostarás con él.

–¿De qué está hablando? –gritó ella, levantándose de la mísera silla–. ¿Qué duque? No conozco a ningún duque. ¿Qué han hecho con mi padre?

–Oh, ya lo creo que conoces a un duque. Y pronto lo conocerás aún mejor. Eres medio inglesa. Me resulta excitante que colabores en mi causa. Vosotros los malditos ingleses siempre estáis muy seguros de tener la razón. Me pregunto si debería acostarme antes contigo para ver si sabrás seducir al duque como es debido, llegado el caso, naturalmente. –Se volvió hacia uno de los hombres–. ¿La habéis desnudado? ¿Examinado?

El hombre sacudió la cabeza.

–La joven estaba muy asustada y su padre se acaloró demasiado. No quisimos vernos obligados a matarlo. ¿Quieres que lo haga ahora?

Houchard la miró y meneó la cabeza. Rió con ganas y empezó a cantar en latín con voz grave y monocorde, como haría un cura entonando una bendición.

Los dos hombres que estaban detrás de ella empezaron a corearle con voces agudas juveniles, puras y alegres, y el bonito y fluido latín resonó en aquella celda de monje.

Evangeline despertó bruscamente con el corazón palpitándole, el rostro cubierto de sudor y jadeando de tal modo que creyó que iba a ahogarse.

Un sueño.

No había sido más que un sueño. Pero casi todo había ocurrido en realidad. Se preguntó por qué había soñado que Houchard y sus secuaces cantaban en latín. No había entendido lo que cantaban, y tal vez esa era la clave. No tenía ni idea de qué iba a ocurrir.

Un sueño.

Dios mío, había sido tan real. Sacudió la cabeza y apartó las mantas. Lograría sobrellevarlo, de lo contrario su padre moriría. Había obtenido la mayor concesión, gracias a Dios. De momento el duque la había aceptado, acogiéndola como un miembro del castillo de Chesleigh. Iba a ser la niñera de lord Edmund si este la aceptaba. El drama de Houchard se había puesto en marcha irrevocablemente, y no podía hacer nada para evitar que sus personajes, ella incluida, representaran sus papeles.

El brillante sol matinal entraba a raudales por las ventanas de la alcoba. El fuego estaba apagado, y en realidad no hacía ninguna falta. Hacía tanto calor que uno hubiera creído que era verano. Había ocurrido varias veces en los años que pasó en Inglaterra. Había lluvias torrenciales, un frío glacial y nevadas, y de repente unos días tan soleados y luminosos que uno soñaba con el verano, exuberante, caluroso y verdísimo. Miró por la ventana los olmos pelados. Bueno, no era exactamente verano.

Luego, naturalmente, el invierno regresaría de verdad. Tenía muchas cosas que hacer, y la más importante era trabar amistad con el hijo del duque. Si el niño le tomaba antipatía inmediatamente, estaría perdida. Recordaba habérselo dicho a Houchard. Él se había limitado a sacudir un dedo diciéndole: «Si eso ocurre, querida, te sugiero que te prepares para el funeral de tu padre. El problema será, claro, que nunca encontrarás su cadáver». Ella lo había creído entonces y seguía haciéndolo.

Se vistió, y se disponía a salir de la alcoba cuando oyó unos pasos lentos y pesados acercarse a la puerta.

Fue presa del terror. Los dos hombres que la habían sacado a ella y su padre de su casa por la fuerza, su aspecto, sus voces, se le habían quedado grabados en la memoria. El más joven, de mucha labia, se llamaba Biron. No recordaba la cara del otro, solo la voz. Una especie de hurón que parecía no haber cruzado una palabra con nadie en toda su vida. Al menos no habían hecho daño a Margueritte y Joseph, los criados, que se habían quedado mirando los carruajes desde las ventanas del salón, con el rostro pálido y demacrado a la luz de las velas, preguntándose qué ocurría. A ella la habían subido bruscamente a un coche y a su padre al otro. Al amanecer habían llegado a París y la habían metido a empujones en la celda en que la esperaba Houchard.

Su vida había cambiado rápida e irrevocablemente. No, no, se estaba comportando de un modo absurdo. Se encontraba en Inglaterra, en su alcoba de Chesleigh. Al otro lado de su puerta no esperaba ningún hombre para llevársela a rastras. Se pellizcó rápidamente las mejillas para poner color en su rostro. Se retocó el severo moño de la nuca y dijo en un bonito y claro francés:

–*Entrez!* –Oyó murmurar algo y se apresuró a añadir–: Adelante.

El murmullo continuó. Con el entrecejo fruncido, Evangeline abrió la puerta de la alcoba.

Una anciana entró arrastrando los pies, que asomaban diminutos bajo una túnica azul marino hermosamente tejida y ceñida a su fina cintura a la moda del siglo anterior. Tenía un rostro apergaminado y la espalda encorvada a causa de la edad. Llevaba su escaso cabello recogido en un minúsculo moño que dejaba a la vista trozos del cuero cabelludo. A Evangeline apenas le llegaba a la barbilla. Parecía que iba a desplomarse de un momento a otro; de hecho, le pareció aterrador su aspecto frágil hasta que la miró a la cara. Tenía unos ojos preciosos, brillantes de inteligencia y agudeza, y tan azules como el cielo de verano; los ojos de una joven.

¿Era una tía abuela loca que el duque tenía escondida en la buhardilla? Tenía la mano preparada por si la señora decidía desplomarse.

–Me llamo Evangeline –dijo–. ¿Quién es usted?

La anciana la miró fijamente, con la cabeza ladeada hacia la izquierda como un gorrión intrigado.

–¿Puedo hacer algo por usted, señora? Si está perdida, lo siento pero no puedo ayudarla. Llegué a Chesleigh ayer por la tarde.

–Oh, sé dónde estoy, y sé quién eres tú, jovencita. Eres la prima de la difunta duquesa, toda una adulta ahora.

Tenía la más dulce de las voces, con un débil acento escocés. Era como si cantara.

–Ya no soy tan jovencita –dijo Evangeline sonriendo–. Mi padre me llama su niña grandullona y eso es lo que soy. ¿Quiere sentarse, señora? Puedo pedir té si le apetece.

–Oh, no, yo no bebo ese brebaje vil. Solo bebo la corteza ocre destilada del pino. Ay, eres una grandullona, es cierto, de la estatura perfecta. Crees que voy a estirar la pata aquí mismo, en esta alfombra, ¿verdad, niña?

–Espero que no. Por favor, siéntese. Dígame quién es y qué puedo hacer por usted.

–Soy la señora Needle.

Se detuvo en seco, esperando que Evangeline supiera exactamente quién era.

–Hola, señora Needle. Me alegra mucho conocerla.

¿Qué iba a decir?

–No eres tan guapa como ella... la difunta duquesa, pero tienes más carácter que esa astuta pava real que a duras penas tenía el suficiente para llenar un dedal. Y veo fuego en tus ojos. Unos ojos inteligentes, no los de una jovencita, no los de la difunta duquesa. Ella tenía ojos de tempestad que temblaban de cólera cuando se sentía frustrada. Una cría es lo que era: tan pronto era malcriada, petulante y exigente como un encanto. Era una pequeña hechicera, engañó a mi chico. Pero no duró mucho. Fue una lástima que tratara de engañar a mi chico, que lo frustrara, todo porque le aterrorizaba volver a dar a luz. Luego murió... Ah, y fíjate en esa barbilla, firme y sin papada. Darás tanto como recibas. ¿Qué te parece eso, niña?

–¿Qué quiere decir con que tengo fuego en los ojos? –repuso Evangeline.

La anciana soltó una risa tan seca y entrecortada que Evangeline creyó que sus viejos y delgados huesos iban a desmoronarse con su fuerza.

–Ay, niña, no lo sabrás hasta que él te ponga las manos encima. Una vez eso ocurra, no volverás a ser la misma. Te sentirás perdida y al mismo tiempo encontrada, como tiene que ser pero aún no ha sido para mi muchacho.

–¡Señora Needle!

En el umbral estaba la señora Raleigh con los brazos en jarra. Parecía como si fuera a desmayarse y a escupir al mismo tiempo. Llevaba un traje azul lavanda pálido con un encaje más oscuro en las muñecas y el cuello. Su cabello blanco y ahuecado se recogía en lo alto de la cabeza. Su llavero parecía brillar aún más que el día anterior.

–¿Qué está haciendo aquí, señora Needle? Esta es la prima de su excelencia, madame De la Valette. Es muy temprano. Debería estar descansando en su habitación.

Pero Evangeline no quería que la anciana se fuera. Quería saber más de ese asunto sobre el fuego en los ojos y temía que hubiera terminado.

–Oh, eres tú, Clorinda. Siempre metiendo la nariz donde no debes. Necesito pasar más tiempo con la joven. Será perfecta, ¿no te parece? He esperado mucho, y así se lo he dicho a su excelencia, pero ella sacudió la cabeza. Dudaba que lo hiciera, pero por fin ha venido, como yo sabía que haría.

–Señora Needle, la señora aún no ha desayunado. Tal vez pueda ir a verla más tarde.

–La verdad es que ahora es un buen momento para mí, señora Raleigh. No tengo nada de apetito, y estábamos...

–No, niña, ve con Clorrie. Todo saldrá bien, ya lo verás. Sé que estás asustada, pero todo saldrá bien. Te lo prometo. Ya lo he visto todo. Ay, puedo veros a ti y a mi muchacho riendo. Eso es bueno.

Evangeline la miró fijamente. ¿Esa anciana loca sabía que ella estaba asustada? ¿Cómo era posible, por el amor de Dios? ¿Cómo sabía que todo iba a salir bien? ¿Ella y su muchacho riendo? Eso era un disparate, la locura de una anciana. Nunca saldría nada bien. Lo único que quería era salvar a su padre, si Houchard le dejaba salvarlo.

Todo lo demás era traición. Se volvió de mala gana hacia la señora Raleigh.

–Muy bien. ¿Puedo acompañarla de nuevo a sus aposentos, señora Needle?

La anciana soltó una de sus ásperas risotadas y agitó una pequeña mano llena de venas.

–Oh, no, muchacha. Volveré yo sola a la torre norte. No te preocupes por nada, hazme caso.

–Vamos, señora Needle –dijo la señora Raleigh al ver palidecer a Evangeline–, no querrá que la señora se sienta incómoda. Todavía no la entiende. Dele tiempo.

–El tiempo se acaba –dijo la señora Needle–. Tenía que venir ahora. Métete en tus asuntos, Clorrie. Ahora puedes llevar a la muchacha abajo para desayunar.

La anciana salió de la alcoba arrastrando los pies. De pronto se volvió, estudió a Evangeline y dijo por fin:

–Ven a la torre norte. Apuesto a que los únicos recuerdos que tienes de tu prima son de cuando eras niña. Pero has venido, tal como yo esperaba. Hablaremos, niña. Ay, tenemos tanto de qué hablar. Pero debemos hacerlo pronto. Queda muy poco tiempo.

–Iré –dijo Evangeline, y se limitó a observar cómo la anciana recorría penosamente el largo pasillo. Sintió que se le ponía piel de gallina en los brazos.

La señora Raleigh suspiró y dio unas palmaditas en la mano de Evangeline.

–La señora Needle era la enfermera del viejo duque. Siempre ha estado aquí, algunos dicen que vino con el Conquistador. El duque actual le deja hacer lo que se le antoja. En realidad es inofensiva. Si va a la torre norte, tenga cuidado. A la señora Needle se le considera una bruja, una bruja curandera. Olerá sus brebajes antes de que le deje entrar en su santuario.

»Está pálida, madame. ¿Le ha dicho algo que la ha perturbado? Por supuesto que lo ha hecho. Siempre se anda con misterios. Se jacta de dejar a la gente con el cerebro revuelto. Disfruta con ello. Venga conmigo, lo olvidará todo en cuanto pruebe uno de los bollos de frambuesas de la cocinera.

–Parece muy anciana –observó Evangeline.

–Así es –repuso la señora Raleigh andando a su lado–. Su excelencia no quiere oír ni hablar de que se la lleven de Chesleigh. Por supuesto, nadie lo ha sugerido, ni siquiera cuando el viento sopla en la dirección que no debe y el olor de una de sus pociones invade el castillo. Una vez todos nos pasamos dos días con los ojos vidriosos. Recuerdo con toda claridad el olor a canela quemada. Horrible. Su excelencia se limitó a reír. Le consiente todos sus caprichos.

»Debo decir, sin embargo, que su laboratorio de hierbas es magnífico. Todo el mundo le lleva brotes de esto y aquello. Es interesante. Ella no suele salir de la torre norte. Pero ha venido a verla. Tal vez ha oído hablar de usted y tenía curiosidad. Dudo que vuelva a molestarla.

Evangeline se estremeció. Sabía que iba a volver a ver a la señora Needle. De hecho, iría personalmente a la torre norte en su busca.

–Es muy temprano, madame. Me ha sorprendido encontrarla despierta y vestida. –La señora Raleigh echó un vistazo al mismo traje de muselina gris que Evangeline había llevado el día anterior–. Es una lástima lo de su equipaje. Veremos qué quiere hacer el duque al respecto.

–Le aseguro que el duque no hará nada, señora Raleigh.

–Bueno, ya ha puesto a Dorrie a su servicio.

Evangeline reflexionó un momento.

–Sí, tiene razón. Actúa deprisa.

–Si su excelencia decide algo, está hecho antes de que *Lambert*, el gato del establo, pueda cazar otro ratón. ¿Se quedó satisfecha con Dorrie anoche?

–Es muy agradable.

–No la ha llamado esta mañana. Por eso he venido, para saber si todo iba bien. La pobre está preocupada por si la ha contrariado en algo.

Evangeline pensó en su querida Margueritte, siempre tarareando, siempre riendo y charlando aunque no hubiera nadie, siempre mirando a su padre con lujuria.

–Dorrie me vendrá de maravilla, señora Raleigh. Le prometo que esta noche le dejaré que me ayude.

Evangeline imaginó que era la primera niñera a la que se le designaba una doncella, pero no dijo nada más. La señora Raleigh, como sin duda todo el personal, creía que su cargo no era sino pura comedia, algo para salvar su orgullo puesto que era una pariente pobre. Pobre o no, estaba emparentada con el duque, y debía tener por tanto una doncella.

–Su excelencia ya está en la habitación del desayuno. Siempre se despierta temprano. Le ha dicho a Bassick que no va a irse a Londres hoy. –Se frotó sus bonitas y finas manos–. Vamos a tenerlo aquí al menos otra semana, o eso cree el señor Bassick, y nunca he visto que se equivoque, y eso nos complace a todos, madame. Todos le estamos agradecidos por retenerlo aquí.

¿Retenerlo allí? No, seguro que no. Seguro que tenía otras razones para quedarse, a no ser que quisiera asegurarse de que no iba a estrangular a lord Edmund en la cama. Todo habría sido más sencillo si se hubiera limitado a instalarla y se hubiera marchado a Londres. Pero las cosas no solían ocurrir de la forma más sencilla. De pronto, volvía a estar en París, en aquella estrecha celda. Y allí estaba también él, observándola mientras preguntaba:

–¿Sabes cómo acostarte con un hombre?

Ella lo miró, estremeciéndose por dentro, blanca como el encaje de su vestido.

–Ya tienes casi veinte años, no eres una mocosa con pájaros en la cabeza y el juicio de una cabra. ¿Te has acostado alguna vez con un hombre?

Ella hizo un gesto de negación. Como un conejo observaría a una serpiente que se arrastra hacia él, Evangeline observó cómo él se acercaba sonriéndole. Alargó las manos y las ahuecó sobre sus pechos.

–Muy bonitos –dijo en voz baja–. A él le gustarán. Y harás, naturalmente, lo que sea necesario para tener éxito.

Evangeline se apartó bruscamente, pero él la cogió por las muñecas. Ella soltó un grito sofocado.

–Dios mío –exclamó, y dio un traspiés.

Capítulo 9

–¿Qué le ocurre, madame? Cielos, ¿se encuentra bien?

La señora Raleigh le asió el brazo y la sostuvo con firmeza.

Evangeline sacudió la cabeza, pero seguía viendo claramente a Houchard con la imaginación, maldito sea. Siempre estaba allí, a veces tan claro que si extendía un brazo lo tocaría, y él le hablaría con voz clara y áspera al oído, o la acariciaría con la misma pasión que le despertaría el brazo de un sillón.

Logró esbozar una sonrisa patética.

–Lo siento, señora Raleigh. Estaba pensando en otra cosa, algo que me pasó en Francia. Perdone mi distracción. ¿Quién es ese caballero de la enorme peluca blanca? –Señaló un gran retrato con un pesado marco dorado, pintado a principios del siglo anterior.

–Oh, es el cuarto duque de Portsmouth, Everett Arysdale Chesleigh. Tengo entendido que era un desmandado. Demasiado guapo, si quiere saber mi opinión, y todas las chicas se derretían por él. Al menos casi todos sus bastardos ya han muerto.

Evangeline no estaba pensando en el cuarto duque de Portsmouth, sino en el actual, un hombre también demasiado apuesto para su propio bien y la tranquilidad de cualquier mujer. Había estado pendiente de él en cada momento, no solo porque tenía miedo de no lograr convencerlo de que le dejara quedarse, sino también porque la miraba como la habían mirado otros hombres, en particular el conde de Pouilly. Solo que con el duque no se sentía en absoluto ofendida. La hacía sentir calor en partes de las que nunca había sido consciente. También le desconcertaba ligeramente, pero durante la pasada semana el desconcierto había sido una constante, de modo que no la sorprendía demasiado.

Sin embargo el calor, eso sí era extraño, algo que no sabía explicar. Solo sabía que le agradaba.

Con él había representado un papel. Había eludido sus preguntas con sus respuestas aprendidas, preguntándose siempre qué pensaba, cómo iba a reaccionar cuando decía algo mínimamente inusual.

Él tenía muchos cambios de humor, y de la arrogante altivez profundamente arraigada en su ser pasaba a la cortesía indiferente, cuando se encerraba en sí mismo, absorto en sus pensamientos. En fin, no había nada que hacer.

Ella tenía que conseguirlo. No tenía elección.

Los gráciles movimientos de pájaro de la señora Raleigh, su parloteo tranquilizador, no cesaron mientras conducía a Evangeline por el largo pasillo alfombrado del ala oeste hasta las amplias y curvadas escaleras que llevaban con centenaria dignidad hasta los pisos superiores. Ella la siguió a través del vasto vestíbulo estilo italiano, con su enorme araña de luces que colgaba de una cadena de plata de por lo menos el grueso de su antebrazo, a través de la biblioteca y el comedor formal. Entraron en una pequeña habitación octogonal bañada en la brillante luz de la mañana que entraba a raudales por las bajas y amplias ventanas. No había muebles pesados ni revestimiento de paneles de madera oscura, solo esa luz, espacio bien ventilado y unas paredes pintadas de amarillo pálido. Varias ventanas estaban abiertas, y una suave y cálida brisa hinchaba los ligeros cortinajes.

Ella se detuvo en mitad de la habitación.

–Qué encantador.

–Gracias. Mi madre también se las habría dado. Mandó hacer la habitación hace veinte años.

Sorprendida, Evangeline se volvió hacia el duque, que estaba sentado a un extremo de la pequeña mesa y acababa de bajar un periódico. Llevaba una chaqueta de ante y pantalones de montar marrones de exquisito corte. Tenía el pelo oscuro algo alborotado, la tez bronceada y de aspecto saludable. Ya había salido a caballo, seguramente bordeando el acantilado.

Era sin duda el hombre más atractivo que había visto en su

vida. Claro que tampoco había visto a tantos. Tal vez los de Londres lo superaran con mucho, aunque lo dudaba.

Se dio cuenta de que lo miraba fijamente y se apresuró a bajar la vista.

–¿Algún problema, madame?

«Sí –quiso decir–. Usted es el problema. Me resulta doloroso mirarle. Aparecía en mis recuerdos infantiles. Confiaba en que hubiera cambiado de aspecto con los años, pero no ha sido así. He perdido la cabeza.»

En lugar de ello, se dominó.

–No, nada, su excelencia –respondió con frialdad–. Solo un instante de aflicción visual.

Pensó que él se reiría. Recordó de pronto cómo había envidiado a Marissa todos esos años, la afortunada de Marissa que había conseguido la mano de ese hombre. Pero Marissa no había sido tan afortunada. Había muerto a los veinte años, en un accidente, según tenía entendido.

Le lanzó una mirada pícara, una mirada que le salió natural, que parecía haber estado esperando a que él viniera para lanzársela. Y supo que a él le gustaba esa mirada, toda esa picardía que prometía algo, aunque solo fuera eso, una promesa. Se encogió de hombros, porque no veía ninguna salida. Él le sonreía con complicidad, como si le leyera el pensamiento. ¿Por qué no decírselo? La mirada pícara se intensificó cuando dijo:

–A decir verdad, estaba pensando en que está usted espléndido.

Él se recostó en su silla con los brazos cruzados.

–Una dosis de franqueza francesa. Gracias por el cumplido. Si yo fuera una dama, me jactaría y le pediría que fuera más específica en sus cumplidos, pero, ay de mí, soy un caballero, y por tanto debo aceptar el vago cumplido y darme por contento. Pero es cierto que me gustaría saber los aspectos concretos en este caso. –La sonrisa pícara se desvaneció–. ¿La he incomodado? Sí, creo que eso podría llamarse un discreto rubor que comienza por el cuello. Venga a sentarse. La señora Dent nos ha preparado un desayuno que nos dejará tan cebados como caballos castrados.

Evangeline se abstuvo de mirarlo de nuevo mientras tomaba asiento a su derecha. Sabía que él estaba totalmente acostumbrado a que lo halagaran con descaro, le admiraran sin cesar y lo compararan con un dios.

No, él no era ningún dios. Recordó las gráficas descripciones de Houchard de los gustos del duque, sobre todo en lo tocante a las mujeres, y deseó que la tragara la tierra.

No, no iba a ocurrir nada de eso. El duque nunca la vería más que como una viuda sin dinero y totalmente vestida, que estaba allí para cuidar de su hijo si este cooperaba y la adoraba a primera vista. No debía verla nunca como una mujer que lo admiraba más de lo debido. Bassick, sonriéndole, le sirvió café cargado y, tras inclinar la cabeza en dirección al duque, salió de la habitación.

Ella era inglesa, siempre se había visto a sí misma como tal. Le habría gustado destruir la parte francesa de su existencia. Lo curioso era que nunca, ni de niña, le habían gustado los pesados desayunos ingleses. Pero había estado tan absorta pensando en él, en su maldita situación, en lo que le había dicho Houchard, que se había llenado el plato hasta arriba de riñones, huevos revueltos, arenque ahumado y beicon. Despacio, sin querer llamar la atención, apartó el plato y cogió una tostada. Empezó a untarla generosamente de mantequilla.

–No ha dormido bien.

Evangeline casi se atragantó. Se obligó a masticar despacio la tostada. Cuando hubo tragado, bebió un sorbo de café y le sonrió con frialdad.

–Se equivoca, su excelencia. ¿Cómo no iba a estar alguien totalmente satisfecho en una habitación tan bonita y una cama tan cómoda?

–Supongo que nadie duerme particularmente bien en un lugar nuevo. ¿Ha oído ruidos extraños? El castillo se estremece y gime. Cuando nos llega una tormenta del canal, a veces uno cree que acabará sepultado bajo un montón de piedras. Se acostumbrará a ello.

–Sí, lo veo posible. Tiene razón, por un momento me he olvidado de los gemidos y el ruido de cadenas.

Él no sonrió, limitándose a juguetear con su tenedor.

–¿Siempre se despierta tan a la defensiva?

–No siempre. De acuerdo, no he dormido bien porque tenía miedo de que hoy me echara. No quiero morirme de hambre en una zanja, su excelencia.

–Oh, no he cambiado de opinión. Si es cierto eso, deje de preocuparse.

–He recibido una temprana visita de la señora Needle.

Él había pinchado un trozo de jamón con el tenedor y se detuvo a medio camino de su boca.

–¿La señora Needle ha ido a verla? Qué extraño. Ya casi nunca sale de la torre norte. ¿Qué quería?

–Solo conocer a la prima de Marissa. Ha dicho cosas extrañas, pero se ha mostrado amable conmigo.

–Es una bruja.

–Eso me ha dicho la señora Raleigh, pero no una bruja mala. Cura a gente.

–Lo intenta. Anoche curó a mi paje, Juniper. No he vuelto a saber nada de él, de modo que supongo que sigue vivito y coleando. Solo ha comido una tostada, madame. La señora Dent se enfadará si en primavera no está usted anadeando como un pato. Vamos, pruebe los riñones, están deliciosos.

Ella miró su plato y se estremeció.

–Es alta, madame, y en estos momentos está demasiado delgada, si no fuera por sus...

Le miraba descaradamente los senos. Al menos no lo había dicho en alto. Eso demostraba cierta contención. Él se comportaba de forma escandalosa, pero ella ya lo sabía.

Está bien, pensó, preguntándose hasta dónde sería capaz de llegar.

–¿Si no fuera por qué, su excelencia?

–La he estado observando untar una tostada con mantequilla y no he podido evitar reparar en sus dedos. Son regordetes. Siento ser tan franco al respecto, pero usted me lo ha preguntado. Sí, tiene la desgracia de tener dedos regordetes. ¿Podría deberse a su sangre francesa?

Ella sintió deseos de levantarse de la silla y arrojársela a la cabeza.

–¿Dedos regordetes? Vamos, eso es ridículo. Sabe muy bien que me estaba mirando los... no, no lo diré. No sería decoroso. Le haría reír y me haría sentir deseos de esconderme detrás de los paneles, solo que aquí no hay, de modo que debo permanecer sentada, con usted mirándome y desternillándose a mi costa. –Él no rió, pero ella sabía que se estaba conteniendo. Bajó la vista hacia sus largos dedos–. Eso ha sido ingenioso, pero naturalmente ya lo sabe. En fin, ¿cree que la señora Needle podría proporcionarme una poción para alargar mis pobres y cortos dedos?

–Los examinaré con más detenimiento y le diré algo. No es un defecto tan grave. Soy un hombre tolerante. Todos lo saben y lo valoran. Usted también lo hará a partir de ahora.

Evangeline abrió la boca, pero no dijo nada.

Él apoyó los codos en la mesa.

–Le gustan los duelos verbales, ¿verdad, madame?

–Ya lo creo –respondió ella–. Tanto como a usted. Seguramente nació tomando el pelo y burlándose, porque se le da muy bien. Pero dentro de un año seré mejor que usted, y veremos quién se sienta aquí, mirándose los pies y sin nada que decir.

–Con que esas tenemos, ¿eh? Ah, debo recordarme llamarla Evangeline. Madame suena demasiado solemne, como una abadesa.

–Nunca he sido tan religiosa.

Él dio un respingo, la miró y se echó a reír.

–Sugiero que busque la palabra abadesa en el diccionario. Encontrará uno muy grande en mi biblioteca. –Frunció el entrecejo–. Tal vez no aparezca la acepción a que me refiero. Es bastante especializada y no es exactamente apta para mentes jóvenes e inocentes como la suya. Me esforzaré en llamarla Evangeline. ¿Alguna vez la han llamado con una palabra más corta?

–Mi madre me llamaba Eve.

–Interesante. No puedo evitar pensar en la Eva bíblica. Mire lo que hizo al pobre Adán. Hasta logró que lo expulsaran del paraíso con sus tejemanejes. Si mal no recuerdo, nunca llevaba una prenda de ropa encima, ni siquiera después de la expulsión. Le encantaba cómo él la miraba, ver cómo se le ponían los ojos bizcos, como estoy seguro de que ocurría.

–No sé nada de eso. Es decir, lo sé, pero su mente se está adentrando en caminos prohibidos.

Él sonrió.

–No sé de ningún camino que no haya deseado recorrer. –Se interrumpió, luego añadió con tono filosófico–: A menudo me he preguntado dónde está el paraíso. Me cuesta creer que estuviera cerca de la costa inglesa. Seguro que en el paraíso no habría gemidos ni muros de viejos castillos que crujen, ni tormentas que dejan helado el cuerpo desnudo, sino solo calor y belleza. No, eso es ridículo. Desde luego que habría gemidos. Me pregunto qué diría su pobre marido de su desconocimiento del paraíso.

Su marido. Su pobre y difunto marido, tan llorado. La tostada se le escurrió entre las manos, sin saber qué decir.

Por fortuna, él la malinterpretó.

–Lo siento, Evangeline. No quería evocar recuerdos dolorosos para usted.

Ella replicó con aspereza.

–Ya le he dicho que mi marido André era un gran hombre, muy sensible. Yo lo adoraba. Lo veneraba. Me enseñó todo lo que es preciso saber de ese paraíso suyo.

–No recuerdo que ayer mencionara usted tal perfección. No, lo siento. Dejemos al querido André en su eterno descanso. –Ella estaba pálida. Él había vuelto a conseguirlo–. Ahora, Evangeline, si ha comido lo suficiente, la llevaré a que conozca a Edmund. Él esperaba que fuera usted Phillip Mercerault, un amigo mío que siempre le trae regalos y lo lleva en su caballo, o Rohan Carrington, un viejo amigo que asiste a las carreras de gatos de McCulty, cerca de Eastbourn. No se cansa de contar a Edmund historias de los gatos participantes y los distintos métodos para entrenarlos. Rohan es el dueño del famoso campeón *Gilly*. Pobre Phillip, siempre ha querido tener un gatito de carreras para entrenarlo. Tal vez ahora que está casado, los hermanos Harker, los principales entrenadores de la región, le juzguen digno de tener uno. Las carreras de gatos tienen lugar de abril a octubre. ¿Ha estado alguna vez en una?

–No, pero he oído hablar de ellas. ¿Y usted?

Él meneó la cabeza.

–Tal vez algún día. Como a mi amigo Phillip, los hermanos Harker no me han considerado digno. Soy demasiado inconstante, dicen, y un gato de carreras necesita una mano firme y estable, y un dueño que siempre esté por él. En fin, vamos a ver a mi hijo.

Capítulo 10

Lord Edmund permitía que le lavara la cara y las manos una sonriente Ellen que alternativamente lo besaba y le restregaba. Aún no había llegado a la edad, el duque lo sabía, en que reaccionaría con horrorizada indignación ante tan descaradas demostraciones de afecto, sobre todo procedentes de una mujer.

Al ver a su padre, Edmund gritó, corrió hacia él y, como solía, dio un salto para que lo cogiera en brazos y lo arrojara al aire, todo acompañado de carcajadas que al duque le llegaban al alma.

–Bien, hijo mío, por poco sacas todo el huevo por la boca. Buenos días, Ellen. ¿Ha comido todo el desayuno?

–Así es, su excelencia –dijo Ellen, quedándose atrás, como era su costumbre, y apresurándose a hacer una reverencia en su dirección.

–¿Dónde está mi prima, papá? ¿Me ha traído un regalo? No dejarás que me manosee, ¿verdad? –Al asomar la cabeza por encima del hombro de su padre, se interrumpió, y preguntó en un sonoro y preocupado susurro–: ¿Es esa la señora que ha venido a verme?

–¿Tiene el cabello de color miel? –respondió el duque conteniendo la risa–. ¿Los ojos castaños casi de color barro? ¿Es casi tan alta como yo?

–Sí, papá. Es grande. Pero no estoy seguro del barro de sus ojos.

–Quería venir solo para prepararte, pero debe de haberme seguido hasta aquí. –El duque se volvió hacia ella con Edmund en los brazos–. Evangeline, este es mi hijo Edmund. Edmund, saluda a tu prima.

Edmund la estudió con detenimiento.

–No creo que sus ojos sean exactamente color barro. Bájame, papá, para que pueda hacerle una reverencia como es debido.

El duque arqueó las cejas mientras dejaba a su hijo en el suelo. Edmund hizo una reverencia majestuosa.

–Bienvenida, prima Evalin. Ellen dice que la señora Raleigh le ha dicho que eres medio extranjera. De Francia, dice.

–Sí –respondió ella–, soy medio extranjera.

Y se arrodilló a su lado.

–Bienvenida a mi casa. Estás en Chesleigh.

–Lo sé, y gracias.

–Muy bien, Edmund. Estoy satisfecho. –El duque se volvió hacia Ellen–. Has hecho un buen trabajo.

Ellen, que no era capaz de mirar al duque sin ruborizarse, dijo:

–Lord Edmund insistió en que practicáramos, su excelencia. Dijo que su honor dependía de ello.

–Y así es, Edmund. ¿Por qué no llamas Eve a tu prima? Es mucho más fácil que la pronunciación de su nombre medio extranjero. ¿Tiene inconveniente, madame?

–Desde luego que no. Yo era prima de tu madre, Edmund. Siempre he querido conocer a su hijo.

–¿Te pareces mucho a mi madre? No la recuerdo muy bien.

–La verdad es que no. Tu madre era una dama muy guapa, como un ángel, toda suave y blanca, de cabello dorado y ojos del color del cielo en verano. Salvo en el color de los ojos, te pareces bastante a ella. –Enseguida vio que eso no era bien recibido por lord Edmund, y añadió–: Pero, ¿sabes, Edmund?, creo que vas a ser un hombre grande y apuesto como tu padre. Tienes su mismo pelo negro y brillo en los ojos. Y una buena risa, Edmund. Eso es muy importante, saber reír. Después de haber oído las carcajadas de tu padre sé que aprenderás muy rápido.

–Eso espero –dijo Edmund–. ¿Era baja mi madre? No quiero ser bajo cuando sea mayor.

–Sí, pero no olvides que era una dama, una princesa de cuento de hadas. Las princesas de cuento de hadas siempre son menudas y ligeras, gráciles y bellas. En cuanto a ti, eres el hijo de un príncipe, y ellos nunca son menudos ni ligeros. Sí, serás exactamente como tu padre. No tienes motivos para preocuparte. Fíjate en tus pies, Edmund. Son enormes. Tu cuerpo tendrá que crecer para no quedarse atrás. Y tienes los dedos largos, nada regordetes. Sí, veo en ti un hombretón en ciernes. Tal vez hasta sobrepases a tu padre. Después de todo, él no es tan alto, ni tan espléndido, ni tan impresionante en realidad.

–Siempre he creído que eran los perros los que tenían que crecer como sus patas –dijo el duque.

–Los perros también –repuso Evangeline sin volverse hacia él.

–¿Soy un príncipe?

–Una metáfora, su excelencia –replicó ella–. Nada más. Un simple ejemplo para que Edmund lo entienda.

–Me gustaría ser un príncipe entre los hombres. ¿De verdad no soy tan impresionante? ¿No me ha dicho hace apenas una hora que estaba espléndido?

–No lo recuerdo.

–¿De verdad voy a ser más alto que papá?

–No me cabe duda.

Edmund sonrió radiante.

–No me importa que estés aquí en lugar de Phillip o Rohan. ¿Sabes historias de *Gilly*, el gato de carreras campeón?

–Aún no, pero puedes estar seguro de que las sabré.

–¿Me has traído algún regalo?

–Menudo bribón codicioso estás hecho, Edmund –dijo el duque–. Tu prima se va a creer que te hago pasar privaciones.

–Pues sí, te he traído un regalo, Edmund. Espero que te guste.

Evangeline sacó del bolsillo de su vestido una pequeña caja envuelta y se la ofreció.

Había pensado en Edmund. Eso complació al duque. Observó a su hijo rasgar el papel y abrir la caja. El niño soltó un grito de euforia al ver una pistola de madera tallada fabricada con maestría que tenía cables y pesos para amartillar el percusor y un gatillo que se apretaba. ¿Cómo había podido permitirse comprarla? ¿Se había gastado sus últimos peniques en un juguete para su hijo? Era una pieza cara.

Edmund no podía creer en su buena suerte. Empuñó el arma, luego la sostuvo lejos de él y la acarició, admirándola.

–Oh, cielos. Hasta el cañón está hueco, papá. Ahora podré batirme en duelo, y podré hacer que Ellen se lleve las judías verdes. –Aferró la pistola con su manita y apuntó a Ellen–. No te preocupes aún por las judías verdes, Ellen. Solo estoy practicando. Cuando dejes de traerme judías verdes, ¿fingirás que soy un bandido para que pueda practicar el tiro?

Ellen se irguió cuan larga era.

–Desde luego, lord Edmund. Estoy aquí para que me mate.

«Estupendo –pensó Evangeline–, he sacado a relucir los instintos asesinos de un niño.»

–Papá, ¿me enseñarás a disparar?

–Solo si prometes no atormentar a Ellen.

–Lo prometo –dijo Edmund, pero no miraba a Ellen. Miraba a Evangeline con visible adoración–. Gracias, Eve. Phillip nunca me ha regalado una pistola. Ni Rohan. A Phillip no le gustan las armas.

Y Evangeline supo que Houchard había triunfado más allá de sus más descabellados sueños. Como ese Phillip amigo del duque, ella jamás habría hecho a un niño un regalo así, pero Houchard había dicho que el niño se pondría como loco y, en efecto, así había sido.

Los tres, con Edmund dando botes entre Evangeline y su padre y agitando su arma de madera, bajaron por las escaleras.

–¿Deberíamos dejar que tu prima venga a pasear a caballo con nosotros, Edmund? –preguntó el duque–. Tal vez podríamos enseñarle alguno de los senderos que tomamos para ir a nuestros escondites. Hace buen día. Umberto, nuestro jardinero italiano –añadió volviéndose hacia Evangeline–, dice que vamos a disfrutar de dos días de verano y que hará tanto calor que sudaremos a mares.

Ella se limitó a quedarse con la boca abierta, haciendo un gesto de negación.

–Lo siento, pero no puedo acompañarles. No tengo traje de montar. –Bajó la vista hacia sus faldas de muselina–. No puedo montar vestida así. Lo siento.

A él le pareció que estaba al borde de las lágrimas y se apresuró a decir:

–No sabe cuánto me gustaría verme de vez en cuando, solo de vez en cuando, frente a un problema que ponga a prueba mi valía. Pero no es el caso. Solo un problema que ya he atendido. Tal vez ahora hasta me considere un príncipe entre los hombres. Vaya a su alcoba, Evangeline. Le enviaré a la señora Raleigh.

–Pero ¿por qué? No hay nada que hacer. Este vestido no va a convertirse en un traje de montar.

–Solo hace veinticuatro horas que me conoce, Evangeline. ¿Le he dado motivos para desconfiar de mí?

–No. Pero sé que es un caballero, y los caballeros tienen criterios extraños acerca del vestuario de las damas y...

Él le puso un dedo en los labios.

–Vaya –dijo, y ella obedeció.

–Confía en papá –dijo Edmund, pero miraba su arma, no a ella.

Ella se preguntó de qué hablaban.

Treinta minutos más tarde Evangeline bajaba las amplias y ornamentadas escaleras con un traje de montar azul real, y un sombrero con penacho colocado con garbo sobre un cabello trenzado y recogido con horquillas. Se había quedado embobada al encontrar en su alcoba a la señora Raleigh sosteniendo el bonito traje, sonriéndole y diciéndole que había pertenecido, cómo no, a Marissa.

–En realidad su excelencia solo lo llevó una vez, que yo recuerde. Es de su *modiste* favorita de Londres, madame Fallier.

–Válgame Dios. No puedo ponerme el traje de montar de mi prima. Además, yo soy mucho más grande de lo que era ella. No, señora Raleigh. Sencillamente no puedo ponerme el traje de montar de mi prima.

La señora Raleigh sacudió la cabeza.

–¿No creerá que este era su único traje de montar? Es el más nuevo, lo encargó pocos meses antes de morir. Su excelencia me ha pedido que lo arreglara para usted, madame, a primera hora de la mañana. Por desgracia solo he tenido tiempo para alargarlo. Desde la muerte de su excelencia no tenemos costurera en la casa.

–Siete centímetros –dijo Evangeline cuando se reunió con el duque y Edmund, quien enseñaba a Bassick las mejores cualidades de su pistola–. La señora Raleigh ha bajado siete centímetros el dobladillo. Mire, casi me cubre los tobillos.

–Me ocuparé de que así sea. Los tobillos me alteran. Este añadido me tranquiliza bastante.

Ella le tocó el brazo.

–Ha sido muy amable. Vamos, si hasta ha previsto que no iba a tener traje de montar y ha pedido uno. Gracias, su excelencia.

–Veo que hay que hacer más arreglos. –Él le miraba los pechos. Ella se encorvó y él se echó a reír–. No haga eso. Supongo que la señora Raleigh tiene previsto agrandar la chaqueta al menos otros doce centímetros, ¿verdad?

–Dijo que tendría que añadir material de la falda. Y la cintura también me aprieta.

–Espero que la falda tenga material de sobra para... esto... cubrir otras partes.

Bassick miró al duque con ceño y carraspeó.

–Ha actuado muy deprisa –dijo ella.

–Sí, suelo hacerlo cuando no se requiere una parsimonia minuciosa.

Ella sabía que bromeaba, pero no entendió la broma y se limitó a asentir.

–De modo que no lo ha entendido, ¿eh? Me asombra que se le haya escapado mi impertinente referencia, Evangeline. Seguro que el santo André sabía tomarse las cosas con calma y no daba el siguiente paso hasta estar seguro de que era el momento apropiado.

Ella lo miró.

–Sí, era muy parsimonioso.

–Ah –dijo él, levantando los dedos para colocarle bien la pluma teñida de azul de su sombrero de montar–. ¿Podría decirme en qué era parsimonioso?

A ella no se le ocurría nada. De pronto se acordó de las meticulosas cuentas de los gastos de la casa que llevaba su padre.

–André nunca pagaba al carnicero hasta que recordaba cada pierna de ternera que se había comido. Y eso requería que la cocinera guardara todos sus menús con las debidas anotaciones. Sin duda eso demuestra un alto nivel de parsimonia meticulosa, ¿no cree?

Él la miró, fascinado.

–¿Pierna de ternera?

Ella le lanzó una mirada triunfal.

–¿Edmund? –dijo–. ¿Estás listo para salir? ¿Vas a enseñarme todos tus caminos secretos?

Edmund, que se había encajado la pistola en la cintura, cruzó la puerta principal delante de Evangeline y seguido de Bassick, quien dijo en voz muy baja al duque:

–Su excelencia, la dama es muy joven.

–Lo sé –dijo el duque, y miró con ceño a su hijo, que hacía gestos a uno de los pavos reales de Chesleigh–. Sí, lo sé. Es extraño. –Sacudió la cabeza.

Bassick miró con ceño también a su señor, observando cómo seguía a la joven dama en cuestión y a su emocionado hijo. ¿Cómo había sabido que debía regalar una pistola a lord Edmund? La experiencia le había enseñado que las damas no soportaban mirar siquiera uno de esos desagradables objetos. Era una joven fuera de lo común, de eso estaba seguro. Se preguntó qué pasaba por la cabeza de su señor.

–¿Le van bien las botas de montar? –oyó gritar al duque.

–No –respondió ella volviéndose hacia él–. Me aprietan. –Se detuvo y se recogió las faldas del traje de montar para enseñarle sus propias botas–. No importa, voy bien con las mías. Pero gracias por prestarme el traje.

–No le estoy prestando nada. El traje de montar es suyo, como todos los demás trajes de Marissa.

–Es muy amable, pero no puedo aceptar los trajes de mi pobre prima.

–¿Por qué no? El valor de su guardarropa mantendría a un pueblo un año entero y la ropa está colgando en un armario sin que nadie la utilice. Mi madre me ha enseñado a condenar el despilfarro, de modo que me está ayudando a ser virtuoso. Además, tenerla bien vestida hará que mis vecinos tengan mejor opinión de mí.

–¡Papá, acabo de disparar a *Rex*!

–No ha sido un tiro limpio. Sigue tambaleándose. El pavo real –añadió, volviéndose hacia Evangeline.

–¡Dios mío, yo no quería que hiciera eso! –exclamó ella–. Pobre animal.

–¿Qué esperaba que hiciera con una pistola de juguete?

Ella parecía consternada. Él le rozó la barbilla.

–No se preocupe. Es un regalo fantástico. Tendré con él una charla de padre a hijo más tarde, aunque no sé qué voy a decirle. Que yo recuerde, los niños son salvajes y sanguinarios, al menos todos los que yo conocí. Nos liquidábamos unos a otros con espadas, cuchillos, piedras, ramas, rocas, todo lo habido y por haber. La verdad es que no me importaría mucho que *Rex* nos abandonara para ir a recoger su recompensa de ave. No calla nunca, excepto ahora que Edmund le ha disparado.

Rex chilló y Edmund volvió a dispararle.

–¡Edmund, guárdate la pistola en la cintura y pide a McComber que te ensille a *Pansy*! –dijo el duque a gritos.

Los establos de Chesleigh se hallaban totalmente aislados, cerca del ala norte del castillo. Fuera en el patio, el olor a heno recién cortado se mezclaba con el salado del mar. A la derecha de los establos había una pequeña cuesta, y Evangeline la subió y se detuvo en lo alto a contemplar el mar, a unos trescientos metros más allá del promontorio irregular sobre el que estaba construido el castillo. El agua estaba azul y tranquila si no fuera por las pequeñas olas espumosas que rompían en la playa. Por un instante se sintió casi despreocupada, como si nada pudiera afectarla en ese lugar. Pero era mentira, por supuesto. Era extraño vivir una mentira.

–No se ve Francia ni en los días más claros. Si quiere podemos ir en barca a la isla de Wight. Tengo una pequeña finca cerca de Ventnor. A Edmund le encanta ir. Hay una cala protegida en la que se baña, y un pequeño velero que le compré el verano pasado.

–Me encanta navegar. Nunca lo he hecho en el mar. Es distinto, ¿no?

–Oh, sí. Ya lo verá. Es mucho más emocionante. ¿Nada bien?

Ella asintió, y se volvió para seguirlo hasta el patio del establo. ¿Por qué le había propuesto ir a la isla de Wight, y qué había querido decir realmente con «parsimonia»?

Capítulo 11

–McComber.

El duque llamó a un hombre alto y delgado, vestido con ropa sencilla, que llevaba las botas de cuero más bonitas que jamás había visto Evangeline. Estaba tan curtido y nudoso como un viejo roble, y parecía fuerte como Hércules.

–Buenas, su excelencia. *Emperor* está resoplando como un loco, le ha oído, ya lo creo que le ha oído. Quiere un buen galope, y puede apostar su mejor carruaje a que va a intentar derribarlo. He pensado que *Biscuit* podría servir a la joven dama. Tommy está ensillando el pony de lord Edmund.

Edmund, al oír su nombre, asomó la cabeza por la puerta del establo.

–¡Le estoy enseñando mi pistola a Tommy, papá! –gritó, y volvió a desaparecer. A continuación oyeron ligeros estallidos.

–No sé lo bien que monta usted –dijo el duque a Evangeline–. *Biscuit* es una vieja yegua que en sus doce años nunca ha causado a nadie ningún problema. Le encantan los trozos de manzana de McComber. Dele solo dos trozos y cruzará el canal a nado con usted y tres maletas atadas al cuello. Dele la manzana entera y seducirá a cada semental de la región.

–Sí, es bastante cierto –dijo McComber–. Es buena chica, mi *Biscuit*, más aplicada que brillante, pero eso está bien si es lo que se necesita. Era la única yegua que montaba la difunta duquesa. –Encogió sus anchos hombros, lanzando a Evangeline una mirada que decía claramente: «Seguramente no vale usted mucho sobre un caballo, así que ríndase y monte a esta vieja y amable yegua».

Del establo salió dando brincos un gran semental negro con

una raya blanca a lo largo del morro, sujetado por un mozo de cuadra de aspecto tímido. El animal medía por lo menos diecisiete palmos; era magnífico y lo sabía. Miró al duque y levantó la cabeza, resoplando con fuerza. Evangeline lo interpretó como un desafío. El duque se acercó al caballo riendo.

–Es asombroso.

–Sí –dijo McComber, con los ojos clavados en el hombre que estaba siendo embestido por la poderosa cabeza de *Emperor*–. El semental también se porta bien. Está pletórico de energía. Su excelencia sería capaz de matar por ese animal. Lo trajo su padre hace cuatro años para regalárselo a su hijo.

–¿El padre del duque era un buen hombre, un buen padre?

Si a McComber le pareció extraña y demasiado personal la pregunta, no lo demostró. Se rascó la cabeza.

–El anciano duque era corpulento y fuerte, amaba la vida y a su familia más que ningún otro hombre que yo haya conocido. No debió morir cuando lo hizo. Fue un estúpido accidente. Trató de impedir que dos amigos suyos se batieran en duelo y él fue el único que acabó muerto.

–Eso es horrible. ¿Qué ocurrió?

–Mi señor –señaló al duque con la cabeza– fue a ver a los dos hombres después del incidente. Es extraño que se marcharan los dos de Inglaterra solo tres días después. Dejaron aquí a su familia, cogieron sus cosas y se largaron. No se ha vuelto a saber de ellos. Oí a mi señor decirle a su excelencia su madre que hubiera preferido pegarles un tiro a esos dos bastardos y dejarlos desangrar en una zanja, pero sabía que no habría salido impune. De manera que se aseguró de que perdiesen todo lo que era importante para ellos. Ah, aquí está la encantadora *Biscuit*.

Dios mío, que tu padre muriera de una forma tan estúpida. Evangeline se preguntó qué habría hecho ella. Levantó la vista hacia la sumisa yegua negra de crines sueltas, espinazo anormalmente abultado y mirada dulce, que rebuznaba débilmente.

La idea de esos dos caballos juntos, uno resoplando y encabritándose y el otro caminando lenta y pesadamente a su lado y agitando la cola, hizo reír a Evangeline.

–Oh, no, McComber, la querida *Biscuit* no. Sería una parodia. ¿Tiene otro caballo con suficiente brío para seguir el paso de *Emperor*?

–McComber, trae a *Dorcas* –dijo el duque, a quien su exuberante semental casi había arrojado a un matorral–. Pondremos a prueba la valía de la joven.

Dorcas resultó una yegua baya aterciopelada, con picardía en sus ojos castaños. Era mucho más menuda que *Emperor* pero tenía las patas robustas, el pecho amplio y una cabeza orgullosa. Evangeline respiró hondo. Tal vez se estaba mostrando un tanto impetuosa. No había montado desde que su padre y ella habían vuelto a Francia. Levantó la vista brevemente hacia el cielo de verano, tan azul que podrían haber estado en agosto. Advirtió que le bajaba una gota de sudor por la nuca y lanzó al cielo una breve plegaria. Si esta no era atendida, bueno, era un bonito día para sufrir una caída. Al menos no tendría que preocuparse por si se rompía el brazo en una superficie resbaladiza de hielo.

El duque se acercó despacio a ella seguido de *Emperor*, que masticaba una rodaja de manzana con las riendas sueltas. El duque juntó las manos para ayudarle a sentarse en la silla. *Dorcas* no alcanzaba las diecisiete manos, pero era lo bastante alta para que Evangeline volviera a pensar que hacía mucho que no montaba. Se quedó mirando el suelo de grava, que se encontraba a una distancia sin duda desmesurada. Nunca había sido una amazona demasiado hábil. Iba a ser interesante. Solo esperaba no romperse el cuello. Sostuvo las riendas de *Dorcas* con firmeza, sabiendo que la dejaría fuera de combate si le daba la menor oportunidad.

Pansy era un pony Shetland peludo y dorado, que en menos de un año le quedaría pequeño a Edmund. Al menos este no trataba de dispararle. El duque condujo la pequeña comitiva por el camino bordeado de tilos en dirección al bosque que se hallaba al norte del castillo. Rodeó el bosque y se dirigió al este, avanzando en línea paralela a la costa, y al pasar por el pulcro mosaico de campos cercados señaló las distintas granjas de los arrendatarios.

–Papá, bajemos a la playa. Quiero enseñarle mi barco a la prima Eve. ¿Quieres verlo, Eve? Di que sí, por favor.

–Claro que sí –respondió ella–. Por favor, su excelencia.

Evangeline se dijo que tenía que familiarizarse con la cala y el terreno comprendido entre la cala y el castillo. No sabía cuándo Houchard mandaría a alguien a buscarla, pero estaba segura de que no tardaría. Al pensar en Houchard, y en su padre, tiró sin querer de las riendas, y la yegua levantó bruscamente la cabeza, resoplando. Luego se levantó sobre dos patas y cayó de golpe al duro suelo, casi dejando sin dientes a Evangeline. Tardó unos instantes en volver a controlar el caballo.

–¡Tenga cuidado, Evangeline!

–Solo ha sido un pensamiento díscolo, su excelencia –dijo ella, inclinándose para acariciar el pescuezo de *Dorcas*.

Si recordaba correctamente las indicaciones que le había dado Houchard, la cueva se encontraba en el extremo sur de esa cala, poco antes de la lengua de tierra que se adentraba en el agua.

–Vamos, Edmund –dijo, y dirigió a *Dorcas* hacia el acantilado.

La pendiente hasta la playa era suave porque atravesaba de un lado a otro el acantilado, descendiendo muy despacio. El sendero, transitado y ancho, parecía antiguo. Ella se preguntó si algún druida de antaño había bajado por allí a la playa. Se volvió en su montura y miró el castillo, calculando la distancia. Había un kilómetro como mucho. El terreno no era peligroso. No se mataría yendo de acá para allá.

La playa privada de Chesleigh tenía la suerte de contar, tal como sabía Evangeline, con una ensenada curva rodeada de matorrales y árboles achaparrados, y un acantilado escarpado de treinta metros de altura. Era un lugar realmente protegido, como no tardó en comprobar, puesto que no se veía desde el sendero de arriba.

Los traidores necesitaban permanecer ocultos, pensó, y solo quiso morir. Pero no podía echarse atrás. Si lo hacía, eso significaría la vida de su padre. Nada ni nadie era más importante que su padre, y Houchard lo sabía.

Antes de que Evangeline tuviera la oportunidad de deslizarse por el lomo de *Dorcas*, el duque la sujetó por la cintura y la ayudó a desmontar. No la soltó inmediatamente sino que se quedó mirándola, con las manos todavía en su cintura, apretándosela ligeramente, con los dedos extendidos para abarcar más.

–Es una chica grandullona –dijo–. Disfrutaré bailando vals con usted. No me cogerá tortícolis.

–Me alegro entonces de que usted sea un chico grandullón –replicó ella.

El rió, y su risa provocó que las gaviotas emprendieran el vuelo por encima de sus cabezas.

–Papá, ¿qué ha dicho Eve que te ha hecho reír? ¿Puedo disparar a las gaviotas? Hay muchísimas. Solo unas pocas no importará, ¿no?

–Dispara, Edmund. Tienes balas de sobras. En cuanto a tu prima Eve, me ha puesto en mi sitio. Vamos, Eve, deje que le enseñe el barco de Edmund.

Media docena de lavanderas de vientre gris y blanco se escabulleron por la gruesa arena de la playa mientras el duque y Evangeline se acercaban a un pequeño balandro anclado en el extremo de un largo embarcadero de madera. Edmund se adelantó corriendo y subió al estrecho embarcadero. Agitaba su pistola gritando como un pirata tras un botín.

–¡Ten cuidado, Edmund! –gritó el duque. Y a ella–: No sabe lo que es el miedo. Hace seis meses se cayó de un árbol a un brezo y salió de él riendo. Supongo que es natural –añadió, más para sí que para ella. Se volvió y vio que Evangeline se había detenido para contemplar la cala y los escarpados acantilados que la rodeaban. Parecía absorta en sus pensamientos. Le tocó ligeramente el brazo–. Bonito, ¿verdad?

No, quiso gritar ella, es aterrador, pero no tenía alternativa, ninguna en absoluto. Él la había acogido en su hogar, había dejado a su hijo a su cuidado, le había proporcionado vestidos, y ella iba a traicionarlo.

Bajó la vista hacia la arena amontonada en sus botas. Quería chillar, pero no podía. Además, no había disimulado nada al querer estudiar el entorno como si estuviese cumpliendo una misión, que así era...

–Sí, desde luego –se apresuró a decir–. Huela el aire, es tan vigorizante. Y me encanta el ruido de las olas. No cesa nunca. Podríamos irnos todos y el ruido seguiría ahí, aunque no hubiera nadie para escucharlo.

–¿La sustituyeron por otra criatura al nacer?

–No lo creo. Mi padre siempre decía que yo era el vivo retrato de mi madre cuando esta era joven. Ahora soy el vivo retrato de él.

–No me ha entendido. Su tío y su prima Marissa odiaban el mar. Marissa nunca bajaba aquí, decía que el aire salado era demasiado frío y le ponía piel de gallina. El ruido de las olas le daba jaqueca, y la espuma salada le dejaba el cabello tieso en pequeños tornillos.

–La verdad, su excelencia, es que mi tío tenía miedo al mar porque de niño estuvo a punto de morir ahogado. Tal vez transmitiera su miedo a Marissa, aunque me extraña. ¿Por qué consintió en vivir aquí? No es que no tenga usted otras casas.

Eso era una impertinencia, y ella lo sabía, pero le había salido espontáneamente. Esperó. Él no cambió de expresión, se limitó a protegerse los ojos con las manos para mirar a Edmund, que se balanceaba en su pequeño balandro.

–A mis padres les pareció romántico estar aquí en Chesleigh, perfecto para una joven pareja recién casada. Ellos volvieron a Londres y nos dejaron aquí. –Rió, pero no era una risa agradable–. Ese amor del que hablaba mi padre, no se me ocurre nada más disparatado. Dos personas arrullándose, susurrándose bobadas, mirándose a los ojos y pasando horas seguidas en la cama. –Volvió a reír, y esta vez la risa fue más grave, aun más desagradable–. Bueno, lo último desde luego que sí, pero eso no tiene nada que ver con sentimientos más elevados. Después de mi matrimonio con su prima sigo sin imaginar tal cosa. La única vez que su prima me susurró algo fue para decirme que no quería que volviera a tocarla. –Suspiró, pasándose los dedos por su abundante cabello–. Perdone. Dejémoslo, Evangeline. Marissa era muy joven y no debería haber muerto. Habría querido a su hijo. Debería estar viviendo en Londres.

–Me han dicho que murió en un accidente.

–Sí –dijo él–. Quiere saberlo, ¿verdad? Está bien. Marissa estaba aterrorizada de morir de parto. No lo hizo, pero su miedo no hizo sino aumentar. Cuando volvió a quedarse embarazada, acudió a una mujer de Portsmouth para deshacerse de la criatura. Se desangró. Antes de que pudiera volver al castillo estaba muerta. Una pérdida lamentable. Yo no me enteré de su terror hasta que después de su muerte encontré su diario y lo leí. De haberlo sabido no habría vuelto a ponerle un dedo encima.

–Lo siento –dijo Evangeline.

–Sí, lo sé. –Se apartó de ella y se encaminó al embarcadero, donde Edmund se disponía a desatar la cuerda del balandro de la anilla del embarcadero.

–¡Edmund! –gritó–. Si te caes al agua y tengo que rescatarte, te dejaré en manos de Bunyon. Te dará una buena zurra, hijo mío, si el agua salada moja las Hessians.

Edmund no logró desatar la cuerda. Lo intentó tres veces y luego le pegó un tiro.

Evangeline esperó a que padre e hijo hablaran para volver a prestar atención a la playa. Pero visualizó la cara de su prima tal como la recordaba, hacía tantos años. Pobre Marissa. El duque tenía razón. Era una tragedia.

Volvió a mirar el sendero, tan ancho y fácil de acceder, transitado por cientos de botas y cascos de caballo a lo largo de los años, de los siglos. Ni siquiera el pony Shetland de Edmund había vacilado antes de bajar por él. En la playa había tres caballos relinchándose mutuamente y contemplando la hilera de gaviotas que descendían en picado y daban vueltas por encima de sus cabezas, fuera de su alcance. Recorrió con la mirada el acantilado en busca de la cueva de la que había hablado Houchard. Nada. Creyó ver un entrante oscuro y se acercó a él. No, solo era una curva muy pronunciada en las rocas. ¿Dónde estaba esa maldita cueva?

Se volvió bruscamente al oír carcajadas. El duque sostenía a Edmund por encima de la cabeza, amenazándolo, imaginaba, con tirarlo al agua. Luego lo bajó y se lo puso bajo el brazo como un paquete pequeño y escurridizo.

–Creo que es medio pez –dijo el duque dejando a Edmund de nuevo en el suelo.

–¿Quieres decir que Eve es medio extranjera, papá?

–Exactamente. –Él la recorrió con la mirada, deteniéndose en sus pechos. Abrió la boca para hablar, pero la cerró. Finalmente dijo a su hijo–: Ten paciencia, Edmund. Dejaremos a tu prima en una zanja y volveremos para bañarnos. Si sigue haciendo tanto calor, por supuesto. ¿Crees que Eve se apuntará?

–Mi pistola flotaría –dijo Edmund.

–Es cierto.

–Pero nosotros lo hacemos sin ropa –dijo Edmund–. Las chicas siempre llevan ropa.

–Es un niño –dijo el duque a Evangeline.

Houchard lo había descrito muy bien: un hombre lleno de vida, desvergonzado y pícaro. Ella llevaba muy poco tiempo en Chesleigh, y ya sentía esa picardía enroscándole y hurgando en su interior. Y le agradaba la sensación.

–Es muy posible que yo nade mejor que tu papá, Edmund. Si sigue haciendo calor, saldremos tú y yo a nadar y dejaremos a tu padre en una zanja. Pero ¿sabes? Aunque hoy hace tanto calor, seguimos estando en febrero, lo más crudo del invierno. El agua debe de estar frígida.

–¿Qué quiere decir frígida?

–Quiere decir –respondió el duque– que las partes de una chica se vuelven demasiado frías para responder. No se ahogaría, sencillamente se quedaría rígida. No sería nada divertido.

–No sé de qué está hablando, pero probablemente es algo muy perverso.

–¿Una mujer mayor casada y no sabe qué es quedarse rígida?

–No soy mayor.

–Mayor que yo –dijo Edmund–. Y dice papá que ahora soy un joven caballero.

Ella miró a padre e hijo. Era el momento de rendirse. Alzó las manos riendo.

–Me retiro de la lid.

–Estupendo –dijo el duque–. No es saludable que una mujer

gane la batalla. No lo olvides, Edmund. Aunque es bien cierto que a veces el caballero debe hacer ver que gana la dama. Eso tampoco lo olvides.

–No lo haré, papá, pero no sé a qué te refieres.

–Pronto lo sabrás. Dudo que las lecciones relacionadas con las damas cesen hasta que seas viejo.

–Su excelencia se muestra cínico.

–Me he vuelto realista, madame.

No dijeron nada más. Evangeline se sintió aliviada cuando los caballos emprendieron el regreso y subieron por el sendero del acantilado.

Capítulo 12

–Recuerdo este vestido –dijo Dorrie, una joven menuda y de aspecto delicado de dieciocho años, tocando un vestido de seda amarillo pálido–. Su excelencia lo llevó la mañana del día de Navidad. Cielos, eso debió de ser hace cinco años, cuando yo era una cría que acababa de entrar a servir aquí. Me dio personalmente un regalo de Navidad, un costurero. La señora Raleigh le había dicho que yo quería ser costurera. Era tan encantadora. Qué lástima que nos dejara tan pronto.

–¿Cosías para ella?

–Entonces no. Me dijo que hiciera remiendos para los criados. Le prometo que tendré cuidado, madame. He aprendido mucho en los últimos cinco años. Se lo haré más a la moda, si lo desea. Usted es alta. Los volantes no le quedan bien. Necesita sencillez en el diseño.

–Estoy de acuerdo, Dorrie. Quita los volantes y todo lo que te sientas impulsada a quitar. Como puedes ver, su excelencia y yo no teníamos la misma talla. Yo soy la torre de la familia.

O, como había dicho el duque, era una chica grandullona. Y le había sostenido la cintura entre sus manos.

Dorrie examinó las costuras y el dobladillo.

–Cuando termine –dijo–, todos los vestidos parecerán hechos a su medida, madame. Y no se verán pasados de moda. La madre de su excelencia me envía revistas con la última moda. Quedará de ensueño, madame.

Evangeline la dejó, preguntándose si Houchard, que parecía saber todo acerca de la familia del duque, había sabido que este insistiría en que se quedara con los vestidos de su difunta esposa. Probablemente había supuesto que el duque los utilizaría como pago después de dejar que ella lo sedujera.

Sabía que Edmund se había ido a acostar un rato. El duque estaba con su administrador en el gabinete. El castillo estaba silencioso, o al menos todo lo silencioso que podía estarlo con cerca de cincuenta almas moviéndose por él. Se encaminó a la torre norte. Era media tarde, y solo se cruzó con un lacayo en esa parte del castillo. Olió la habitación de la torre antes de estar cerca siquiera de ella. Era un olor dulce pero cortante, como romero mezclado con canela. Se proponía averiguar qué había querido decir la señora Needle con que tenía fuego en los ojos.

El olor se hizo más fuerte a medida que subía la escalera de caracol. Llamó débilmente a la vieja puerta de roble y la voz cantarina de la señora Needle la invitó a entrar.

La anciana estaba de pie en mitad de una habitación circular con ventanas abiertas todo alrededor, unas diez por lo menos, y gruesas vigas de madera entre ellas. Era una habitación asombrosa, dividida en distintas secciones por tupidos biombos de seda natural estampada. Las mesas se curvaban contra las paredes, construidas expresamente para esa estructura, expresamente para la señora Needle. En las mesas había montones de tarros etiquetados, colocados en pulcras filas de tres en fondo. En la chimenea ardía un fuego con una olla encima, de la que emanaba el olor a canela y un calor reconfortante. Aun en un día tan caluroso, el fuego era agradable en esa habitación abierta.

–Has venido antes de lo que imaginaba. Siéntate aquí, niña, y te daré una infusión de hierbas.

Evangeline asintió con la cabeza y siguió a la menuda anciana hasta la sala de estar que había delante de la enorme chimenea. En un nicho se hallaba la zona de dormitorio. El resto del enorme espacio estaba dedicado al laboratorio de hierbas de la señora Needle. Mientras esta preparaba la infusión, Evangeline se acercó a una mesa y examinó los tarros etiquetados: «Romero seco», «Fruto de jengibre triturado», «Pétalos de rosa», «Raíz de iringo», «Semillas de jamaric», y otros muchos nombres que nunca había oído. Había varios braseros pequeños con pequeñas cazuelas encima. Una de ellas rezumaba un fuerte olor a rosa. Inhaló hondo.

–Es una habitación maravillosa, señora Needle –dijo volviendo a la parte de sala de estar.

–Sí –dijo la anciana, señalando con un dedo artrítico un sofá de brocado rojo gastado.

Evangeline se sentó.

–El padre de su excelencia, el duque William, la mandó construir para mí. Era un buen muchacho el viejo duque, fuerte y puro, quería a su hijo más que a nada en el mundo.

–Eso he oído decir. Su excelencia también parece haber querido mucho a su padre.

–Sí, eso es muy cierto. Su excelencia era un chico alocado, siempre se metía en líos, embarcándose en aventuras que harían chillar a cualquier padre, pero no al duque William. Él se limitaba a reír y advertirle que no matara a nadie, no dejara embarazada a ninguna chica y no hiciera daño a nadie. Habría dado la vida por su hijo. Fue triste el día que murió el duque William. Ese día su excelencia cambió. Durante mucho tiempo estuvo serio como un monje; la mirada se le volvió fría y dura, se le agotó la risa. Ya no intenta, ni siquiera ahora, volver blanco el cabello de su madre. Se ha vuelto aburrido. –La señora Needle sonrió, enseñando los dos únicos dientes que le quedaban, ambos muy blancos–. Sí, su excelencia la duquesa todavía tiene el pelo tan negro como los sueños de un pecador, con unos pocos mechones grises.

–Tengo entendido que su excelencia se casó con mi prima porque su padre quería que sentara cabeza.

–Tal vez hubo algo de eso. Creo que el duque William tenía mucho afecto a la joven Marissa. La quería por hija, y sabía que si no empujaba a su excelencia al altar, otro caballero se la quitaría. Y, como he dicho, su excelencia habría hecho cualquier cosa por su padre, incluso casarse con una joven a la que no amaba. No me interpretes mal, niña, el duque la deseaba, y la única manera de llevársela a la cama era casándose con ella.

Evangeline estaba horrorizada. Se inclinó en su asiento, sacudiendo la cabeza.

–Oh, no. El duque se casó con mi prima porque la amaba. Eso me dijo la gente a la que yo quería y en quien confiaba.

–Uf, amor, qué idea más fantástica para un chico tan joven como su excelencia cuando conoció a Marissa. Él la deseaba, niña, quería llevársela a la cama, y todos lo sabían. Él no se andaba con tapujos. Era joven y desenfrenado, y más fogoso que un semental. La lujuria es el principio rector, lo único que mueve a los jóvenes. Y su excelencia no era distinto. La vio y la deseó. Su padre se quedó encantado. La lujuria de su hijo favorecía sus planes.

Sirvió a Evangeline una infusión de hierbas verde de un aspecto nauseabundo en una bonita taza Wedgwood, y se sentó frente a ella. Evangeline bebió un sorbito. Era sorprendentemente deliciosa, como manzana mezclada con algo dulce. La señora Needle bebió su infusión sorbiendo entre los dientes.

–Todo parecía ir muy bien –prosiguió– hasta que la joven Marissa quedó embarazada. Entonces cambió. Temía morir dando a luz a Edmund. No lo hizo, pero ya no volvió a ser la misma.

–La madre de Marissa murió de parto. Sin duda le aterraba morir de la misma manera.

–Creí que se trataba de eso hasta que hablé con ella. Verás, ella confiaba en que yo la salvara. Pasó mucho tiempo aquí, interrogándome sin parar. No fue un parto difícil. Le di láudano para aliviar el dolor, y lord Edmund nació en menos de seis horas. Dos días después se había repuesto. Hasta le di hierbas para secarle la leche ya que no quería amamantar a Edmund.

–Marissa tuvo suerte de tenerla a usted.

–Sí, ese médico estúpido que trajo su excelencia de Londres no quería darle nada. Creía que las mujeres debían sufrir, que eso era lo que les había tocado en suerte, la voluntad de Dios. Majaderías, dije, y le di láudano en cuanto el médico salió de la alcoba. Ella estaba perdiendo demasiada sangre después del parto, y el tipo se limitó a sacudir la cabeza y dijo que confiaba en que cesara, porque no tenía ni idea de qué hacer. Yo me hice cargo de ella. Se recuperó rápidamente, como he dicho, al cabo de solo dos días. Pero eso no pareció cambiar nada.

»No quiero hablar más de Marissa. Perdona mi brusquedad, pero a mi edad cada minuto es un regalo de Dios. No quiero malgastar ni uno solo. Sé que no quieres estar aquí. Estás luchando a todas horas contigo misma. Me gustaría saber por qué. Tal vez quieras decirme por qué has venido contra tu voluntad.

Evangeline se quedó paralizada.

–Es usted una bruja –dijo.

–Uf, tal vez lo sea, pero esa es la impresión que me das. Estás asustada. Pero lo más curioso es que aquí te sientes como en casa. Eso es lo extraño, ¿verdad?

–Usted sabe por qué estoy aquí, señora Needle. Mi marido murió y no me dejó dinero. Dependo de la buena voluntad de su excelencia. Voy a ser la niñera de lord Edmund. No hay nada extraño en eso. Desde luego que no estoy asustada de nada, y menos de algo relacionado con Chesleigh.

–Mientes fatal, niña. Fatal. Su excelencia la difunta duquesa me habló varias veces de ti. Te tenía afecto. Deseaba verte crecer, pero su padre y el difunto duque no se hablaban, de manera que tu padre tuvo que tomar partido por ella. Una calamidad.

–¿Sabe por qué riñeron las dos familias? Yo también eché de menos a mi prima, y a lord Edmund.

La señora Needle bebió un sorbo de su infusión y dejó la taza en una vieja mesita que tenía al lado.

–El padre de ella no rompió la relación. Lo último que quería el viejo Rolfe era cerrar el grifo cuando todavía podía sacar algo.

–No entiendo qué quiere decir, señora. El padre de Marissa era un hombre honorable, además de contar con ciertos medios.

–Rolfe era un jugador, niña. Dilapidó tres fortunas. Creo que ahora se está gastando una cuarta, que ha logrado robar casando a su hijo con una rica heredera. Pobrecilla, tener de suegro al viejo Rolf.

–Mi padre nunca me dijo nada de eso –dijo Evangeline–. Debe de estar confundida.

–Cree lo que quieras. El viejo Rolf no pagó al duque William un solo soberano de la dote de su hija, ni un solo *sou*. –La anciana rió.

–Dios mío. Eso denota mucho descaro, señora Needle.

–Sí, mucho descaro. Y que yo sepa, sigue haciéndolo. Estoy al tanto, pero ya no se habla de ello ahora que Marissa está muerta. En cuanto a ti, niña, ¿por qué no me dices qué te preocupa?

Evangeline guardó silencio.

–Eres tan impetuosa como ella, pero has tenido una vida muy diferente. Te salvó tu madre inglesa, niña. Ella te dio equilibrio y puso freno a tu carácter obstinado. Eres orgullosa, pero no tanto como para perder el sentido de lo que es justo. Y ese padre tuyo, qué hombre más apuesto. Le recuerdo muy bien de la boda. También tenía una bonita risa. He lamentado su muerte. Extraño, pero no la esperaba. Me cuesta creerlo.

–Tenía débil el corazón.

La anciana se limitó a fruncir el entrecejo y se volvió hacia el fuego. Evangeline clavó la mirada en su cara.

–¿Cómo sabe cosas de mi madre? ¿Cómo puede saber cómo es mi carácter? Me conoció ayer.

–He vivido mucho tiempo, niña. Veo cosas, como ya debes de imaginar, y conozco a gente. Y su excelencia habló de tu familia, naturalmente. Es cierto de muchas personas que el carácter les brilla en los ojos. Tú eres una de ellas.

Evangeline se humedeció los labios.

–Dijo que tenía fuego en los ojos. ¿Qué quiso decir?

En la boca desdentada de la anciana apareció una amplia sonrisa.

–Te interesa, ¿verdad? No me extraña. Tener fuego en los ojos es bueno. Pronto lo averiguarás. Tu vida acaba de empezar. Solo quisiera que me dijeras qué te preocupa. Tienes miedo y, aún más extraño, te sientes terriblemente culpable.

Evangeline se levantó bruscamente.

–Porque no debería estar aquí –dijo, y dejó la taza en la mesita–. No debería haber venido a Chesleigh. Por favor, no hable de esto con nadie. No hay nada que hacer. Olvídelo, señora Needle. Se lo ruego, olvide sus presentimientos, lo que cree ver en mí.

–No diré nada a nadie. Salvo al duque. A él le cuento todo. Es mi muchacho guapo y orgulloso.

–Es mucho más que eso. Carece de toda inhibición. Le gusta

escandalizar. También es muy divertido. –Evangeline se peinó con los dedos–. No esperaba que fuese así.

La señora Needle ladeó la cabeza sin dejar de mirarla.

–Su excelencia ha mitigado su conducta desenfrenada y moderado sus apetitos. Se ha convertido en un buen hombre. Espera al alma gemela que le hará tan feliz como lo fue su padre.

–Habla del amor como si fuera el destino.

–Para algunos lo es.

–No creo que haya una sola persona en este mundo hecha exclusivamente para el duque o para mí. Son muy pocas las posibilidades de que esa mujer o ese hombre se acerque siquiera al duque o a mí.

–Sí, tiene sentido. El mundo es demasiado grande, hay en él más gente de la que una puede imaginar.

La anciana asintió sonriendo y cerró los ojos.

Evangeline se quedó mirándola, pues parecía haberse quedado dormida.

–Me marcho, señora Needle. No se levante. Gracias por la infusión.

–Piensa en lo que te he dicho. Vuelve.

–Volveré.

–Me gustaría que me hablaras de ese marido que dices que tuviste. No, ahora no. –La anciana tenía los ojos de pronto muy abiertos y despiertos, destellando complicidad–. ¿Sabes, niña? Las lealtades a veces son cargas terribles. Nos desgarran, hasta nos ciegan si las dejamos.

–Eso es cierto, pero no tiene nada que ver conmigo. Adiós, señora Needle.

Mientras salía de la habitación de la torre norte oyó a la anciana roncar débilmente. «¿Tan transparente soy que basta con mirarme para desconfiar de mí? No, desde luego que no.» Esa anciana era una bruja, aunque Evangeline nunca había creído antes en brujas.

Dorrie peinó a Evangeline con dos gruesas trenzas recogidas en lo alto de la cabeza, y le soltó unos mechones alrededor de la cara y el cuello. El peinado le sentaba bien. Se miró en el espejo alargado, consciente de que Dorrie estaba de pie detrás de ella, esperando ver su reacción. Sonrió a su imagen reflejada. El traje de seda amarillo, de cintura alta y escote pronunciado, caía en suaves pliegues hasta el suelo. Dorrie lo había arreglado completamente y ahora le sentaba tan bien como si hubiera sido hecho a medida para ella.

Las dos sabían que era un éxito, y eso era lo que más necesitaba. La señora Raleigh le había dicho hacía apenas una hora que el duque tenía visitas y la esperaba. Era evidente que él ya había avisado a Dorrie, porque el bonito vestido ya estaba listo.

Evangeline se detuvo en seco cuando Bassick se dispuso a abrir la puerta que daba al espacioso salón. La alegre risa femenina llegó a sus oídos casi en el preciso momento en que veía a la elegante joven, todavía riendo, con su mano blanca apoyada en la manga negra del duque. Cerca de la chimenea vio a una dama mucho mayor, con una diadema de diamantes enorme que hacía precarios equilibrios sobre su cabello entrecano, las mejillas realzadas con colorete y un caballero de pie a cada lado de ella.

–Madame De la Valette –dijo Bassick con su voz profunda.

Todos los presentes se volvieron hacia ella. ¿En qué lío se había metido? ¿Quién era toda esa gente? Lo único que quería era que la dejaran en paz para poder traicionar al duque y liberar a su padre. Cerró un instante los ojos, los abrió, sonrió y entró en el salón.

La joven, que seguía teniendo una mano posesiva en el brazo del duque, le sonrió. Tenía el cabello tan rubio que casi parecía plateado a la luz de las velas, los ojos azul claro y una mirada risueña. Evangeline imaginó que la sonrisa nunca le abandonaba.

–Adelante, madame –dijo el duque, acercándose a ella.

La recorrió con sus ojos negros, empezando por la cabeza, con aprobación. Quería decirle que hasta se había pellizcado las mejillas para poner color en su rostro, algo que no había hecho en su vida, y no comprendía por qué lo hacía ahora. Él le miraría la cara y asentiría con aprobación. No, le miraba fijamente los pechos, ella lo sabía, y él sabía que lo sabía. Le sonrió con picardía mientras le cogía la mano y, llevándosela a los labios, le besaba ligeramente la muñeca.

–Está muy hermosa, pero, por supuesto, ya lo sabe.

–Deje de mirarme los pechos. Tengo otras partes igual de bonitas.

–No estoy seguro de qué quiere decir con eso. ¿Qué partes son esas? ¿Están más al sur esas partes que me fascinarán? ¿O tal vez dobladas detrás de sus orejas? Más tarde me hablará de ellas. Tal vez coincida con usted, tal vez no. En cuanto a su pecho, me produce placer. En realidad, me produce gran placer. Quisiera que mi gramática fuera correcta, sobre todo en una situación tan importante como esta.

»Ah, Dorrie ha hecho un buen trabajo con este vestido. En fin, deje que le presente a mi tía abuela, lady Eudora Pemberly, y su ahijada, la señorita Felicia Storleigh. El caballero de cabello alborotado que parece recién salido de un vendaval, aunque su propósito sea tener un aspecto romántico y fascinante, es lord Pettigrew, Drew Halsey de nombre. Y ese es sir John Edgerton, un atildado caballero que se considera un árbitro de la moda tan grande como el difunto Brummel. No hace ni una hora que los dos han llegado de Londres. Señoras, caballeros, mi prima, madame Evangeline de la Valette, recién llegada de París.

Evangeline saludó a todos con unos educados movimientos de la cabeza, pero no fue fácil. No podía creer que él estuviera allí. Era demasiado pronto, demasiado. El corazón empezó a palpitarle y se sintió ligeramente mareada. Se quedó inmóvil, mirando fijamente a John Edgerton.

Capítulo 13

No había cambiado en absoluto. Tal vez entre el cabello castaño claro de sus sienes había más hebras grises. Claro que no había transcurrido tanto tiempo desde que lo había visto por última vez. Tenía el rostro enjuto, como el de un artista, había dicho una vez su padre, el rostro de un hombre que tiene demasiadas cosas en la cabeza y dispone de poco tiempo. Y ahora estaba allí.

Ella había confiado en tener más tiempo. Sintió pánico, y por un instante no supo qué decir. Deseó tener una pistola para dispararle a ese canalla. A ese maldito traidor.

Sabía que se pondría en contacto con ella, por supuesto, pero no había tenido tiempo para prepararse. Qué necia había sido. Solo había pasado unas horas con el duque y casi había olvidado para qué estaba allí en realidad. De pronto todo volvía a ser real, demasiado real, y ella lo odió y se odió a sí misma.

–No hace falta que me presentes a Evangeline –dijo John Edgerton con su voz grave y serena, acercándose a ella–. Conozco a madame De la Valette desde que era una niña de gruesas trenzas, con la nariz manchada de tierra y botas gastadas. –Hizo una profunda reverencia y, tomando la rígida mano de ella, le besó ligeramente el dorso. Tenía los labios secos y fríos. Pero mientras la miraba, en sus ojos había una expresión dulce y afectuosa, como si todo eso fuera real, como si solo hubiera sido un hombre a quien le agradaba la joven y tenía gratos recuerdos de ella como los tendría un tío afable, nada más. Añadió–: Es un placer ver a viejos amigos, ¿no es así, Evangeline? Espero que esté bien. ¿Me permite decirle que está muy guapa? Sería la viva imagen de su querido padre si no fuera porque tiene los ojos de su madre.

–Pero... –dijo el duque, mirando a uno y otro con el ceño. Edgerton seguía sosteniendo la mano de Evangeline, quien se conducía de un modo extraño, como si temiera moverse, lo que era ridículo–. ¿La conoces, John?

Evangeline retiró la mano y, cuando por fin recuperó la voz, esta sonó serena y afable.

–Sí, lo conozco. Ha pasado mucho tiempo. Es una verdadera sorpresa, sir John. No esperaba verlo, y menos tan pronto.

Eran casi de la misma estatura. Ella le sostuvo la mirada, pero en sus ojos y en su expresión solo vio placer de verla. Era un mentiroso consumado, claro, puesto que toda su vida era una mentira y nadie parecía haberse dado cuenta aún. Bueno, ¿y qué había esperado ella? ¿Ver escrita en su frente la palabra malvado?

–Espero que la sorpresa no sea desagradable, Evangeline –dijo John, y esta vez su mirada afectuosa se detuvo en sus senos.

El duque lo advirtió y se encendió, sorprendiéndose a sí mismo. Dios mío, ¿qué le pasaba? Esa mujer no era nada suyo, solo una pariente que en realidad no tenía mucho de pariente. Seguramente se mostraba protector porque la había reconocido como pariente y ella estaba ahora bajo su protección. Sí, de eso se trataba. Estaba en su sangre de *seigneur* sentirse agraviado porque John Edgerton tuviese la desfachatez de quedarse mirándole los pechos.

–Ah, veo que su primo se ha inquietado, Evangeline –se apresuró a decir sir John con una nota de humor–. Tal vez crea que la estoy monopolizando demasiado. Sí, vaya a hacer su reverencia a lady Pemberly. Es un dragón, pero su fuego no quema, solo chamusca. Hablaremos después de cenar. Tenemos que discutir muchas cosas. Ha pasado tanto tiempo desde la última vez que nos vimos, ¿no es así? –Se volvió hacia el duque–. Hacía casi dos años que no veía a Evangeline. Conocía a sus padres.

Y ahora la estaba viendo demasiado, se dijo el duque, queriendo estrangular a su amigo, pero sabiendo al mismo tiempo que era un sentimiento absurdo. Observó a Evangeline volverse para hacer una reverencia a su tía Eudora. La oyó hablar quedamente. ¿Qué demonios le pasaba? Volvió a mirar a John Edgerton, pero en ese momento hablaba con Drew Halsy, gesticulando con sus manos delgadas y largas.

–De modo que es prima carnal de Marissa –dijo lady Pemberly, mirándola de arriba abajo–. No hay ningún parecido notable. Usted tiene el pelo de un rubio barroso mientras que Marissa lo tenía dorado. Ella era demasiado baja y usted demasiado alta.

–Sí, señora. Soy una chica grandullona, ya me lo han dicho antes.

–Yo hice el comentario, tía Eudora –dijo el duque, y ella dio un respingo, pues no esperaba que estuviera tan cerca.

–No dudo que has hecho demasiados comentarios, muchacho. Bien, madame, su inglés es más que pasable. Habla casi tan bien como una nativa. Hay que felicitar a sus tutores. Con más lecciones y mucho estudio podría llegar a hablarlo con total soltura.

–Mi madre era inglesa. En realidad me crié en Inglaterra, señora. Si no le molesta, afirmaría que ya lo hablo con soltura.

–Creo que lo habla muy bien –terció el duque–. Vamos, tía Eudora, no trate de espantarla cuando acaba de llegar. Piense en la felicidad de mi hijo. Edmund la prefiere a Rohan Carrington y Phillip Mercerault.

–No tenía ni idea de que dispararía a *Rex*, el pavo real –dijo Evangeline a lady Pemberly.

El duque rió, y describió a su tía abuela el regalo que Evangeline había hecho a su hijo.

–Edmund también disparó al cabo que sujetaba su barco al embarcadero. Como puede imaginar, no hizo muchos estropicios.

Para sorpresa de Evangeline, la cara maquillada de lady Pemberly estuvo a punto de cuartearse cuando sonrió ampliamente, sus ojos verdes de bruja deseosos de transmitir diversión.

–Bueno, si regala al chico una pistola debe de ser más inglesa que francesa. Los caballeros y sus pistolas. Cualquiera diría que duermen con ella debajo de la almohada. Mi padre disparó a más tocones que trastornos nerviosos sufrió mi madre. Sí, ha hecho bien. Mi muchacho enseñará a su hijo que no debe disparar a nadie salvo a bandidos, o tal vez al primer ministro o al príncipe regente, dos necios incompetentes que sin duda se lo merecen.

»Vamos, Felicia, ven a decir cosas bonitas a madame. Sabe Dios el dineral que se ha gastado tu padre para que aprendas a ser una dama como es debido. Ya has tenido tiempo más que suficiente para practicar las artes de la seducción con el duque. He visto que él quería reírse de ti, pero te tiene aprecio y se ha contenido. Me parece que tendrás más éxito con Drew. Él al menos te sigue sonriendo. Acércate antes de que uno de los caballeros te envíe de nuevo al colegio o te bese tras la palmera, lo que harían solo por ser amables.

Felicia pestañeó hacia Drew Halsey y el duque.

–¿Es cierto, su excelencia? ¿No se ha enamorado de mí? ¿Solo me ha estado soportando? Dios mío, con lo mucho que me he esforzado. –Felicia dedicó una perfecta reverencia a Evangeline–. Es un placer, madame. Espero que perdone la intrusión, pero mi madrina ha insistido en que viniéramos a cenar y dijo que avisar con tres horas de antelación era más que suficiente. El duque tiene una cocinera espléndida, de modo que sabía que íbamos a quedar satisfechos. Y como lord Pettigrew y sir John acababan de llegar a casa, ella se ha ofrecido a ser su acompañante esta noche. Su excelencia está extasiado con nuestra presencia, por supuesto. Nos ha asegurado que le encantan las sorpresas.

Lady Pemberly puso los ojos en blanco.

–El mero hecho de verla me hace sentir viejo –se limitó a decir el duque.

–Lo mismo estaba pensando yo –dijo lord Pettigrew, pero la sonrisa que dedicó a Felicia distaba de ser la de un adulto desinteresado.

–¡Bah! –exclamó ella–. Tanto usted como el duque solo tienen veintisiete años, una edad avanzadísima para una dama, cosa que nunca he comprendido, pero a ustedes los caballeros se les considera por fin maduros, recién salidos de la inexperiencia, listos para complacer a una dama con su madurada lógica, afecto y sinceridad. Al menos eso me dice mi madre.

–Tu pobre madre jamás ha logrado encadenar tantas palabras seguidas, al menos desde que tú naciste –dijo lady Pemberly.

–Viejo –repitió el duque–. Tal vez un bastón sea el siguiente paso en nuestro declive, Drew. ¿Un jerez, John? ¿Evangeline? ¿Alguien?

Después de servir el jerez, lord Pettigrew dijo con su voz grave:

–John, sinvergüenza, no has dejado entrever que tú y madame ya os conocíais.

–Como ha dicho Felicia, al duque le gustan las sorpresas –terció lady Pemberly–. ¿Has dicho que conoces a sus padres, John?

–Sí, mi lady. Su padre era un gran erudito y uno de los hombres más apuestos que he visto en mi vida. Evangeline es la viva imagen de él. Lo siento, Evangeline. Me enteré de su muerte a principios de año.

Evangeline se limitó a inclinar la cabeza hacia él. Por supuesto, sabía lo que debía decir, tenía todas las respuestas.

–¿Cuándo viste a Evangeline por última vez? –preguntó el duque a Edgerton.

–Ella tenía unos diecisiete años. Luego se casó y perdió a su marido. Han ocurrido muchas cosas en tan poco tiempo. La vida nos agobia, ¿verdad?

Ella no hizo comentarios. No quería la pistola de juguete de Edmund; quería una de las del duque. Quería que estuviera cargada y apuntar a John Edgerton a la cabeza.

–Recuerdo que no era una época muy feliz –dijo John–. Su madre había muerto hacía un año, todas las señoras del vecindario iban tras su padre y Evangeline pasaba la mayor parte del tiempo escondida en un bosque de arces. Recuerdo que tuve que ir a buscarla varias veces cuando estuve de visita. ¿Qué hacía allí?

–Poca cosa –dijo Evangeline, deseando decir en realidad que había estado evitándolo a él.

–Un bosque de arces suena terriblemente romántico –comentó Felicia. Bebió un sorbo de jerez y pareció deseosa de escupirlo.

–Solo tú podías tener tal ocurrencia –dijo el duque.

–Como seguramente ha advertido –dijo Felicia a Evangeline–, al duque le divierte mirarme, pero no hablar conmigo. Eso lo empuja a beber, o al menos eso me dice mi madrina.

–Pestañea y muérdete la lengua –dijo el duque con despreocupación–. Si lo haces, querida, enseguida tendrás marido. –Sacudió la cabeza–. Pobre tipo. Me lo imagino a la mañana siguiente de la noche de bodas. Estarás hablando a mil por hora, diciéndole lo que hizo bien y lo que hizo mal, e informándolo de qué quieres desayunar.

–Oh, eso no lo sé –replicó Felicia–. Siempre pensé que a la mañana siguiente de mi noche de bodas estaría profundamente dormida.

Eso produjo un instantáneo y espeso silencio, hasta que el duque lo rompió.

–Supongo que no hablarás también en sueños, ¿verdad?

–Haré que mi marido le responda cuando me case –replicó ella, y sonrió con recato como una niña perversa, sabiendo que le había superado.

–Soy la responsable aquí –dijo lady Pemberly– y mirad adónde ha ido a parar la conversación, directa hacia las partes bajas y otros lugares pecaminosos. Madame, si está lo bastante cerca de Felicia, dele un sopapo de mi parte. Hija mía, si dices otra impertinencia suspenderé tu baile de presentación en sociedad.

–No veo nada malo en lo que ha dicho –repuso el duque–. Después de todo, todos esperamos que no se case con un zoquete.

–Entonces tiene que ser usted, su excelencia –dijo Felicia y, llevándose las manos al pecho, jadeó–. He oído decir a mamá que es todo un experto con las damas, un calavera, pero como es un duque nadie puede llamarle así salvo a sus espaldas.

–Vaya –replicó el duque–. No soy ningún calavera, Felicia. Soy un hombre serio, un padre solícito y un anfitrión cortés. ¿Acaso no seguís aquí?

–Sí, sí, hijo mío –dijo lady Pemberly–, eres todo eso. Pero conténte de alentarla. Está muy bien que seas un caballero franco y atrevido al que resulta tonificante mirar. Sí, hijo, hasta yo, una dama madura, me doy cuenta de lo atractivo que te presentas al mundo, tanto si te esfuerzas como si no. Además, tienes un poco más de cerebro que esta bruja de diecinueve años a quien me han endilgado como ahijada.

–Madrina, creía que me adoraba desde el momento en que llegué al mundo. Me dijeron que suplicó ser mi madrina. ¿No es cierto?

Lady Pemberly puso en blanco sus ojos de bruja.

–No les haga caso, madame –dijo lord Pettigrew a Evangeline–. Llevan así desde que el duque y yo nos conocimos, siendo niños, hace más años de los que estoy dispuesto a admitir. En realidad se tienen mucho aprecio.

–Sí –dijo ella, y bebió un sorbo de jerez–. Se nota.

–La verdad es que conozco a Felicia desde que nació. –Lord Pettigrew rió–. Enseguida me di cuenta de que era indestructible. Le gusta que se metan con ella. Dice que le aguza el ingenio. También la convierte en el centro de la atención, ya sabe, y ese es un sitial en el que le gusta estar.

–¿No le gusta Felicia, lord Pettigrew?

–Oh, no, no me interprete mal –dijo él, sonriendo radiante–. En realidad tengo pensado casarme con esa boba. Pero antes quiero que haga su debut en sociedad. Todas las chicas merecen disfrutar de una temporada en sociedad antes de contraer matrimonio. Estoy pensando que quedará bien como novia de junio. –Se volvió hacia la chimenea con el entrecejo fruncido–. Me pregunto qué dirá después de nuestra noche de bodas. Me pregunto si tengo motivos para preocuparme.

–No voy a pronunciarme sobre ello. ¿Sabe Felicia la felicidad que le aguarda?

–¿Percibo una pizca de ironía? No, pero pronto lo hará. En fin, espero que no sea usted muy aficionada a conversar durante la cena. Si lo es, me temo que le espera una velada agotadora. –Hizo una pausa al ver acercarse a Felicia y explicó–: Felicia, decía a madame que John y yo nos vemos reducidos al lenguaje gestual cuando estamos en su compañía, porque no logramos meter baza.

–No le creo, Drew –dijo Felicia, y se acercó rápidamente. Lo miró con sus ojos azules, penetrantes y centelleantes, como si lo conociera mejor que nadie en el mundo, y tal vez fuera así, pensó Evangeline. Luego le dio unos golpecitos en el pecho–. Nunca he visto nada parecido. ¿Cuál es ese lenguaje gestual? ¿Me lo enseña?

El duque veía cómo su viejo amigo, John Edgerton, observaba a Evangeline. Como mira un halcón a un indefenso ratón de campo. ¿Qué ocurría allí? ¿Qué había sido él para Evangeline cuando ella solo tenía diecisiete años, una jovencita, casi una niña, a muchos años de hacerse mujer? ¿O tal vez era un halcón mirando un halcón hembra? El duque no comprendía la mirada de John Edgerton, pero sabía lo bastante para montar en cólera.

–¿Qué demonios te pasa, hijo? –preguntó lady Pemberly–. Veo en tu cara cólera y frustración. Ah, ya sé. Has perdido una apuesta. ¡Ja! Me juego a que era una apuesta sobre una potra... de la variedad de dos patas.

El duque no pudo evitar reír. No tardaría en averiguar qué papel había desempeñado John Edgerton en la vida de Evangeline.

–Querida señora –dijo a lady Pemberly–, dudo sinceramente que haya en todo el reino un hombre que osara apostar contra mí en tal materia. –Miró hacia Evangeline, que estaba de pie junto a la chimenea contemplando las llamas, ajena por un instante al resto–. Ni una mujer.

Lord Pettigrew rió.

–Le ha vencido, señora. Yo no apostaría. ¿Y tú, John?

–Hace poco me llegaron rumores de que el duque había perdido a una dama a la que quería porque ella se fue con uno de sus amigos, Phillip Mercerault. ¿Es cierto eso, Richard?

–Sí –respondió el duque–. Así es. A nadie le gusta verse privado de algo que cree querer, pero ha sido lo mejor.

Evangeline no pasó por alto lo que él acababa de decir. Se dio cuenta de que no había escuchado a nadie más; solo cuando él había hablado, había oído con toda claridad cada palabra. ¿Le había rechazado una dama?

–No –dijo con expresión meditabunda, toda su concentración puesta en él–. Eso es imposible. No me lo creo. –Se dio cuenta de lo que acababa de decir y rió de un modo un tanto estridente antes de añadir–: Me temo que empieza a sonar algo engreído, su excelencia.

¿Eso creía ella? Él se mostró desmesuradamente complacido.

–No, Evangeline. He dicho que es cierto que la perdí. Ha sido usted quien ha insistido en que era imposible.

Ella sacudió las manos en el aire y derramó su jerez sin darse cuenta.

–Tengo mucha hambre –dijo–. Me pregunto dónde vamos a cenar.

–Vamos, Richard –terció lady Pemberly–, nos vas a hacer creer que te destrozó el corazón, y nada podría estar más lejos de la realidad. Solo te hirió el orgullo, hijo. Sabes tan bien como yo que Sabrina Everseligh hizo exactamente lo que debía. Lo mismo que Phillip.

–Supongo –repuso el duque. Y explicó a Evangeline–: Se trata de una conocida que se ha casado con un buen amigo mío. Eso es todo. –Se volvió de nuevo hacia su tía abuela–. En cuanto a usted, señora, sus informadores prestarían un buen servicio a Napoleón. Gracias a Dios que ya no son necesarios, puesto que han encarcelado a ese malnacido en su isla. Mire sus fuentes de información. Madame De la Valette llegó ayer por la noche y aquí está usted, menos de veinticuatro horas después, cenando en Chesleigh.

A Evangeline no le sorprendía en absoluto. Era más que probable que John Edgerton, y no lady Pemberly, fuera el responsable de su presencia allí. Miró al duque deseando poder pedirle perdón. Por lo que había hecho. Por lo que iba a hacerle. Por lo que no era ni sería nunca.

–Hago lo que puedo –respondió lady Pemberly con una sonrisa que dejaba ver los dientes que le faltaban en el fondo de la boca. Se levantó, sacudiéndose sus rígidas faldas de raso morado; el morado era precisamente el color que apreciaría la señora Raleigh–. Confío en que Bassick se haya ocupado de añadir cuatro cubiertos. Por mí, podemos ir a cenar. –Se volvió y dirigió a Evangeline una mirada autocrática–. El duque dice que quiere quedarse en Chesleigh como niñera de Edmund. Esperaba encontrar una niña frágil y deslucida, de carácter soso y sin pretensiones de ser hermosa. Pero usted no es así. A mis años lo inesperado puede provocar que mi corazón se detenga, cosa que no deseo en absoluto.

–No lo quisiéramos por nada del mundo –intervino el duque–. En cuanto a Evangeline, es cierto que llegó con aspecto de ratón enfermizo. Mírela ahora. No ha pasado ni veinticuatro horas en mi compañía y está floreciente como... un narciso. –Se frotó la mandíbula afectadamente–. ¿No es esa flor amarilla bastante nervuda?

–Yo no diría que madame es nervuda –terció Felicia–. Al contrario.

–Recurriré a ti en busca de apoyo –dijo Evangeline.

–¿Apoyo dice? –Lady Pemberly resopló–. Eso es una mercancía incierta viniendo de la señorita Lengua Suelta. Probablemente tendré un pie en la tumba antes de encontrarle un marido, a poder ser, sordo. Si la he traído conmigo esta noche, en lugar de a otra jovencita encantadora disponible, ha sido para que el duque no me acusara de meterme donde nadie me llama. Pero ya lo he hecho. Sigues sin casarte, Richard. Un solo heredero no basta. Hazme caso, muchacho. No brotará de mis labios una palabra sobre tu difícil conducta en el transcurso de las pasadas semanas. Tu pobre madre ya no sabe qué hacer para que reacciones.

El duque tiró con brusquedad del cordón para llamar al servicio. ¿De qué conducta difícil hablaba?, se preguntó Evangeline. Recordó entonces que no se había mostrado nada encantador cuando había entrado en la biblioteca la noche anterior. ¿Había ocurrido algo?

No tardó en averiguarlo cuando lord Pettigrew le explicó a él en voz baja:

–Lo siento, Richard. Aún no hemos atrapado al hombre que asesinó a Robbie Faraday. Sabemos que hay un espía en el ministerio, pero no tenemos ninguna pista sobre su identidad. ¿A quién intento engañar? Probablemente hay más de un espía. Nos está volviendo locos a todos.

–Pero no lo comprendo, lord Pettigrew –dijo Evangeline–. Napoleón ya no está aquí para seguir atormentándonos. Está encarcelado en Elba. ¿Por qué sigue habiendo espías?

Sabía que John Edgerton la miraba con ligero desconcierto. ¿Por qué? ¿Porque se adentraba en aguas en las que fácilmente podía ahogarse? ¿Temía que lo desenmascarara?

Drew Halsey, lord Pettigrew, sonrió a la bonita mujer que era casi de su estatura.

–Siempre que hay más de un hombre, madame, hay más de una idea. Y en cuanto hay dos ideas, ambas defendidas con firmeza, hay desavenencia. Sigue habiendo quienes quieren que Napoleón vuelva al trono de Francia. Sigue existiendo una amplia red de espías operando con diligencia para que regrese.

–¿Y uno de esos espías asesinó a un conocido del duque?

–Sí. Robert Faraday era un buen amigo de todos nosotros.

–¿Trabaja usted para el gobierno, lord Pettigrew?

–Así es. Lo mismo que John y el duque en alguna ocasión.

Evangeline no daba crédito a sus oídos. ¿Cómo podía esperar Houchard que ella lograra algo cuando el duque estaba tan involucrado y no era un simple aristócrata imparcial? Un amigo suyo había muerto asesinado. Tal vez asesinado por John Edgerton. O siguiendo las órdenes de Houchard.

–Así es –dijo John Edgerton–. Todos hacemos lo que podemos, ¿no es así, Evangeline?

–Basta –dijo el duque. No soportaba pensar en Robbie, en su muerte innecesaria. Le removía las entrañas y le ponía tan furioso que quería gritar–. Pasemos al comedor.

Capítulo 14

–Acompáñeme a la biblioteca a tomar un brandy.

Era tarde, pasadas las once de la noche. Hacía rato que ella había oído el ruidoso reloj del piso de abajo dar la hora. No quería ir con él. Lo que quería era meterse en su cama y no salir nunca más. Pero sabía que no podía darle a entender que algo iba mal. De modo que aceptó con una sonrisa. Mientras seguía al duque, recordó lo que John Edgerton le había dicho cuando se dirigían al comedor para cenar:

–Siempre he sabido que usted sería muy bella. Yo la deseaba mucho.

–Por aquel entonces solo tenía diecisiete años.

Él se había encogido de hombros.

–Los suficientes. Las mujeres siempre tienen edad suficiente. Pero usted me rechazó. Le dijo a su padre que yo era demasiado viejo para usted. Creo que el muy bastardo le dio la razón. En ese instante supe que algún día se lo haría pagar. –Hizo una pausa, tocándole la mejilla con los nudillos–. Y que sería mía, por supuesto. Y ahora ha ocurrido. Hará exactamente lo que yo le diga, Evangeline.

Él tenía razón, los tenía a los dos, pensó Evangeline. Él había tenido que callarse cuando el duque se volvió hacia ellos con el entrecejo fruncido.

–Oh, no quiero poner celoso al duque. Me alegro de que ya la desee. Simplificará mucho las cosas si averigua quién es usted y cuál es su misión.

–Nada simplificaría nada. Usted ha matado a uno de sus amigos, a ese tal Robert Faraday. Nada detendría al duque, y menos una mujer a la que quiere llevarse a la cama, lo que no es mi caso.

Una vez en la biblioteca, el duque se acercó al aparador y sirvió una copa de brandy para cada uno.

–Es intenso y pecaminoso –dijo, y brindó con ella. Luego la observó por encima de su copa–. ¿Qué le han parecido mi tía abuela Eudora y Felicia?

–Lady Pemberly se muestra muy protectora con usted. Y Felicia, uf, es imposible aburrirse en su compañía.

–¿Y lord Pettigrew?

–Es encantador. Tiene pensado casarse con Felicia.

–El mismísimo diablo –repuso él y arqueó una ceja negra–. ¿Se lo ha dicho?

–Oh, sí. Creía que yo lo sabía. Me ha dicho que la informará de su buena fortuna a su debido tiempo. Quiere que disfrute de una temporada en sociedad antes de casarse.

–Dios mío. –Él apuró el brandy, le dio la espalda y se quedó mirando la chimenea–. Dios mío –repitió–. Los entresijos del corazón de un hombre son inextricables.

–Creo que hacen muy buena pareja.

–Dígame qué piensa de John Edgerton.

Esa era la única persona que le importaba en realidad. Todos los demás solo habían sido un preludio, y ella en el fondo lo sabía. No había motivos para no decirle la verdad acerca de él, al menos buena parte. Alzó la barbilla.

–No me gusta.

–¿Por qué?

–Quiso casarse conmigo. Mi padre no aceptó. Yo solo tenía diecisiete años. Sir John era demasiado viejo para mí y mi padre así se lo dijo. Me ha sorprendido verlo esta noche. Sin embargo, dado que es amigo de usted, me mostraré civilizada con él si vuelvo a verme obligada a estar en su compañía.

El duque se encogió de hombros y dejó su copa de brandy. Se sentía mejor, mucho mejor. Pero era ridículo. Solo porque John la conocía, porque se había quedado mirándole los senos... No, a ella no le gustaba él.

–Tanto John como Drew trabajan para el gobierno, cada uno siguiendo los lentos y pesados pasos de sus respectivos padres.

–Se interrumpió un instante–. Sé que a usted no le gusta Napoleón. Pero ¿sabe?, siempre hay villanos merodeando. Por favor, no se preocupe. Aquí está a salvo. Me encargaré de ello.

Ella solo pudo mirarlo fijamente y asentir muy despacio.

–Estoy cansada –dijo cuando el silencio se prolongó demasiado–. Ha sido un día muy largo y lleno de sorpresas.

–Sí. La visita de mi tía abuela con su pequeña advertencia... Se preocupa por mí, quería asegurarse de que usted no va a asesinar a Edmund en su cama. Créame, si no hubiera estado segura de usted, se habría instalado en la casa sin más y dormido a los pies de su cama para tenerla vigilada.

–Sí, le tiene mucho afecto.

El duque se acercó a ella y la miró a la cara.

–Me alegro de tenerla aquí –susurró. Como Edgerton, le recorrió la mejilla con los nudillos, pero esta vez ella no deseó apartarse.

–Cuidaré bien de Edmund.

–Sé que lo hará. Si hubiera creído lo contrario me habría desecho de usted. Curioso, ¿no? Y solo lleva aquí veinticuatro horas.

–No, ya casi treinta. La verdad es que tengo la impresión de que llevo mucho más tiempo. Me alegro de haber venido. Espero que no le importe.

Eso hizo sonreír al duque.

–Hay demasiadas cosas que me importan. Sin embargo, en este momento usted no es ninguna de ellas –mintió. Su mirada se hizo más penetrante. Ella reconoció el cambio y, con sorpresa, advirtió que respondía a él. No pudo evitar cubrirse los pechos con las manos–. Me está mirando otra vez.

–Es imposible no hacerlo.

–Me refiero a que me está mirando esas partes otra vez.

–Es imposible no hacerlo.

–Me voy a la cama.

Él retrocedió. No quería, pero tuvo que hacerlo. Quería acariciarle los pechos. Cerró un instante los ojos, casi sintiendo la suavidad de su blanca piel.

–Buenas noches, Evangeline.

Evangeline abrió los ojos y se quedó mirando la oscuridad. Se llevó una mano a su frente húmeda y se apartó el pelo de la cara. Otra pesadilla, ni más ni menos. Pero había sido muy real. Seguía oyendo la voz de Houchard, oscura y fría.

«Eres demasiado inocente para tus diecinueve años, mademoiselle. Te asegurarás cuidadosamente de que el duque no te levante las faldas y te posea sin que te des cuenta. Te asegurarás de que tu inocencia no ponga en peligro tu sentido común. La vida de tu querido padre depende de tu clarividencia y tu compromiso con nosotros.» Le había frotado el lóbulo de la oreja entre los dedos. Ella se había apartado sobresaltada y él se había reído.

Se levantó, se puso su bata de lana y sus viejas zapatillas y se dirigió al piso de abajo. No quería volver a dormirse enseguida. Temía volver a ver a Houchard. Así que fue a comprobar si el duque tenía algún libro interesante para leer en mitad de la noche. Sostuvo en alto una vela mientras recorría el pasillo alfombrado hasta la escalera.

La casa estaba silenciosa en su mayor parte. Oyó unos crujidos y gemidos que le hicieron detenerse un instante, pero no era nada alarmante. Era más aterrador quedarse en la cama después de esa horrible pesadilla que la obligaba a recordar por qué estaba realmente en Chesleigh. El enorme reloj situado en lo alto de la escalera principal dio la hora. Una breve y fuerte campanada. Creía que era mucho más tarde. Bajaba por las escaleras, sosteniendo en alto la vela, cuando de pronto vio abrirse de par en par la gran puerta principal. Se detuvo en seco.

Era el duque. La luz de la luna recortó su silueta en el umbral. Le vio cerrar las puertas con el talón de las botas y entrar en el vestíbulo a grandes zancadas, con paso inseguro. Salió de las sombras aferrando con fuerza la vela.

–¿Su excelencia?

Él volvió bruscamente la cabeza y por un instante se quedó mirándola. Se mesó el cabello enmarañado y murmuró una maldición.

–¿Evangeline? ¿Qué demonios hace levantada? ¿Por qué está aquí en el vestíbulo?

–No podía dormir. He tenido una pesadilla. Iba a su biblioteca para coger un libro. Siento haberle sobresaltado.

–La acompañaré a la biblioteca –dijo él. Se acercó a ella con aire resuelto y le tomó la vela de la mano. Añadió por encima del hombro–: Puede contarme su pesadilla.

Ella se dio cuenta de que estaba borracho, aunque no se tambaleaba con torpeza; pero aun así había bebido demasiado. Meneó la cabeza. ¿Por qué había salido a beber? ¿Adónde había ido? ¿Qué le preocupaba tanto? ¿La muerte de su amigo?

–Le acompaño –dijo ella siguiéndolo.

Entró detrás de él en la biblioteca, lo observó quitarse el abrigo y los guantes y desplomarse en un sillón situado frente a la chimenea, donde solo había brasas de un naranja intenso, que no irradiaban mucho calor.

Ella se acercó a él sin hacer ruido y le tocó el hombro con delicadeza. El duque estaba un poco borracho, pero no muerto. Sintió el calor de su mano. Se volvió despacio en el sillón y cerró la mano alrededor de su muñeca.

–¿Por qué me toca?

–Se le ve preocupado, triste. No quiero que esté triste.

–Ya. –Él tiró de su muñeca hacia abajo y la aferró con más fuerza.

–Por favor, no me la rompa, su excelencia. ¿Cómo voy a controlar a Edmund con una sola mano?

Él miró la mano que sujetaba y luego la dejó caer.

–Perdone, Evangeline. –Apoyó la cabeza en el respaldo del sillón y cerró los ojos–. Sabe que estoy borracho, ¿verdad?

–Sí, pero quisiera saber el motivo. ¿Qué le preocupa?

Él la miró con ojos oscuros y penetrantes.

–¿Tiene a menudo pesadillas? –preguntó cambiando de tema.

–La verdad es que no. Pero las pasadas semanas han sido bastante difíciles para mí. ¿Por qué vuelve tan tarde? ¿Por qué ha salido a beber?

–Métase en sus asuntos, madame. No me justifico ante nadie

y menos aún ante una joven viuda que está a solas conmigo en mi biblioteca pasada la medianoche y solo lleva un camisón puesto. Y encima me toca.

Ella no sabía por qué lo había hecho, sencillamente lo había hecho. Cayó de rodillas al lado del sillón y levantó la vista hacia su cara sombría.

–Mi camisón es más recatado que el de una monja. No trate de hacerme sentir incómoda, aunque lo hace muy bien. Siento que esté triste. Solo estoy preocupada por usted.

–Ni quiero ni necesito otra madre.

Él entornó los ojos. Evangeline tenía el cabello suelto, y le caía por la espalda y sobre los hombros.

Empezó a enrollárselo en una mano, tirando de él, luego se inclinó hacia ella. Le recorrió la mandíbula con la punta de los dedos y tiró del pelo enrollado para acercarle la cara.

Evangeline permaneció inmóvil, como si la hubieran puesto allí con ese hombre que tenía una mano en su pelo y la acariciaba con los dedos. No se habría movido aunque la casa hubiera estallado en llamas. Se limitó a cerrar los ojos, esperando a ver qué hacía.

–¿Le he dicho que tiene el pelo precioso?

Ella abrió los ojos y lo vio acariciarse la mejilla con un grueso mechón. Una expresión pasajera de cólera o dolor, no estaba segura, le ensombreció la mirada.

–¿Su excelencia? –Cerró los dedos en torno a su mano–. No soy su madre ni tengo ningún deseo de serlo. Solo quiero que esté contento. ¿Se trata de la señora que se casó con otro hombre? ¿Ese tal Phillip Mercerault?

El duque se apartó despacio. Ella deseó haber mantenido la boca cerrada. Quería tenerlo cerca, quería que la tocara. No podía creerlo, pero era cierto. Luego sintió cómo el frío la inundaba. Lo estaba traicionando.

Le observó contemplar la chimenea. Seguía sosteniéndola con el cabello enrollado en la mano, pero con menos firmeza.

–¿Sabrina? –dijo–. No, ella no acabó conmigo, Evangeline. Hay otras cosas que me hacen enloquecer de impotencia. –Suspiró–. Usted es romántica, como la mayoría de las mujeres. No, yo no la amaba. Y no, no me destrozó el corazón, sea lo que sea lo que eso signifique. A veces creo que tal emoción me resulta incomprensible. Pero la deseaba, quería acostarme con ella, y eso, Evangeline, es lo que la mayoría de los hombres quieren de las mujeres, ni más ni menos. Nos vemos obligados a contraer matrimonio para tener un heredero que nazca de nuestra sangre, no de la de otro hombre.

–No puedo creer que diga eso. El amor existe, o al menos eso he oído decir. He leído sobre él. Se ha escrito mucho y de un modo muy creíble. Solo porque yo nunca lo haya experimentado no significa que no exista.

En ese instante se dio cuenta de lo que había dicho. Se quedó inmóvil, con la mirada clavada en el rostro de él.

–Ah, volvemos al apreciado André, ese hombre superior que fue su marido. No lo amaba. ¿Qué fue entonces, un matrimonio de conveniencia? Sabrá entonces que estoy diciendo la verdad... un hombre se casa con una mujer para poder acostarse con ella cuando y donde quiera.

–André no era así. No fue un matrimonio de conveniencia.

–Usted no lo amaba.

–Por supuesto que sí. Cuando me referí a nuestro matrimonio estaba hablando filosóficamente.

–Creo –dijo él, y en sus ojos oscuros había algo penetrante, algo que la fascinaba, asustaba y excitaba al mismo tiempo– que miente con más soltura que habla francés. Tendré que recordarle cómo funcionan las cosas en realidad entre un hombre y una mujer.

Bajó la cabeza, y ella sintió su cálido aliento en la sien. Sintió su mano acariciándole el cuello, y cuando sus labios rozaron los suyos, sintió algo que jamás había experimentado: un intenso calor en las entrañas que se extendía por todo su cuerpo, y no quería que cesara. Él pasaba la lengua suavemente por sus labios. Ella los separó y notó su lengua. Involuntariamente se arqueó hacia él, lo sujetó por los hombros y lo atrajo aún más hacia ella. Él le liberó la boca y dejó caer una lluvia de besos acariciadores en los ojos, las mejillas, la punta de la nariz. Se apartó un instante y clavó la mirada en sus senos. Observó cómo sus propios dedos se deslizaban hacia abajo y empezaban a moldeárselos a través del camisón y la bata. No bastaba, y al mismo tiempo era más de lo que ella era capaz de imaginar.

–Oh –exclamó, inclinándose hacia las manos de él.

–Demasiada ropa –dijo el duque.

Evangeline no se movió, apenas respiró cuando él le desabrochó la bata. Le observó deshacer los lazos de su camisón. Sabía que eso no estaba bien, que no conocía a ese hombre que iba a verle los senos. Debía detenerlo, pero no iba a hacerlo. Lo único que quería era sentir las manos de él en su piel desnuda.

Se estremeció cuando deslizó las manos dentro del camisón abierto y le levantó los senos. Arqueó la espalda. Jamás habría imaginado sentir algo así. Era demasiado, y al mismo tiempo ni mucho menos suficiente.

–Sí –dijo él–, dame más de ti. Eres hermosa, Evangeline, y tus pechos llenan mis manos. Te gusta que te toque, ¿verdad? Te gusta que te acaricie.

Se inclinó y empezó a besarla de nuevo mientras la acariciaba.

Ella iba a traicionarlo, recordó ella con amargura y se apartó despacio. Él seguía con las manos en sus senos. Ella se sentía pesada y, curiosamente, famélica. Le miró la boca, los ojos oscuros.

–Lo siento, su excelencia. No debería estar aquí. Lo siento.

–No, el que lo siente soy yo –respondió él con un suspiro, pero sin soltarle los senos–. Eres tan hermosa. No había pensado que podía ser tan difícil. –De nuevo se miraba las manos con que le sostenía los senos, palpándolos, acariciándolos–. Debo soltarte, debo hacerlo. –Frunció el entrecejo casi con dolor y retiró despacio las manos. Las juntó en el regazo y, apoyando la cabeza en el respaldo del sillón, recuperó la formalidad y cerró los ojos–. No puedo seguir. La deshonraría estando bajo mi protección. Aquí está a salvo de todos. Sobre todo, a salvo de mí. Tiene que estarlo. Por favor, cúbrase, Evangeline. Se lo ruego. No puedo volver a tocarla. Ya ha sido bastante difícil detenerme esta vez.

Ella lo miró fijamente, sin habla, inmóvil. Él no la miraba pero Evangeline lo sentía aún por todo su cuerpo.

El duque volvió a abrir los ojos y la miró.

–Es usted una mujer que responde, Evangeline. El santo André fue muy afortunado de tenerla.

–No –dijo ella, sin pensar–. En realidad es la primera vez que... oh, no. Lo siento.

Seguía sin hacer nada por cubrirse. El duque contempló su cabeza gacha. Era apasionada. ¿Y si ella no lo hubiera detenido? Entonces se habría detenido él mismo. No era un animal. Las palabras de ella le habían tocado la cuerda equivocada. Sacudió la cabeza. Estaba borracho. Todo era extraño y discordante cuando estaba borracho, lo que últimamente ocurría con demasiada frecuencia. Tenía que poner punto final. Ya iba siendo hora de reanudar la vida que había llevado antes de Sabrina, antes del violento asesinato de Robbie.

Iba a demostrarse a sí mismo que volvía a saber dominarse.

–Ciérrese el camisón.

Ella siguió sin moverse. Parecía incapaz de hacerlo. Él volvió a abrochárselo sobre los senos y le cerró la bata de algodón. Luego se recostó y apoyó la barbilla en un puño. Rozarla le había producido un hormigueo en la piel.

–¿Era su marido un hombre egoísta al que le traía sin cuidado que usted disfrutara?

¿A qué venía eso? Ella sacudió la cabeza, tratando de poner en orden sus ideas.

–No sé qué quiere decir.

Él se levantó rápidamente, levantándola consigo.

–Quiero decir que usted quería que yo la tocara, que le diera placer. Estaba entregándose y dando al mismo tiempo, y disfrutaba de todo lo que yo le hacía. ¿No le gustaba que su marido la tocara? ¿La acariciara?

Ella lo miró fijamente y no dijo nada. Después de todo, ¿qué podía decir?

–No volverá a ocurrir mientras usted esté bajo mi techo –dijo él con voz áspera y fría, apartándose–. No quisiera que me temiera ni me tomara aversión.

Evangeline se sintió desgarrada por los remordimientos. ¿Cómo podía hacerle eso? Se limitó a asentir cabizbaja.

A él el deseo le retorcía las entrañas.

–Debe ir a acostarse, Evangeline. Es muy tarde.

Ella lo miró en silencio y luego dijo con tono triste:

–Nunca podré temerle ni tomarle aversión. Eso le tocará hacerlo a usted. Pero tiene razón, no debe volver a ocurrir. Buenas noches, su excelencia.

Cogió la vela con una mano temblorosa y salió rápidamente de la biblioteca, cerrando con sigilo la puerta a sus espaldas.

Más tarde, acostado ya en la cama, el duque decidió que esa joven que estaba bajo su protección e iba a cuidar de su hijo tenía que estar a salvo de él. Se vio de nuevo acariciando sus senos y se estremeció. Partiría hacia Londres, como tenía previsto, a finales de la semana. Ella le tentaba más que ninguna otra mujer que hubiese conocido. No era la mujer más guapa del mundo, ni mucho menos, pero le atraía devastadoramente. Iba a poner distancia y tiempo entre ambos para pensar con claridad. Ese era su deseo.

Capítulo 15

Evangeline se encontraba en la larga galería de retratos, donde el sol matinal entraba a raudales por los cristales en forma de rombo de las altas ventanas. Solo eran las ocho de la mañana y ya prometía ser el segundo día caluroso de mediados de febrero, fenómeno que sin duda no podía durar. Levantó la vista hacia el duque de Portsmouth del siglo XVII, que miraba al mundo con una expresión particularmente severa en su rostro alargado y atractivo.

–Su excelencia, mi padre me dijo que todos los jóvenes que yo conocía no eran más que eso, jóvenes. Además, eran lamentablemente inexpertos. Le señalé que también eran posesivos, como Henri. Cielo santo, Henri no quería perderme de vista. Me quería a su lado a todas horas, como si temiera que fuera a escapar con uno de sus amigos. Cuando se lo dije mi padre rió y sacudió la cabeza. Recuerdo que dijo que debía tener paciencia, que los chicos se hacían hombres del mismo modo que las chicas se hacían mujeres. –Se interrumpió, y se miró las zapatillas. Las de Marissa le quedaban pequeñas. Pero el vestido que las rozaba era de Marissa, una muselina verde con un bonito galón dorado bajo los senos y un ribete trenzado a lo largo del escote circular. Volvió a contemplar el cuadro. El duque seguía mirándola con su aspecto severo y en absoluto interesado en lo que ella le decía. Después de la noche anterior en la biblioteca del duque, después de que él le pusiera las manos en sus pechos desnudos, bueno, había mucho en lo que pensar. Dijo, en voz más baja y preocupada, a tono con sus pensamientos–. Pero papá se equivocaba. He conocido hombres mayores, hombres que él había calificado de refinados, pero en ellos no había nada de nada, salvo tal vez aburrimiento. –Respiró hondo–. Debo de estar volviéndome loca hablando aquí con usted, pero al menos sé que usted no divulgará mis confidencias. Oh, cielos, lo que hice anoche, lo que le dejé hacer al duque, fue maravilloso. Estuvo más allá de todo lo que habría imaginado. Pero no debí darle cuerda. Supongo que quería ver qué hacía yo, oír qué decía... no puedo engañarme. Sigue usted sin responder y empiezo a esperar que lo haga. Ay, estoy realmente loca.

El duque salió de detrás de una de las antigüedades favoritas de su madre, un busto de mármol blanco de un dramaturgo griego. Sonreía. Se preguntó cuánto se había perdido de esa conversación unilateral con un antepasado ducal. Lo que había oído le había hecho detenerse en seco. ¿Maravilloso? Empezó a sudar. Le habría gustado tenderla allí mismo en la alfombra, frente a la chimenea. Le habría traído sin cuidado si ella estaba encima de él o debajo, la verdad. Le habría gustado besarla hasta hacerla gemir, y acto seguido penetrarla y...

–Su excelencia. Está usted aquí sin ningún motivo aparente. Un caballero de su categoría debería tener siempre un propósito. ¿Ocurre algo?

Él se volvió y vio a Bassick a menos de un palmo de él, con todo el aspecto de un don de Oxford. Bassick también estaba allí de pie sin ningún motivo aparente, con un aspecto tan distante y resuelto como ese maldito ex duque a quien se estaba confiando Evangeline. Qué nombre más encantador. Sonaba tan dulce... Le gustaba saborearlo en la boca, pronunciarlo mentalmente. ¿Cuánto tiempo llevaba allí Bassick?

–Te mueves con más sigilo que una maldita sombra, Bassick.

–Uno se esfuerza, su excelencia.

–¿Es sudor lo que veo en tu frente?

–Es demasiado temprano para sudar, su excelencia, pero tal vez más tarde tenga que llevarme el pañuelo a la frente. Creo que podría considerarse un tiempo muy extraño para el mes de febrero en Inglaterra. Es más propio de agosto. En fin, ¿puedo ayudarle en algo?

–No necesito nada. He oído hablar a madame y me preguntaba quién era su interlocutor. Ha resultado ser uno de mis antepasados. Dudo que el pobre esté para conversar. Retírate, Bassick. Iré a buscar a madame para el desayuno.

–Sí, su excelencia –dijo Bassick, y, girando sobre sus talones, se alejó con aire majestuoso por el largo pasillo.

–¿Está aquí, Evangeline? –dijo el duque con una sonrisa en los labios–. Me ha parecido oír hablar a alguien.

Hubo un breve silencio.

–Sí, estoy aquí –dijo ella por fin, con voz grave y llena de culpabilidad–. Estaba admirando los marcos dorados de los retratos. Hay mucho oro.

Se acercó a él con uno de los trajes de Marissa que el duque recordaba, y se preguntó dónde había encontrado Dorrie todo el material adicional para dar cabida a esos maravillosos senos. Estaba espléndida. Imaginó claramente sus senos, desnudos y brillantes a la luz del fuego la noche anterior, y contuvo el aliento.

–Si alguna vez me arruino venderé alguno de esos marcos. Seguro que me mantienen una buena temporada. –Y añadió bajando la vista–: ¿Sabe?, son bastante delicados.

–¿Qué son delicados? –preguntó ella mirándolo fijamente hasta que lo comprendió y volvió bruscamente la cabeza.

–Los marcos, naturalmente. ¿Quiere venir conmigo a desayunar?

–Gracias, tengo bastante hambre. ¿Vamos a buscar a Edmund para que desayune con nosotros?

Una gruesa ceja negra se arqueó.

–No me gusta el alboroto con el café y las gachas. No; dejaremos a Edmund con Ellen. Después de desayunar tendrá toda la mañana para usted. No se preocupe por él.

¿Le había oído hablar con su pariente? La idea de que así fuera hizo dar un traspié a Evangeline.

–¿No le duele la cabeza esta mañana?

–Oh, no. Soy uno de esos hombres afortunados que rara vez siente algo más que un poco de modorra si ha bebido demasiado. ¿Y usted, Evangeline, cómo se siente esta mañana?

Ella guardó silencio mientras andaba a su lado con la mirada al frente.

–Puedo decirle cómo se sentía anoche –añadió él en voz baja–, pero supongo que no se lo tomaría con el espíritu con que yo lo diría. No, no la atormentaré, aunque es tentador, muy tentador. Seré un caballero. –Respiró hondo.

Evangeline trataba desesperadamente de recordar si en su parlamento había dicho algo al retrato acerca de traicionar al duque. No, seguro que no, pero había estado a punto. El sentimiento de culpa había estado a punto de vencerla. Lo contuvo. Ahora no. Tendría que vivir con él, porque no había nada que hacer al respecto. Sí, había algo: obligarse a dejar de babear cuando pensaba en él, un pensamiento de cada dos.

Él la hizo pasar a la salita del desayuno que daba a la explanada de césped del este. El sol entraba a raudales en esa encantadora y aireada estancia.

–Veo que la señora Dent ha seguido mis instrucciones –dijo él, y retiró la silla para que ella se sentara.

El lacayo retrocedió y se quedó junto a la puerta.

–¡Válgame Dios! –exclamó Evangeline, y contempló con deleite la fuente de cruasanes que tenía ante su plato.

–Buenos días, su excelencia, madame –dijo la señora Raleigh entrando en la salita.

Esa mañana llevaba un traje rosa pálido con un bonito encaje de bolillos en cuello y puños, y una preciosa cinta de raso de un rosa más oscuro debajo del corpiño. Se le veía menuda y atractiva, y un tanto extraña con el enorme llavero que le colgaba de un estrecho cinturón que le ceñía la cintura, sobre todo porque no tenía cintura.

–Veo que ha reparado en los cruasanes. Su excelencia los ha ordenado expresamente para usted, por ser medio francesa y demás. La señora Dent espera que sean de su agrado.

–Es maravilloso, señora Raleigh. Gracias, su excelencia.

Ella tenía la boca llena aun antes de sentarse. Él le sonrió desde el otro lado de la mesa.

–No tiene que decir nada. Limítese a comer.

Se sirvió una tostada, huevos y riñones.

La señora Raleigh, que no parecía querer marcharse, dijo a Evangeline:

–Su excelencia dijo que a usted no le gustaban los copiosos desayunos ingleses, y como no quería que se consumiera, le pareció que lo que necesitaba eran cruasanes.

Evangeline miró al duque, quien desvió la cara.

–Sí –dijo sin mirarla, comiendo sus huevos–. No quisiera que perdiera su... personalidad.

Evangeline vio que la señora Raleigh contaba sus llaves y no lo había oído. Se hundió ligeramente en la silla.

–¡Dios mío! –exclamó la señora Raleigh, dándole una palmadita en la espalda–. Dorrie ha hecho un trabajo espléndido con este vestido. Me dijo que había quitado piezas de la falda para añadirlas a otras partes. Bien, les dejaré que desayunen. Siempre hay mucho que hacer, ya saben. No puedo pasar todo el rato hablando con ustedes, aunque sería un enorme placer. –Y se marchó.

–Es una mujer extraordinaria –comentó Evangeline.

–Sí, ella y mi madre hace años que son amigas. Fue ella la que me explicó todo sobre las chicas cuando yo tenía doce años. Es una experta. Coma, eso no es suficiente.

Ella se echó a reír.

–Desvergonzado. ¿Solo tenía doce años?

–Tal vez doce y medio. No me acuerdo bien. Pero la señora Raleigh me explicó de qué iba la cosa, al menos en términos muy básicos, como que nunca tocara nada más allá de la muñeca de una chica, nunca dejara que una chica me susurrara nada al oído y otras cosas improcedentes.

–Cielos, ¿por qué no? ¿Qué hay de improcedente en susurrar algo al oído?

–Es evidente que tener a una fémina tan cerca, por joven que sea el varón, podría desatar urgencias incontrolables. El aliento de la joven en su oído lo empujaría al borde del precipicio. –Se levantó, arrojando su servilleta al plato–. Tendrá que disculparme, pero he prometido a Edmund dar un paseo a caballo. La veremos más tarde. No se dé prisa, Evangeline. Nos veremos en el almuerzo.

Él había dejado la mitad del desayuno en el plato. Ella untó con mermelada otro cruasán. Cerró los ojos mientras daba un mordisco. ¿Qué le había oído decir a su antepasado?

Sintió los dedos secos y fríos de John Edgerton en la muñeca, y se estremeció, desmenuzando el cruasán en la mano. Lo dejó en el plato y se limpió las manos con la servilleta. Debía reunirse con él esa noche en la cala para recibir instrucciones. Comió un trozo de cruasán con dificultad. Lo había olvidado por unos minutos y recordarlo casi la dejó al borde del colapso. ¿Qué iba a hacer?

Esperó sentada a la mesa hasta que oyó al duque y a Edmund salir de la casa. Luego subió rápidamente a su alcoba. Aunque Houchard le había descrito la cueva escondida en la playa privada, ella aún no la había visto, lo que significaba que no se veía a simple vista. Debía encontrarla ahora que era de día, no tenía elección. Había demasiado en juego si llegaba tarde a su cita. ¿Cómo iba a lograr escapar del duque esa noche?

No lo sabía. Ya se preocuparía de eso más tarde.

Se puso rápidamente uno de sus vestidos viejos y unas botas cómodas. Era una mañana calurosa. Resultaba desconcertante estar en verano en mitad del invierno. Al mediodía haría mucho calor. Inhaló el aire salado y una suave brisa le alborotó el cabello. Antes de que llegara a la cala protegida y bajara con cuidado el sendero largo y zigzagueante, tenía la frente y la nuca cubiertas de sudor.

Al llegar a la playa, se protegió los ojos con una mano y miró hacia el sur. El acantilado terminaba casi en el agua, y la pared, irregular y desprovista prácticamente de vegetación, se hallaba resguardada del sol matinal. Se abrió paso a través de la gruesa arena hacia él. No encontró la cueva hasta que casi se metió en ella de un tropezón. Estaba cubierta de matorrales escuálidos, justo en la orilla del agua. Entre la entrada de la cueva y las olas rompientes no había ni un palmo. Jamás la vería alguien que no la buscara.

La entrada era tan baja que tuvo que agacharse. Luego el techo se elevaba. Se adentró en ella varios pasos y se estremeció. Dentro había humedad y hacía mucho frío. Esperó a que sus ojos se acostumbraran a la penumbra. Advirtió que la cueva, estrecha y alargada, se adentraba unos ocho metros en el acantilado. Se detuvo en seco al darse cuenta de que el suelo estaba mojado. Pasó una mano por las paredes de roca, cubiertas de musgo a una altura muy superior a la de su cabeza. Con la marea alta la cueva se inundaba. No sería buena idea quedarse atrapada allí dentro.

Volvió hasta la entrada y se quedó allí un instante, con la cara ladeada hacia arriba, hacia el sol abrasador, inhalando el aire salado.

Luego salió de la cueva y miró hacia el agua. Se detuvo en seco con un resoplido al ver al duque, con el agua hasta la cintura, llevando a Edmund a hombros. Volvió a meterse en la cueva. Dios mío, ¿qué hacía el duque allí? Se suponía que estaba cabalgando. En lugar de ello se estaba bañando con Edmund. Hacía suficiente calor, desde luego, pero se figuraba que el agua del mar seguía estando gélida. Sí, el día anterior había mencionado que iría a nadar con su hijo. Pero ¿allí? ¿Ahora? ¿Con ella mirándolo?

¿Qué podía hacer? Se planteó permanecer escondida en la cueva hasta que el duque y Edmund se marcharan de la playa, pero la marea estaba subiendo rápidamente y no quería mojarse. Y menos ahogarse.

No podía continuar hacia el sur porque el acantilado terminaba en el agua. De modo que solo quedaba volver por donde había venido. Salió de la cueva con la cabeza alta, silbando en la cálida brisa. Si seguía silbando todo iría bien. No tenía intención de mirarlo, pero lo hizo. Evangeline nunca había visto a un hombre desnudo. Él solo estaba a veinte metros. Lo veía con claridad, más de la que se merecía, la verdad. Lo observó levantar a Edmund por encima de su cabeza y arrojarlo al agua. Ella nunca había prestado mucha atención a los hombres, hasta la noche anterior, en la biblioteca del duque, cuando él la había tocado y besado. Y allí estaba ahora, desnudo y desprevenido, y ella lo miró y tragó saliva. Nunca había imaginado que un hombre pudiera tener ese aspecto. Su padre era atractivo, desde luego, pero era delgado y no tenía casi músculos, a diferencia del duque, que era fuerte, largo y peludo, desde el abundante cabello negro hasta el oscuro vello de la entrepierna pasando por el pecho. Cielos, podía verlo entero de rodillas para arriba. Sabía que debía desviar la mirada. No debería estar allí, mirándolo hasta hartarse, deseando desesperadamente correr hacia él, arrojarlo de espaldas a la arena y tumbarse encima.

Sabía que los hombres tenían un falo que les salía de la entrepierna. No había sabido qué esperar, pero no era en absoluto aterrador ni extraño. Lo tenía pegado y no le sobresalía. No, no tenía aspecto aterrador, solo diferente. Oyó a Edmund gritar de júbilo y vio la maraña de brazos y piernas. Cuando el duque volvió a levantarse, Edmund le colgaba de la espalda, rodeándole el cuello con los brazos.

–Está bien, Edmund, ya es suficiente –le oyó decir–. Diez minutos, ni uno más, o acabaremos convertidos en bloques de hielo.

Debía marcharse. Él no la había visto. Debía marcharse ya. Se acercó rápidamente a un espeso matorral y se ocultó. Y siguió mirando. Observó al duque y a Edmund, que seguía riendo a carcajadas. Edmund dijo algo, señaló una gaviota, y su padre rió. Vio que los dos temblaban. Estar diez minutos en esa agua debía de ser terrible. Se estremeció de solo pensarlo.

Observó cómo al duque se le contraían y dilataban los músculos al reír, al adentrarse con paso resuelto en el agua sosteniendo a Edmund sobre los hombros. Debía irse. Todavía estaba a tiempo.

Capítulo 16

–¡Papá, papá! –gritó Edmund–. ¡Mira, ahí está Eve! –El niño agitaba las manos frenéticamente hacia ella–. Está aquí para vernos nadar. Me alegro de que haya venido. ¡No creo que creyera lo buen nadador que soy!

La suerte estaba echada. Estaba atrapada. Sabía que el duque la miraba, pero él no se detuvo ni vaciló, se limitó a seguir andando hasta la orilla a través de las olas, algunas casi derribándolo.

No tenía ninguna posibilidad. No obstante, corrió por delante de la cueva hacia el sur, pero se detuvo en seco. Había olvidado que el sendero moría en el agua. Regresó andando despacio.

–¡La veo, Edmund! –había exclamado el duque–. Sí, ahí está, muy cerca de nosotros. Mira, creo que está andando hacia aquí porque se ha dado cuenta de que no puede escabullirse por el otro lado. Esperémosla, Edmund. Estoy seguro de que va a decirnos cuánto ha disfrutado de nuestra exhibición de natación. Sí, le hemos ofrecido todo un espectáculo, aunque breve, porque el agua está helada.

Evangeline se detuvo. ¿Cuánto hacía que sabía que ella estaba allí, observándolo extasiada? El agua le llegaba ahora a las rodillas y las olas rompían a su alrededor mientras se operaba un cambio en él. Antes no había parecido en absoluto aterrador o extraño, pero estaba cambiando rápidamente. No se movió, sino que se quedó allí parado, mirándola, cambiando, agigantándose. Si ella hubiera sido el duque y sufrido tal transformación, sin duda habría hecho algo, como echar a correr o volverse, pero él no hizo nada. Siguió frente a ella, con Edmund todavía sobre los hombros, sonriéndole. ¡Dios mío!

Él se echó a reír. Se bajó a Edmund de los hombros y lo dejó en la arena.

–Ve a buscar las toallas, Edmund, y sécate bien. No quiero que cojas un resfriado. Tal vez a tu prima Eve le apetezca unirse a nosotros.

Ella no se movió hasta que él cogió una gran toalla que le trajo su hijo y empezó a secarse.

–¡Eve! –gritó Edmund, corriendo hacia ella mientras se secaba–. ¿Nos has visto? Papá me ha lanzado al agua y he nadado como una lubina. Papá dice que tengo que tener cuidado porque un pescador podría intentar pescarme de lo bien que nado. Luego me freiría en una sartén y me comería. Vamos, ven a decir hola a papá.

¿Qué podía hacer una mujer aturdida y fascinada? Se acercó con Edmund al duque, quien se había anudado la toalla a la cintura y echado otra sobre los hombros. Ella estudió el nudo; parecía muy firme, pero sabía que podría deshacerlo en un segundo, dos como mucho.

–Papá dice que las señoras no saben nadar –dijo Edmund. Se arrodilló y empezó a cavar en la arena para moldearla en formas cónicas. ¿Las torres de un castillo?

–Tu padre está equivocado. Vístete, Edmund, así sabré que estás lo bastante abrigado. ¿Qué estás construyendo?

–Papá nunca se equivoca, prima Eve. Voy a construir el castillo de Chesleigh.

–Podría enseñarle a nadar –dijo el duque.

–No necesito clases. Soy un pez, como Edmund. Tengo más de serpiente marina que de lubina.

–Vístete, Edmund –dijo el duque por encima del hombro–. Dígame qué hace aquí, Evangeline.

–Es febrero y hace mucho calor. Salí a dar un paseo y me encontré aquí abajo por casualidad. Y los vi, desnudos. Al menos ahora se ha envuelto en una toalla y tiene otra sobre los hombros, pero no es lo mismo que pantalones, camisa y demás prendas que llevan los hombres.

–Entiendo. Entonces disfruta contemplando el paisaje.

–Ya lo creo. Me crié en el campo. Siempre hay bonitos paisajes en el campo, sobre todo en las playas.

Él sabía que estaba muy bien formado, como lo había estado su padre. También boxeaba en el Gentleman Jackson, como había hecho su padre. Estaba delgado, fuerte y en buena forma, como lo había estado su padre. Sonrió como un ladrón que ha echado el ojo a la cubertería.

–Yo también habría disfrutado del paisaje si hubiera sido el que paseaba y la hubiera encontrado saliendo del agua.

Ella jadeó. Nunca hubiera imaginado nada parecido, nunca. Ella, una señorita debidamente educada, y en lo único en que pensaba desde que había conocido al duque era en abalanzarse sobre él y besarlo hasta morir. Creyó que él seguiría atormentándola, porque se le daba muy bien, haciéndole morder el anzuelo las veces que quisiera, pero, por extraño que pareciera, al cabo de un momento sus ojos oscuros la escudriñaron con expresión meditabunda.

–Debe volver al castillo, Evangeline –musitó–. Haré lo posible para que Edmund no proclame al mundo entero que su prima Eve nos ha visto en cueros.

Ella miró el agua y luego a él.

–No puedo creer que esté haciendo esto.

–¿Haciendo qué?

–Lo sabe muy bien. Me he quedado aquí contemplándole. Y lo que hice anoche. No soy así, pero no sé qué me está pasando. Lo siento. No soy yo misma. Supongo que no sé quién soy. Y eso es lo que he de ser en realidad, mi comportamiento es inadecuado. Todo es muy difícil.

Se volvió y empezó a subir el sendero del acantilado sin mirar una sola vez atrás.

Evangeline doblaba la esquina en lo alto de la suntuosa escalera al dirigirse a almorzar, cuando oyó a la señora Raleigh y a Bassick hablar.

–Vamos a echarle de menos, señor Bassick. Esta vez no ha estado suficiente tiempo. ¿Por qué tiene que regresar a Londres? Y en un viernes. Vamos, si solo lleva aquí tres días.

Oyó a Bassick decir algo, pero no lo entendió. Luego la señora Raleigh dijo, con tanta claridad como la campana de la iglesia una mañana de domingo:

–Esperaba que con la llegada de madame, su excelencia estuviera contento de quedarse más tiempo.

–Bueno, su excelencia nunca hace lo que se espera de él –replicó Bassick, y esta vez ella lo oyó.

Al llegar al pie de la escalera, los encontró a los dos sonriéndole. Notó que la señora Raleigh la examinaba con la mirada. Sabía que el duque iba a marcharse, pero el viernes era demasiado pronto. No quería que se marchara tan pronto. Él le estaba poniendo las cosas mucho más fáciles al marcharse. ¿Por qué se iba?

–Buenas tardes, madame –dijo Bassick.

–¿Ningún invitado inesperado aún? –preguntó ella.

–No me habría sorprendido –respondió la señora Raleigh–. Lady Pemberly es una gran dama, pero disfruta importunando a todo el que tiene cerca. A diferencia de lady Charlotte, la querida madre de Rohan Carrington, una dama tan encantadora que todo el mundo corre a ayudarla o se queda deslumbrado de lo hermosa que es.

–Tengo entendido –dijo Bassick, erguido e imponente– que lady Charlotte también está muy interesada en las carreras de gatos.

–Es sin duda un gran deporte, señor Bassick. Pero me temo que hasta en eso reina el escándalo y la corrupción.

–¿Corrupción en las carreras de gatos? –preguntó Evangeline arqueando las cejas.

–Ya lo creo –repuso Bassic asintiendo–. Allá donde hay intercambio de dinero siempre hay quienes traman maldades. Pero se han llevado a cabo investigaciones y se han eliminado casi todos los excesos y abusos.

–Es una vergüenza que los gatos no puedan competir por pura diversión –dijo la señora Raleigh sacudiéndose la falda de su bonito traje rosa.

¿Era el mismo que había llevado esa mañana en el desayuno? Evangeline no estaba del todo segura.

–Les he oído decir que el duque se marchaba –dijo.

–Ah, sí, estamos decepcionados –respondió la señora Raleigh–. Esperábamos que esta vez se quedara más tiempo. –Hizo una pausa y sonrió–. Claro que nunca se sabe, ¿verdad? Ah, el verde sin duda le favorece, madame. Veo que Dorrie ha quitado los desconcertantes volantes del bajo del vestido. A su excelencia la difunta duquesa le encantaba este vestido, con volantes y todo. Se negaba a admitir que eran un tanto excesivos.

Evangeline asintió, pensando en Houchard, quien le había contado todo acerca de Marissa y sus vestidos: «No tendrás que llevar mucho tiempo tus trapos, mademoiselle, ya lo verás. Sí, su excelencia te vestirá con el bonito vestuario de su difunta mujer. –Había sonreído con frialdad–. Y, por supuesto, querrá que le pagues a cambio; los hombres de su clase siempre lo hacen. Tú harás lo que sea necesario para mantenerlo en la ignorancia de tus actividades. –Había hecho otra pausa, frotándose la barbilla con un dedo largo y delgado–. Me preocupa que pierdas la cabeza por él, mademoiselle. Pero soy un necio al preocuparme por eso puesto que tengo a tu querido padre, y él está a un paso de la muerte; no obstante, tengo entendido que el duque es un hombre por el que las mujeres se derriten. No lo comprendo ya que es inglés y todos sabemos que los ingleses son zopencos y groseros. Pero si es cierto eso, te esforzarás en conservar la cabeza, mademoiselle. Y si te abres de piernas para él y le susurras al oído después de haberle dado placer, no olvidarás que tengo una pistola apuntando a tu padre».

Ella deseó que el duque se hubiera marchado ya. Houchard no se había equivocado en eso. El duque no se parecía a ningún hombre que ella hubiera conocido. Era un hombre poco menos que increíble. Y odiaba a Napoleón. Pronto ella no sería mejor que Edgerton; de solo pensarlo le entraron ganas de vomitar.

Cuando se reunió con el duque en el comedor, ella seguía pensando en el foso que se abría a sus pies, mientras su mente buscaba febrilmente una salida, la que fuera, que impidiera que ella lo traicionara a él y a su país. El duque estaba de pie en la cabecera de la mesa, sonriendo ligeramente. Ella trató de devolverle la sonrisa, pero el sentimiento de culpa la reconcomía y sabía que su rostro traslucía su dolor.

La picardía en los ojos del duque desapareció al instante.

–¿Ocurre algo?

Ella levantó bruscamente la cabeza.

–¿Algo? –«Dios mío, ¿tan transparente soy?» Si lo era, eso no auguraba nada bueno para el éxito de su empresa, para la vida de su padre–. No, su excelencia.

–Cualquiera diría que ha perdido usted a su mascota.

Eso le hizo sonreír.

–No, aunque quería mucho a mi doguillo *Bonnie*. Tardé mucho en querer otro perro.

–Me rindo. Quería tomarle el pelo, tal vez hacerle ruborizar por su reciente y poco decoroso comportamiento en la playa, pero me ha derrotado. Siempre me sorprende, Evangeline. Vamos, siéntese. Podrá ver a Edmund después de almorzar. –Despidió al lacayo y dijo–: ¿En qué pensaba?

–No tiene importancia –respondió ella, y guardó silencio. Debía aprender a mentir. Era la única manera que tenía para sobrevivir. Alzó la barbilla y lo observó pinchar con el tenedor trozos de jamón cortado muy fino. Debía decir algo aburrido, algo absolutamente insípido, pero lo que dijo fue–: Temí que usted y Edmund se congelasen en el mar.

–Yo también, pero Edmund estaba decidido. Solo hemos estado diez minutos. Siempre nos bañamos cuando estoy aquí y el tiempo es bueno. Es vigorizante, por no decir más. Como mucho, te congelará la piel separándotela de los huesos. No parece tener sentido, pero lo tiene. ¿Lo comprende?

–Sí, claro.

–Edmund y yo solemos bajar a la playa a la misma hora más o menos cada mañana. Es cierto, la vi salir de la cueva. Tenga cuidado si vuelve a visitarla, sobre todo cuando esté subiendo la marea. De niño fui lo bastante estúpido para esconderme allí de mi preceptor y acabé calado hasta los huesos. Mi padre también, porque tuvo que rescatarme. Recuerdo que fue una de las pocas veces que me dio una buena tunda.

Ella sonrió, tratando de imaginarlo del tamaño de Edmund. Imposible.

–Tendré cuidado. He notado que las paredes de la cueva están húmedas y cubiertas de lodo. ¿Se inunda totalmente con la marea alta?

–Casi.

–Es una lástima que no sea posible seguir hacia el sur, pero el acantilado se interrumpe en el mar.

–Sí, pero el resto del paisaje debe de haberla complacido.

¿Por qué no podía dejarlo estar? Estaba perdiendo el poco seso que le quedaba.

–Ya lo creo. Nunca desaprovecho una oportunidad instructiva.

Él arqueó una de sus cejas negras.

–Espero no haberle proporcionado un exceso de conocimientos nuevos. Solo soy un hombre, como lo era su marido, el santo André.

Ella casi se atragantó con los guisantes. Había metido la pata. «Miente –se ordenó–, miente bien o estarás perdida.» Levantó la barbilla.

–No sea bobo. Naturalmente que no era ninguna novedad para mí. Al contrario. Sin embargo, creo que la toalla que llevaba anudada a la cintura era nueva, diría yo. Soy una mujer de mundo, su excelencia.

–Eso estaba pensando –dijo el duque, y Evangeline supo que se burlaba de ella y que disfrutaba con ello–. Me di cuenta de cuánto mundo tenía después de... No, no diré más. Sería indecoroso. Termine de comer, Evangeline.

Ella sacudió la cabeza.

–He llegado a darme cuenta de que le resultó útil. Puede aguzar su ingenio conmigo.

–Lo justo es justo. Eso es lo que hace mi madre conmigo. Vamos, no me interprete mal. Usted es lista, tiene una lengua rápida... No, no seguiré por ahí. Me haría caer aun más bajo de lo que ya he caído.

–Tal vez sea el momento de que le deje –dijo ella, levantándose.

–No, no se vaya. Lo consideraría una huida. Vamos, Evangeline, admítalo. Disfruta tratando de derrotarme verbalmente.

Ella volvió a tomar asiento. Juntó las manos y alzó la barbilla.

–Nunca trato de huir, ni siquiera cuando es en mi propio provecho. En cuanto a derrotarle, bueno, he de admitir que usted no es idiota, como me han parecido la mayoría de los ingleses.

El duque asintió con afabilidad.

–No me sorprenden sus prejuicios teniendo en cuenta que creció en el campo, en Somerset, donde abundan los hacendados de tez colorada, los provincianos se pavonean y los señoritos van con el mentón levantado y los sesos bajo la suela del zapato. En general, coincido con usted, muchos de ellos no proporcionarían a una joven ejemplos exquisitos de ingenio, gracia y elegancia.

–¿Cualidades que usted encarna?

–Sin duda. ¿Era su marido uno de esos hombres de Somerset? ¿Se cohibía cuando estaba a solas con usted? ¿Solo sabía tratar a sus caballos? ¿Era una lata durante las comidas? ¿Dormitaba en el salón después de beber demasiado oporto?

–Por supuesto que no. Era francés.

–¿Se lo describo entonces? Veamos. Era bajo y bastante moreno, de pecho estrecho, se pavoneaba sobre unas piernas flacas, poseía una especie de piel aceitosa y no se bañaba todos los días.

Evangeline vio el foso que ella misma había cavado a sus pies. Había descrito al mito de su marido difunto, André, pensando en Henri, el joven que la había deseado en Francia. La descripción del duque encajaba bastante bien.

–Se bañaba con frecuencia –dijo, y recordó que Henri era adicto al frasco de colonia; ella odiaba ese olor a almizcle ligeramente agrio que desprendía. Frunció el entrecejo–. Al menos eso creo.

–¿Cree que se bañaba a menudo? La verdad, Evangeline, si hubiera sentido por su marido la mitad de la curiosidad que ha demostrado por mí estos dos días, estoy seguro de que no habría tenido dudas al respecto.

Ella se limitó a mirarlo fijamente, sabiendo que estaba a punto de hundirse en el foso.

–Eh... la verdad es que, bueno, no estoy totalmente segura. Verá, André era un caballero muy recatado.

–Digamos... ¿un idiota? –Vio que Evangeline se había ruborizado–. Perdóneme –dijo, levantándose despacio–. Era su marido. En fin, me voy a hablar con un nuevo cazador. Que pase una buena tarde. Mis mejores deseos con Edmund. –Se detuvo junto a su silla y la miró–. ¿Quiere que le traiga algo?

Sí, pensó ella, podría traerle una vida muy diferente. Podría traerle la libertad de su padre. Entonces él no la miraría con odio y desdén. Negó con la cabeza.

–Muy bien. Cuando yo vuelva, ¿querrá dar un paseo a caballo conmigo? Debo solucionar unos asuntos con varios arrendatarios. Podría mostrarle algunos de mis rincones favoritos.

Solo una vez más, pensó ella. Sin duda no sería horrible estar una vez más a solas con él. Asintió.

–Me encantaría.

–Excelente. La veré más tarde.

Capítulo 17

–Hay demasiadas letras. Nunca sé cuándo van detrás de otra o delante. Y nada que suene bien tiene las mismas letras. Seguro que no tengo que aprendérmelas todas. Solo las que suenan como las palabras.

–Sé que hay muchísimas letras –dijo Evangeline dando palmaditas en la mano–. No me había dado cuenta de que tal vez hay demasiadas. Seguramente tienes razón. Y hay infinitas combinaciones, Edmund. Creo que debes olvidarte de las personas que hace tiempo las inventaron y aceptar que todas las letras, todas las combinaciones, van a quedarse con nosotros. No tienes más remedio que ponerte lanza en ristre. Yo las aprendí. Estoy segura de que tú que eres tan listo también puedes aprenderlas.

Él pareció momentáneamente convencido.

–Creía que querías ser como tu padre, Edmund –dijo ella.

La cara del niño cambió por completo. Se irguió y dijo con una voz altanera muy convincente:

–Soy como mi padre. Mi abuela me ha dicho muchísimas veces que soy como mi padre y mi abuelo, y a él le recuerdo muy bien. Era un abuelo maravilloso, pero luego murió, como mi madre, y ya no he vuelto a verlo.

–Tu padre sabe leer y escribir, como su padre antes que él. Tu padre se puso lanza en ristre y aprendió cada letra y cada combinación.

–Tienes razón –dijo Edmund–. Le he visto leer. ¿No crees que finge hacerlo solo para que yo aprenda?

–Diría que disfruta leyendo.

Él la miró con recelo. Ella se examinó la uña del pulgar.

–Si aprendes las letras, Edmund, te prometo que cuando tu padre vuelva a Londres, te llevaré a nadar todas las mañanas que haga bastante calor.

Con franqueza, no podía imaginar meter un dedo del pie en el gélido mar, pero si seguía haciendo calor, lo haría. Y enseñaría a Edmund a nadar mejor de como lo había hecho su padre.

Él la miró de arriba abajo.

–Eres lo bastante grande –dijo, y se inclinó para palparle el músculo del brazo. Ella lo dobló–. Sí, eres fuerte para ser una chica.

Y siguió jugueteando, mirando a todas partes menos a los cubos de letras esparcidos sobre el escritorio.

Ella suspiró hondo y juntó las manos sobre el corazón.

–Está bien, si aprendes las letras haré de bandolero y podrás perseguirme.

–¿Podré dispararte cuando te atrape?

–Sí –respondió ella, inclinando la cabeza–. Podrás dispararme.

Edmund sonrió. Se cuadró de hombros.

–Está bien, lo haré.

–A de un animal grande y salvaje que ruge amenazador. –Puso una mano sobre los dedos de Edmund y dibujó la letra–. ¿Se te ocurre otra palabra que empiece por A?

–A de asno. Papá siempre está llamando asno a Phillip Mercerault. No puedo decirte cómo le llama Phillip a él. Mi padre me dijo que no es una palabra para los oídos de una dama. Me dijo que nunca la dijera a no ser que estuviera solo o con mi pony.

–Muy bien, entonces no la digas. A de asno. Sí, asno es una palabra excelente.

Y así continuaron. Ella no sonrió cuando Edmund anunció O de orgulloso, como su padre. Al mirar el reloj de la pared, se quedó sorprendida de lo deprisa que había pasado el tiempo. Dio a Edmund un gran abrazo porque había escrito orgulloso su nombre. La puerta del cuarto de los niños se abrió y entró un hombre muy alto y tan delgado que parecía demacrado. Ella lo había visto varias veces en los pasados dos días, pero aún no lo conocía. Iba vestido totalmente de negro.

Edmund se levantó de un salto y, corriendo hacia él, se aferró a su pierna.

–¡Bunyon! –exclamó–. Has venido a rescatarme.

–No estoy exactamente seguro de a quién he venido a rescatar –dijo Bunyon. Apenas había un amago de sonrisa en su delgada boca–. Disculpe mi intrusión, señora –añadió mientras desenganchaba a Edmund de su pierna y se acercaba a la mesa de estudio–. Su excelencia ha sugerido que la liberara de sus obligaciones antes de que lord Edmund la desquiciara. Soy Bunyon, el ayudante de cámara de su excelencia.

–He aprendido a escribir, Bunyon. Mira. Este es mi nombre y lo he escrito yo solo.

A diferencia de Ellen, la principal adoradora de Edmund, Bunyon no parecía demasiado satisfecho con la atención que le prestaba el heredero. De hecho, no hizo a Edmund ningún caso, mientras clavaba en Evangeline sus oscuros ojos.

Ella se levantó de la silla con una sonrisa.

–No estoy a punto de desquiciarme. Edmund ha accedido a aprender las letras y lo está haciendo muy bien. Y allí está su nombre. –Vio a Bunyon examinar los cubos de letras.

–Su excelencia estará satisfecha –dijo él–. Lo ha hecho bien. –Estrechó la mano de Edmund–. Ahora es hora de ir a la cama y cerrar los ojos. No mucho rato, solo una hora.

–Eve ha dicho que me dejará que le dispare si aprendo las letras –repuso el niño–. ¿Me ayudarás a discurrir una estrategia para atraparla antes de dispararle?

–Me complacerá ayudarte –dijo Bunyon–. ¿Sabe madame lo que le espera?

–Díselo, Eve. Dile que me has prometido ser una bandolera. Te atraparé y te pegaré un tiro.

–Soborno –dijo ella–. Puro y simple soborno. Invente una gran estrategia si lo desea, Bunyon. No quisiera que me disparara tras una triste persecución. ¿Llamo a Ellen?

–Oh, no, señora. Yo le arroparé. Tiene a Ellen sometida a su voluntad. Es vergonzoso.

El duque volvió a Chesleigh sin prisas, satisfecho de sí mismo. Había comprado el caballo de caza que quería y a un buen precio. De hecho había sido tacaño, como lo había sido de vez en cuando su padre. Al hacer que *Emperor* se adentrara en el patio del establo, vio a Evangeline con McComber, hablando con mucha seriedad. Sonrió divertido, porque ella hablaba de manera muy expresiva, y sus manos no dejaban ninguna duda de lo que decía.

–Esta mañana no he llegado a poner a prueba todo el brío de *Dorcas*, McComber. Mira al duque sobre *Emperor*. Tiene un aspecto magnífico.

Eso es interesante, pensó McComber mientras observaba al duque entrar solo en el patio del establo. Carraspeó antes de decir:

–Lo he ejercitado a primera hora de la tarde, madame. No le dará problemas.

–Hola, Evangeline –dijo el duque tras detener a *Emperor*–. Veo que ya está lista. –Se inclinó para acariciar el cuello del caballo–. Mi amigo está cansado, así que olvídese de hacer carreras. Hoy no tendrá oportunidad de dejarme en ridículo.

–Trevlin puede traerle a *Biscuit*, su excelencia.

Él miró el blanco cuello de Evangeline, que asomaba por encima del encaje de la blusa.

–Supongo que no saldría impune –dijo doblando los dedos.

–Sé en qué está pensando y no, no lo haría. Soy muy fuerte. Edmund está de acuerdo.

Poco después, el duque la conducía por un estrecho sendero desde el que se dominaba el mar. Estaba en mitad de la historia de la compra del caballo cuando se oyó la bocina de un coche correo que venía en dirección contraria.

–¡Pare, Evangeline! –ordenó el duque, conduciendo a *Emperor* a una ligera pendiente fuera de la carretera.

Evangeline tiró de las riendas de *Dorcas* en el preciso instante en que el coche doblaba estruendosamente una curva del camino. El cochero volvió a hacer sonar la bocina, y *Dorcas*, sobresaltada, se encabritó, arrancándole las riendas de las manos.

Ella miró al duque con desesperación mientras se veía arrojada del lomo de la yegua. Aterrizó sobre el trasero a un lado del camino. Por un instante se quedó allí sentada.

El duque estuvo a su lado en un abrir y cerrar de ojos.

–¿Está bien? ¿Dónde se ha golpeado?

Ella se frotó las caderas.

–Estoy bien. Al menos es aquí donde tengo casi todo el relleno.

–Yo no diría eso, pero debería bastar.

–No creo que nada sea bastante para usted.

–Es muy posible –repuso él.

La levantó del suelo. Alargó las manos para frotarle las caderas y tal vez atraerla hacia sí, cuando cayó en la cuenta de lo que estaba a punto de hacer. Se maldijo y dejó caer los brazos a los costados.

–Ridículo –dijo ella, ignorándolo y mirando la nube de polvo que había levantado–. La estúpida bocina de un coche correo me ha hecho volar por los aires.

–Si ha aterrizado sobre el trasero, ¿cómo es que se le ha roto la pluma del sombrero?

–No tengo ni idea. –Se quitó el sombrero, soltándose el cabello al hacerlo.

Él se quedó mirando cómo le caía por los hombros y la espalda, y sobre la frente. Un largo mechón le colgaba cerca de la boca, y él levantó las manos para apartárselo y tal vez abrazarla. Pero maldijo para sí y se contuvo.

–El coche correo la ha cubierto de tierra. Tal vez debería haber montado a *Biscuit*. Dudo que ella la hubiera derribado. Es demasiado perezosa.

–Me atrevería a decir que hasta a usted, su excelencia, le habría derribado *Dorcas*. Se ha sobresaltado. Es una yegua nerviosa, tiene las patas largas y fuertes, y da buenas coces.

–Con suerte ahora estará lo bastante dócil –dijo el duque–. Vamos, volvamos a casa.

Capítulo 18

–Bunyon tiene una manera muy particular de mostrar su contrariedad –comentó el duque aquella noche durante la cena, por encima de una pata de rosbif poco hecha.

–No puedo imaginar a nadie mostrándole contrariedad.

–¿Tan tirano me cree?

–No tirano, pero sí un hombre que es el amo indiscutible aquí.

–Por supuesto que soy indiscutible. ¿Quién si no iba a estar a cargo?

–Nadie. Solo recordaba cómo me trató cuando me encontró en su biblioteca. Era el señor del castillo, y yo no era para usted más que un motivo de desazón.

–Y sigue siéndolo –dijo él, y frunció el entrecejo por encima de su tenedor con patatas. La miró, sentada al otro extremo de la larga mesa, con un favorecedor vestido azul oscuro de Marissa que Dorrie le había arreglado. Dorrie le había peinado con gruesas trenzas entrelazadas en lo alto de la cabeza, y dos lánguidos tirabuzones le acariciaban las orejas–. Sabe exactamente a qué me refiero.

Era cierto, pero ella no estaba dispuesta a admitirlo.

Él miró su copa de vino ceñudo. No era prudente mirarla.

–Ese día estaba de un humor de perros y usted me cogió por sorpresa. –Se encogió de hombros–. Cómo trata un hombre a una mujer que encuentra en su biblioteca... Tal vez no debería continuar. Pero ¿sabe?, incluso al verla por primera vez me di cuenta de que debía ponerla en su sitio.

–¿Mi sitio? –repitió ella en voz muy baja.

Él sonrió al plato.

–Su sitio no es diferente del de cualquier otra dama –repuso, y levantó la copa hacia ella, disfrutando, preparándose para verla ruborizarse, tal vez hasta le arrojara la copa de vino, mascullara una maldición y luego se echara a reír–. Y ese sitio, naturalmente, es servir a su marido, consentirle dulcemente todos sus caprichos, darle hijos y, naturalmente, guardar para sí sus opiniones si son contrarias a las de él.

No tuvo que esperar mucho tiempo la reacción de ella, que mordió el anzuelo. No le arrojó la copa de vino, pero lanzó a la mesa la servilleta y se puso de pie casi volcando la silla. Prorrumpió en un maravilloso discurso:

–Pomposo y arrogante estúpido, puedo opinar sobre muchos temas porque he estudiado, leído y aprendido. Apuesto a que usted se ha pasado todo el tiempo como un frívolo libertino, interesado únicamente en sus propios placeres.

–Pomposo estúpido –repitió él con suavidad, sonriéndole–. Si estuviera enseñando a Edmund, ¿le diría que la P es de pomposo?

–¿Cómo lo sabe?

–Hablo con mi hijo, Evangeline. Estaba pensando que no es del todo apropiado que admita saber de libertinos. En cuanto a mis placeres, tal vez debería presentarle a las damas que conozco. Nunca me he preocupado más de mi propio placer que del de ellas. –Se echó hacia delante–. ¿No se acuerda de anoche en mi biblioteca? Estoy seguro de que no fui tan egoísta.

–No, me niego a acordarme porque estoy furiosa con usted. Si admito que me acuerdo no parará de atormentarme. Me recordará una y otra vez que me gustó que me tocara y besara. Dios mío, he vuelto a hablar de más. Debo controlar mi lengua. Puedo hacerlo. Bien, no deseo saber nada de sus queridas.

Él arqueó una oscura ceja.

–Pero si ha sido usted quien ha sacado el tema, Evangeline. Yo solo trataba de explicarle la situación.

Ella estaba encendida. El duque deseó levantarla en volandas para a continuación dejarla en el suelo frente a él y besarla hasta hacerla jadear. Inspiró hondo. Luego recordó algo que de hecho debería complacerla.

–En fin, si mal no recuerdo, al comienzo de la cena le comentaba cómo me demuestra Bunyon que está contrariado.

–Muy bien, quiere cambiar de tema. Seguramente sea lo más prudente. Ya estoy tranquila. ¿Qué ha hecho Bunyon?

–Ha amenazado con estrangularme con su fular.

–¡Válgame Dios! ¿Por qué?

El duque agitó el vino de Borgoña de su copa.

–Cree que no debería dejarla aquí a cargo de Edmund. Totalmente sola a cargo de Edmund.

A ella no le gustaba el rumbo que tomaba la conversación.

–No lo entiendo.

Sin duda a él le traía sin cuidado lo que tuviera que decir su ayudante de cámara, ¿no?

–Bunyon cree que Edmund es lo bastante mayor para venir conmigo a Londres y también para tener un preceptor. No cree que usted deba permitirle que le dispare para lograr que aprenda las letras. En pocas palabras, cree que es demasiado blanda y joven para tener a su cargo a mi tozudo hijo.

Ella sintió una oleada de pánico. Oh, no, no podía ser. Se echó hacia delante en su silla.

–Pero si se lleva a Edmund con usted no habrá razón para que yo me quede en Chesleigh.

–Eso es muy cierto. Por lo tanto, Evangeline, vendrá conmigo y con Edmund a Londres mañana. No es necesario esperar hasta el viernes.

–¡No!

Él parpadeó. Evangeline estaba pálida y encendida al mismo tiempo, medio levantada y con las palmas apoyadas en la mesa. Él arqueó una ceja.

–¿Cómo dice?

–Ha sido una sola palabra. Sin duda puede comprender lo que significa. Después de todo, la he gritado.

No podía irse de Chesleigh, no podía. Bunyon la había hundido, y todo por el más noble de los motivos. ¿Qué iba a hacer ahora? Debía reunirse con John Edgerton dentro de dos horas. Tenía instrucciones precisas de permanecer en Chesleigh. Oh, Dios, Houchard mataría a su padre.

–Tal vez me podría explicar mejor esa palabra, Evangeline. Esa palabra que ha gritado tan fuerte que casi hace caer la araña de luces.

Estaba desesperada, pero no podía permitir que él lo viera. No tendría ningún sentido para él.

–No era mi intención gritarle. Pero no quiero ir a Londres. Por favor, su excelencia, deje que me quede aquí. Puedo arreglármelas con Edmund. No le defraudaré. Él no necesita un preceptor. No me importa que trate de dispararme. No le permitiré que lo haga hasta que logre atraparme. No soy lenta. Se lo pondré difícil, tan difícil que sea un reto para él. Por favor, debo quedarme aquí.

–Ha dicho muchas cosas, Evangeline.

–Lo sé, y lo siento mucho. Pero lo que realmente quiero es quedarme en Chesleigh, con Edmund. No le defraudaré, su excelencia. En menos de un mes estará leyendo la Biblia sin problemas. Me ocuparé de que le escriba una carta al día y cada carta será una frase más larga que la anterior. Por favor, su excelencia...

Todo eso era muy extraño. ¿Qué importancia tenía para ella quedarse allí o ir a Londres? Seguramente todo el mundo preferiría Londres. No la comprendía. Su reacción había sido exagerada. No era natural. Él había creído que su inicial rechazo a ir a Londres se debía a la vergüenza de verse arrojada, como pariente pobre, ante su madre. A pesar de lo que había pensado la noche anterior, él quería llevarla a Londres para enseñarle los lugares de interés y presentarle a su madre. No estaba nada seguro de sus sentimientos hacia ella, pero sabía que nunca había conocido a una mujer así, se sentía fascinado por ella y la deseaba más que a ninguna otra mujer.

Para justificarse, se recordó que no quería que se quedara sola en Chesleigh, con su hijo como única compañía. Y admitió para sí con gran esfuerzo que no le gustaba que nadie se opusiera a sus deseos, y menos cuando estos eran benévolos, muy considerados y verdaderamente bien intencionados.

–Me preocuparía por usted –dijo por fin–. No, no lo permitiré. Vendrá conmigo y con Edmund a Londres mañana.

Estaba desesperada. Le había suplicado y no había funcionado. Respiró hondo.

–Entiendo –dijo con frialdad–. Las órdenes del señor han de acatarse. Está bien, su excelencia, si no me deja permanecer en Chesleigh con Edmund, me marcharé. Pero no iré a Londres.

–No tiene adónde ir. Hará lo que yo le diga.

–Es usted muy duro de entendederas, su excelencia. Ya no será asunto suyo a dónde voy o qué hago.

Se levantó y la miró a los ojos.

–Ya está bien, Evangeline. No sé por qué se obstina tanto. Dígame ahora mismo por qué.

–Detesto Londres. Me niego a ir allí.

–Nunca ha estado en Londres.

–No importa. No pienso ir.

–Siéntese y coma. Está alterada. Se está poniendo histérica y eso no es agradable. Hablaremos más tarde.

Evangeline no se movió un ápice.

–No, no lo haremos. Escuche, usted no puede darme órdenes. Yo no soy una de sus criadas. Aunque, como a Bunyon, tal vez no me desagradara estrangularlo con su fular.

Él volvió a sentarse, con los brazos cruzados.

–Está bien –dijo ella–. Veo por su expresión que no va a cambiar de opinión. Me despido de usted, su excelencia. Ha sido toda una experiencia, si bien breve.

El duque se levantó bruscamente, derribando su silla.

–Maldita sea, Evangeline. No va a ir a ninguna parte. Dé un paso y recibirá una buena zurra con la vara.

Ella se rió.

–Váyase al cuerno –dijo, y giró sobre los talones y se encaminó a la puerta. Se preguntó si al otro lado encontraría a Bassick con todos los lacayos y sirvientas, preguntándose qué iba a pasar a continuación. Añadió con tono frío y desdeñoso, por encima del hombro–: Si tuviera la pistola de Edmund le pegaría un tiro.

No logró salir. Él la alcanzó y, asiéndola del brazo, le hizo que lo mirara. Ella no se resistió. No iba a malgastar sus fuerzas. Estaba furioso, el pulso le latía en el cuello. Sacudió la cabeza, se inclinó hacia ella y le dijo:

–No irá a ninguna parte. ¿Entendido? –Clavó la mirada en su boca y luego en sus senos. Al instante olvidó toda la cólera que sentía contra ella. Era superior a sus fuerzas. La atrajo bruscamente hacia sí y, sujetándole la barbilla con una mano, la obligó a mirarlo.

Evangeline se sintió suspendida en el tiempo. Levantó la vista hacia él y vio reflejado en sus ojos todo lo que sentía. Él la besó, tanteando con la lengua sus labios cerrados.

–Abre la boca, maldita sea.

Evangeline probó su cólera; luego lo probó solo a él y su deseo ciego.

Era como si él no supiera por dónde empezar. La besó y volvió a besarla, una y otra vez, la boca, el cuello, los hombros. Con un gemido le bajó de un tirón el bonito vestido azul hasta la cintura. Se quedó hipnotizado ante la visión de sus senos antes de abalanzarse sobre ellos, la boca y la lengua ardientes en su piel.

Ella se sintió abrumada.

Eso era pasión, se dijo, algo casi doloroso, una urgencia que sentía en su interior, que reconocía pero no comprendía.

Él la soltó con brusquedad. La miró sin verla, tratando de dominarse. Ocultó la cara en su cabello.

–Dios mío –dijo–, lo siento.

Ella se obligó a erguirse y se quedó inmóvil ante él, desnuda de cintura para arriba. Era su única oportunidad. Tenía que quedarse en Chesleigh. No tenía elección.

Lo miró como si él no fuera más que una pequeña molestia. Trató de aparentar absoluta indiferencia.

–Empiezo a creer, su excelencia –dijo con tono divertido–, que lleva mucho tiempo sin una mujer. Tal vez por eso quiere que lo acompañe a Londres, porque en estos momentos no tiene a ninguna dama que se ocupe de su placer. ¿Es porque solo me ve como a una mujer indefensa y sin protección, una mujer que por tanto es suya para poseerla?

Él se apartó como si lo hubieran golpeado. Su deseo había

muerto; ella vio cómo montaba poco a poco en cólera. Se sintió muy mal, pero sabía que, pasara lo que pasase, ya no podía echarse atrás. Se puso rígida, preguntándose si iba a golpearla.

–A algunas mujeres les gusta atormentar –dijo por fin, con una voz tan débil y serena que tuvo que aguzar el oído para oírle–. ¿Es usted una de ellas? –Luego añadió, con voz aún más baja, más grave–: Me ha sorprendido, lo reconozco. Puede quedarse en Chesleigh, si lo desea. Espero que me informe de sus progresos con Edmund. Buenas noches y adiós.

La dejó allí de pie, desnuda hasta la cintura. Sin mirar atrás, cerró la puerta sin hacer ruido.

Ella se quedó mirando la puerta cerrada. En ese instante supo que no podría traicionarlo. Le diría la verdad. Él la creería. Él y lord Pettigrew arrestarían a John Edgerton y liberarían a su padre. Sin duda era posible.

Tardó bastante en volverse a poner el vestido. Tenía que darse prisa. Debía hablarle de la cita que tenía con Edgerton dentro de una hora. Tenían que hacer planes. Salió corriendo del comedor y recorrió presurosa el largo pasillo hasta el vestíbulo, donde encontró a Bassick ante las grandes puertas, sacudiendo la cabeza.

Se detuvo, respirando hondo.

–¿Ocurre algo, Bassick?

Él la miró, negando con la cabeza.

–No, madame, no ocurre nada que usted o yo podamos arreglar.

–No sé qué quieres decir.

–Su excelencia –respondió Bassick–. Se ha ido. No hace ni tres minutos que se ha marchado.

Capítulo 19

Estuvo a punto de salir corriendo del castillo, pero se contuvo. Tal vez fuera mejor así. Comprobaría cómo funcionaba el complot. Conseguiría pruebas de que Edgerton era un traidor. Luego enviaría un mensajero al duque.

Sí, eso funcionaría. Debía dominar su nerviosismo con Edgerton. No podía permitirse que sospechara lo que se proponía hacer. No se vio con fuerzas de esperar para ir a la cueva, de modo que salió a hurtadillas del castillo antes de la hora, envuelta en su capa. El calor había terminado y ahora hacía frío, no un frío glacial, pero pronto lo haría. Bajó con cuidado por el largo sendero hasta la cueva, guiada por la luna. Al llegar a la cueva, se volvió para contemplar el mar. Las olas se formaban despacio para a continuación desmoronarse, una y otra vez, hasta que finalmente llegaban a la orilla y rompían suavemente contra la arena, apenas un rumor.

No quería meterse en aquella oscura cueva. Se acercó a la roca que había cerca de la entrada y se sentó a esperar. Tal vez Edgerton no acudiera. Tal vez lo habían descubierto y su padre estaba a salvo. Por supuesto que no. Era inútil rezar para que así fuera. Sabía que no era buena actriz, pero esta noche iba a tener que serlo con John Edgerton. Este no debía sospechar nada.

Al día siguiente, pensó, enviaría un mensaje al duque y él volvería y la ayudaría.

Quería ver a John Edgerton en el infierno.

También sentía que se había quitado un enorme peso de encima.

Cada vez hacía más frío. Tiritaba. ¿Dónde estaba Edgerton? Tal vez había entendido mal sus instrucciones y...

–Buenas noches, Evangeline. A diferencia de la mayoría de mujeres que conozco, eres puntual. Eso me complace y me tranquiliza.

Ella se volvió con un respingo. Allí estaba John Edgerton, su silueta recortada a la luz de la luna, de pie en la entrada de la cueva. ¿Cuánto tiempo llevaba allí, esperando en la oscuridad, observándola?

Se levantó despacio, sujetándose la capa contra el cuello.

–Yo he comprobado que los hombres, más que las mujeres, son los impuntuales. Tal vez se deba a su deseo de entrar pavoneándose en una habitación cuando los demás ya están presentes.

–Eres tan joven que tu experiencia es limitada y por tanto tus opiniones infundadas. Pero estás aquí. Si hubieses llegado tarde me habría preguntado acerca de tus intenciones. La otra noche no tuve oportunidad de decirte lo mucho que me alegra volverte a ver. Naturalmente, hubiera preferido que nos reencontrásemos en otras circunstancias, pero, ay, no ha podido ser así. Pero me estoy apartando del tema. La próxima vez que debas hacer una visita a la cueva, tráete una lámpara. Vamos.

Ella lo observó dejar la lámpara en el suelo de la cueva y arrodillarse para encenderla. Luego se irguió hacia ella, con la cara medio iluminada a la débil luz amarillenta.

–Dentro de veinte minutos harás una señal con la lámpara. –Hizo una pausa–. Veo que estás asustada. Eso no es malo. Te impedirá cometer errores, errores que podrían ser fatales para tu querido padre.

Ella no dijo nada.

–Ahora escúchame. Te reunirás con varios hombres en el embarcadero. Yo esperaré aquí para ver cómo va todo... Te veo vacilar. Este es un gran paso para ti. Esta noche vas a cometer un acto de traición contra Inglaterra. Un solo acto, pero servirá para nuestros propósitos. Luego la suerte estará echada y ya no podrás volverte atrás.

–Houchard tiene a mi padre. Sabe que no tengo alternativa. El resto no es más que puesta en escena y melodrama barato. Así que empiece de una vez, maldita sea.

Ella creyó que iba a golpearla, pero él bajó el brazo muy despacio.

–Me estás hartando, Evangeline. ¿Crees que me acordaré de la joven a la que tanto deseé en otro tiempo, la joven que tu miserable padre me negó?

–Mi padre no le negó a nada. Fui yo la que lo rechazó.

Él esbozó una sonrisa malévola en la penumbra de la cueva.

–Ahora estás en mi poder, Evangeline. No te equivoques. Tus bravatas me parecen divertidas, hasta me gustaría seguir con ellas, pero no esta noche. Tenemos cosas más importantes que hacer y debemos darnos prisa.

–Usted es inglés. ¿Por qué quiere traicionar a su país?

Él se encogió de hombros y miró con ceño la lámpara.

–Todos elegimos, Evangeline –dijo por fin, mirándola a la cara–. Yo he elegido ayudar a un gran hombre a realizar su destino. Un destino que nos beneficiará en el futuro y en el que habré participado. Pero basta, no espero que lo comprendas. No, no trates de discutir conmigo. No tenemos tiempo. Lo que vamos a hacer esta noche es algo muy serio. Tendrás distintas misiones, pero ninguna te pondrá particularmente en peligro; la principal será servir de punto de control. No nos enviarás a nadie hasta que hayas comprobado antes que son quienes afirman ser. –Sacó de un bolsillo de su capa un pliego doblado y se lo entregó–. Recibirás todos los mensajes en este código que solo tú, yo y Houchard conocemos. Te reunirás con quien te indiquen las instrucciones, y examinarás con atención sus papeles. No darás tu aprobación a nadie hasta haberte asegurado de que sus papeles son auténticos. Luego escribirás tus iniciales al pie de cada página para demostrar que has verificado el mensaje. Es para mi protección así como la de Houchard. Tú y yo contamos con protección. Nadie sabrá tu nombre ni el mío. A ti se te conocerá como el Águila, l'Aigle, y a mí como el Lince, le Loup-cervier. Eres lista. Estúdiate el código.

Evangeline se acercó a la lámpara y se arrodilló. El código era una fórmula que sustituía nombres por letras en distintas combinaciones.

–Las vocales tienen un código aparte. Dentro de unos momentos tendrás ocasión de practicarlo.

Ella lo miró.

–¿Qué pasa si un hombre lleva un mensaje falso?

–Si lo compruebas, te limitarás a enviarlo a esta dirección de Londres. –Le entregó una pequeña tarjeta de presentación–. No creo que nadie logre infiltrarse con éxito en nuestra red, pero toda precaución es poca. Confío en que te asegurarás de que nos envías bonapartistas, porque si cometes una equivocación, te aseguro que será la última. Tu padre también morirá, pero tú ya no estarás viva para llorarlo.

Ella sostuvo la tarjeta en alto.

–¿Quiere decir que a todo al que envíe a esta dirección lo matarán?

–Naturalmente. Aquí tienes mi tarjeta. A los que des el visto bueno los enviarás aquí.

–¿Dónde está la carta de mi padre? Houchard me prometió que me enviaría una.

–La tendrás cuando llegue el barco. Junto con instrucciones para tu próxima misión. Permanecerás en Chesleigh. Si hay algún cambio, te enviaré un mensaje. ¿Ya ha intentado el duque acostarse contigo?

–No. No creo que yo le interese. Ya ha vuelto a Londres.

–No importa. Por cierto, ofreciste una gran interpretación la otra velada. Quedé impresionado con tus dotes.

–No tenía elección. El duque y lord Pettigrew le consideran un amigo, alguien en quien confiar.

–Sí –dijo él, asintiendo–. He trabajado duro muchos años para ganarme su confianza. Como he dicho, la señorita que representaste estuvo perfecta en su papel.

–Se equivoca –dijo ella, alzando la cara hacia él–. No soy buena actriz. Si el duque no se hubiera marchado de Chesleigh, seguramente ya habría intuido que pasaba algo. De hecho, llevo aquí muy poco tiempo y ya hay alguien que sospecha de mí. La señora Needle es una anciana inofensiva, pero adivinó que me pasaba algo. ¿Quién será el siguiente? Si soy tan transparente, no podré serles de utilidad ni a usted ni a Houchard.

–¿Quién dices que es esa anciana?

Evangeline sacudió la cabeza con impaciencia.

–No importa. Solo que pareció desconfiar. Otros podrían hacer lo mismo.

–Por tu bien y el de tu querido padre, espero que aprendas rápidamente el oficio. Las mujeres parecen tener talento para ello. No es tan sorprendente, puesto que por lo general destacan a la hora de engañar. Sin duda tú no eres diferente.

–No tiene una gran opinión de mi sexo.

–Oh, adoro tu sexo. Todos los hombres lo hacen cuando se trata de atender sus necesidades. Solo que yo os conozco. No sois de fiar.

–Entonces ¿por qué quería casarse con una niña de diecisiete años si no iba a fiarse nunca de ella?

–Precisamente por eso. Eras muy joven. No habías tenido tiempo de perfeccionar tus artes de mujer. Yo podría haberte enseñado, moldeado a mi gusto. –Sacó un reloj del bolsillo del chaleco–. Ya es la hora. Estate atenta.

Sacó un pañuelo, cubrió la lámpara y la llevó a la entrada de la cueva. Evangeline vio a lo lejos un breve destello de luz seguido poco después de otro.

Edgerton sostuvo la lámpara en alto unos segundos.

–Siempre recibirás una señal doble. Debes devolver una sola y firme señal, lo bastante larga para que los hombres se orienten. Entonces ellos se acercarán a remo y desembarcarán en el muelle. Te reunirás allí con ellos. –John Edgerton bajó la lámpara y la dejó en la cueva.

–La marea alta inunda la cueva.

–Los hombres saben que deben acercarse solo con marea baja. De todos modos, no se acercarán a menos que les hagas la señal. –Alzó una mano–. Escucha.

Al cabo de unos momentos oyó el suave y rítmico rumor de remos chapoteando en el agua.

–Ve al embarcadero. Recuerda, querida Águila, que ahora eres una de nosotros. Saluda a los hombres y tráeme el paquete con las instrucciones. Esta noche descifraremos juntos el código.

Evangeline asintió y fue corriendo de la cueva al extremo del largo embarcadero de madera. Vio el pequeño balandro de Edmund cabeceando en el agua, y más allá, a través de la neblina nocturna, un bote. Dos hombres enfundados en abrigos negros bajaron de un salto al embarcadero y uno de ellos se adelantó.

–Todo va bien. ¿Eres el Águila?

Evangeline se limitó a asentir, sin fiarse de sí misma para hablar.

El hombre la miró de arriba abajo.

–Me dijeron que una mujer sería nuestro contacto –dijo en voz baja–, pero no esperaba que fuera tan joven y guapa.

Ella sintió deseos de vomitar.

–Dame mis instrucciones –dijo con un tono tan glacial como la noche.

A continuación regresó a la cueva, dejando a los dos hombres en el embarcadero, esperándola. Abrió el paquete y sacó los papeles. Había dos sobres, en uno estaba la carta de su padre y sus nuevas instrucciones, según le había dicho John Edgerton. En el otro, papeles y un mensaje cifrado de Houchard. Le temblaban las manos y la cabeza le daba vueltas. Leyó febrilmente los papeles una y otra vez, sin encontrarles sentido.

–Cálmate, Evangeline. Los hombres esperarán hasta que hayas terminado. Tienes las hojas del revés. Inténtalo de nuevo.

Tardó diez minutos en verificar que el mensaje era realmente de Houchard. Los papeles eran referencias y cartas respondiendo del carácter de Allan Dannard para el puesto de secretario de lord George Barrington en Londres. Evangeline nunca había oído ese nombre, pero apostaba a que estaba relacionado con el Ministerio de la Guerra. Memorizó los dos nombres. Se los diría al duque.

–Eran auténticas –dijo Evangeline mientras volvía a doblarlas y las metía en el paquete.

Edgerton sacó del bolsillo de su chaleco un delgado trozo de carbón.

–Escribe tus iniciales al pie de cada hoja. Sin ellas los hombres no podrán continuar hasta Londres.

Cuando más tarde entregó a uno de los hombres el paquete y les dio la dirección del Lince, ellos asintieron y se despidieron rápidamente.

–*À bientôt, mademoiselle l'Aigle*. –Uno de ellos se llevó los dedos a los labios–. Tal vez volvamos a vernos en otras circunstancias.

–No lo creo –dijo ella, con el nombre de él grabado en la mente–. Pero descuida que no te olvidaré.

En cuanto el bote hubo desaparecido detrás del acantilado, Edgerton salió de la cueva.

–Lo has hecho muy bien, Evangeline. En el sobre encontrarás tus nuevas instrucciones, como te he dicho. –Hizo una pausa y le tocó la mejilla con los dedos. Ella los apartó–. Lamento ser el malo de este drama, pero te ha traído a mí y, en última instancia, eso era lo que quería. Volverás a verme, Evangeline. Puede que pronto te vuelvas más dócil y estés más dispuesta a oír hablar de otros asuntos.

–No –dijo ella–. No.

–Eso ya lo veremos. Sigues titubeando y preguntándote cómo librarte de nosotros, ¿verdad? Pero no puedes.

»Escúchame con atención y créeme. Si me pasara algo, he dado órdenes de que maten a lord Edmund. Una muerte rápida y limpia, y enterrarán al pequeño donde nadie lo encuentre. Estará muerto y habrá sido culpa tuya. Luego le tocará a tu querido padre. Dos muertes, Evangeline, si me delatas al duque o a quien sea. ¿Lo has entendido?

Él había ganado y ella lo sabía. Seguramente también lo había visto en su cara. No a Edmund, no a su niño, a quien cada día le tenía más amor. No podría soportarlo.

–¿Entendido?

–Entendido –respondió ella en voz tan baja que tuvo que inclinarse para oírla.

–Excelente. Tal vez te convendría grabarte la imagen de tu padre abrazando al pequeño Edmund contra su pecho, los dos enterrados en la misma tumba.

Sí, lo veía con toda claridad. No dijo nada y su expresión no se alteró. Tenía frío y náuseas. Edgerton había ganado.

Finalmente –no sabía cuánto tiempo había transcurrido– subió despacio el sendero del acantilado, apretando contra el pecho la carta de su padre. Todo había terminado para ella, todo. Ahora era una traidora a Inglaterra.

Había traicionado al duque.

Ya no podía volverse atrás.

Capítulo 20

Trevlin se recostó en el banco de madera con cojines del White Goose Inn tras haber saciado su sed con una jarra de cerveza negra. Si le había extrañado que madame De la Valette quisiera hacer ocho kilómetros desde Chesleigh solo para explorar la pequeña iglesia normanda erigida en lo alto de los acantilados calcáreos, no le correspondía a él hacer preguntas. Suponía que la joven estaba inquieta, con la única compañía de lord Edmund y los criados en aquel enorme castillo, y se había propuesto por tanto explorar la campiña. En las pasadas semanas la había acompañado a Landsdown, un pueblo pintoresco en las onduladas colinas próximas a Southsea, y a Southampton, para visitar una abadía que había sobrevivido a siglos de agitación política y religiosa, o eso le había dicho ella.

Cuando llegó a Chesleigh por primera vez, a él le había parecido una señorita alegre, y su risa le había hecho sonreír en más de una ocasión. Pero últimamente se la veía más retraída, incluso durante sus excursiones por el campo. Trevlin dobló un dedo hacia la camarera, una bonita mozuela de lengua impertinente, para que le trajera otra jarra. El guiño que ella le hizo apartó sus pensamientos de madame.

Evangeline arrugó la nariz ante el fuerte olor a pescado al salir de la estrecha calle empedrada que hacía las veces de carretera en el pequeño pueblo de Chitterly para internarse en un sendero zigzagueante que conducía a la antigua iglesia de piedra. Aunque no se veía a nadie, tenía la sensación de que la observaban. Oyó a sus espaldas un repentino rumor de hojas y se volvió. No había nadie.

Había permanecido cerca de Edmund desde la noche que se había reunido con Edgerton en la cueva. El niño enseguida se había cansado de ello, por supuesto. Ella trataba de comportarse con naturalidad, reír y bromear, pero le suponía un gran esfuerzo. Cada sombra que veía, cada ruido inesperado que oía podía ser una amenaza para él.

Había empezado a anotar en un diario los nombres de todas las personas con quienes se había reunido, los lugares adonde se dirigían, su descripción y todo lo que pudiera ser de utilidad. Suponía que, en el fondo, estaba tan desesperada por resolver la situación que quería reunir el mayor número de pruebas.

Por las noches, acostada en la cama, sola y asustada, seguía preguntándose si debería escribir al duque y suplicarle ayuda. Luego imaginaba a Edmund, en brazos de su padre, los dos mortalmente pálidos y silenciosos... Se preguntó cuánto tiempo podría continuar así. Hasta consideró ir a hurtadillas a Londres y matar personalmente a John Edgerton; pero debía pensar en Edmund, su niño, porque ahora era suyo, su risa, sus continuos intentos de capturarla en su papel de bandida y dispararle con su pistola de juguete. ¿A quién había encomendado Edgerton que matara a Edmund si ella lo traicionaba?

Oh, Edmund. La amenaza que se cernía sobre él la paralizaba como no lo había hecho la amenaza sobre su padre. El niño estaba con ella, a su cuidado. Ella era responsable de él, y solo tenía cinco años.

Antes de llegar a lo alto de la cuesta y a las puertas de roble en forma de arco de la iglesia, volvía a estar serena en apariencia. Empujó la pesada anilla de bronce y la puerta se abrió con un crujido. Dentro hacía frío y había humedad, porque poco era el calor que lograba penetrar los gruesos muros de piedra.

La iglesia estaba vacía. Recorrió despacio la estrecha nave, pasando por delante de los bancos de madera, en dirección a la sacristía. Oyó un suave roce y se quedó inmóvil.

–¿Eres el Águila?

De la oscuridad salió un hombre delgado, vestido con toscas ropas de pescador. Un joven sin rastro de barba en sus tersas mejillas.

–Sí –respondió ella casi en un susurro–. ¿Me seguías?

–No; era mi compañero. No se fía de las mujeres. Te habría cortado ese bonito cuello si no hubieras venido sola.

Trataba de asustarla, pero sus palabras no la afectaron. Estaba más allá del miedo.

–Dame el paquete –dijo alargando una mano–. No tengo tiempo que perder contigo.

Él la miró con ceño, sorprendido. Luego sacó de sus pantalones un sobre sucio y se lo entregó. Ella se sentó en un banco de madera y extendió el pliego en el regazo. Alzó la mirada.

–¿Eres tú el tal Conan DeWitt?

El hombre hizo un gesto de negación.

–Es mi compañero. Él es el caballero, no yo.

–Tráelo. Debo verle.

Él pareció indeciso.

–Conan me ha dicho que sea yo quien se reúna contigo.

–Debe venir él. Si se niega no puedo continuar.

En el mensaje cifrado de Houchard estaba la descripción de Conan DeWitt, un hombre alto y rubio, con un lunar en la mejilla izquierda cerca del ojo.

–De acuerdo –dijo por fin–, pero más vale que tengas una buena razón.

Ella se encogió de hombros.

–Me trae sin cuidado lo que decidas hacer.

–Iré a ver si viene.

Salió con sigilo de la iglesia y volvió al cabo de unos minutos acompañado de un hombre alto, vestido con pantalones de ante, que empuñaba despreocupadamente un bastón.

Conan DeWitt bajó la vista hacia la chica, que tenía una cara extraordinariamente encantadora a pesar de su palidez. Jamie le había llamado bruja fría, pero en su voz había habido, a pesar suyo, respeto.

–¿Qué quieres de mí, Águila?

–Houchard me da tu descripción. Tengo que asegurarme de que eres el hombre del que habla.

Él se llevó un dedo al lunar.

–¿Satisfecha?

Evangeline asintió y se apresuró a escribir sus iniciales en la esquina inferior del pliego antes de entregárselo a DeWitt.

–¿Tienes un paquete para mí?

–Jamie tenía razón. Eres una bruja fría. Le dije a Houchard que las mujeres no son de fiar, pero Edgerton insistió en que eras diferente, que te tenía bajo su control y jamás te atreverías a traicionarnos. –Se encogió de hombros–. Ya veremos. Siempre me ha parecido frágil la conciencia de la mujer. Preguntaré a Edgerton de qué control se trata. Te desea, ¿sabes? Y acabará poseyéndote.

Ella logró soltar una carcajada con todo el desdén que sentía hacia ese bastardo traidor.

–Tus opiniones son sin duda consecuencia de tu carácter, DeWitt. Creo que nuestro asunto ha concluido. Me voy.

–Sí, una bruja –repitió él en voz baja, y le lanzó otra mirada prolongada con una ceja rubia arqueada.

Evangeline se apresuró a darles la dirección de Londres de John Edgerton y se dispuso a salir de la iglesia, pero la detuvo la voz de DeWitt.

–Ese hombre, Trevlin, asegúrate de que no sospecha nada. Si lo hace es hombre muerto.

Ella sintió una oleada de pánico, pero solo dio muestras de impaciencia.

–No seas estúpido. No sospecha nada. Ocúpate de tus asuntos y no te metas donde no te llaman.

Giró sobre los talones y salió de la iglesia a la brillante luz del sol.

Era un hombre atractivo, a quien seguramente se le abrirían todas las puertas de Londres. El lunar, sin embargo, daba que pensar. Tenía que escribir mucho en su diario sobre Conan DeWitt.

El duque de Portsmouth se hallaba de pie ante las amplias ventanas en forma de arco del salón de su casa londinense, situada en York Square, contemplando cómo las gotas de lluvia resbalaban por el cristal. Tenía en la mano una carta de Evangeline. Estaba escrita en un estilo formal e impersonal, y deseó tener entre las manos su cuello blanco. Era la quinta que recibía de ella. Podría haber sido una perfecta desconocida. Desde luego, no era la mujer a la que había acariciado, cuyos senos había recorrido con las manos, cuya boca había besado hasta que creyó que iba a derramar su simiente allí mismo si no la poseía.

De pronto era una desconocida. Se había distanciado de él todo lo que había podido. A él le sorprendía que el dolor que le habían causado sus últimas palabras siguiera tan punzante, se preguntaba qué la había llevado a decir tales cosas, qué había hecho él para provocarlas. Y la insistencia de ella en no venir a Londres. Seguía sin tener sentido, por más vueltas que le diese.

–Querido, más valdría que me dijeras qué te inquieta.

Él se volvió al oír a su madre y sacudió la cabeza. No había sido su intención ser tan transparente. Era preocupante, pero su madre lo conocía casi tan bien como lo había hecho su padre. No quería inquietarla.

–No es nada, madre –dijo sonriendo–. Hace un día lo bastante horrible para deprimir a cualquiera. Triste y gris, eso es todo. No te preocupes.

La duquesa viuda de Portsmouth, Marianne Clothilde, contempló a su hermoso hijo. Como su padre, ella lo protegía aun cuando era absurdo intentarlo.

–¿Qué tal va Edmund? –se limitó a decir, devolviéndole la sonrisa.

–Madame De la Valette informa que es tan precoz que pronto escribirá su primera novela. Me envía el párrafo introductorio de su obra en ciernes.

Le dio a su madre una hoja de papel. La caligrafía de Edmund era excelente. Había cuatro frases. Ella las leyó en alto:

–«Era una noche oscura y tormentosa. No había luna. Había estrellas. Continuará, pero hace falta paciencia.» –Se echó a reír–. Es maravilloso. Creo que madame De la Valette es un genio.

–Seguramente le dijo lo que debía escribir. No tiene ningún mérito.

–No seas tan agorero, Richard. Apuesto a que detrás de estas líneas están los pensamientos de Edmund, y madame se limitó a hacer unas pocas sugerencias. Debo escribirle hoy mismo elogiándolo. Le pediré la próxima entrega de la historia. Le diré que cuesta ser paciente con un comienzo tan espléndido.

–Es bueno, ¿verdad? –dijo el duque con voz ronca y tan llena de orgullo que ella se conmovió.

–Sí, muy bueno, y solo han pasado tres semanas. Parece que madame De la Valette está haciendo excelentes progresos. Echo de menos al niño, ¿sabes? –Miró a su hijo a los ojos y le pareció ver en ellos anhelos. ¿Anhelos? ¿De su hijo? Sí, debía de ser eso. Pero ¿por qué no regresaba entonces a Chesleigh? ¿O traía allí a Edmund? Lo tanteó, diciendo–: He estado pensado, querido. Edmund ya no es tan pequeño. Pronto necesitará que lo guíe la mano de su padre. ¿No podría venir con la prima de Marissa? También tengo ganas de conocerla a ella.

El duque miró a su madre con recelo. En sus ojos oscuros, tan parecidos a los suyos, no había malicia, lo que aumentó aún más su cautela. Como a su padre, a ella nunca se le pasaba nada por alto. De niño nunca había logrado engañar a ninguno de los dos.

–Creo que has estado hablando con Bunyon –dijo con tono seco–. Maldito sea por meterse en lo que no le importa.

La duquesa viuda se limitó a sonreír ante el arranque de cólera de su hijo. Por supuesto que había hablado con Bunyon, pero, por extraño que pareciera, él le había dicho muy poco, lo que ella consideraba admirable. Después de todo, la lealtad era importante. Pero su hijo se había comportado de forma distinta, más distante, más meditabundo tal vez, desde que había vuelto de Chesleigh. Ella había creído que seguía llorando la muerte de su amigo Robbie Faraday, pero no se trataba de eso. Tampoco tenía nada que ver con Sabrina Eversleigh, la mujer de Phillip Mercerault. Ah, pero estaba susceptible. Y se sentía solo, terriblemente solo. Pensó ella. No sabía qué hacer para ayudarlo, y eso la deprimía.

Guardó silencio. Tal vez necesitaba una nueva querida, pensó, siempre realista, algo que se negaba a dejar de ser. Su hijo era tan voluptuoso como lo había sido su padre. Ah, pero su padre la había encontrado a ella, Marianne Clothilde, hija de un conde empobrecido, y entonces toda esa voluptuosidad se había quedado en casa, con ella, en su cama o dondequiera que estuvieran. Sonrió ante tan maravilloso recuerdo. Sin embargo su hijo era dueño de sí mismo, a pesar de lo que se parecía a su padre. Cuando, para complacer a su padre, se había casado con Marissa, Marianne Clothilde había creído que sentaría la cabeza, pero no fue así. Nunca había dicho una palabra en contra de su joven esposa ni de su suegro, que era un hombre despreciable. Y luego Marissa había muerto.

Marianne Clothilde suspiró. Empezaba a preguntarse si su hijo encontraría algún día una mujer para él, una mujer que lo llenara. ¿Cómo era la prima de Marissa?

–Sabes que Bunyon nunca me cuenta nada –dijo a la espalda de su hijo, porque este se había vuelto para contemplar el parque que había frente a la casa–. Ojalá lo hiciera, porque sois uña y carne.

–Podrías estar mintiendo por él. –Y añadió por encima del hombro–: Me llevaré a ese malnacido, no, esa no es la palabra exacta, al menos no delante de mi madre. Me llevaré a Bunyon al salón de boxeo Gentleman Jackson y le hundiré el estómago.

Ella se dio cuenta de que él no le había contestado. Sonrió a su rígida espalda.

–Verás, querido, cada vez me aburre más la falta de actividad. Tal vez quieras considerar el traer a madame De la Valette y a Edmund a Londres. –Y añadió con un leve lloriqueo–: Echo de menos a mi único y querido nieto. Me gustaría verlo antes de que caiga enferma y ya no pueda hacerlo, y luego muera. ¿No podrías traerlo aquí con madame De la Valette? ¿Por tu única y querida madre?

El duque se volvió hacia ella y por un momento ella se olvidó de actuar al ver su expresión demacrada.

–Madame no tiene ningún deseo de venir a Londres –dijo él con voz áspera, hendiendo el aire con una mano–. Cuando le informé que deseaba que me acompañara, amenazó con marcharse de Chesleigh. Cuando le recordé que no tenía adónde ir, dijo que no era asunto mío lo que ella hiciera. Si no recuerdo mal, luego me envió al diablo.

Marianne Clothilde parpadeó. Se ciñó a lo que realmente importaba.

–¿Le informaste, hijo mío? Por lo que me dice Bunyon, es una joven agradable, pero con mucho orgullo. Además, es una pariente pobre que depende de ti. Tal vez le has tratado con demasiada prepotencia.

Al ver que por toda respuesta él la miraba de forma poco comprometida, continuó:

–¿Cómo se llama de nombre, querido? No puedo seguir refiriéndome a ella como madame De la Valette.

–Evangeline –respondió él en voz baja y grave.

Su madre, que de pronto vio la luz, casi se desorientó. Pero no lo hizo. Quería saber mucho más, pero no era estúpida. El duque había levantado una barrera que ni siquiera ella era capaz de derribar.

–Qué nombre tan encantador –se limitó a decir. Luego se levantó de su silla y se sacudió las faldas. Era una mujer alta que a pesar de sus cincuenta años conservaba su esbelta figura y su elegancia. Se acercó a su hijo y lo besó en la mejilla–: Me he dicho muchas veces que eres el caballero más apuesto que conozco.

–Me parezco a ti, madre, así que solo estás dando muestras de engreimiento.

–Oh, no del todo. Tu padre también tenía un aspecto espléndido.

Ella sabía que su hijo, como su padre antes que él, se veía acosado continuamente por señoritas esperanzadas, así como por damas casadas y damas que no tenían nada de damas. Se preguntó si nunca se había enamorado porque desde sus dieciséis años las mujeres se le arrojaban ansiosas a los brazos y en la cama. Tal vez desde más joven, pensó. Su marido se había mostrado extraordinariamente orgulloso de las proezas sexuales de su hijo. Había querido a su hijo más que a ella, sospechaba. Tan pronto maldecía el desenfreno de su hijo como se pavoneaba como un padre orgulloso. Entonces el hijo había cedido a los deseos del padre, se había casado y había presentado al mundo un heredero; luego había perdido a su mujer y desde entonces llevaba una vida más discreta. Y era profundamente desdichado.

–Dijiste que Evangeline era medio inglesa –señaló con el tono más indiferente de su repertorio.

–Sí –respondió él.

Y eso fue todo. No podía imaginar lo que diría su madre si añadía que la deseaba como no había deseado a ninguna otra mujer en su vida, y que al mismo tiempo quería estrangularla, y tal vez estrecharla fuertemente entre sus brazos mientras dormían juntos.

–Creo –dijo Marianne Clothilde, alisando sus bonitas faldas de muselina azul pálido– que está a punto de llegar monsieur Possette. Me peina con mucha gracia. –Y se dirigió a la puerta del salón. Al llegar se detuvo y añadió con tono disciplente–: ¿Quién sabe? Tal vez Evangeline venga pronto a Londres. Puede que la invite yo misma. ¿Qué te parece?

Él parecía atormentado. ¿Cómo podía interpretarlo ella?

–No, madre –dijo–. No lo hagas.

En ese instante, mientras contemplaba con aire desamparado cómo llovía, la vio arquear la espalda contra su brazo mientras él la acariciaba con la boca.

–Maldita sea, Evangeline –dijo a nadie en particular.

Pensó en su querida, Morgana, pero, por extraño que pareciera, aunque echaba de menos su ingenio y sus asombrosas dotes, no la deseaba. Solo deseaba a una mujer, maldita sea.

Tenía ganas de pelea. Pensó en Bunyon y se frotó las manos. Esa tarde irían al salón de boxeo Gentleman Jackson. Cada puñetazo le haría sentir mejor, fuera quien fuese la víctima de sus golpes.

Capítulo 21

Evangeline se sorprendió al ver a la señora Raleigh casi corriendo por el largo pasillo hacia el ala norte, las llaves de su llavero tintineando de manera enloquecedora en su cintura.

–¿Qué ocurre, señora Raleigh? –preguntó a gritos al tiempo que cerraba la puerta de su alcoba detrás de ella–. ¿Puedo ayudarla?

–Oh, madame. Buenos días. –La señora Raleigh se detuvo y se volvió hacia Evangeline, con la cara encendida por el esfuerzo–. Verá, madame, estoy preocupada por la señora Needle. Siempre desayuna sus copos de avena en el comedor del servicio a las siete en punto de la mañana. Nadie la ha visto hoy y ya son más de las ocho. Ocurre algo, lo sé. Es muy anciana, ya sabe. Debo ir a verla.

–Iré con usted –dijo Evangeline, y echó a andar al paso del ama de llaves–. Seguramente ha perdido la noción del tiempo mientras preparaba una nueva pócima.

Al llegar a la habitación del torreón, llamó a la puerta.

–Señora Needle, somos madame De la Valette y la señora Raleigh. ¿Se encuentra bien?

No hubo respuesta. Evangeline volvió a llamarla. Nada.

–Lo sabía –dijo la señora Raleigh–. Le ha pasado algo. Está enferma, lo sé.

–Es posible que haya ido al bosque a recoger setas –dijo Evangeline mientras hacía girar el gran pomo de latón. Sin embargo, no lo creía. No quería entrar en aquella habitación.

Flotaba en el aire un fuerte olor a rosas secas.

–¿Señora Needle?

Recorrió despacio la habitación con la señora Raleigh pisándole los talones. Respiró hondo.

–Dios mío –dijo–. Oh, Dios mío.

Rodeó corriendo el biombo y entró en el pequeño espacio que hacía las veces de dormitorio. La señora Needle estaba tendida de lado, acurrucada. Evangeline supo que estaba muerta antes de arrodillarse a su lado y cogerle su muñeca venosa. No tenía pulso y el cuerpo estaba rígido. La señora Needle llevaba muerta muchas horas.

–Era muy mayor –dijo la señora Raleigh–. Debe de haber sido el corazón. Rezo por que fuera rápido. Nunca nos dejaba quedarnos mucho tiempo con ella. Oh, Dios mío, siento tanto que le haya llegado la hora estando sola.

Evangeline se sentó sobre los talones y cerró los ojos. La serena cara de su madre irrumpió en su mente espontáneamente, los pálidos labios entreabiertos en una sonrisa, los ojos azules mirando sin ver hasta que el médico le cerró con delicadeza los párpados. Al principio solo se había sentido anonadada ante la muerte de su madre; la rígida figura que había sido su madre se había vuelto ajena a ella. El dolor había llegado más tarde.

–Sí –dijo por fin, levantando la vista hacia la señora Raleigh–. Era muy anciana. Vaya a buscar a Bassick. Él sabrá lo que hay que hacer.

La mujer asintió y salió presurosa de la habitación, las llaves en su cinturón tintineando mientras bajaba corriendo los escalones de piedra.

Evangeline examinó el rostro de la señora Needle. Todas las viejas arrugas parecían haberse alisado. Muerta no parecía tan anciana. Alargó una mano y posó la palma un instante en su fría mejilla. Pobrecilla. Había muerto sola, sin nadie con quien compartir el tránsito. Reparó en el cuello abierto del viejo camisón de lana y vio en el hueco de su arrugada garganta dos cardenales violetas, cada uno del tamaño de un pulgar. Oh, no. Dios mío, no. Se obligó a volver a mirar con más detenimiento. No, esas horribles marcas del pulgar seguían allí, profundas y mortales. La señora Needle no había muerto sola... alguien la había estrangulado.

Ocultó la cara entre las manos. Todo era culpa suya. Había hablado a John Edgerton de la señora Needle. Seguramente había mencionado su nombre, aunque no se acordaba si lo había hecho. Le había dicho que la anciana sospechaba que le pasaba algo. La había mencionado porque... Le brotó un sollozo de la garganta y volvió a ocultar la cara entre las manos. La verdad es que se lo había dicho a Edgerton esperando utilizar a la pobre anciana para asustarlo y hacerle detener esa locura. Pero en lugar de ello, él se había limitado a quitarla de en medio, como una pelusilla en la manga de una chaqueta. Había dado órdenes de asesinarla. Y ella era la responsable. La señora Needle estaba muerta porque ella había ido al castillo Chesleigh. No tenía ninguna disculpa, ninguna.

Bassick encontró a Evangeline acunando el cuerpo sin vida de la señora Needle con la cara anegada en lágrimas, mirando sin ver, encorvada de dolor.

–Madame –dijo en voz baja, poniéndole una mano en el hombro–. Debe irse. Siento que su muerte le haya causado tanta aflicción. Siempre causa una honda impresión encontrar a alguien muerto.

Evangeline levantó la vista hacia él.

–Está muerta, Bassick. ¿No lo comprendes? Está muerta.

Él se arrodilló a su lado y apretó la palma de la mano sobre el corazón de la señora Needle.

–Sí, lo comprendo. Ahora márchese y yo me ocuparé de todo. Fue cosa del corazón. Era mayor, muy mayor. Sencillamente se le paró, sí, sin duda se le paró. Fue una muerte indolora, madame. He enviado a buscar al médico. Llegará dentro de nada. Márchese, madame.

–No, Bassick, no fue el corazón. No fue una muerte indolora. –Tocó los cardenales–. Alguien entró aquí y la estranguló.

Bassick sintió que la habitación circular daba vueltas. Sacudió la cabeza una y otra vez.

–No, no es posible. No aquí, en Chesleigh.

Ella no dijo nada.

Bassick estudió los cardenales que había en el cuello de la señora Needle. Sabía lo que veía, pero seguía conmocionado. Se resistía a aceptarlo.

–Pero ¿por qué? –Se sintió impotente. Eso escapaba a su comprensión, pero sabía que tenía que actuar, hacer algo para afrontar esa terrible situación–. ¿Por qué? –repitió.

Y Evangeline dijo, con voz monótona, tan vacía de vida como la anciana acurrucada a su lado en el suelo:

–No lo sé, Bassick. No lo sé.

Bassick se sobrepuso y se levantó. Ofreció a Evangeline una mano y la ayudó a levantarse.

–Escúcheme, madame. Es mejor que no la toquemos. Debo llamar al juez de paz. Es el barón Lindley, un viejo estúpido, pero no tenemos elección. Venga conmigo. Tomaremos un brandy para prepararnos para lo que nos espera.

–La señora Needle nunca hizo daño a nadie –dijo Evangeline mientras Bassick se la llevaba de la habitación.

El barón Lindley, dotado de una buena mata de pelo blanco y hombros caídos, cuya gota era el principal tema de conversación en su casa, llegó al cabo de una hora. La joven prima del duque, madame De la Valette, le pareció demasiado retraída. Era una lástima que hubiera sido una joven tan sensible quien encontrara a la anciana. Después de interrogar debidamente a todos los criados de Chesleigh, volvió al salón al encuentro de madame De la Valette, porque no había nadie más en la casa para recibirlo. Deseó con toda su alma que el duque estuviera allí. Con la prima de este se sentía incómodo. Le dolía el pie izquierdo. Quería pedir una toalla caliente para envolvérselo, pero se abstuvo al ver a la joven tan pálida y desamparada. Dudaba que le comprendiera siquiera. Se preguntó si era corta de entendederas. Carraspeó. Bassick seguía de pie al lado de la puerta cerrada. Carraspeó dos veces más hasta que la señorita por fin lo miró.

–He determinado que el hombre que estranguló a la anciana era alguien a quien ella había dado una poción curativa, y esta le había hecho daño a él o a su amante. He establecido que se trata de un caso de venganza. El hombre, furioso, la estranguló.

–Venganza –repitió ella, la palabra revoloteando por su mente sin querer decir nada en realidad. ¿De veras había determinado eso el barón?

–Sí, venganza –continuó el barón Lindley–. La anciana no tenía pertenencias de valor. De hecho, no han tocado nada de sus habitaciones. Había una intensa fragancia a rosas. Imagino que el asesino atizó el fuego bajo las rosas. Tal vez era el aroma favorito de la mujer a la que la señora Needle había hecho daño con la poción. Seguramente una filtro de amor. Sí, ese tipo enloqueció del dolor y la mató. Dudo que logremos averiguar quién era. Sin embargo, me encargaré de que se interrogue a toda la gente que haya recibido una medicina de la anciana. Bien, debo volver a casa. Me duele el pie y debo ponerlo en alto mientras me tomo un brandy. Adiós, madame.

Evangeline sabía que no iban a encontrar al asesino. Dudaba que interrogaran siquiera a alguien. De cualquier modo, sería una pérdida de tiempo. Logró levantarse cuando el barón Lindley salió del salón seguido de Bassick. La muerte de la señora Needle seguiría siendo un misterio, y pronto todo el mundo la olvidaría. No era lo bastante importante para que la gente se acordara de ella.

Después de que se hubo marchado el barón, dijo a Bassick:

–Tenías razón acerca del barón. Aun cuando no fuera un necio, poca cosa haría. Debo escribir al duque e informarle de lo ocurrido. –Hizo una pausa–. Por favor, Bassick, comprueba todas las cerraduras.

Bassick vio el miedo en sus ojos. No le extrañaba. Él mismo estaba asustado. Alguien había entrado en el castillo y asesinado a uno de sus ocupantes.

–Por supuesto, madame. También apostaré a lacayos en las distintas entradas. Tal vez el hombre que lo hizo regrese. Sí, debe escribir a su excelencia. Se quedará horrorizado. Siempre ha sentido mucho afecto por la señora Needle. La conocía de toda la vida, ¿sabe? Siempre le llevaba esquejes de plantas que encontraba.

–Sí, sé que le tenía afecto. ¿Realmente le traía plantas?

–Ya lo creo. El mes pasado un capitán de barco trajo al duque diversas plantas de la India. Su excelencia se las dio a la señora Needle y le pidió que le preparara una poción que lo convirtiera en el mejor jinete del mundo. Si no recuerdo mal, la señora Needle le respondió que, dado que su excelencia ya era el mejor amante del mundo, darle más echaría a perder su carácter. Se rió muchísimo al decírselo, y él también.

Evangeline se sentó ante el escritorio del duque en la biblioteca, extendió un solo pliego ante ella y hundió la pluma en el tintero. En esos momentos no tenía importancia cómo se habían separado hacía tres semanas. Necesitaba verlo. Pero ¿para decir qué? «He matado a su enfermera. No, yo no la he estrangulado, pero le hablé a John Edgerton de ella y él lo ha hecho.» Oh, Dios mío, ¿qué iba a hacer, qué iba a escribirle? Sabía que tenía que verlo o enloquecería de remordimientos.

«Su excelencia –escribió por fin–. Lamento tener que comunicarle una noticia tan trágica. La señora Needle ha fallecido y la causa de su muerte no ha sido natural. –La pluma se detuvo sobre el pliego hasta que las palabras salieron por la fuerza–. Alguien entró en el castillo, se dirigió a la torre norte y la mató. Un desconocido. Le ruego que venga a Chesleigh. Su prima...»

Garabateó su nombre y dobló el pliego.

Solo quería morir.

Capítulo 22

El duque llegó a última hora de la mañana siguiente, después de haber conducido desde Londres en menos de seis horas. Se sentía cansado, sucio, aturdido ante la muerte de su vieja enfermera y loco de ansiedad por Evangeline.

–Gracias a Dios ha vuelto, su excelencia. Bienvenido, bienvenido.

Bassick sintió tal alivio al ver a su señor que casi se le abrazó. En sus prisas por ayudarle a quitarse el gabán, tropezó con una silla.

–He venido lo más deprisa que he podido, Bassick. ¿Dónde está madame?

–Está con lord Edmund, su excelencia. Me temo que le ha afectado mucho la muerte de la señora Needle. Ha insistido en ocuparse de los preparativos del funeral. He apostado lacayos en puntos estratégicos del castillo, y he mandado cambiar o reforzar todas las cerraduras. Oh, nos alegramos tanto de que haya venido tan pronto.

–Ella no hará nada más –dijo el duque, y se alejó a grandes zancadas bajo la mirada de Bassick.

Entró en el cuarto de los niños sigilosamente. En la amplia y caldeada estancia ardía un fuego en la chimenea de la pared del fondo. Ella estaba sentada en la alfombra, apoyada contra un sofá, con Edmund cerca. Este tenía en la mano un soldadito inglés de madera.

–No sé, Eve –decía–. Dices que estás bien, pero Bassick me ha dicho que hoy no debía perseguirte ni dispararte. Me ha dicho que no estarías alegre.

–No, probablemente no –respondió ella–. Perdona, Edmund,

pero la verdad es que no estoy nada alegre. Me pregunto si Bassick lo sabe todo.

–Ha dicho que no te hablara en voz alta. Que debía tratarte como me gusta que me traten cuando me duele la barriga. Ha dicho que necesitabas una tregua.

Una tregua, pensó ella. Le miró sonriente y le dio la mano.

–Sí, una tregua, Edmund. Continuaremos la persecución del zorro y el ganso mañana.

El niño volvió la vista y vio a su padre de pie en el umbral.

–¡Papá! –Se precipitó hacia él, riendo y chillando, y el duque lo cogió en brazos y lo besó sonoramente.

–¿Has venido a ver a Eve, papá? No es la de siempre. Está triste. Ha muerto la señora Needle, ¿sabes? Oí a la señora Raleigh hablar de ello con los criados. Bassick dice que no debo atormentarla.

–Lo sé, Edmund. Aquí está Bunyon, justo detrás de mí. Va a llevarte a dar un paseo en pony. Yo cuidaré de tu prima Eve.

–No vas a perseguirla y a dispararle, ¿verdad, papá?

–Desde luego que no.

–Bien. Solo yo puedo hacerlo. Hazle sonreír, papá. Me gusta verla sonreír.

Evangeline oyó la voz de Bunyon, pero no lo vio. En un instante Edmund había desaparecido y ella estaba a solas con el duque, que se quedó mirándola. Cerró la puerta.

–He acudido lo más deprisa que he podido –dijo, y extendió los brazos hacia ella–. Ven aquí.

Ella así lo hizo. No corrió hacia él tan deprisa como su hijo, pero en un instante estaba entre sus brazos.

–Ya ha pasado todo –dijo él contra su pelo, acariciándole la espalda–. Ya estoy aquí. Todo se va a arreglar.

Todo el dolor y el sentimiento de culpa se desataron dentro de ella. Sollozó contra el cuello de él, sin importarle nada. Él se limitó a sostenerla, recorriéndole con las manos la espalda, despacio, con firmeza, y ella lloró sin parar. Se aferró a él, rodeándolo con los brazos.

Cuando los sollozos dieron paso al hipo, él le besó la cabeza.

–Ya ha terminado todo, Evangeline. Te prometo que todo irá bien.

–No –dijo ella apartándose–, nada va bien, nada en absoluto.

De no haber sido por ella, la señora Needle seguiría con vida, pero eso no podía decírselo. Luego Edmund moriría. Le golpeó el pecho, deseando que fuera a ella a quien hicieran daño.

Cuando el criado de Chesleigh había entregado al duque la carta de Evangeline, la cólera a la que seguía tratando de aferrarse se había desvanecido y al punto partió para consolarla.

Al cabo de un rato ella se había vaciado del todo, de lágrimas y rabia, y solo le quedó un vacío lacerante. Él le entregó un pañuelo. Al ver que ella no hacía nada con él, se lo cogió y le secó la cara: una cara amada, se dio cuenta, y el pensamiento lo desconcertó. Pero así era. Ella tenía los ojos hinchados y estaba muy pálida. Era extraño que hubiera cogido tanto afecto a la señora Needle en tan poco tiempo. Ahora eso no importaba. Estaba deshecha.

–Lo siento tanto, su excelencia –susurró ella contra el pañuelo–. Me alegro de que haya venido. No sabía qué hacer.

–Ha hecho más de lo que debía. Soy yo el que siente haberle cargado con todo esto. –Por un instante vio en sus ojos un gran sufrimiento, y otras emociones que no comprendió. No la soltó. No iba a hacerlo. Al contrario, la atrajo hacia sí–. No tenemos por qué hablar de ello ahora. No quiero afligirla aún más.

Ella sacudió la cabeza y se dominó. Había bajado la guardia y eso era peligroso. Tenía que guardar sus secretos para sí.

–No –dijo por fin, apartándose despacio–. Debe saber qué ha ocurrido para poder tomar medidas. El barón Lindley es un juez de paz tan eficiente como Edmund matando dragones.

–¿Dragones? Pensaba que solo quería atrapar bandidos.

–Le leí un cuento sobre un matador de dragones y se emocionó. No está seguro de si sacaré fuego por la boca cuando me persiga.

Ella rió, pero la risa se le atragantó.

–No se preocupe. La risa hace olvidarlo todo por un momento. Es saludable.

El duque le acercó una silla, y ella se sentó y se alisó el vestido con sus pálidos dedos. Él permaneció de pie, apoyado contra la repisa de la chimenea. En ese momento supo que la veía con otros ojos.

Evangeline volvió a levantar la mirada hacia él, el hombre que se había convertido en el centro de sus pensamientos, cuyo hijo se había vuelto tan importante para ella que se moriría si le pasaba algo. ¿Qué podía hacer? La verdad se cernía sobre ella, palabras condenatorias que la convertirían para siempre en enemiga de él, palabras con las que se granjearía su odio, su desprecio. Pero las palabras siguieron sin pronunciarse, no porque ella fuera cobarde. Lo que la contenía era la amenaza que pesaba contra Edmund. Ahora no tenía duda: John Edgerton cumpliría su amenaza de matar al niño si lo traicionaba. Ya había traído a esa casa la muerte. Y mentiras, pero las mentiras eran preferibles a la muerte.

–El barón Lindley cree que el asesino era un hombre a quien la señora Needle le dio una pócima que mató a su amada. Para mí eso no tiene sentido, pero el barón se quedó muy satisfecho con su explicación. Tiene gota, de modo que llegó rápidamente a esta conclusión y volvió rápidamente a su casa, para tomarse un brandy y ponerse un almohadón bajo el pie.

–¿No falta nada? ¿No han robado nada?

Ella hizo un gesto de negación.

–Me sorprende que no ordenara encerrar a algún pobre gitano, que son su cruz. Iré a verlo. Maldita sea, yo debería ser el juez de paz. Podría haberlo sido fácilmente hace dos años, pero tenía muchas cosas en que ocupar mi tiempo. –Sacudió la cabeza frunciendo el entrecejo, o eso le pareció a ella, ante lo que consideraba un fallo suyo–. No veo cuál podría haber sido el móvil. ¿Quién iba a querer matar a la señora Needle?

Por supuesto, ella lo sabía. Lo sabía todo. Desvió la mirada. En los ojos oscuros de él había dolor, y a ella le destrozaba verlo así.

–Se ha ocupado de todos los preparativos. Gracias. –La miró y vio su palidez, una expresión dura en sus ojos que no comprendía–. Está cansada. Bunyon y yo cuidaremos de Edmund. Me ocuparé de todo.

Ella se levantó.

–No, por favor. No quiero estar sola... me refiero a que no quiero descansar. Por favor, déjeme estar con usted.

Él tampoco entendió esa reacción.

–¿No quiere estar sola?

Había cometido un error. El duque parecía estar tan en armonía con ella que era desconcertante.

–Tal vez –dijo, levantándose despacio, sin mirarlo.

Él le puso una mano en el hombro.

–Puede quedarse conmigo si lo desea. –Y tras una breve pausa añadió–: La muerte siempre es un golpe. Recuerdo cuando me enteré de la muerte de Robbie. Me destrozó. Me llevó mucho tiempo ver siquiera lo magnífico que era mi hijo, volver a disfrutar de la risa, ver la belleza en una mujer y no sentir rabia e impotencia. Pasará, Evangeline, la impresión, el dolor. Pero no lo olvidará, no, nunca lo olvidará, y tal vez sea lo mejor.

Pero no el sentimiento de culpa, pensó ella, no el sentimiento de culpa. Se limitó a inclinar la cabeza.

Al día siguiente por la tarde enterraron a la señora Needle en el cementerio de Chesleigh, desde hacía más de dos siglos última morada de la familia y sus criados. Sostenida por la mano enguantada del duque, Evangeline contempló el montón de tierra mientras el párroco lamentaba la crueldad de la muerte de la señora Needle. Levantó la mirada hacia el castillo, hacia el ala norte donde había vivido la señora Needle. La perspectiva de que el duque regresara a Londres y volviera a dejarla sola en Chesleigh le resultaba insoportable. Se estremeció. Hacía mucho frío, como correspondía al mes de febrero.

En el transcurso de una silenciosa comida después del funeral, mientras Evangeline se preguntaba qué iba a hacer, el duque dijo:

–Le conviene un cambio, Evangeline. ¿Le gustaría pasar una temporada en Londres?

Ella lo miró sin dar crédito a la oportunidad que le brindaba. No se la merecía. Tal vez él esperaba que rehusara una vez más, pero antes de que pudiera decir nada, el duque añadió:

–No siempre nos hemos entendido. Tal vez podamos remediarlo lejos de Chesleigh. Me ha dicho que no quiere ir a Londres, que si la obligo a ir me dejará. Pero es mi deseo que abandone Chesleigh, por una temporada, y Edmund también, naturalmente.

Evangeline vio que ese hombre fuerte temía que ella volviera a rechazarlo. Sintió deseos de arrojarse a sus brazos y expresarle a gritos su gratitud, pero se contuvo.

–Gracias, su excelencia –se limitó a decir–. Le agradecería mucho que me llevara con usted a Londres. Es muy amable.

El duque no se había dado cuenta de cuánto le importaba su aceptación. Suspiró despacio. Levantó poco a poco la copa de oporto y, brindando a la salud de ella, dijo:

–Mi madre estará encantada. Quiere conocerla, así como ver a su querido nieto. –Vio alivio en sus expresivos ojos y supo que la protegería con su vida–. Me alegro mucho de que haya cambiado de parecer. –Dejó la copa y se levantó–. Está exhausta, Evangeline. Me gustaría partir mañana temprano. Sugiero que se retire a sus aposentos. ¿Desea láudano para conciliar el sueño?

Ella se levantó. Había tanta generosidad en el duque. Los remordimientos le retorcieron las entrañas. Su amabilidad, su fuerza, el hecho de que la aceptara, no hacía sino agravarlos. Hizo un gesto de negación.

Él se acercó y con un dedo le rozó una mejilla. Tenía el cutis suave, tan suave. Quería atraerla hacia él y estrecharla entre sus brazos, al menos hasta que ella se relajara. Quería decirle que haría lo que estuviera en su mano para aliviar su dolor. Pero no encontró las palabras. Le levantó con delicadeza la cabeza y vio lágrimas en sus ojos. Se inclinó y le besó con delicadeza en las mejillas, luego los párpados y probó sus lágrimas.

–No volveré a dejarte –dijo sin dejar de besarle los párpados. A continuación la besó en la boca y se sintió confundido.

Y muy entrada la noche, bajo la fría lluvia, Evangeline se reunió con otro hombre en una cueva.

Capítulo 23

–Abuela, ya estoy aquí. Quería que el cochero John fuera más deprisa, pero papá no lo permitió. Mira, hasta he traído conmigo a Eve.

Al oír esa querida vocecilla y las palabras tropezando al salir atropelladamente de su boca, Marianne Clothilde dejó caer su bordado para levantarse y coger en brazos a Edmund. Sonrió mientras lo abrazaba.

–Ha pasado mucho tiempo, Edmund. Estoy empezando a creer que Londres no es un lugar tan horrible para un niño. Tal vez tu abuelo estaba equivocado, y tu padre también. Tal vez sea mejor para todos que te quedes aquí para que podamos estar todos juntos. Dios mío, te has convertido en todo un hombrecito.

–Eve dice que soy un toro, todo músculos y testarudez, y puedo derribar de un tiro todo lo que esté a veinte pasos de distancia.

–Ah, tu prima Eve. ¿Por qué no me la presentas, Edmund?

–Ella también es fuerte como un toro. Va a enseñarme a nadar mejor que papá. –Frunció el entrecejo–. Si alguna vez vuelve a hacer calor.

–Puedo confirmar que es fuerte como un toro, madre. Ha pasado cerca de ocho horas en el mismo coche que Edmund. Yo, pobre de mí, no he logrado aguantar hasta el final. En cuanto a su forma de nadar, todavía tengo que juzgar sus aptitudes.

Marianne Clothilde no podía apartar la vista de su apuesto hijo, que había hablado con voz grave y risueña. De pie en el salón, tenía a su lado a una joven deslumbrante vestida con un traje de seda azul marino.

–¿Es usted la prima de Edmund?

Marianne Clothilde miró a la joven, casi tan alta como ella.

–Sí, su excelencia. –Evangeline hizo una reverencia–. Soy la prima de Marissa.

–Madame De la Valette –dijo el duque.

Marianne Clothilde no se habría quedado más pasmada si alguien hubiera ordeñado una vaca en medio del salón. Su hijo, su arrogante y bastante sofisticado hijo. Tan solo había dicho su nombre, pero su voz rebosaba orgullo y una actitud posesiva. ¿Su hijo por fin había encontrado a su media naranja? De pronto se dio cuenta de que él estaba muy cerca de ella, como para protegerla. «¿De mí? –se preguntó parpadeando–. ¿Teme que no sea amable con la joven?»

Dedicó a la prima medio francesa una bonita sonrisa, la sonrisa de su hijo, a decir verdad, y le tomó la mano. La joven era suficientemente encantadora para su hijo, pensó, pero ¿qué le ocurría? En sus ojos había algo sorprendente. ¿Era miedo? ¿De ella? No, imposible.

–Me alegro mucho de conocerla por fin, madame –dijo, y sostuvo su mano esbelta entre las suyas.

La mano tembló brevemente.

–Gracias, su excelencia –dijo Evangeline, y deseó que la tragara la tierra. Allí estaba la madre de él, recibiendo en su casa a una traidora–. Siento mucho nuestra visita imprevista, pero ha fallecido la señora Needle, algo terrible, y yo no sabía qué hacer, y su excelencia...

–Sí, lo sé, y lo siento mucho.

–Su excelencia ha sido lo bastante amable para traerme con Edmund.

–Bueno, esto es nuevo para Edmund y para mí. –Miró a su hijo, que estudiaba un viejo globo terráqueo–. No lo toques, Edmund.

–No, papá, solo me preguntaba por qué es redondo cuando la señora Raleigh me ha dicho muchas veces que el mundo es plano. Esto es el mundo, ¿no?

Marianne Clothilde se echó a reír.

–La señora Raleigh es miembro de ese club llamado Tierra Plana desde hace mucho tiempo –explicó a Eve–. Tendrá usted que ser muy convincente para hacer cambiar al niño de idea, madame.

–Edmund –llamó el duque.

–¿Sí, papá?

–Vas a escucharme con atención y a creerme, y asunto concluido, ¿de acuerdo?

Edmund se acercó despacio a su padre y lo miró fijamente.

–El mundo es redondo. Repítelo.

–El mundo es redondo, papá. ¿Estás seguro?

–¿Alguna vez te he mentido?

–No, papá. Ni siquiera sé que hayas estado equivocado.

Evangeline refunfuñó. Marianne Clothilde rió.

–Estupendo. La próxima vez que la señora Raleigh diga que el mundo es plano, sonreirás e inclinarás la cabeza, pero sabrás que es redondo.

–Sí, papá.

El duque sonrió a su hijo, lo cogió en brazos y lo sostuvo contra el costado.

–Dios mío, su excelencia, eso ha estado muy bien –dijo Evangeline.

Marianne Clothilde solo percibió humor en su sonora voz, no los suspiros coquetos ni las risitas con que tan a menudo era correspondido su hijo.

–Estoy impresionada. Bien, no crea que nos importuna, madame. Quería conocerla. Mi hijo me ha hablado mucho de usted.

–¡Cielos! –exclamó Evangeline.

–Le he dicho que era terca como una mula, una amazona bastante pasable y que disfrutaba mucho del paisaje de Chesleigh. Ah, sí, también le he dicho que poseía cierto encanto.

–Supongo que debo sentirme aliviada de que no haya entrado en detalles.

–¿Qué le hace pensar que no lo he hecho? Después de todo, es mi madre. Me admira, ella siempre dice que no hago nada mal.

–Eso es bastante cierto –terció Marianne Clothilde–. Pero

es mi hijo. ¿Qué va a hacer una madre con un hijo tan magnífico?

Evangeline rezongó, y el duque arrojó a Edmund al aire una vez más.

–Venga a sentarse, madame –dijo Marianne Clothilde–. Pediré té. ¿Puedo llamarla Evangeline? Madame no encaja en una tierra redonda.

–No lo sé, abuela –dijo Edmund con ceño–. La señora Raleigh siempre está tan segura cuando me lo dice.

–Redonda, Edmund –dijo el duque–. Redonda.

–Sí, papá. Abuela, ¿te ha dicho papá que soy el mejor tirador del país?

–Me ha dicho que has disparado al pavo real al menos una docena de veces.

–Sí –dijo Edmund y soltó un gran bostezo.

Evangeline se inclinó y le dijo:

–Ahora nada de discutir. Estás tan cansado como tu papá, pero tú eres un niño y tienes la oportunidad de ir con Ellen a tu cuarto a descansar un rato.

El duque volvió a coger al niño en brazos.

–Yo lo llevaré con Ellen. Enseguida vuelvo. Madre, no la asustes demasiado.

–Pero, papá, ¿qué hay de mi historia? Quiero contar a la abuela más de mi historia.

–Lo harás después de que descanses. –Y añadió desde el umbral–: Pediré a Grayson que traiga té.

Dejó a la joven con su madre. Marianne Clothilde rezó para que fuera la mujer adecuada para su hijo, y le dirigió una sonrisa encantadora.

–Siéntese, Evangeline. ¿Ha ido todo el tiempo en el coche con Edmund?

–Salvo una hora en que me ha dolido la cabeza y su excelencia ha insistido en que montara con él.

–¿Con él? –repitió Marianne Clothilde, y con deleite vio que Evangeline se ruborizaba.

–Verá, el duque montaba su semental y... De todos modos,

he montado delante de él. Eso ha sido todo, su excelencia, de veras.

Pero no era todo. Marianne Clothilde lo vio y se quedó muy complacida.

–Es casi imposible decir que no a mi hijo.

–Sí –dijo Evangeline–. Ya he tenido ocasión de comprobarlo.

Lo cierto es que él no le había forzado a hacer nada. De hecho, no había ocurrido nada. Evangeline se había apoyado en él, entre sus brazos, y dormido profundamente. No se había sentido tan segura en mucho tiempo.

Marianne Clothilde dio unas palmaditas en la silla que tenía a su lado. Evangeline se desabrochó la capa, la dejó en el respaldo y se sentó. Era muy bonita, pensó Marianne Clothilde, una joven elegante y con buena figura que, a decir verdad, se parecía mucho a la suya, hasta en los pechos grandes. Suponía que el vestido había sido de Marissa, la pobrecilla.

–La verdad, Evangeline –dijo–, es que mi hijo me contó que le había dado órdenes al estilo del dueño y señor del castillo. Si no recuerdo mal estuvo a punto de gruñirle.

–Oh, no. Esa no era su intención. Está acostumbrado a que todos le obedezcan al instante, pero yo no podía permitírselo en ese momento en concreto. Es...

–Lo sé. Mi hijo ha sido amable contigo, todo dulzura.

–Nunca he visto en él ninguna dulzura. No está en su carácter. Antes se burla de una para salirse con la suya, o te mira con ceño, sabiendo que solo un estúpido se atrevería a llevarle la contraria, y... Dios mío, no era mi intención criticar a su hijo, su excelencia. El duque ha sido muy solícito conmigo. Sí, esa es la palabra adecuada. No le ofendería que lo llamaran solícito, ¿verdad?

Marianne Clothilde dio unas palmaditas en las manos de Evangeline.

–Se lo preguntaremos. Usted aún no me conoce lo suficiente, pero le seré franca. Mi hijo y yo nos parecemos mucho, para bien o para mal. Usted, querida Evangeline, se siente muy culpable, ¿verdad?

¿Cómo era posible que lo supiera? Cuando respondió, lo hizo aterrorizada.

–Sí, supongo que sí.

–Es usted parte de la familia. Puede permanecer con nosotros el tiempo que desee. A propósito, el vestido de Marissa le favorece. Ese color le sienta de maravilla. Supongo que se lo ha arreglado Dorrie.

–Sí, es muy buena.

–Lo sé. Fui yo quien se la asignó a Marissa. A ella le gustaba mucho.

Entró en el salón un hombre alto y rollizo de cabellera pelirroja salpicada de canas, llevando en sus brazos enfundados en negro un servicio de té en una pesada bandeja de plata. Sus pobladas cejas pelirrojas parecían perpetuamente arqueadas, dándole una expresión de ligera sorpresa.

–Ah, Grayson, nos has traído sustento.

–Sí, la clase de sustento que le agrada, su excelencia.

Dejó la bandeja en la mesa delante de ellas.

–Grayson y yo crecimos juntos –dijo Marianne Clothilde mientras, para sorpresa de Evangeline, el mayordomo servía él mismo el té.

–Madame.

–Me gusta solo, Grayson.

–Se le da muy bien –explicó Marianne Clothilde–. Verá, tengo artritis y me he vuelto torpe, así que Grayson hace muchas cosas por mí. Es otra de las razones por las que no puedo quedarme en Chesleigh. El frío húmedo empeora mi estado. –Sonrió al mayordomo mientras este le tendía una taza de té–. Creo que hacemos una buena pareja, sobre todo ahora que tenemos los huesos frágiles, nos estamos quedando canosos y nuestra distinción ha alcanzado su punto más alto.

–Así es, su excelencia –dijo Grayson–, pero yo soy de la opinión de que, cuanto más pelirrojo el cabello, con más naturalidad se lleva la distinción.

–No lo dudo –dijo Marianne Clothilde, y dio con elegancia un mordisco a una tartaleta de manzana–. Ah, excelente. Aunque no tanto como las de Dinwitty, la cocinera de Phillip Mercerault, ni como las de la señora Dent. Grayson, esta es madame De la Valette. Es de la familia y también la niñera de lord Edmund.

Grayson miró a Evangeline y asintió despacio.

–Creo que con esto bastará –dijo él, y salió del salón.

Marianne Clothilde rió.

–No ha quitado ojo a los bollos. Coma uno, Evangeline.

–¿Cómo se llevan Bassick y él? –preguntó Evangeline entre mordiscos de un bollo con sabor a manzana.

Marianne Clothilde volvió a reír.

–Es usted muy perspicaz, Evangeline. La verdad es que no se conocen. El duque coincide conmigo en que es mejor mantener las casas aparte. Siempre hemos creído que Tsar Ivan, como me gusta llamar a nuestro mayordomo de Saint John Court, la hacienda que tiene Richard en el norte, está hecho de una tela más almidonada que Grayson o Bassick. Una vez se relajó lo bastante como para comentarme que, si el Conquistador hubiera disfrutado de los servicios de un mayordomo, habría sido sin duda uno de sus antepasados.

Evangeline reía cuando el duque entró en el salón. Se detuvo en el umbral con una sonrisa iluminándole los ojos. Y qué sonrisa, pensó su madre mirándolo.

Capítulo 24

–Pasa y siéntate, querido –dijo Marianne Clothilde–, y sírvete tú mismo una taza de té. A Evangeline le gustan los bollos de la cocinera. Le hablaba de Tsar Ivan.

–Tsar Ivan aterroriza a cualquiera –repuso el duque, y con una sonrisa añadió–: Deduzco por su risa, Evangeline, que mi madre no ha tratado de interrogarla sobre la grandeza de sus antepasados, ni acusado de intentar robar el afecto de mi hijo, ni amenazado con azotarla si se atreve a hacer una sola crítica de mí o mi hijo.

–Solo hemos hablado de los antepasados de Tsar Ivan, su excelencia. Los míos son, como sabe, bastante nobles, pero no tanto como los de él.

–Es un viejo metodista. De niño me tenía aterrorizado. Y todavía me tiene.

El duque se sirvió una taza de té y volvió a llenar la de su madre, algo que hizo con su elegancia habitual.

Evangeline volvió a reír, un sonido encantador, libre, que a él le provocó deseos de estrecharla entre sus brazos y besarla hasta lograr bajarle el vestido y acariciarle los pechos y probarla... Dios mío, se encontraba en el salón de su madre, tomando el té, y estaba pensando en hacer el amor a Evangeline y besarla hasta que gritara su nombre. Se atragantó con el maldito té.

Marianne Clothilde le dio unos golpecitos en la espalda.

–Aún no hemos hablado del asesinato de la señora Needle. Sí, utilizo esa palabra tan cruda porque es la verdad. Bien, ¿qué sabes de eso?

–El barón Lindley obsequió a Evangeline con una dosis de su idiotez, a saber, que una de las pociones de la señora Needle debía de haber matado a la amante o esposa de un hombre, y que este la había estrangulado en un arrebato de cólera o en venganza. Tonterías, por supuesto, pero el viejo cabrón, disculpa, el viejo idiota solo quería irse a casa para coger el brandy y volver a poner su pie con gota encima de un cojín. –Hizo una pausa–. Hemos de dar las gracias a Evangeline porque ya se había ocupado de todo antes de que yo llegara. –Se interrumpió un instante, sus oscuros ojos clavados en la pesada sortija de esmeralda que llevaba en la mano izquierda–. He tomado medidas para que Chesleigh esté mejor vigilado. Ese crimen no tiene sentido. ¿Por qué precisamente a la señora Needle? Ya lo averiguaremos. No pienso olvidarme del asunto y seguir como si nada. No; averiguaré quién lo hizo y por qué.

Evangeline se preguntó qué había hecho y qué tenía previsto hacer. Tal vez descubriera que los traidores utilizaban su playa privada para entrar en Inglaterra. Tal vez descubriera que ella lo había traicionado. Clavó la mirada en la taza de porcelana china de Dresden que tenía en el regazo.

–He recibido carta de la señora Raleigh –dijo Marianne Clothilde al cabo de un momento–. Todo el mundo está muy afectado. Me alegro que no dejes que todo continúe como si nada, querido. La señora Needle era una anciana encantadora. ¿Te he contado que anunció tu nacimiento acertando hasta en el mes y el día? Me dijo que serías más guapo que tu padre, más inteligente que yo, lo que apenas creo posible, y un gran amante, algo que una madre no quiere oír. –Sonrió y le dio unas palmaditas en el hombro–. En fin, cambiemos de tema.

El duque se levantó.

–Evangeline está cansada. La llevaré a la alcoba rosa para que pueda descansar hasta la hora de cenar. Esta noche cenaremos aquí los tres. Vamos, Evangeline.

Le tendió una mano.

Ella lo miró, y asintió al tiempo que le daba la mano.

–¡Cielos! –exclamó Marianne Clothilde–. Tengo invitados. Me matarán si suspendo la cena con tan poca antelación. ¿Qué podemos hacer?

Evangeline oyó maldecir al duque.

–¿Por casualidad espera a lady Pemberly y a la señorita Storleigh?

Marianne Clothilde se volvió hacia ella con una sonrisa cautivadora que era una réplica de la del duque.

–Así pues, ¿ya ha conocido a Eudora? Podría ser uno de nuestros generales. Sí, va a venir.

–Ella y Tsar Ivan son tal para cual –comentó el duque–. Ya estaba acampando ante las puertas de casa la segunda noche que pasó Evangeline en Chesleigh. Quería asegurarse de que no se trataba de ninguna cazafortunas aprovechándose de mí. Arrastró consigo a Drew y John Edgerton. Cuando se marchó, estaba de excelente humor. Dio su aprobación a Evangeline.

–¿También vendrán lord Pettigrew y John Edgerton?

–Los invitaré –respondió Marianne Clothilde–. Dos caballeros en la mesa es precisamente lo que tenía en mente.

Y Evangeline supo que John Edgerton sin duda vendría, el muy bastardo.

Marianne Clothilde se volvió hacia el duque.

–Es muy extraño. Drew está siempre con Felicia. Se le ha visto con ella en todas partes. –Sacudió la cabeza–. Nunca deja de asombrarme qué joven dama hará postrarse de hinojos a un hombre.

–Madame, ningún hombre debería postrarse jamás de hinojos.

–Hablaba metafóricamente.

–Ya, pero ningún hombre que merezca el pan que come caería jamás tan bajo. Dios mío, dudo que Felicia sea capaz de dejar de hablar ni siquiera cuando... En fin, no importa, pero no deja de ser cierto.

Se interrumpió al oír la taza de su madre tintinear en su platito.

Evangeline no escuchaba. Se había preguntado cómo iba a hacer llegar un mensaje a John Edgerton, y la madre del duque había resuelto el problema por ella. Se humedeció los labios.

–Gracias por dejarme venir, su excelencia.

–¿Qué crees, Richard? ¿Debería hacer que lleven una bandeja a la habitación de Evangeline?

–Preferiría que cenáramos los dos solos en mi biblioteca, frente a un agradable fuego.

–Eso no es una alternativa –dijo su madre–. Te aprestarás para la lucha, querido.

–Al menos ahora podrá descansar –repuso el duque, tirando de Evangeline.

Las cejas de su madre, ya atractivamente arqueadas, se alzaron un par de centímetros. Era fascinante. Su hijo hablaba con tono autoritario.

Evangeline se limitó a asentir. Al menos dispondría de un rato de soledad para pensar y decidir qué iba a decir a Edgerton. Solo quería matarlo.

–¿Por qué tiembla?

Ella lo miró sobresaltada.

–No tiemblo, su excelencia.

–La veré más tarde, Evangeline –dijo Marianne Clothilde–. ¿Sabe?, es cierto que parece que le fallen las piernas. ¿A la alcoba rosa has dicho? Sí, es muy agradable.

Mientras subían por la amplia escalera circular, ella comentó:

–Su casa de la ciudad es muy elegante.

–Sí. Casi todo lo ha mandado hacer mi madre. No le gustaba como la tenía su suegra. A mí me gusta. Mi madre suele acertar, no solo con los diseños sino también con la gente.

–También es muy amable.

–No tiene que asistir a la cena si no quiere –dijo él en voz baja.

–¿Cree que su madre no quiere que vaya? Es tan amable que no estoy segura de lo que piensa. Al contrario de con usted –añadió ella sonriéndole–. Siempre sé exactamente qué está pensando.

–Lo dudo. –«Si lo hicieras, pensó él, no estarías aquí, a menos de un palmo de mí, sonriéndome»–. En cuanto a los pensamientos de mi madre, no vienen al caso. No tienen nada que ver con lo que yo quería decir.

–Muy bien. Dígame qué es lo que quiere.

Naturalmente, él no podía soltarle todo lo que estaba pensando. La aterrorizaría, o tal vez no, y ¿qué iba a hacer él entonces? Sintió un nudo en el estómago.

–Solo quiero que no se canse, eso es todo. –Se detuvo–. Esta es la alcoba rosa. Creo que la reina Carlota durmió aquí, por alguna razón que desconozco. O tal vez fue la reina Isabel.

Se llevó la mano de Evangeline a los labios. Ella sintió su calor a través del guante y, sin darse cuenta, se inclinó hacia él.

–No –dijo él–. No.

Ella dio un paso atrás.

–Soy fuerte –dijo. ¿Qué había hecho? Se había arrojado a sus brazos, eso es lo que había hecho–. No tiene por qué preocuparse por mí. Soy fuerte.

Él le acarició una mejilla.

–¿Realmente es tan fuerte?

Ella lo miró y vio que le miraba la boca, solo quería atraerlo hacia sí, oír los fuertes latidos de su corazón, volver a sentir su piel contra la suya.

No, no. Se irguió y le dirigió una sonrisa de circunstancia.

–No, por supuesto que no. Le veré esta noche, su excelencia.

Cuando minutos más tarde el duque volvió a entrar en el salón, su madre dijo:

–Es encantadora, hasta guapa, aunque eso no es lo importante, ¿no?

–No, por supuesto que no. Calla, madre. No pienso darte el gusto de que elabores hipótesis.

–Dudo que haya cabida para muchas hipótesis a estas alturas. La tratas de forma autoritaria.

–Eso es ridículo. Sencillamente la trato como es debido.

–Es una mujer adulta, y viuda. Seguramente está acostumbrada a tomar sus propias decisiones. ¿Crees que su padre o su marido le daban órdenes?

–Me cuesta creerlo. Lo que ocurre es que no la entiendo.

–No hace tanto que la conoces.

Él sonrió.

–No, no hace tanto. Por otra parte, no me cabe duda de que la conoceré siempre. Lo que necesita es una mano fuerte que la guíe, eso es todo. Mi mano.

–Lo has decidido muy deprisa.

Él se encogió de hombros.

–Eso parece. No sé qué ocurrirá.

Marianne Clothilde adoraba a su hijo, pero hasta ella tenía que admitir que nunca lo había visto tan afectuoso. Su comportamiento con esa joven era revelador. Se daba cuenta exactamente de lo que sentía, pero no lo aceptaba del todo. ¿No le cabía duda de que la conocería siempre? Bueno, eso era tenerlo bastante asumido. Levantó su taza de té tibio y bebió un sorbo. Conocía bien su reputación, y sabía que las mujeres que habían pasado por su vida no habían hecho mella en él. Parecía que su orgulloso y cínico hijo por fin había encontrado a una mujer capaz de mantener su interés.

Una viuda medio francesa.

Una joven que también parecía adorar a su hijo y su nieto, si Marianne Clothilde sabía juzgar a la gente, como así era sin duda.

Capítulo 25

Evangeline se detuvo en seco al pie de la amplia escalera circular. En posición de firmes, vestidos con la librea ducal carmesí y dorada, había seis lacayos. Grayson, en marcado contraste con su fúnebre traje negro, su cabello pelirrojo entrecano brillando bajo la enorme araña de luces, parecía inspeccionar el blanco prístino de los guantes de los lacayos. Se volvió hacia Evangeline.

–El duque y su excelencia están en el salón, madame. La esperan. Su excelencia valora la puntualidad, gracias.

Dado que la había despertado una doncella de cara avinagrada, Evangeline no podía atribuirse el mérito.

–¿Cuándo llegarán los invitados, Grayson?

–En cinco minutos, madame. Nadie, ni siquiera el príncipe regente, acostumbra llegar tarde a una velada en la casa Clarendon.

–No, imagino que no –repuso ella, y lo decía en serio.

Grayson abrió la doble puerta de roble y Evangeline entró en el salón. El duque estaba de pie, apoyado contra la repisa de la chimenea, con los brazos cruzados, las piernas cruzadas a la altura de los tobillos, sonriendo a algo que decía su madre. Estaba espléndido con su traje de etiqueta negro. Ella se preguntó si él o Bunyon había hecho el nudo de su fular, de un blanco tan níveo que parecía frío al tacto. Mientras hablaba hizo un gesto con sus manos. Ella casi pudo sentirla acariciándole la mejilla, la barbilla, el cuello. Y deslizándose hasta sus senos. Jadeó. No podía pensar en él de una forma tan sensual que pudiera reflejarse en sus ojos, porque sabía que cuando pensaba en él de ese modo, tocándola y besándola, él lo notaba.

Era demasiado joven para que la vida se hubiera convertido en semejante yermo, pensó.

El duque se interrumpió en mitad de una frase al verla entrar. Jamás había visto a una mujer más hermosa. Estaba exquisita con el traje de raso y encaje de color crema de Marissa, tan ajustado bajo los senos que se los levantaba. Tal vez demasiado, pensó con el entrecejo fruncido. Supuso que tendrían que hablar de ello. No quería que la ofendieran. Eso le hizo sacudir la cabeza. Si tuvieran un momento a solas, iría derecho a ella y, con delicadeza, le bajaría el corpiño del vestido hasta la cintura, y entonces la miraría, y la tocaría y la probaría. No parecía capaz de dejar de mirarla. Reparó en sus ojos: parecía desolada. Pero ¿por qué? No tenía sentido, a no ser que no fuera feliz en Londres, con él. Era consciente de que su madre lo miraba. Debía dominarse.

Tenía que decir algo, algo que no tuviera nada que ver con bajarle el vestido de un tirón y poseerla allí mismo, frente al fuego. Se aclaró la garganta y se acercó dos pasos a ella, pero se detuvo porque no se fiaba de sí mismo.

–Llega tarde, Evangeline, pero sé que está cansada. Al menos ha venido.

–No llego tarde, su excelencia. Hasta Grayson ha agradecido mi puntualidad.

–Bueno, casi tarde –dijo él, sabiendo que se comportaba como un necio.

–Su excelencia –repuso ella, ignorándolo y haciendo una profunda reverencia a la duquesa viuda.

–¡Dios mío! –exclamó Marianne Clothilde–. Querido, tendrás que proteger a Evangeline. Está deslumbrante. Temo que los hombres pierdan la cabeza.

–Y estarán en su derecho. Fíjate en su escote, madre. Casi hasta la cintura. Hay demasiadas cosas a la vista. Dado que esta noche todos somos caballeros, procurarán no comérsela abiertamente con los ojos. Pero si alguno de ellos se pasa de la raya, lo derribaré junto a tu rosal.

–Le aseguro, su excelencia, que ningún caballero me echará más que una segunda ojeada. Soy viuda, no tengo dinero y no creo ser nada fuera de lo normal. –Se cubría los pechos con las manos. Había discutido con Dorrie y había salido perdiendo. Pero era cierto, ningún caballero se interesaría en ella.

El duque se acercó a ella.

–Si vuelve a decir algo así –le susurró al oído–, le daré una tunda. ¿Entendido?

Evangeline sonrió forzadamente y se obligó a bajar las manos.

–Entiendo sus palabras, pero no le entiendo a usted.

–No volverá a denigrarse a sí misma. Estoy seguro de que eso sí puede entenderlo. Me creerá cuando le digo que ese escote es demasiado pronunciado. Haga que Dorrie se lo suba cinco centímetros. No quiero que los hombres le miren los pechos.

–¿Por qué?

–Porque son míos –respondió él.

Ella casi se abalanzó sobre él, y el duque sonrió.

–Querido, ¿estás atormentando a Evangeline?

–Oh, no, madre. Solo le decía lo que esperaba de ella esta noche.

Marianne Clothilde frunció el entrecejo al oír risas y voces en el vestíbulo. ¿Qué había dicho su hijo a Evangeline? Seguramente algo bastante atrevido, porque Evangeline se había ruborizado. Maldita sea, ojalá pudiera preguntárselo y ruborizarse también. Por una vez lamentó que los invitados fueran tan puntuales.

¿Era eso lo que la duquesa entendía por una cena íntima? Evangeline miró alrededor de la enorme mesa de comedor a los veinticinco comensales que reían, elegantemente ataviados. Lady Pemberly la había saludado con afabilidad y acto seguido le había dicho que enseñaba demasiado, y el duque, que lo había oído por casualidad, frunció ferozmente el entrecejo. Y Felicia, que había estado dando golpecitos en el brazo de lord Pettigrew con su delicado abanico de marfil para llamar su atención, se volvió hacia ella y le dijo riendo que el duque merecía una reprimenda por haberla tenido tanto tiempo escondida en Chesleigh.

–Necesitaba estar en el campo –había respondido Evangeline, encogiéndose de hombros.

–Veo que ya no, madame.

Evangeline había sabido que iba a verlo allí, pero no se había dado cuenta de que ya había llegado, y que estaba justo detrás de ella. Se volvió despacio hacia el hombre al que mataría de buen grado y alzó la barbilla.

–Hola, sir John.

Él le hizo una reverencia.

–Permita que la acompañe al comedor, madame. Naturalmente, es un placer para todos que haya decidido abandonar el campo. Estoy seguro de que en Londres encontrará muchas actividades que la entretendrán. Tal vez podamos hablar de la ciudad y sus distracciones más tarde.

Era consciente de que el duque los observaba. Bajó la vista y caminó al lado de sir Edgerton hasta el comedor formal de Clarendon.

Con sorpresa vio que el duque esperaba junto a la silla que tenía a su derecha. Él mismo la apartó por ella, bajo la mirada de incomprensión del lacayo que por fin se contuvo y retrocedió un paso. John Edgerton la dejó allí, con las cejas ligeramente arqueadas, y ocupó su asiento a cierta distancia, gracias a Dios. El asiento a la derecha de ella estaba reservado para lord George Wallis, un caballero con patillas, militar jubilado que tenía la desconcertante costumbre, como ella no tardó en averiguar, de insertar extraños comentarios en cualquier conversación. Y odiaba con ardor a Napoleón. Sus dos hermanos habían muerto luchando contra el tirano francés.

Frente a ella estaba lady Jane Bellerman, la hija mayor de un conde, una joven encantadora vestida de raso y gasa rosa, que la estudiaba con detenimiento y frialdad. Ella mantuvo la cabeza baja y paseó por su plato un trocito de salmón.

Sirvieron plato tras plato. Los lacayos se mostraban solícitos. A Evangeline empezaba a dolerle la cabeza. Habló con lord George Wallis y escuchó sus interminables descripciones de cada batalla librada en la península.

–Esos malnacidos siguen entre nosotros –dijo, y bebió un sorbo de vino–. No se acabará hasta que ese bastardo esté muerto y bajo tierra.

–A mí también me gustaría verlo bajo tierra –dijo Evangeline.

–Sin duda está al corriente de que un amigo íntimo del duque fue asesinado, Robert Faraday. Pobre Robbie. Si el duque encuentra al asesino, el tipo morirá antes de que pueda suplicar por su vida miserable.

–Eso es cierto –dijo el duque.

–¿Qué es cierto, su excelencia? –preguntó lady Jane Bellerman en voz baja, llena de atractivo–. ¿Que le gusta bailar el vals? Seguro que se le ve muy apuesto cuando baila. ¿Es posible que me conceda uno más tarde?

–No habrá baile esta noche –respondió él con la mirada fija en Evangeline, que estaba tan pálida que parecía a punto de desmayarse sobre el caldo de ternera. Era de tanto hablar de Napoleón y de la muerte de su amigo. Debía de ser perturbador para una dama. Frunció el entrecejo.

Evangeline lo miró y alcanzó a ver la fría cólera en su mirada, gélida y dura. No, no estaba a punto de desmayarse. ¿Qué estaba ocurriendo?

Evangeline sabía que él le adivinaba fácilmente las intenciones. Borró la cólera de su cara, pero le resultaba difícil oír hablar de Napoleón. Miraba a Grayson, apostado como un guardia detrás de la gran silla de respaldo alto del duque, cuando oyó a lady Jane reír y se dio cuenta de que la miraba. Arqueó las cejas.

–¿Cómo dice? –preguntó sonriente.

–Le está hablando lady Jane, querida –informó lord George llevándose a la boca un buen trozo de la especialidad de la cocinera, pastel de carne de cerdo de Melton Mowbray. Mientras lo servían, le había dicho con un suspiro de placer: «Nadie falla cuando la cocinera prepara su maravilloso pastel de carne de cerdo».

–Le comentaba al duque que no parece estar divirtiéndose –dijo lady Jane cuando Evangeline la miró desde el otro lado de la mesa–. Es deprimente que un invitado parezca aburrirse tanto, ¿no cree, madame De la Valette?

–Tenía la cabeza en otra parte, lady Jane –se apresuró a justificarse Evangeline–, pero ya estoy con usted, en posición de firmes y lista para ser hechizada y con suerte responder de forma debidamente encantadora.

El duque sonrió.

–Su excelencia dice que ha llegado recientemente de Francia, madame.

–¡Oh, no! –exclamó George, mirándola como si la viera por primera vez y no le gustara lo que viera–. Pero si habla como una inglesa. No lo comprendo.

–Soy medio inglesa, lord George –explicó ella–. Me crié en Somerset. Es cierto que estuve casada con un francés, pero era leal a la corona. Odiaba a Napoleón, como yo.

–Le decía a su excelencia –dijo lady Jane– que ese tema de conversación no me parece muy apropiado para la mesa. Su excelencia seguramente tiene la impresión de que está usted deprimiendo a sus invitados.

Menuda boba, pensó Evangeline. Lord George enrojeció ante el insulto, y el duque bajó la cabeza. Ella sabía que quería reír y se estaba conteniendo con dificultad.

–Soy una pésima invitada –dijo y sonrió por encima de su copa de vino.

–Eso es cierto –replicó lady Jane, y añadió en voz muy baja–: Tal vez debería marcharse. Tal vez debería volver a Francia, donde sin duda se sentirá más a gusto.

Evangeline se encogió de hombros. Dejó el tenedor y volvió a sonreír a la dama, mostrándole todos sus dientes blancos.

–Si el duque lo desea, solo tiene que volverse hacia los demás comensales que lo divertirán más prestamente.

–No tardará en hacerlo –repuso lady Jane, y le dio unos golpecitos en la manga negra con sus dedos blancos. El duque le lanzó una mirada lánguida, sus ojos oscuros prometiendo placeres perversos.

Pero tales placeres perversos no estaban en su mente en ese momento. ¿Por qué demonios había sentado su madre a lady Jane a su izquierda? Naturalmente, ignoraba que ella no tenía ningún deseo de divertirse con lady Jane. Miró a Evangeline, sentada en silencio, con los ojos clavados en su pastel de carne de Melton Mowbray que se había enfriado en su plato.

–Supongo que se debe a su sangre inglesa –dijo lady Jane con voz angelical.

Evangeline ladeó la cabeza.

–Es muy posible –respondió.

–No es menuda ni morena como la mayoría de sus compatriotas.

Evangeline bajó la mirada hacia su pastel. Solo había probado un bocado. Ya no tenía aspecto apetecible. Hizo un gesto de negación cuando un lacayo le ofreció tartaleta de manzana.

–Lo que usted diga, lady Jane –se limitó a decir.

–En efecto –insistió lady Jane–. Parece que la mezcla de sangre en usted no ha dado buen resultado.

Evangeline se preguntó por qué esa dama, en ese momento en concreto, se veía obligada a recurrir a insultos tan ridículos para llamar la atención del duque.

–Es bastante sorprendente que sea usted quien lo diga, lady Jane –respondió con risa en la voz–. Yo también lo había notado, pero en usted, por lo rechoncho.

Lady Jane se quedó sin aliento y entornó los ojos con rabia.

–Es una lástima que sea usted viuda. A diferencia de los franceses, los ingleses rara vez se sienten atraídos por damas que ya han conocido el estado del matrimonio, salvo por obvias razones, naturalmente.

–Jane, ¿sabía que mi madre es más alta que Evangeline? –dijo el duque.

Lady Jane lo miró con aire desvalido.

«Oh, no –pensó Evangeline–, no me hagas compadecerte.»

–Ah, su excelencia, pero su madre se sale de lo común en todos los sentidos. Tenía que ser así para ser su madre.

¿Qué demonios quería decir con eso?, se preguntó el duque.

Por lo que se refería a lady Jane, se calmó. Ahora sentía hacia Evangeline no solo celos sino también odio.

–¿Sabe? –añadió Evangeline, como si supiera que había sido demasiado amable y generosa con ella–, no tengo necesidad de atraer la atención de ningún caballero inglés. Estoy en Inglaterra únicamente de visita. No ando en busca de otro marido. Verá, nada me repugna más que la idea de que un caballero me encuentre inaceptable por ser viuda. Si los caballeros ingleses son tan brutos, puede quedárselos todos.

Lady Jane, visiblemente satisfecha, sonrió al duque.

–Veo que mi madre está lista para acompañar a las damas al salón –dijo él.

–¿Señoras? –llamó Marianne Clothilde–. ¿Dejamos a los caballeros con su oporto?

«¿Cómo habían calculado el tiempo tan bien?», se preguntó Evangeline mientras dejaba que un lacayo le apartara la silla.

–El pastel de carne estaba delicioso –dijo a lord George.

No tuvo que preocuparse por nuevos ataques de lady Jane Bellerman porque, en cuanto las damas se hubieron acomodado en grupos en el salón, lady Pemberly y la charlatana Felicia reclamaron toda su atención.

Felicia habló de la cena, de cuánto había comido, describiendo con detalle cada plato. Lady Pemberly le dijo que si seguía comiendo como una lima, lord Pettigrew pronto miraría en otra dirección.

Evangeline, que apenas había probado bocado, cometió perjurio.

–La cena estaba deliciosa, y coincido con miss Storleigh, señora. Agradezco que las damas ya no tengan que llevar esas terribles ballenas.

Hablaba con Pauline, la vizcondesa Demster, cuando oyó la voz del duque:

–Disculpe, milady. Pero acaban de llegar unos amigos míos íntimos y debo presentarles a madame De la Valette.

Capítulo 26

Mientras el duque conducía a Evangeline a través del salón, lanzando una sonrisa allí y un cumplido allá, le dijo:

–Te declaro ganadora de esa justa.

Ella no comprendió de qué hablaba, y él se dio cuenta.

–Lady Jane –añadió, y sacudió la cabeza.

–Ah, esa pobre boba celosa. No la querría por esposa, su excelencia. Fíese de mí. Enseguida le aburriría. ¿Puede creer que se sintiera amenazada por mí?

Él la miró hipnotizado.

–Sorprendente, ¿verdad? Amenazada por usted, una verdadera arpía sin belleza alguna, ni ingenio, ni un atisbo de encanto ni una figura que turbe los pensamientos de un hombre.

–No es preciso exagerar tanto –replicó ella–. En fin, ¿quiénes son esos amigos que quiere presentarme?

Pensaba en John Edgerton. Tenía que hablar con él antes de que se marchara. Entraron en el amplio vestíbulo.

–Discúlpanos, Richard –dijo un apuesto caballero, dando un paso adelante. Miró a Evangeline–. Soy Phillip Mercerault, ya sabe, el vizconde de Derencourt. Y esta es mi esposa, Sabrina. Nuestra hija aún no se deja ver, pero mi esposa me asegura que goza de perfecta salud.

La joven, que tenía una bonita melena castaña recogida en lo alto de la cabeza, tocó el brazo de su marido y se echó a reír.

–Perdónele, señora. Me llamo Sabrina y es cierto que estoy encinta y que Phillip quiere que sea niña, pero yo estoy resuelta a que sea varón. Dios mío, siento que lleguemos tan tarde, pero han venido a vernos Rohan y Susannah Carrington. No han tenido tiempo de venir con nosotros y presentan sus excusas. Llegamos tarde, pero aquí estamos.

–Sí, los dos y un tercero –dijo el duque–. Esta es Evangeline de la Valette.

–Encantado –dijo Phillip, llevándose su mano a los labios–. Tengo entendido que está en estos momentos al cuidado de Edmund. Si Sabrina insiste en dar a luz un niño, me gustaría otro Edmund.

–Es el mejor de los niños –respondió Evangeline–. Regalé a Edmund una de esas pistolas de juguete y ha disparado a todos los pavos reales. Diseña estrategias con Bunyon para atraparme a mí, la salteadora de caminos, y ajusticiarme sumariamente. Dijo que sus regalos no eran nada comparados con la pistola.

–Pequeño ingrato –dijo Phillip entornando los ojos–. Le he hecho muchos regalos en el transcurso de los años, y va y me abandona con el primero que usted le hace. Richard, habla con tu hijo. Asegúrale que la lealtad a su sexo es lo único que salva a los hombres de sucumbir a los pies de las damas.

Evangeline reía cuando reparó en Sabrina, que lanzaba extrañas miradas a su marido.

–¡Cielos! –exclamó–, ¿qué está haciendo?

–Oh –respondió Sabrina–. ¿Se refiere a que estoy devorando a mi marido con los ojos?

–Exacto. ¿Cómo logra hacerlo exactamente?

–Es un secreto. Verá, la madre de Rohan Carrington, lady Charlotte, es la mujer más guapa del mundo y ha estado enseñándome a hacer ojitos para seducir a mi marido.

–Fascinante –dijo el duque–. Lo último que supe fue que lady Charlotte se había ido a Rusia con un bello ejemplar de hombre.

–No, Rusia fue el verano pasado. ¿O era Venecia? –dijo Phillip–. En fin, está en alguna parte. Se marchó la semana pasada. –Bajó la vista hacia su mujer y casi bizqueó–. Ha aprendido a seducirme de manera bastante efectiva. No sé exactamente qué le ha enseñado Charlotte, pero funciona. Es instantáneo.

–Pero no lleváis ni un año casados –repuso el duque–. Nunca he oído hablar de un hombre que necesite aliento en fechas tan tempranas.

Phillip se inclinó para susurrar algo al duque, solo que lo oyeron también las mujeres.

–No la desanimes, Richard. Se cree la Cleopatra de la seducción. Me gusta.

–Más te vale –dijo Sabrina.

Evangeline vio por el rabillo del ojo a John Edgerton en el umbral del salón, mirándola. Ella sonrió a los amigos del duque, a quienes probablemente no volvería a ver, y dijo:

–Excusadme. Debo hablar un momento con sir John. Ha sido un placer conocerles, milord, milady. –Y se alejó.

El duque la siguió con la mirada. La vio hablar con John Edgerton y como regresaban juntos al salón. ¿Qué demonios ocurría? Sintió cólera. ¿Sir John Edgerton?

–Pareces una más de la familia, querida –dijo Edgerton mientras la conducía al pequeño balcón de la biblioteca. Hacía mucho frío, y la luna llena brillaba sobre sus cabezas. Había una miríada de estrellas, pero a Evangeline no le interesaban–. Imagínate, dejar a los estimados vizcondes de Derencourt para acercarte a mí. El duque te desea. Debes de saberlo, todas las mujeres lo desean.

–Imagino que el duque me arrojará por una ventana con la misma prontitud –replicó ella.

–¿Me atrevo a pedirte una explicación? No, creo que no, tenemos muy poco tiempo. No quiero que el querido duque se vuelva receloso. Estás aquí en Londres. No te he dado permiso para abandonar Chesleigh. Dime por qué me has desobedecido. Será mejor que me satisfaga tu respuesta, Evangeline, o verás al pequeño Edmund enterrado con su pistola de juguete. –Rió al ver odio en sus ojos y, chasqueando los dedos, añadió–: El niño morirá así de fácil. Ni se te ocurra traicionarme.

A Evangeline le tembló la voz, tan furiosa estaba, y asustada.

–Escúcheme, bastardo, ya ha hecho estrangular a la señora Needle. Esa pobre mujer nunca hizo mal a nadie. Yo soy culpable de su muerte porque la mencioné por casualidad esa primera noche. ¡Maldita sea, la ha matado!

–Tú eres la única culpable, querida. Si no hubieras dicho nada, esa vieja arpía seguiría preparando sus asquerosas pócimas, pero hablaste y tomé medidas. Siempre tomo medidas cuando las considero necesarias. Y lo haré con la misma rapidez si alguna vez se te ocurre traicionarme. ¿Por qué has venido a Londres?

–He venido a Londres porque no soportaba quedarme en Chesleigh.

John Edgerton sacó una cajita de rapé del bolsillo de su chaleco y, con un movimiento experto del pulgar y el índice, abrió la tapa laqueada. Con exquisita precisión pellizcó un poco del aromático rapé y lo inhaló. Estornudó con delicadeza y cerró la tapa.

–Tienes buenos sentimientos, Evangeline. Eso me complace. Ahora no tendré que preocuparme de que cuentes tus secretos al duque, esperando que él te salve a ti y a tu padre. No puede, ni él ni nadie. No olvides a Edmund, Evangeline. Bien, dejaré que te quedes aquí.

–No puedo soportarlo –dijo ella temblando, tan asustada y desdichada que quería llorar y gritar al mismo tiempo–. Por favor, ya basta. Ya he hecho bastante. Déjeme ir.

–Cállate, Evangeline. Seguramente hay criados cerca que puedan oírnos. Si te calmas te diré que no voy a castigarte por haberme desobedecido. –Hizo una pausa, con la vista clavada en la cajita de rapé–. Da la casualidad de que hay un pequeño servicio que puedes hacerme aquí en Londres.

–No puedo –susurró ella–. Por favor, no. ¿Cómo voy a seguir haciendo esto para proteger a mi padre y a Edmund cuando usted está matando a personas inocentes?

–Te estás poniendo dramática e histérica. Cálmate y escúchame. Como seguramente te has enterado por lord Pettigrew y compañía, Napoleón llegará a París de un momento a otro. Todo se habrá solucionado pronto, muy pronto. Entonces volverás a ser libre, te lo prometo.

Ella no se había enterado de nada. ¿Habían soltado a Napoleón? Oh, Dios mío, no podía ser cierto.

–¿Cómo van a solucionarse las cosas cuando ese monstruo está otra vez suelto para matar y robar?

Sir John se encogió de hombros con indiferencia, pero en sus ojos había una excitación demencial.

–Ya lo veremos. Esta vez Napoleón vencerá y los aliados serán aplastados.

–¿Jura que pondrán en libertad a mi padre? ¿Me jura que Edmund estará a salvo? ¿Jura que no hará matar a más inocentes?

Él mintió sin escrúpulos, y Evangeline supo que mentía. Pero era como si la tapa de un ataúd se cerrara inexorablemente sobre ella. Se sentía impotente. Vio a sir John echar la cabeza hacia atrás y reír.

–Eres una cría. Sí, querida, te juro todo eso como el Lince, y créeme, él es un tipo de fiar.

–¿Qué quiere que haga? –preguntó con voz abatida.

John Edgerton sonrió y le dio unas palmaditas en el brazo.

–No, no digas nada ahora. Ya se te ocurrirá cómo hacer lo que te pido. –Le cogió los antebrazos y la atrajo bruscamente hacia sí–. Vaya, vaya. Tienes frío. ¿Por qué no me lo has dicho? Deja que te haga entrar en calor. Sí, déjame. –La besó en su fría boca, apretando con fuerza la lengua contra sus labios–. Hace tanto tiempo que te deseo... Déjame poseerte, Evangeline. Sí, entrégate a mí y yo mismo pondré en libertad a tu padre. Acude a mí esta noche. Sí, esta noche. Quiero acostarme contigo. Debo...

Ella lanzó su rodilla y le golpeó en la entrepierna. Él dejó caer las manos con un grito sofocado y se quedó mirándola.

–Te arrepentirás de esto... Ya lo creo.

–Bastardo repugnante. –Se apartó bruscamente–. Haré lo que me pida, pero no vuelva a tocarme.

En un instante había cruzado las puertas de la biblioteca, tan fría que se preguntó si no iba a resquebrajarse en mil pedazos. No podía soportarlo. Corrió al piso de arriba, a la bonita alcoba rosa, y cerró la puerta con llave. Se envolvió con todas las mantas que encontró y permaneció sentada largo rato, mirando al vacío.

–¿El Ministerio de la Guerra? ¿Para qué diablos quiere ir al ministerio?

Evangeline se limitó a sonreír y encogerse de hombros.

–Pensé que sería interesante. Es el centro del gobierno inglés. Tengo entendido que han puesto en libertad a Napoleón y se dispone a entrar en París. Me gustaría visitar el ministerio y sentir la excitación, la expectación.

–Es lo más extraño que le he oído decir.

–¿Lo es? Bueno, no tiene por qué acompañarme. Puedo llamar un coche de alquiler. No es ningún problema.

Él pareció querer abofetearla.

–¿Y cuándo quiere hacer tan emocionante salida?

–Esta tarde. Anoche se lo pedí a lord Pettigrew y me dijo que estaría encantado de recibirme. Y a usted también.

–Drew es excesivamente educado, maldita sea. Lo último que quiere es tener a una dama fisgando. Me proponía llevarla a Richmond. Dudo que lograra llegar al centro del laberinto, pero estaba dispuesto a dejarle intentarlo.

Evangeline se levantó de la mesa del desayuno y lo miró.

–Si va a estar de tan mal humor, prefiero la compañía de un lacayo. –Y arrojó la servilleta a su plato.

Él se levantó.

–Conténgase, niña. Debe saber que como su anfitrión y protector, no tengo elección. Por supuesto que la acompañaré. ¿Adónde va? Estamos hablando.

–Me voy a ver a Edmund. No tengo más que decirle, su excelencia.

Él jugueteó un instante con su servilleta.

–Ya he ido a verle yo. Ellen le estaba atiborrando de tostadas, Bunyon le soltaba un sermón sobre cómo debía comportarse un joven caballero cuando iba a Astley, y mi madre se ofrecía a que le disparara con su pistola. Al verme a mí, otro esclavo a sus pies, se ofreció a enseñarme a jugar al ajedrez.

–Pequeño impostor –dijo Evangeline riendo, y se le iluminó la cara–. Le he estado enseñando, ¿sabe? Ahora se cree un experto.

–Lo que necesita... –murmuró el duque, desplazando la mirada de su boca a sus senos, cubiertos esa mañana con un traje amarillo pálido– son hermanos.

Ella tragó saliva.

–Tal vez –dijo por fin–. Lady Jane podría ser adiestrada para proporcionárselos. ¿Qué le parece?

–Bueno –replicó él con una mirada traviesa–, nos aseguró a todos que era virgen. Eso debería inclinar algo la balanza.

Ella se exasperó y mordió el anzuelo que él le había arrojado.

–Pomposo y arrogante bastardo inglés.

Se irguió con los puños cerrados y vio que se reía de ella.

–Iré con usted a ver a Edmund y entre los dos le daremos una lección de ajedrez.

–¡Váyase al diablo! –exclamó Evangeline y, girando sobre los talones, salió pisando fuerte de la salita del desayuno.

La risa grave y melodiosa del duque la alcanzó, y tropezó con un lacayo.

Capítulo 27

Evangeline sostenía su ridículo contra el pecho. Dentro estaba el sobre que John Edgerton le había enviado esa mañana a través de un mensajero. No quería saber lo que había dentro, pero estaba terriblemente asustada.

Hacía tanto frío que veía su aliento convertido en vaho dentro del carruaje.

El duque se inclinó y le envolvió mejor las piernas con la manta.

–¿Puede creer que hace apenas unas semanas nos achicharrábamos bajo un sol de justicia?

El carruaje se detuvo y Juniper apareció en la ventanilla, todo sonrisas y astucia. Disfrutaba viéndose metido en todo, pensó el duque. Pero imaginaba que él también se preguntaba por qué diablos llevaba a una joven al Ministerio de la Guerra.

–No –dijo ella–. No puedo creerlo.

Se hallaba frente a un edificio de piedra gris ennegrecida por el hollín, severo y poco acogedor, que parecía necesitar una buena limpieza. Estaba rodeado por una alta verja de barrotes negros y parecía extrañamente silencioso. Dos de los guardias uniformados de su majestad los escudriñaban en silencio.

–Desde aquí se ve Westminster –dijo el duque señalando con un dedo enguantado.

–Qué maravilla –respondió Evangeline rápidamente e, ignorando la mirada de incredulidad del duque, se acercó con paso resuelto a la verja del ministerio.

El duque no tuvo necesidad de identificarse a los guardias. Las grandes puertas de hierro se abrieron inmediatamente de par en par.

–Su excelencia –saludó un guardia.

–Vigila los caballos, Juniper –ordenó el duque.

Subieron una docena de desgastados escalones de piedra hasta la enorme doble puerta. El guardia tiró de un pesado pomo de hierro e hizo una reverencia al duque.

–Su excelencia. El secretario de lord Pettigrew lo atenderá enseguida.

–Tiene usted todo el derecho de ser el hombre más engreído de Inglaterra –dijo Evangeline.

–Oh, no. El príncipe regente me deja muy atrás. Además, yo no hago caso. –La miró desconcertado–. ¿Preferiría que nos trataran mal y nos ignoraran?

–Desde luego que no. Es solo que todo el mundo lo trata como si fuera el príncipe regente.

–Todos los que están en el ajo se muestran muy educados conmigo, es cierto.

Evangeline se irguió. Las palabras susurradas por el duque retumbaron como un poderoso eco. Miró alrededor. El vestíbulo principal se elevaba cuatro pisos, cada uno cercado por barandillas de hierro forjado. En cada descansillo había guardias uniformados. Caballeros de todas las edades, vestidos en tonos sombríos, cruzaban el vestíbulo con resolución, deteniéndose brevemente al ver pasar a Evangeline. Todos saludaron al duque. Era desconcertante. A ella la ignoraban totalmente.

–A estas alturas debe de haberse convencido de que las damas no acostumbran honrar con su presencia este lugar –comentó el duque con naturalidad después de que un joven, con menos aplomo que los demás, casi diera un traspié al verla.

–Richard, Evangeline. Llegáis a la hora exacta. Bienvenidos a mi segundo hogar.

Lord Pettigrew salió del otro extremo del vestíbulo. A diferencia de los secretarios y oficinistas, iba con chaqueta beige y calzones marrón oscuro. Pese a su calurosa bienvenida, Evangeline notó que estaba agobiado. Sin duda su petición de visitar el ministerio le parecía frívola, y no le hacía mucha gracia que le robara su valioso tiempo. No le extrañaba. Lo miró, recordó lo que estaba haciendo y quiso morir, pero le sonrió de forma encantadora.

–Gracias por permitirme venir.

Él inclinó la cabeza.

–Nos ha llegado más información de París –dijo dirigiéndose al duque–. Si estás libre esta tarde, a varios de nosotros nos gustaría reunirnos contigo.

–Desde luego –respondió el duque–. Ahora hagamos un *tour* para madame Curiosidad. ¿Te tenemos por guía a ti o a uno de tus numerosos subordinados?

–¿El gran duque de Portsmouth escoltado por un secretario?

Lord Pettigrew los condujo a través de sombrías y severas salas de conferencias que apestaban a tabaco.

–Hace tanto que deseaba ver la cámara del lord diputado –dijo Evangeline mientras lord Pettigrew los conducía a esa antigua sala de roble que había presenciado innumerables discusiones sobre el futuro de Inglaterra.

Ella estaba a punto de gritar a lord Pettigrew cuando este por fin dijo:

–Solo queda mi despacho. No es nada impresionante.

Ella le dedicó su sonrisa más cautivadora.

–Oh, cuánto me gustaría ver exactamente dónde trabaja, Drew.

Por primera vez él pareció vacilar.

–Le prometo que entonces me daré por satisfecha y me marcharé. –Al ver que seguía vacilando, añadió–: Me atrevería a decir que es normal que las damas quieran ver dónde pasan el día los caballeros.

–Está bien, Evangeline –dijo lord Pettigrew, afable una vez más–. Sabe Dios las horas que hemos pasado aquí el duque y yo. Que yo sepa, mi Felicia nunca ha considerado siquiera poner sus delicados pies en este mausoleo.

Mientras los acompañaba al segundo piso, el duque y él hablaron del triunfal regreso de Napoleón.

–Llegará mañana a París, lo sé de la mejor fuente. Cuesta aceptar que los franceses le estén recibiendo de nuevo con los brazos abiertos. Ya va siendo hora de que los ingleses se den cuenta del peligro que este hombre representa para todos los países libres.

Ella dio un traspié.

«Napoleón pronto estará en las Tullerías, donde le corresponde estar.» Estaba ocurriendo, tal como habían anunciado Houchard y Edgerton. Por alguna razón, ella había alimentado la esperanza de que los franceses no querrían nada con Napoleón, que el ejército francés lo escoltaría rápidamente de vuelta a Elba. Houchard no habría vuelto a necesitarles, ni a ella ni a su padre.

–¿Evangeline?

–Es el calor, su excelencia –dijo ella con una voz tan apagada como la luz que trataba de entrar a través de las sucias claraboyas–. Estoy bien.

–Disculpe. ¿El calor, dice?

El duque la miró con los ojos entornados, viendo demasiado.

–Le disculpo –se limitó a decir ella, pero se dio cuenta de que lord Pettigrew se estaba excusando porque tenía el despacho muy desordenado. En todas partes había mapas y montañas de papeles que atiborraban cada superficie. En el fondo del despacho había un gran escritorio de caoba y dos hombres inclinados sobre él, estudiando varios mapas.

–Caballeros –dijo lord Pettigrew–, sean tan amables de esperarme en la antecámara. No tardaré.

Los dos miraron a Evangeline con una mezcla de admiración, impaciencia y condescendencia, recogieron varios papeles y salieron del despacho.

Ella se acercó a las ventanas del fondo del despacho. Hizo un comentario sobre la vista del Támesis que se veía a través de los paneles sin cortinas. Lord Pettigrew debió de responderle con una frase adecuada, pero ella no le prestaba atención, ni a él ni al duque. Miraba de reojo el segundo estante de la biblioteca del fondo de la habitación. No parecía que se utilizase mucho. Era allí, entre el tercer y cuarto volúmenes encuadernados, donde John Edgerton le había dado instrucciones de dejar el sobre. Se quedó junto a la ventana, respondiendo a lord Pettigrew cuando era apropiado y preguntándose si lograría dejar el maldito sobre en el estante.

–¿Se ha hartado ya de mirar? –preguntó el duque por fin.

Ella se volvió con una sonrisa radiante y le tendió una mano a lord Pettigrew.

–En efecto. Muchas gracias por su amabilidad. Sé que está muy ocupado y no quisiera robarle más de su valioso tiempo.

Evangeline se acercó despacio a la amplia puerta y dejó caer un guante al suelo.

–¡Dios mío! –exclamó al salir del despacho–. Se me ha caído un guante. Iré a buscarlo.

Antes de que lord Pettigrew pudiera encomendar a uno de sus asistentes la tarea, ella se había metido en su despacho. Con dedos temblorosos sacó de su ridículo el pequeño sobre y lo deslizó entre los gruesos tomos. Regresó agitando el guante en la mano.

–Lo siento. Ha sido un descuido, pero ya está arreglado. Me satisface haber visto dónde pasan los días los poderosos caballeros que protegen Inglaterra.

Habría continuado su absurdo discurso si el duque no la hubiera fulminado con la mirada.

Una vez en el carruaje, Evangeline dedicó unos momentos a acomodarse, dobló la manta sobre sus piernas, juntó sus manos enguantadas en el regazo y miró por la ventanilla.

–Ha sido una experiencia interesante –dijo él, mirándola con intensidad, pero ella no lo miró.

–Cielos, sí. Muy emocionante. He hecho realidad el sueño de mi niñez al ver...

–Cállese, Evangeline. –Él siguió estudiando su perfil, preguntándose qué tenía en la cabeza. Y añadió–: Espero con impaciencia el día en que por fin llegue a comprenderla.

Ella no respondió.

–Supongo que ahora le gustaría visitar la Cámara de los Comunes, ¿verdad?

Ella lo miró.

–No –respondió–, preferiría ir a Richmond. Quiero ver su famoso laberinto.

Capítulo 28

Evangeline estaba sentada en el asiento con cojines que había junto a la ventana del cuarto de Edmund, contemplando el parque envuelto en niebla al otro lado de la plaza. Llevaba casi una semana en Londres, tal vez la semana más larga de su vida. Cada vez que anunciaban una visita, sabía que sería Edgerton con nuevas instrucciones. Aún no había venido, pero sabía que no iba a soltarla ahora. ¿Qué había dentro del sobre que había dejado en la estantería de lord Pettigrew?

Edgerton y Houchard no se habían equivocado. Los periódicos no hablaban más que del regreso triunfante de Bonaparte a París, apoyado por el ejército francés. En boca de todos estaban los nombres de Wellington y Napoleón del mismo modo que se hablaba de la guerra, otra guerra sangrienta. Cada mañana en su alcoba Evangeline estudiaba el periódico, que le traía Grayson en cuanto el duque había terminado de leerlo, y buscaba cualquier información sobre la situación en París. Se sentía como suspendida en el tiempo, esperando ansiosa que ocurriera algo, temiendo sin embargo lo que más probabilidades tenía de ocurrir.

Al menos tenía a Edmund. El niño estaba arrodillado junto a la chimenea, ordenando de nuevo sus soldados de juguete, la mitad franceses, la otra mitad ingleses. Exhortaba a uno de los comandantes que cuidara de sus tropas. Ella sonrió. Apreciaba a Edmund más de lo que jamás podría confesarle. Imaginaba la cara que pondría él si le decía algo así, o lo abrazara más tiempo del que un niño consideraba necesario. Pasaba todo el tiempo con él. Al principio él se había mostrado receloso, pero cuando se dio cuenta de que no iba a tratar de atiborrarle la cabeza de conocimientos, rió y silbó, y afirmó que no trataría de capturarla y dispararle al menos durante otra semana. Ella se había sentido muy agradecida, juntando las manos sobre el pecho, y le había dado tantas veces las gracias que él había resoplado, pero luego la había sorprendido abrazándola antes de irse corriendo. Se había convertido en su niño, y no quería renunciar a él. No, no quería ni pensar en ello. No soportaba pensar en lo que iba a ocurrir en el futuro, en un futuro en el que ella era tachada de traidora... o ejecutada.

Pero Edmund tendría un futuro. Evangeline haría lo que fuera para asegurarle ese futuro. Cada día se parecía más a su padre. Cuando no estaba con ella, estaba con el duque, que salía a montar a caballo con él, lo llevaba a Tattershal a ver los caballos, o hasta el salón de boxeo Gentleman Jackson. Ella sabía todo lo que hacían porque cada noche Edmund le daba una extenso parte cuando iba a arroparlo.

Era como su padre en otro aspecto importante: él nunca la aburría. Edmund no se daba cuenta, seguramente se habría asustado de haberlo sabido, pero lo cierto era que él era su único consuelo. El día anterior sin ir más lejos él le había confiado que la prefería a Phillip Mercerault, un honor singular. Tal vez la prefería a Rohan Carrington, algo, le había asegurado, que no diría a la ligera.

–No falta tanto, Eve. Tú espera. Wellington lo matará. Se acercará a caballo a Napoleón y le clavará la espada en la garganta. Entonces podrás volver a estar contenta.

Dios mío.

Evangeline se levantó tambaleante del asiento junto a la ventana y se arrodilló al lado de Edmund en la gruesa alfombra. No podía permitir que llegara a tales conclusiones, aun cuando fueran alarmantemente correctas.

–¿Qué quieres decir, Edmund?

Pero Edmund volvía a estar concentrado en su batallón inglés. Enderezó una docena de bayonetas y volvió a un comandante hacia sus hombres, ahora en una hilera perfecta. Finalmente levantó la mirada hacia ella.

–Papá dijo que no te atormentara.

Dios mío. ¿Tan transparente era? Pero si ni siquiera había visto al padre de Edmund. Al menos solo lo había hecho en contadas ocasiones.

–Pero a mí me gusta que lo hagas –dijo–. ¿Dónde tienes la pistola? Creo que estoy preparada para emprender una huida grandiosa, y algún niño valiente tendrá que salir tras mí, una cruel bandida, y derribarme de un tiro de mi caballo. Oh, no habrás gastado toda la munición en los pavos reales, ¿verdad, Edmund?

Él la miró con una expresión demasiado juiciosa para su edad.

–Estás tratando de hacerme olvidar, de hacerme pensar en historias en lugar de lo que está pasando en realidad. Papá dijo...

–¿Qué dijo tu padre, Edmund?

El duque estaba en el umbral de la puerta, con los brazos cruzados. Debía de haber entrado hacía un momento.

Evangeline se dispuso a levantarse, pero el duque la detuvo con un ademán.

–No, Evangeline, no se mueva. Parece muy cómoda. Vamos, Edmund, ¿qué te dije?

Mientras hablaba, se acercó a ellos y se arrodilló.

Edmund frotó un cañón entre las manos.

–Estoy calentando la pólvora –dijo ante la ceja arqueada de su padre, y añadió–: Dijiste que ella no estaba contenta, que lo último que necesitaba era que la acosara como esa plaga de langostas a los egipcios. Le he dicho a Eve que Wellington machacará a Napoleón para siempre. Quería hacerle sonreír. Y lo ha hecho un poco, papá.

El duque la miró.

–¿Lo has conseguido? Pregúntale, Edmund.

El niño apuntó el caballo de un general más hacia la izquierda.

–Te pongo muy contenta, ¿verdad, Eve?

–Más contenta que un gato que acaba de caer de un salto en un cuenco de nata. ¿No te acuerdas? Anoche me contaste más de tu historia y no podía parar de reír.

–Es cierto, papá. Mi historia le gustó mucho, como a la abuela, que me dijo que era el mejor nieto que jamás había tenido.

–Eres su único nieto. La abuela se permitió una ironía.

–¿Ironía? –repitió Edmund–. Tendré que trabajar la ironía en mi historia. Tal vez puedas decirme qué significa cuando esté lista para utilizarla. ¿Quieres escuchar la historia, papá?

–Sí, esta noche te arroparé yo. Me la contarás y también me harás reír.

–Es muy listo, su excelencia. Vamos, Edmund, enseña a tu padre las estrategias que utilizarás para derrotar a Napoleón.

Ella se apartó del campo de batalla de Edmund mientras padre e hijo realineaban las posiciones de los soldados y movían la artillería, todo al son del parloteo excitado de Edmund.

–No ha estado mal ese disparo, Edmund. Sí, apunta el cañón del flanco más hacia la primera línea. Así. Excelente. ¡Fuego!

–¡Te he dado! –gritó Edmund–. ¡Te he dado en el vientre!

–Maldita sea, lo has hecho. Tendré que tener cuidado o arrasarás todo mi batallón. ¿Dónde ha oído la palabra vientre?

–Bunyon llama vientre a mi barriga. Dijo que tenía que tener cuidado con mis partes intermedias porque eran más tiernas que las otras. Mira, papá, Eve está riendo.

–Sí, hasta le brillan un poco los ojos. ¿Te gustaría llevar a tu abuela al Pantheon Bazaar?

Edmund se quedó casi sin habla de la emoción.

–Oh, sí, papá, ya lo creo que sí.

–Muy bien. Bunyon está fuera con tu abrigo y tus guantes. Y tu abuela sin duda te está esperando con alegría mal disimulada.

Edmund agarró a Evangeline por el cuello y le dio un beso en la mejilla, luego hizo una reverencia a su padre y salió dando brincos del cuarto. Ella oyó la voz de Bunyon en el corredor, pero no entendió lo que decía. Sin embargo, Edmund soltó otro grito.

Se volvió hacia el duque, enorme, lánguido e irresistiblemente atractivo tumbado en el suelo, rodeado de soldaditos y pistolas.

–¿Está al corriente su excelencia la duquesa del plan que le ha organizado?

–¿Cree que la he obligado porque quería tenerla a usted solo para mí? –Se puso en pie y, ofreciéndole una mano, la ayudó a levantarse.

Ella alzó la mirada, era imposible no hacerlo porque, sencillamente, él estaba allí y le producía un estimulante placer el mero hecho de mirarlo. Tragó saliva, tratando de retroceder un paso, pero él le sostenía las manos.

–Es cierto que quería tenerla solo para mí, pero si le soy sincero, fue idea de ella.

Le recorrió los brazos con sus manos hasta cerrar los dedos alrededor de su cuello y le levantó la barbilla con los pulgares.

–Creo que si no te beso ahora mismo me voy a volver loco –dijo e, inclinándose hacia ella le cubrió la boca con la suya.

Ella dejó escapar un débil suspiro. Quería apartarlo, en serio que quería, pero no tuvo fuerzas. Se apoyó en él y sintió cómo su entrepierna despertaba. Él la atrajo hacia sí y la hizo poner de puntillas para que se amoldara perfectamente a su cuerpo. Sintió el miembro tieso contra su vientre y supo lo que eso significaba, el deseo de ese hombre, y se sorprendió apretándose cada vez más contra él por el intenso placer que le producía. Él la besó más profundamente pero con cuidado, oh, sí, asegurándose de que no la asustaba.

¿Asustarla? Menuda tontería. En ella no había miedo, ni un ápice. Lo quería desnudo, lo quería tendido de espaldas y ella encima de él. Quería besarlo hasta hacerle jadear de placer. Quería desesperadamente tocarlo, acariciarlo, conocerlo a fondo, besarle de la cabeza a los pies. Pero por encima de todo quería decirle la verdad, contarle todo y...

Logró apartarse de él con un esfuerzo supremo. Él la soltó. Jadeaba, con los ojos tan ávidos que ella desvió la vista, porque imaginaba que era así como ella lo miraba a su vez. Excitada, al borde de la desesperación. Le dio la espalda y se quedó mirando la chimenea.

¿Qué podía decirle? ¿Qué podía hacer?

–No imagino a ninguna dama evitándole, su excelencia.

–Tengo un nombre de pila y lo sabes. Diría que cualquier dama que responde a mis besos como tú merece llamarme por él.

Puedes llamarme Saint John si no te gusta Richard. Mi padre me llamaba Saint John cuando quería esconderme, lo que ocurría pocas veces.

»Cuando no me estás evitando, Evangeline, tratas de distraerme. Tienes una lengua rápida. Pero, como ves, no puedes hacerme guardar las distancias. Te deseo. Te deseo más que ayer, más incluso que esta mañana. Debemos hacer algo al respecto.

Ella cerró los ojos. Él la deseaba. Bueno, y ella a él, y la palabra se quedaba corta. Más que desearlo, ella... no, no podía pensar en eso. Tenía que pensar con lógica. El duque era un hombre sumamente sensual, probablemente había tenido a muchas mujeres, de modo que era natural que la deseara a ella, una mujer razonablemente atractiva.

–Eres tú quien tiene la lengua rápida –dijo por fin.

–Me complace que lo pienses, sobre todo si te refieres a cuando la tengo dentro de tu boca.

Ella lo vio desnudo, saliendo del agua. Se sentía enloquecer. Empezaba a comprender muy bien la lujuria. Era algo sumamente frustrante. Quería gritar.

–¿No tienes ningún compromiso? –preguntó, tratando de mantener un tono frío y desinteresado, un tono impersonal que no significaba nada–. Seguro que tienes a un par de queridas esperándote.

–Tal vez –respondió él, y pensó en Morgana. Debía pagar el alquiler de su bonito apartamento al final del trimestre–. No importa. –Alzó las manos y con suavidad le acarició el cuello.

Ella no se movió, se limitó a mirar el fuego, pero el calor que sentía irradiaba de él, de pie detrás de ella.

–¿Qué te pasa, Evangeline? –susurro él contra su nuca–. ¿Me temes por alguna razón? ¿Temes que te seduzca y te deje? –Siguió acariciándola con sus recios dedos. La volvió despacio–. ¿Me temes?

–No –respondió ella–. Temo por ti.

–¿Qué quieres decir? –Una ceja negra se enarcó bruscamente.

Ella sacudió la cabeza.

–¿No vas a explicarme qué quieres decir?

Ella volvió a sacudir la cabeza y siguió callada. Sintió cómo la boca de él, ligera como una pluma, le rozaba los labios, y lo deseó al instante, aunque no estaba muy segura de todo lo que eso entrañaba. Sabía que él la penetraría, una sensación extraña sin duda, pero tenía que ser maravillosa, porque él lo era. Quería estrecharlo contra su pecho, que no hubiera ningún espacio entre ellos. Quería sentir su corazón latiendo contra el suyo. Quería que él le hiciera lo que quisiese, porque sabía que todo le haría sentir maravillosamente bien. Él estaba tan cerca de ella, y tan duro, y su olor, le encantaba su olor, el olor de su cuerpo, la delicadeza de sus dedos... Cerró los ojos y dejó que la besara hasta dejarla mareada.

–Tu difunto marido, que en gloria esté, era un auténtico zopenco –dijo él sin dejar de besarla.

Ella trató de apartarse, pero él la retuvo.

–No, André era un hombre maravilloso, ya te lo he dicho.

–Te estoy enseñando a besarme, Evangeline. Si no supiera nada, creería que soy el primer hombre que te toca, que te besa.

–André –dijo ella–. Él era mi marido.

Él volvió a besarla, y esta vez introdujo la lengua un poco más en su boca, cogiéndola por sorpresa. Ella dejó escapar un pequeño jadeo, pero él se apartó y la miró.

–Eres un misterio, Evangeline.

No lograba comprender qué era ella. Evangeline se disponía a decírselo, a pesar de... oh, no, Edgerton haría matar a Edmund. No, no podría soportarlo.

–Su excelencia, perdone la intrusión, pero está aquí su sastre. –Era Grayson, en el pasillo, hablando a través de la puerta cerrada.

El duque acercó la frente a la suya y exhaló despacio, dejando caer las manos.

–Gracias, Grayson –respondió sin levantar la cabeza–. Dile que enseguida bajo.

Se irguió por fin. Le arregló el pelo y le estiró el vestido, alisándolo.

–Listos. Nadie diría que has estado a punto de tumbarte en la alfombra y dejar que me saliese con la mía. –Se volvió y añadió por encima del hombro–: Debes decidir lo que quieres, Evangeline. Espero que tu querido y difunto André no siga reteniendo tu corazón y tus sentimientos.

No le dio ocasión de responderle y salió raudamente del cuarto de los niños.

Capítulo 29

–Edmund quería ejemplos de ironía, querido –dijo Marianne Clothilde a su hijo–. Pero no se me ha ocurrido ninguno. Me ha dicho que necesitaba ironía para su historia, para ti.

–Toda esta situación es un buen ejemplo de ironía –repuso el duque, preguntándose a dónde demonios se dirigía su vida.

–Es interesante que lo digas. Supongo que te das cuenta de que Edmund se lleva muy bien con Evangeline. Ella lo quiere mucho y él parece adorarla. Sí, es un buen arreglo. Pero es muy raro, querido –añadió tras beber un sorbo de té–. Ella se ha negado en redondo a asistir al baile de disfraces de Sanderson de esta noche, porque dice que no tiene disfraz adecuado. Cuando me he ofrecido a procurarle una máscara y un dominó, ha rehusado de pleno. Naturalmente no era mi intención hacerle sentir como una pariente pobre. Su orgullo en este caso está fuera de lugar. ¿Hablarás con ella? Está tan callada, casi nunca sale de casa, y ha perdido peso. No sé qué le pasa, querido, pero debes solucionarlo. Sé que lo pasaría bien en un baile, cualquiera lo haría. Te ocuparás de ello, ¿verdad? Hasta Grayson ha rumiado sobre ello, y eso es algo insólito. También le ha tomado mucho afecto.

El duque miró con ceño las brasas de la chimenea. Ella había guardado las distancias desde que él casi la había poseído en el cuarto de su hijo el día anterior. Se preguntó qué habría pasado si Grayson no hubiera llegado anunciando al sastre. Lo sabía muy bien, y casi gimió al pensar en penetrarla.

Ella lo deseaba, y mucho. Parecía que solo tenía que tocarla para que casi se abalanzara sobre él. Eso le encantaba, y al mismo tiempo sabía muy bien que no debía tocarla. Pero parecía incapaz de tener las manos quietas cuando estaba a solas con ella.

Le había dicho que tenían que resolverlo, y lo había dicho en serio. Solo que no estaba seguro de qué hacer, porque no la comprendía. Dijo más al fuego que siseaba débilmente que a su madre:

–Estoy para que me encierren en el manicomio.

–No –dijo Marianne Clothilde en voz muy baja–. Nunca te he visto en este estado antes, querido, pero es evidente, al menos para tu madre que te quiere y te conoce muy bien.

Él la miró atormentado.

–Ahórrame tus consejos o tus malditas observaciones maternales.

–Está bien. Me cruzaré de brazos y observaré cómo te quedas sin saber qué hacer, una experiencia desconocida para ti.

–He pasado por todo lo que es capaz de soportar un hombre –dijo él, y pateó las brasas con la puntera de la bota.

–Es cierto que hasta ahora lo has hecho, pero esto aún no lo conoces, solo crees conocerlo.

–Está bien, te saldrás con la tuya. Hablaré con Evangeline. Quiero que asista a ese maldito baile. Le diré que acepte el dominó y la máscara. No se negará.

Marianne se miró las manos blancas de dedos largos y esbeltos, como los de su hijo.

–¿Sabes?, tal vez convendría que consideraras utilizar un poco de astucia, solo una pizca de engaño, en lugar de ese enfoque autoritario que parece salirte con tanta naturalidad cuando se trata de Evangeline.

Él la miró con el entrecejo ferozmente fruncido.

–Hará lo que yo le diga. Si no, le...

–Como te decía, tal vez en este caso no te convenga adoptar esa actitud de amo y señor de la casa.

El duque golpeó la repisa de la chimenea con el puño y al instante esbozó una mueca de dolor.

–Tal vez tú misma consideres utilizar un poco de astucia. Me acusas de sostener las riendas demasiado cortas y luego amenazas con ahogarme. Tu sutileza deja mucho que desear.

Marianne Clothilde respondió con tono tan risueño que hizo

que el duque quisiera arrojar una de sus preciadas sillas por las ventanas, en concreto aquella en que ella estaba sentada.

–No diré una palabra más, querido. No quisiera que me consideraras una madre entrometida.

–¡Ja! Bien, te enviaré a Edmund, porque seguro que está con ella y quiero tratar este asunto sin que mi hijo esté presente.

Y salió a grandes zancadas del salón.

Tal como esperaba, Evangeline estaba con Edmund en el cuarto de los niños, los dos sentados con las piernas cruzadas frente a la chimenea, con las cabezas juntas, examinando unos dibujos de París.

–Y esta, Edmund –decía ella–, es la Bastilla. Cuando los franceses se quedaron sin comida, cuando vieron que no les quedaba esperanza, irrumpieron en la Bastilla, esta enorme y lúgubre prisión, y la tiraron abajo, piedra por piedra. Y así empezó la Revolución francesa en 1789.

Edmund parecía muy pensativo.

–¿Te parece que necesita alguna historia especial? –preguntó Evangeline.

–Sí –respondió Edmund–. Tal vez podría haber una niña encerrada en esa Bastilla porque se niega a comer la horrible comida que le prepara su madrastra, y un niño viene a rescatarla.

El duque carraspeó.

–¿Y quién sería ese niño, Edmund?

–Yo, papá, yo.

–Ya. Confío en que entonces le proporcionarías platos deliciosos.

–Sí. Pediría a la señora Dent que le preparara la comida. Y ella no tendría que volver a la Bastilla. Es una niña tan dulce que no quiero que le pase nada.

El duque sintió deseos de coger a su hijo en brazos y estrujarlo. A veces le asombraba que ese niño magnífico fuera fruto de su simiente. Era un hombre afortunado por tener semejante hijo. De pronto sintió un nudo en la garganta y oyó a su padre con claridad diciéndole que no había mejor hijo que él. Cerró un instante los ojos. Volvió a carraspear.

–Disculpe, Evangeline, pero la abuela de Edmund lo espera abajo. En lugar de una perversa madrastra haciéndole galletas incomestibles, creo que la cocinera le ha preparado tartaletas de limón, sus favoritas.

–¿Tartaletas de limón ácidas, papá, de las que te hacen saltar las lágrimas?

–Exacto –respondió el duque.

–¿Puedo ir, Eve?

–Dado que has logrado parecer un niño hambriento, no tengo más remedio que dejarte ir. Tal vez esta noche puedas hablarme más de esa niña que el niño rescata de la Bastilla.

–Pensaré en ello –respondió Edmund. Le dio un beso con toda naturalidad y salió del cuarto.

Ella sonrió al duque.

–Es tarde. Pierdo la noción del tiempo. Gracias por rescatarme.

–La verdad es que estoy encantado y aliviado de que no hayas salido dando saltos tras él.

–Las tartaletas de limón no me gustan particularmente.

–Pero habrías salido dando saltos para evitar quedarte a solas con su padre.

Ella alzó la barbilla.

–Ya le he dicho que no le tengo miedo.

–No, tienes miedo de ti misma, y temes por mí, lo que no tiene sentido, y te asusta lo que quieres hacer cuando estoy cerca de ti.

Eso era más que cierto, pensó ella.

–Está dejando ver su presunción, su excelencia –repuso con tono burlón.

–No pongas esa expresión tan recelosa. Estoy guardando las distancias. Voy a mostrarme firme sobre este asunto. Sería una soberana tontería si te tocara como hice ayer. Esta vez terminaríamos desnudos frente al fuego, y al menos una docena de personas podrían entrar y sorprendernos.

A ella se le dilataron los ojos. Parecía recelosa y al mismo tiempo excitada. Era como un afrodisíaco, su forma de mirarlo, embriagadora y casi irresistible. Retrocedió dos pasos. Le vio las ojeras. Había adelgazado, como había dicho su madre. Tenía muy mala cara. Su preocupación por ella hizo que su voz sonara áspera.

–He venido a arreglar las cosas, Evangeline.

–No sé a qué se refiere –replicó ella, pero sí lo sabía, y no tenía ni idea de qué iba a decir. ¿Quería convertirla en su querida? Después de todo, había estado casada y...

–¿Cuánto hace que eres institutriz de Edmund?

Levantó bruscamente la cabeza, sorprendida.

–Un momento, su excelencia. –Se miró los dedos, parpadeando. Él era un hombre de enorme atractivo y experiencia. La deseaba, pero eso no significaba mucho más que eso para él. Suspiró y sonrió forzado–. No es eso lo que soy. Tengo más de niñera que de institutriz. Con eso parezco muy culta. Soy más bien una compañera de Edmund, alguien que sabe algunas cosas, pero poco más. En pocas palabras, una niñera, una simple niñera.

–Me estás haciendo enfadar, Evangeline. Deja de rebajarte. Vamos, ya veo que vas a seguir poniendo objeciones. De todos modos, según mis cálculos, hace casi dos meses que eres responsable de Edmund y aún no has cobrado por tus servicios.

¿Sus servicios?

–No le comprendo, su excelencia. No solo me ha regalado todos los vestidos de Marissa, también me ha tratado como a una invitada de honor. Es mucho más de lo que merezco.

Él no le hizo caso.

–Deseo recompensarte por todos tus trabajos. –Sacó un billete del bolsillo de su chaleco–. Espero que cincuenta libras sea una cantidad adecuada por tus servicios hasta la fecha.

Evangeline se levantó despacio, demasiado atónita para discurrir una respuesta. ¿Pagarle por sus servicios?

–¿Cómo quiere pagarme como si fuera uno de sus criados? –replicó con voz áspera y grave–. Maldita sea. No quiero su dinero.

Se moría por acariciarla y los siguientes segundos se concentró en sacudirse los volantes de las mangas. Ella se había ruborizado hasta el pelo. ¿Por qué?, se preguntó él.

–Naturalmente que no eres uno de mis malditos criados. –Miró su blanco cuello y su pecho agitado, y dijo con frialdad–: Las cincuenta libras, como he dicho, son por los servicios prestados hasta la fecha, por la instrucción y la compañía que has dado a mi hijo. Las aceptarás con elegancia y a ser posible con el mismo espíritu con que se te ofrecen.

Ella lo miró desolada, más allá de la cólera que sentía hacia él. El duque ni siquiera se daba cuenta de lo que le estaba haciendo.

–No quiero su dinero –repitió. Se levantó despacio, con la repisa de la chimenea a la espalda–. ¿Por qué lo hace? ¿Para darme a entender qué quiere de mí? Maldita sea, ¿es así como paga a sus queridas?

Con ese insulto desarmó las buenas intenciones del duque. ¿Eso era lo que pensaba de él? ¿Que era un mujeriego y lo único que quería era su cuerpo? Sí, la deseaba, pero no solo eso.

–Difícilmente, madame. Pago a mis queridas por su belleza, encanto y habilidades. Y tú solo has exhibido el primero de los tres requisitos, y tal vez una pizca del segundo. Permite que me explique aún mejor, porque veo que te mueres de ganas de gritarme por algún otro supuesto desaire. Aceptarás las cincuenta libras o te juro que te daré una buena zurra en el trasero.

Ella se acercó un paso, agitando el puño hacia él.

–De modo que tengo belleza y un poco de encanto, ¿eh? Veo que no requiere cerebro de sus queridas. Típico de un hombre. Sus queridas se desmayan por usted y lo arrullan, y con eso se da por satisfecho, ¿no es así?

Él la observaba fascinado.

–Tal vez –dijo–. Pero hay algo más, sus habilidades. Eso viene después de los desmayos y los arrullos. A pesar de haber estado casada con el divino difunto André, no pareces haber cosechado gran experiencia. André era un zoquete, y salta a la vista que tú eras demasiado boba para darte cuenta. En pocas palabras, me las estoy viendo con una mujer torpe.

Ella miraba en busca de algo que arrojarle. El libro de grabados. Se agachó para cogerlo y se lo lanzó a la cabeza. Él lo cogió hábilmente al vuelo.

–Era de mi abuela. Te rogaría que cuidaras mis pertenencias.

–No soy una de sus criadas. No es mi amo y señor. No puede darme órdenes... Siento lo del libro de su abuela. No volveré a hacerlo.

–Puedo intentar darte órdenes, aunque no parece que consiga mucho con ello.

–Escuche, su excelencia –se envaró ella–. Coja sus insultos y su precioso dinero y váyase al cuerno.

Él se acercó a ella.

–Va a cerrar la boca y a escucharme, madame. Se está comportando como una bruja sin modales. Siempre piensa lo peor de todo lo que le digo. Si a veces le hablo con tono autoritario es porque se ha cerrado en banda y se niega a escucharme, y por tanto se lo merece. Si es una cuestión de orgullo, entonces su inteligencia es discutible.

Ella comprendió que él no había querido insultarla. La creía demasiado orgullosa. Sencillamente no comprendía. Lo sorprendió al ocultar la cara en su hombro y decirle, con voz amortiguada:

–Lo siento. Diga lo que tenga que decir.

Él le acariciaba la espalda, la estrechaba entre sus brazos, le besaba el pelo.

–Quiero que tengas tu propio dinero, ¿no lo entiendes? No quiero que sientas que no puedes hacer lo que te place porque tienes la bolsa vacía. No es más que eso. Solo quiero que seas feliz. –Sintió cómo los hombros de Evangeline se tensaban bajo sus manos, y susurró entre besos–: Hay algo que te preocupa, ¿verdad, Evangeline? No es solo que desconfías de mí y de ti misma. ¿Qué pasa? Deja que te ayude. Lo haré, ya lo sabes.

Esperó a que hablara, y al cabo de un momento supo que no iba a decir nada. Le dolió y le sorprendió descubrir cuánto le dolía.

–Tiene que ver con que temes por mí, ¿verdad? ¿Qué significa eso?

–No hay nada que me preocupe, su excelencia –replicó ella con tono formal–. Una vez le dije que no me gusta Londres. Parece que no me estoy desenvolviendo muy bien aquí. Eso es todo.

–Puedes marcharte de Londres cuando quieras. Solo tienes que decirme el día que deseas regresar a Chesleigh.

Era tonta, mil veces tonta, y sabía que él había visto en su cara la profunda aflicción. No había recibido nuevas instrucciones de John Edgerton, nada respecto a cuándo podía marcharse. Tenía que verlo, tenía que saber. Sacudió la cabeza y dijo con una voz que pareció desvanecerse en la nada:

–Sí, le avisaré, su excelencia.

–Quisiera que confiaras en mí –dijo él.

Ella guardó silencio.

–Está bien, tal vez pronto cambies de opinión. Bueno, ahora me gustaría que me acompañaras al baile de disfraces de los Sanderson esta noche.

–Pero no tengo... –Empezó a negar con la cabeza y finalmente apareció una sonrisa en sus labios–. Ahora lo entiendo. Las cincuenta libras. Su madre. –Suspiró–. Ha intentado engañarme, su excelencia. Ahora dispongo de dinero propio. ¿No es eso?

–Me has obligado a llegar a tales extremos. Me gustaría verte con un dominó carmesí y una máscara a juego. ¿Qué me dices?

–El color carmesí es bastante atrevido. Me encantaría.

–A mí también.

Capítulo 30

–Un baile de disfraces da licencia, desgraciadamente, para conductas no siempre agradables o circunspectas. En pocas palabras, hace que hombres y mujeres se olviden de toda urbanidad y se comporten como si fuera su última noche en este mundo. Tú permanecerás cerca de mí o de mi madre.

El carruaje se balanceaba suavemente por las calles adoquinadas. La luna iluminaba el interior lo suficiente para que los tres ocupantes se vieran con claridad.

Marianne Clothilde deseó que no hubiera luna. Estaba a punto de reírse del sermón sin precedentes que había soltado su hijo. Se limitó a volver la cabeza hacia un lado y esperar la respuesta de Evangeline, que no tardó en llegar.

–Creo, su excelencia, que semejante arenga sobre cómo debo comportarme, viniendo de usted, raya en lo increíble. No soy ninguna cría. Soy joven, es cierto, pero ya he estado casada. Sé lo que puedo hacer y lo que no puedo hacer. Soy una mujer adulta, viuda de André, que en paz descanse. Tengo cerebro y educación, una educación que llevo en la sangre. Ahora déjeme tranquila y aplíquese a sí mismo esos consejos mojigatos.

Marianne Clothilde dejó escapar una risita. Ninguno de los dos lo advirtió, gracias a Dios.

–Mi conducta no viene al caso –dijo el duque, montando en cólera como era previsible–. Tú nunca has estado en Londres. Estás en mi selva y aquí soy el rey. Comprendo las reglas, y conozco la forma de matar y los hábitos alimenticios de los demás animales. Tú en cambio no comprendes nada en absoluto. Harás lo que yo diga. No quiero que ninguno de nuestros amigos comente algo de ti con desaprobación. Te comportarás como corresponde, y eso significa que permanecerás pegada a mí. No te separarás de mi lado. Te protegeré y me encargaré de que no hagas ninguna tontería. Impediré que te veas en alguna situación embarazosa. Por tal me refiero a un joven demasiado entusiasmado, o no tan joven, de cualquier edad, un hombre seguramente borracho de cualquier edad que pretenda acariciarte, o incluso ir más allá.

–A ese joven demasiado entusiasmado o de cualquier edad, su excelencia, le daría una bofetada si intentara tal cosa. ¿O le haría avergonzar? ¿Alguna vez ha sido usted un joven demasiado entusiasmado, su excelencia?

–No. Nací con sutileza y elegancia. Nací con educación ya en la sangre. Nunca he acariciado a ninguna mujer que no quisiera ser acariciada.

La miró, y ella se echó hacia atrás ruborizada, atrapada en su propio enredo.

–Muy bien –respondió, y volvió la cabeza para mirar por la ventana–. Haré el papel de tímida virgen.

–De acuerdo –dijo él. Una tímida virgen. Dios mío, eso sonaba fatal.

Creyó oír a su madre hacer un ruidito.

–¿Estás bien? –preguntó.

Marianne Clothilde carraspeó.

–Naturalmente, querido. Me alegro de que ya estemos casi en casa de los Sanderson. Ha sido uno de los trayectos más largos de mi vida. La verdad, Evangeline, es que mi hijo tiene experiencia en toda clase de cosas. Sin duda sus consejos se proponen ayudarla, no provocarla.

–Si se refiere, su excelencia, a que el duque tiene experiencia en todas las perversidades que se conocen en esta selva de Londres, entiendo lo que quiere decir. Dios mío, perdone. No debería haber dicho eso. Es que me entran ganas de arrojarlo por la ventanilla del coche.

–No cabría –dijo el duque–. Y tú tampoco, a causa de tus... esto, bueno, tú tampoco.

–Lo sé. A mí también me entraban ganas de arrojar a su padre. Era un hombre tan encantador...

La dama suspiró y cerró los ojos.

–Este es el viaje más largo de toda mi vida –comentó el duque.

El resto del trayecto se redujo al golpeteo de los cascos y ninguna conversación. Cuando el carruaje se adentró por fin en el largo sendero de grava que conducía a la mansión Sanderson, Marianne Clothilde exclamó animada:

–Aquí estamos, dispuestos a divertirnos. Chicos, pasadlo bien y no discutáis más. Ahora que ya habéis vaciado toda la bilis que teníais dentro, no vais a reponerla, ¿verdad?

–Yo no tengo ninguna bilis –dijo el duque–. O nunca había tenido hasta que vino ella.

–Sí, querido. Siempre me sorprende lo bonitas que son todas esas luces. ¿No son encantadoras, Evangeline?

–Sí –dijo ella, pero miraba la cara sombría de él.

–¿Le gusta bailar el vals, su excelencia?

–Sí –respondió él.

–Es uno de los mejores bailarines de todo Londres –terció Marianne Clothilde.

–Usted es su madre. Debe decir esas cosas porque es su deber hacerlo.

–¿Realmente lo cree? No estoy tan segura. De ser más joven creo que me enamoraría de él, como hacen todas las damas.

–Espero que haya suficientes caballeros sobrios que bailen bien –dijo Evangeline.

Les llegaron los compases de un vals alemán, y ella los marcó con los pies en el suelo del carruaje. Se preguntó si estaría John Edgerton. Sabía que tenía que verlo, pero no quería, no esa noche. Esa noche quería divertirse un poco y olvidar por unas horas lo que había hecho y lo que era.

En lo alto de la escalinata de piedra, un mayordomo muy elegante con un brillante jubón de terciopelo rojo, una gorguera blanca y rígida, y unas calzas del siglo XVI, dijo:

–Bienvenido, su excelencia.

El duque se puso su máscara y Marianne Clothilde lo imitó. La de Evangeline ya estaba en su sitio. Allí nadie la conocía y podía hacer lo que quisiera. Sonrió al duque con picardía mientras le cogía del otro brazo. El mayordomo les acompañó hasta la amplia escalera, pasando por delante de docenas de invitados que reían, ataviados de forma extravagante. Por todas partes había lacayos vestidos como cortesanos de la corte de la reina Isabel. Deberían haber tenido un aspecto ridículo pero, en medio de atuendos tan atrevidos y relucientes, se les veía elegantes.

–Quiero que esta noche se divierta –dijo Marianne Clothilde a Evangeline cuando el duque se volvió para hablar con un amigo suyo–. Mi hijo se las da de amo y señor, lo que a mí me resulta divertido. Normalmente es todo lo contrario. Sí, diviértase, Evangeline.

–Es muy amable invitándome a hacerlo, su excelencia. Gracias. Creo que es imposible no hacerlo aquí –añadió, mirando alrededor–. ¿Cómo es posible bailar? Hay muchísima gente.

–Necesitarás una pareja con experiencia –dijo el duque cogiéndola de nuevo del brazo–. Me atrevería a decir que yo lo haré bastante bien.

–Aún no, querido –dijo Marianne Clothilde–. Aquí está lady Sanderson, vestida de matrona romana. Supongo que es ingenioso. ¿Cómo estás, Lucille? Qué velada tan deliciosa. Y cuántos invitados.

–Sí –respondió lady Sanderson–. Es muy agradable, ¿verdad? Veamos, ¿quién es la persona con una mano en el brazo de nuestro querido duque?

–Es madame De la Valette, Lucille. Una prima.

–¿Una prima? Ojalá pudiera verle la cara, querida. Espero que sea lo bastante encantadora para nuestro duque. Es tan simpático. Aunque cuesta presentarle a señoritas que sean de su agrado. Eres relativamente joven, ¿verdad? Él tiene el listón muy alto, ¿no es cierto? Tan caprichoso. ¿Cómo están Sabrina y Phillip, su excelencia? ¿Volvió a sentir sentimientos tiernos hacia ella cuando la vio casarse con uno de sus más viejos amigos? Está encinta, ¿sabe?

El duque, que estaba acostumbrado a la escasa delicadeza de Lucille y a sus interminables monólogos concebidos para consternar, divertir y escandalizar, se limitó a sonreír.

–Todo está en su sitio. Madame De la Valette es bastante joven y pasablemente bonita. No me traiga a debutantes charlatanas. Ahora, si nos disculpáis, madame y yo bailaremos un vals. ¿Cree que está lo bastante en forma, Evangeline? –añadió en voz baja.

–Estoy temblando, su excelencia, pero lo intentaré. Cielos, esa mujer es extraordinaria.

–Sí, y sabe lo que quiere.

–Siempre hay alguna nueva prima –oyeron decir a lady Sanderson–. Espero que no sea indigente como las anteriores.

–No le hagas caso –dijo el duque–. El dominó carmesí te favorece y te da un aspecto perverso, como querías. Me gustaría verte con el traje romano de lady Sanderson. Te caería de modo espléndido sobre los senos. –Eso debería quitarle de la cabeza a lady Sanderson, pensó él–. Baila conmigo, Evangeline.

–Oh, sí –dijo ella.

Entretanto, Marianne Clothilde miraba a su hijo y a la prima.

–Bailan muy bien el vals –dijo pensativa–. De hecho, hacen una pareja perfecta.

–Ella es muy alta.

–Él también lo es. Detesta que le dé tortícolis. Bien, Lucille, ¿crees que podrás conseguirme una pareja de baile adecuada?

El duque sujetó a Evangeline con fuerza por la cintura mientras evolucionaban entre el abigarrado grupo de bailarines.

–En honor a la verdad –dijo Evangeline, jadeando ligeramente después de haber dado varias vueltas a la pista–, baila usted muy bien.

–Bailar bien, como los buenos modales, lo llevo en la sangre.

–No va a dejar que lo olvide, ¿verdad?

–Probablemente si me distraes.

Le sonrió, y vio que a ella le brillaban los ojos detrás de la máscara. Atisbó una parte de la pista de baile relativamente despejada y le hizo dar vueltas en amplios círculos. Ella rió con ganas, casi tarareando de placer.

–¿Hay algo que no sepa hacer bien? –preguntó ella cuando él se detuvo.

–¿Un cumplido? No es posible.

–Perdone. Creo que sí era un cumplido. ¿Quiere que lo retire?

Él le rozó el pelo con la barbilla. Olía ligeramente a rosas.

–Hay bastantes cosas que me gustaría hacer mejor.

–¿Por ejemplo?

–¿Ah, un ejemplo? Está bien. Cuando me pones furioso, me gustaría ser capaz de contener mi cólera. Pero el caso es que cuando te tengo cerca, te tomo en mis brazos y olvido que quiero estrangularte. Quiero desnudarte y tenderte debajo de mí, y besarte hasta cortarte la respiración, y entonces...

–Ese ejemplo ha sido demasiado detallado. ¿No es capaz de mantener alguna clase de equilibrio?

–Eso es cierto. Ha tenido algún efecto en ti porque me has pisado al menos tres veces desde que entré en detalles. ¿Sabes que hasta me conformaría con tenderme a tu lado y mirarte durante mucho rato, sin siquiera besarte o examinar cada palmo de ti, no, solo mirarte. Oh, eres una bailarina excelente. No estás a mi nivel, pero con la práctica me igualarás.

Pero ella solo tenía en la mente una imagen de sí misma tendida desnuda y él encima de ella, mirándola, pero intercalados con esas miradas había besos. Tragó saliva y sonrió.

–¿Sabe, su excelencia?, cuando se haya hartado de mirarme, me gustaría mirarle a usted, durante mucho tiempo, tal vez hasta que esté vieja y marchita.

Él no pudo apartar los ojos de esa mujer que acababa de derribarlo y le había excitado tanto que creyó que iba a derramar su simiente allí mismo. La orquesta terminó el vals; como los dos estaban sin aliento, se quedaron donde estaban, mirándose, hasta que el duque cayó en la cuenta de que había risas a su alrededor, dirigidas a ellos. Cielo santo, se había quedado totalmente ensimismado. Y Evangeline jadeaba tanto como él. Eso le excitó aún más y siguió temiendo derramar su simiente allí mismo. No se apartó de ella ni dijo nada.

–Allí está lady Jane Bellerman –dijo Evangeline– y viene hacia nosotros. Sabía que era demasiado bonito para que durara. Hasta se ha quitado la máscara.

El duque miró a la joven que se acercaba con alarmante determinación.

–Un disfraz de pastora. Gracias a Dios no lleva cayado. Seguramente te golpearía con él.

–Creo que está encantadora –dijo Evangeline, deseando que se fuera al infierno–. Supongo que tendrá que bailar con ella.

–¿Te subirás por las paredes si lo hago?

–Su presunción vuelve a emerger, su excelencia. Veo que ya hay una larga fila de damas haciendo cola por usted. Sí, a juzgar por la mirada de lady Jane, le gustaría tirarme por el balcón.

–Es muy posible, pero tranquila, yo te protegeré. En fin, ¿dónde está esa cola de damas? No, no me pegues. No es lo adecuado en mitad de un salón de baile donde hay mucha gente observando cada uno de nuestros movimientos. Sí, cumpliré con mi deber con lady Jane. En cuanto a ti, no bailes más de una vez con nadie.

–¿Por qué no? Pensaba volver a bailar con usted.

–Por Dios, Evangeline. Porque daría que hablar innecesariamente, por eso.

–¿Quiere decir que no volverá a bailar conmigo?

–Eso es diferente. Tú eres mi prima. Es mi deber atenderte. Ah, lady Jane, la encantadora pastora virgen, ya está casi con nosotros.

–No sabía que todas las pastoras eran vírgenes.

–Solo las más valiosas. Debo irme, Evangeline. No te alejes demasiado. Ah, ¿será posible que por una vez yo tenga la última palabra?

–Es mi patrón –dijo ella con voz muy dulce– y me paga muy generosamente por mis servicios.

–Tal vez –dijo él acariciándose la barbilla con sus largos dedos, dedos que se morían por acariciarla, acariciar cualquier parte de su cuerpo–. Enmendaré los fallos de tu padre. Nunca te dio una zurra, ¿verdad? Creo que no. Quizá pronto recibirás una sobre mis rodillas, con ese bonito trasero blanco y suave bajo mi mano. Debo atender a lady Jane.

Se alejó sin volver la vista, el muy condenado.

Al menos paró el avance de la joven dama a unos buenos dos metros de Evangeline, que se lo agradeció. Y una vez más imaginó con nitidez todo lo que él había dicho.

La orquesta interpretó otro vals y se vio empujada hacia el grupo de bailarines por un caballero de la Mesa Redonda diez centímetros más bajo que ella. Vio a la duquesa viuda bailar con un filósofo griego entrado en años, lord Harvey, según le informó el caballero entre hipos por los que continuamente se disculpaba. Vio al duque bailar con lady Jane. Se reía de algo que ella había dicho. Evangeline no recordaba haber oído una sola cosa inteligente de boca de lady Jane en la cena de la duquesa.

Su siguiente pareja fue un puritano, solo que este no estaba dispuesto a negar la carne y ella tuvo que propinarle una discreta patada en la espinilla. Lo siguió un caballero con armadura que se veía pesado e incómodo.

Entre baile y baile tenía el tiempo justo para recuperar el aliento y atisbar una sonrisa de aprobación de la duquesa. Y observar al duque, que no volvió a acercarse a ella. Bailaba cada vez con una joven distinta y no se saltaba ni un baile.

Pero ¿no había mencionado su deber para con su prima? ¿Por qué no se acercaba a ella? Pero no, el virtuoso zoquete estaba demasiado ocupado con sus pastoras inglesas, ninfas atolondradas, hasta una diosa con gruesas cintas doradas que se entrecruzaban y separaban la delicada tela blanca que le cubría los pechos.

Cuando un caballero francés del siglo XVIII le dijo que era medianoche, se quedó sorprendida. Al ver que él quería quitarle la máscara, ella se apresuró a decir:

–Oh, no. La duquesa me está llamando. Adiós, señor.

Y huyó.

Salió a hurtadillas por una de las puertas que daban al balcón. Era una noche gélida y la brillante luna iluminaba los bonitos jardines. Se acercó a la barandilla de hierro, todavía acalorada de tanto bailar.

–Hola, madame De la Valette. Me alegro de que haya logrado librarse de todos esos caballeros y de encontrarla aquí.

Ella se volvió y se encontró con un hombre alto y esbelto, con un dominó y una máscara grises. Esa voz le resultaba familiar. Recordó la advertencia del duque y retrocedió hasta chocar contra la barandilla.

–Sabe mi nombre –dijo ella mirándolo con detenimiento.

No parecía borracho. Tal vez solo quería tomar un poco de aire fresco y disfrutar de un momento de tranquilidad. No, no creyó eso ni por un instante.

–Es medianoche –dijo él y, llevándose los dedos enguantados a la máscara, se la desató.

Evangeline se quedó mirándolo y reparó en el lunar de la mejilla. Era Conan DeWitt, el hombre que había conocido en la vieja iglesia normanda de Chitterly.

Capítulo 31

–No te sorprendas tanto, Águila. Estoy muy bien reconocido en sociedad. Tú también lo estás, naturalmente, dado tu parentesco con el duque. Casi había renunciado a hablar contigo. Has estado muy solicitada.

–¿Qué quieres, DeWitt?

–Recuerdas mi nombre, ¿eh?

–Recuerdo el nombre de todos los traidores que he visto. ¿Qué quieres?

Él dio un paso hacia ella.

–No me hagas enfadar. Creo que eres peligrosa para nosotros, por mucho que diga Edgerton. Me ha asegurado que te tiene tan agarrada que nunca nos fallarás, por patéticos que sean tus intentos de escapar de nosotros, o pese a tu tierna virtud. Acabemos con esto de una vez. Lince me ha pedido que venga aquí. Él no podía venir, aunque sé que tenía muchos deseos de verte. Aquí tienes el mensaje que te envía.

Le entregó un sobre.

Evangeline lo guardó rápidamente en su ridículo.

–¿Y la carta de mi padre?

–Está dentro del sobre. –La miró con más detenimiento–. Sigo desconfiando de ti por mucho control que diga Edgerton que ejerce sobre ti. Yo maté a esa estúpida anciana que no importaba a nadie, y sin embargo tú te derrumbaste.

–A mí me importaba, DeWitt. Dile a Edgerton que me deje en libertad.

–Te gustaría, ¿verdad? No, aún no te verás libre de nada. Nuestro emperador está en París. Pronto habrá destruido los ejércitos aliados y estará gobernando de nuevo. Esta vez su nombre y su dinastía se prolongarán en el futuro. Cuando eso ocurra, y no antes, serás libre.

–Napoleón nunca volverá a detentar el poder –replicó ella–. Lo único que tiene es un país lleno de locos, y si hay otra guerra, lo derrotarán.

A él le tembló la mano al sacar de su chaleco una cajita esmaltada de rapé y abrirla.

–No me gustas, Águila –dijo con voz baja al tiempo que inhalaba un pellizco de rapé–. Las mujeres de vez en cuando son útiles, pero yo las utilizo de forma distinta que Houchard. Creo que Edgerton ha permitido que su lujuria por ti lo ciegue. Eres peligrosa. Edgerton me dijo que si te negabas a continuar, debía recordarte dos muertes y no solo una. Veo en tu cara que la advertencia es efectiva.

La sujetó por los brazos y la atrajo hacia él. Ella se asustó tanto que casi se mordió la lengua.

–Suéltame.

–Oh, no, aún no. Me gustaría apoyarte en la barandilla y poseerte aquí mismo. Me gustaría descubrir qué tiene tan cautivado a Edgerton, porque sin duda le has dejado que se acueste contigo, ¿no? Y el duque probablemente también te ha poseído. ¿Por qué yo no?

–Estúpido. Hace mucho frío aquí fuera. –Y le escupió en la cara.

Él siguió sujetándole la muñeca izquierda y le soltó la derecha. Sacó de su chaleco un pañuelo y se secó la cara.

–Esto te costará caro –masculló–. Tengo fama de hombre apuesto y buen amante. Es ese maldito duque, ¿verdad? Es rico y tiene un título, y eso es todo lo que quieren las rameras como tú. Eso me haría más aceptable, ¿verdad? No, no intentes darme una patada o te arrojaré por esta barandilla. Me trae sin cuidado que no cumplas tu siguiente misión. Encontrarán la carta en tu ridículo y todos sabrán que eres una traidora.

–Lo único que te haría aceptable para mí sería verte colgado de una soga.

–Bruja, te...

–Evangeline.

Conan DeWitt dejó caer las manos y retrocedió un paso. Evangeline levantó la vista y vio al duque salir al balcón. Apretó el ridículo contra el pecho y rodeó rápidamente a DeWitt.

–Su excelencia –dijo.

El duque miró a Conan DeWitt y luego a Evangeline, que estaba tan pálida como la luna, y montó en cólera.

–DeWitt –dijo con voz serena y seca–, ¿puedo preguntarle qué está haciendo aquí con mi prima? Hace mucho frío.

Conoce a DeWitt, pensó ella, y dio otro paso hacia el duque.

–Sí. Hablábamos de lo variable que es el tiempo en Inglaterra. Solo le decía a madame que iba a pillar un resfriado si se quedaba mucho rato aquí fuera. La he visto salir y quería conocerla. Me ha hecho saber amablemente sus opiniones sobre Inglaterra y los ingleses. Pero ahora hasta yo siento el frío en los huesos. Su excelencia, madame.

Inclinó la cabeza hacia los dos y se marchó.

El duque tuvo el impulso de detenerlo, pero se contuvo. Evangeline parecía a punto de desmayarse, tan pálida estaba. La había visto dejar la pista de baile y salir al balcón. Había visto a un hombre con dominó y máscara grises seguirla. Había ido tras ella en cuanto logró escapar de lady Winthrop, que llevaba tratando de llevárselo a la cama desde que su mejor amiga había apostado que nunca lo conseguiría.

Esa maldita palidez. Parecía como si acabaran de destruirla, de aplastarla. La atrajo hacia sí, como había hecho Conan DeWitt.

–¿Te ha insultado? –preguntó con voz afectuosa y los labios contra su frente–. ¿Qué te ha dicho?

Ella sintió la cólera de él latiendo. Todo él temblaba. ¿Estaba enfadado? Sacudió la cabeza contra su hombro.

–No me ha dicho nada. Solo quería seducirme. –Y, temiendo que saliera tras DeWitt, añadió–: Me he ocupado de él, su excelencia. –Sintió cómo él se tensaba como la cuerda de un arco–. No, por favor, tenía usted razón acerca de las fiestas como esta. Al menos media docena de caballeros han tratado de seducirme. No tiene ningún secreto después de los tres primeros. DeWitt es un hombre horrible, pero le habría arrojado por la barandilla si hubiera intentado algo. ¿Quién es? ¿De qué lo conoce?

–No lleva mucho en Londres. Lo conocí a través de Drew. Creo que es el secretario de lord Hampton, del Lake District. Está involucrado en todas las maniobras políticas de su señoría. Dime, ¿por qué has salido aquí sola?

Trató de apartarse, pero ella no quiso soltarlo. Permaneció pegada a él, sujetándole las solapas con los puños cerrados.

–Quería estar a solas un momento, eso es todo. Le vi bailar con todas las damas de la fiesta. Solo ha bailado una vez conmigo. Por favor, ¿podemos irnos ahora?

¿Qué diablos estaba ocurriendo?, quiso gritarle él. Pero sabía que no conseguiría nada.

–Está bien. Pero tendrás que soltarme.

–No quiero, pero lo haré. –Lo soltó, pero apoyó las manos contra su pecho–. Gracias –añadió mirándolo–. Gracias por salir a buscarme.

Ella lo desarmó y tuvo que sacudir la cabeza.

–Maldita sea. He venido para darte una paliza por ser tan estúpida de salir sola. Cuando vi que DeWitt te seguía, casi lancé a mi pareja al cuenco de ponche.

Esbozó una sonrisa en la que seguía habiendo una pizca de cólera, y ella la vio claramente, puesto que lo conocía muy bien. Pero él no había gritado, ni despotricado, ni corrido tras DeWitt para pegarle, gracias a Dios.

–Gracias –volvió a decir. Y se apartó de él, apretando el ridículo contra el pecho.

–DeWitt tiene fama de poco agradable. Al parecer le gusta herir a las mujeres. Le gusta tenerlas a su merced, tanto en la cama como fuera de ella. Sin duda ha hecho mal en seguirte, ¿no?

–Le he escupido –dijo ella, sintiéndose todavía tan asustada y culpable que solo quería tumbarse en el suelo y dejar que el frío le congelara el alma.

–¿Qué habrías hecho si no hubiera funcionado?

–Le habría dado una patada en la entrepierna. Mi padre me dijo que es una medida extrema para detener a un hombre.

–Estoy seguro de que surtiría efecto. Ahora, si me disculpas, voy a hablar con DeWitt para darle una pequeña lección que tal vez mejore sus maneras y su juicio.

Ella lo aferró del brazo con fuerza.

–¡No!

Una ceja negra se arqueó.

–No –repitió ella–. Por favor, no se acerque a él. No es hombre de honor como usted. Lo sé. Es la clase de hombre que le sonreiría a la cara y le clavaría un puñal en la espalda en cuanto se diera la vuelta. Por favor, olvídelo. –Parecía consternada, hasta aterrada. ¿Por qué temía por él? Volvió a sentirse desarmado, y furioso–. Por favor –repitió ella–. Quiero irme a casa. No vaya tras él, se lo ruego. No es honrado ni bueno como usted. Es un animal.

El duque la cogió del brazo.

–Iré a buscar a mi madre y nos iremos.

Ella rió.

–Si en estos momentos tuviera usted un alfanje, la imagen sería perfecta. Cielos, estoy riendo en lugar de temblar.

–¿Qué maldita imagen?

–Parecía un pirata con la luna detrás.

Él gruñó.

–Si fuera un pirata, haría bien en hacerla azotar. Ninguna mujer me ha hecho verme a mí mismo como lo has hecho tú. Vamos.

Cuando una hora después él se detuvo en la puerta de su alcoba, ella preguntó:

–¿Se acuerda de su promesa?

–¿Cuál?

–Que podría regresar a Chesleigh cuando quisiera.

–Sí.

–Quiero volver a Chesleigh mañana.

Él guardó un largo silencio.

–¿Podrías decirme qué está pasando? –dijo por fin.

–Quiero volver a Chesleigh.

–¿Por qué? –preguntó él con suavidad–. Dime por qué quieres marcharte.

Él parpadeó sorprendido cuando ella preguntó de repente:

–¿Qué va a ocurrir ahora que Napoleón está de nuevo en el poder?

El duque negó con la cabeza.

–Napoleón es un hombre que necesita gobernar, no solo una ciudad o un país. Necesita tenerlo todo. Nunca se detendrá, nunca. Habrá guerra, nada más podrá detenerlo. Wellington se encuentra en estos momentos en Bruselas con el príncipe de Orange. Desde hace más de un mes. Será sangriento, pero yo no soy un catastrofista como muchos de nuestros compatriotas. El hecho es que Napoleón diezmó a su ejército en su imprudente invasión de Rusia hace dos años, y ahora tiene a jóvenes inexpertos en sus filas. Wellington ganará, sin duda.

–Yo también sé que lo hará. Gracias –dijo ella sin mirarlo–. Me marcharé por la mañana. Con Edmund, si lo desea. No es preciso que nos escolte de vuelta a Chesleigh.

–No seas boba. Estás bajo mi protección. Por supuesto que te llevaré de vuelta a Chesleigh.

Parecía a punto de discutir, pero se limitó a sacudir la cabeza.

–Gracias –volvió a decir. Se volvió y entró en su alcoba, cerrando la puerta silenciosamente.

Él se quedó mirando la maldita puerta. Ella estaba al otro lado. Todo lo que tenía que hacer era entrar. Y si lo hacía, le haría el amor, probablemente harían el amor hasta quedar inconscientes. Puso una mano en el pomo pero al punto la retiró.

La vería a la mañana siguiente. Tenía previsto verla cada día durante el resto de su vida. Pero antes tenía que averiguar qué le ocultaba ella. ¿Qué ocurría? Se encogió de hombros. Averiguaría todo lo que quería saber sobre ella. El problema era probablemente tan insignificante como engorroso, y él lo solucionaría. Aun cuando fuera más que insignificante, lo solucionaría. ¿No le decía siempre su hijo que era el padre más fuerte del mundo, además del más listo?

Silbaba cuando se encaminó a su cámara.

–No tiene por qué volver con nosotros, su excelencia. Sin duda tiene muchas cosas interesantes que hacer aquí.

Él le sonrió lánguidamente.

–No, esta vez no. He decidido que necesitas que mi mano te guíe, Evangeline. He comprobado que, en cuanto te pierdo de vista, te quedas confundida y casi te dejas seducir, y cuando acudo a rescatarte no quieres soltarme.

Ella no había dormido bien, había soñado que Edgerton se colaba en la cámara de Edmund dispuesto a matarlo. Solo quería marcharse de Londres.

–No pienso morder el anzuelo –replicó ella, y él no insistió. Evangeline no tenía muy buena cara.

–Mi hijo cuidará de los dos, Evangeline –dijo Marianne Clothilde sosteniendo a Edmund contra su costado–. Déjelo todo en sus manos. Parece cansada, querida. Pida a Edmund que le deje dormir. Tal vez sea lo bastante bueno para hacerle caso.

–Si me promete que traerá el buen tiempo, abuela, le dejaré que se eche una siestecita.

–Eres un santo –dijo Marianne Clothilde, y besó a su nieto–. Imagino que Evangeline sabrá entendérselas con algo tan sencillo como el tiempo de Inglaterra.

–Claro que sí –dijo Edmund.

Marianne Clothilde volvió a besarlo.

–Gracias por su amabilidad, su excelencia –dijo Evangeline–. Espero volverla a ver.

–Oh, lo harás, descuida. Me agradas y vamos a vernos mucho en el futuro. Querido, ¿puedo hablar un momento contigo?

En cuanto Evangeline se hubo llevado a Edmund del salón, Marianne Clothilde dijo:

–Te deseo suerte. Algo no va bien. Marcharse así, repentinamente, no es normal. No tengo ni idea de qué ocurre. ¿Y tú?

–Aún no. Pero lo averiguaré.

–Me alegro de que Edmund le haya tomado tanto afecto. Supongo que no utilizarías a tu hijo como señuelo, ¿verdad?

Su apuesto hijo, tan seguro de sí mismo y a veces arrogante, arqueó una ceja.

–Maldita sea, madre, ¿crees que tendré que rebajarme tanto?

–Es posible. Evangeline es una joven muy obstinada.

Él fue a decir que Evangeline haría lo que él ordenara pero comprendió que, si lo decía, su madre seguramente se reiría. Incluso él se reiría de sí mismo.

–Hasta utilizaría a Bunyon, si eso sirviera de algo –admitió.

–Es una lástima que ella fuera una niña cuando tu padre quiso que te casaras –dijo Marianne Clothilde, volviéndose hacia el retrato del difunto duque–. Las cosas habrían salido de otra manera si Evangeline hubiera tenido la edad de Marissa.

–Papá solía decirme que si miraba siempre hacia delante y no lloriqueaba por el pasado, sino que corregía mis errores, todo saldría bien y sería un hombre mejor. –Rodeó a su madre con un brazo y la estrechó con fuerza–. Le echo de menos, tanto como tú. ¿Sabes que tenía razón? ¿Sabes que creo que un viudo y una viuda hacen muy buena pareja?

–Creo –dijo Marianne Clothilde– que tú y tu padre sois dos de los mejores hombres que han poblado la tierra. Le quise con todo mi corazón. Y no espero menos de Evangeline.

Capítulo 32

La cara del duque estaba totalmente seria cuando dijo sin alterar la voz:

–... Y entonces Bunyon juró a mi padre que el bravucón se había caído, en efecto, del puente. También juró que había estado a por lo menos tres metros de distancia y que yo no podía ser el responsable. A lo que mi padre dijo: «Ya sé que mi hijo es un diablo, Bunyon. Que también sea mago no me sorprende».

Evangeline rió.

–¿Sabía nadar?

–Que yo recuerde, al día siguiente Teddy Lawon torturaba a otros niños.

–¿Qué fue de él?

–Lo último que supe es que era párroco en alguna parte de Cotswolds. La vida es sorprendente, ¿verdad?

Ella tenía la cabeza baja. Emanaba quietud a su alrededor, como un escudo para protegerse. Él miró su cabeza gacha y frunció el entrecejo.

–No me has respondido –dijo–. ¿No estás de acuerdo en que la vida es sorprendente? ¿Que la vida te prepara a veces platos muy poco corrientes?

–Sí –dijo ella, levantando de nuevo la cabeza sin mirarlo a la cara–. La vida es tan inesperada que a veces siento como si me quisiera morir. No, no quería decir eso. Qué boba soy diciendo algo tan ridículo.

Eso era un comienzo, pensó el duque. Llevaban dos días en Chesleigh. Él ya sabía que ella había sufrido en su breve vida; el santo André había pasado a mejor vida, y su padre y su madre también habían fallecido. Pero había algo más, y eso era diferente. El duque sentía frustración. ¿Por qué había querido regresar a Chesleigh tan repentinamente?

Apoyó el hombro contra la repisa de la chimenea, con una copa de brandy en la mano, y se quedó pensativo.

–Tal vez te gustaría venir conmigo a Southampton –le propuso al cabo–. Podríamos navegar hasta la isla de Wight. O quedarnos unos días en mi casa de Ventnor. A Edmund le encanta.

Él vio cómo el miedo y un terrible pesar se apoderaban de ella. Las instrucciones que había recibido de Conan DeWitt eran que debía reunirse en la cueva con uno de los hombres de Houchard al día siguiente por la noche, y que este tendría nuevas órdenes para ella.

–No –respondió. Al ver el desconcierto en la cara del duque, se apresuró a añadir–: Verá, me mareo con facilidad en el mar. Me dan miedo las embarcaciones, hasta las grandes. Sé que no tiene sentido, que es estúpido –se abanicó con las manos–, pero es superior a mí.

La había pillado en lo que parecía una mentira absurda.

–Ah, una gran nadadora que tiene miedo al agua.

–No, solo a los barcos.

–Mira, Evangeline, no tienes que mentir para quedarte en Chesleigh. ¿O es Chesleigh en sí lo que te retiene? No, no es eso. Que yo recuerde estabas impaciente por marcharte de aquí no hace mucho. Y ahora vuelves a estar aquí. No tiene sentido, ¿verdad? Tal vez no te agrada mi compañía. ¿Crees que estoy tratando de seducirte? Quítate esa idea de la cabeza. Esto es algo totalmente distinto; que estemos juntos es algo que queda entre tú y yo. De veras creo que te gustaría Ventnor.

Ella sentía una incipiente jaqueca que iba en aumento.

–No me preocupa que me seduzca. No me preocupa nada. Quiero quedarme en Chesleigh. Me encanta estar aquí. No quiero irme.

–¿Hasta que me supliques que te lleve de nuevo a Londres?

–No creo que quiera volver a Londres.

–¿Por qué no, demonios?

Evangeline se limitó a sacudir la cabeza sin mirarlo. Él se apartó de la chimenea, dejó bruscamente la copa y se acercó a ella. La sujetó por los brazos y, levantándola del sofá, la zarandeó.

–Maldita sea, llevamos dos días aquí. Has hecho todo lo posible por evitarme. Quise salir a pasear a caballo contigo y alegaste que te dolía la cabeza. Te paseas por la casa como una maldita sombra, eso o eres una convicta que se esconde de las autoridades. ¿Qué diablos te pasa?

La miró con creciente frustración.

–No me pasa nada.

Él la soltó y empezó a pasearse.

–Odio los juegos, Evangeline –dijo–. Si no te agrada mi compañía solo tienes que decirlo. No te ordenaré que te marches de Chesleigh. No te echaré de un puntapié. Si no me quieres, maldita sea, dímelo. Te aseguro que nunca he forzado a una mujer. Por Dios, cada vez que te he tocado te has vuelto loca por mí. Nos hemos vuelto locos el uno por el otro. Dime qué está pasando. –La atrajo hacia sí y la estrechó entre sus brazos, tanto que podía olerla, sentir los latidos de su corazón contra el suyo–. Oh, Evangeline.

Ella lo miró y vio todo lo que sentía por ella en sus ojos oscuros, los ojos más hermosos que había visto en su vida. Oh, no, pensó, no. Él la escudriñaba intrigado.

–¿Evangeline?

Odiaba la ternura de su voz, odiaba lo que significaba, porque no lo merecía. Ella no era buena, ni íntegra ni honesta.

–¿Me concederías el honor de ser mi esposa?

Lo miró incapaz de moverse. ¿Quería casarse con ella? Eso significaba que le importaba, que le importaba de verdad, que no solo deseaba su cuerpo. Se pasó la lengua por el labio inferior.

–No... –respondió ella con un hilo de voz, sintiéndose tan desdichada y desesperada, que se preguntó cómo iba a seguir–. No puedo. No hablas en serio, no es posible. Has pasado demasiado tiempo en mi compañía. Te gustan mis pechos, eso es todo. Es eso, ¿verdad?

Él le deslizó los pulgares bajo la barbilla y le levantó la cara.

–Adoro tus pechos, son divinos. También da la casualidad de

que adoro tu compañía. No quiero estar con otra mujer que no seas tú. Quiero casarme contigo. Te seré tan fiel que de vez en cuando querrás echarme de tu lado. Y por si no me has oído la primera vez, sí, venero tus pechos.

Evangeline se apartó de él. Le tocaba a ella pasearse por la habitación. Quería echar a correr, pero no podía. Él la alcanzaría. Él ya sabía que pasaba algo terrible. Tenía que convencerle de que ella no le convenía. ¿Su esposa? Dios mío, no.

–Te burlas de mí. Te estás divirtiendo a mis expensas –dijo por fin–. Eso no está bien.

–Supongo que me he saltado las vallas –repuso él–. Yo que me las daba de experto con las mujeres. No me divertiría haciéndote daño, Evangeline. El matrimonio es algo serio. No creo que pueda bromear sobre con quién deseo pasar el resto de mi vida.

Ella sintió un estallido de profunda alegría, pero al instante vio a Edmund muerto, sus ojos sin vida clavados en los de ella. Vio a su padre también muerto, sus manos blancas juntas sobre el pecho, los ojos cerrados, un penique de cobre en cada párpado, como en los de su madre durante su funeral. No podría soportarlo, sencillamente no podría. Quería gritar. Le escocían los ojos de contener las lágrimas, lágrimas de rabia ante su impotencia.

No tenía elección. Se obligó a darle la espalda y a decir con voz distante:

–Gracias, su excelencia, pero mi respuesta a su gentil proposición debe ser que no. No deseo volverme a casar. No deseo verme sometida a los caprichos de otro hombre el resto de mi vida. Siento mucho si le he consternado...

Él se echó a reír.

–No había oído antes esa frase, pero sé que tiene éxito entre las jóvenes que quieren mostrarse educadas al rechazar a un pretendiente. ¿Es la primera vez que la utilizas?

Ella tenía que encontrar algo más, lo que fuera.

–Es con una dama inglesa con quien debe casarse, su excelencia, no con una viuda francesa sin dote.

Él volvió a reír, sacudiendo la cabeza.

–No, Evangeline. No quiero una dama inglesa, sino una dama

medio francesa que es como una espina que tengo clavada, que es más terca que una mula y quiere a mi hijo tanto como él la quiere a ella. Oh, por no hablar de su lengua, que me hace trizas cuando no me está besando o mirando como si quisiera abalanzarse sobre mí.

»Has de saber que lo último que necesito es una dote. En cuanto a que ya hayas estado casada, eso no cambia nada. Créeme, no estoy interesado en una boba ignorante. Por lo que se refiere a estar a merced de los caprichos de otro hombre, prometo que si alguna vez me vuelvo déspota, tienes permiso para atizarme. ¿No te parece justo?

–No quiero –respondió ella, y supo que no bastaba, pero tenía la mente en blanco–. Por favor, no hablemos más.

–Esta es la experiencia más extraña de mi vida. Aquí tengo a una mujer con la que quiero casarme. Sé que ella me desea y creo que le importo. No soy ciego. También te importa mucho mi hijo. Creo que hay alguna clase de problema que nos separa. Si me lo contaras haría todo lo posible por solucionarlo... –Abrió mucho los ojos–. No, oh, no. Tu marido, el santo André. No ha muerto, ¿verdad?

Ella sacudió la cabeza pero se dio cuenta de que él le había dado la excusa perfecta.

Al verle abrir la boca, él alzó una mano.

–No lo intentes –dijo–. ¿Por qué no quieres casarte conmigo, Evangeline?

–No voy a negar que le deseo, su excelencia –respondió ella–. Pero no le quiero. No quiero casarme con usted. No le quiero por marido. Y sencillamente no entiendo por qué usted, un hombre que me dijo que ni siquiera creía en el amor, iba a querer atarse a una sola mujer. ¿Por qué?

–Vuelve a preguntármelo dentro de tres o cuatro décadas, y entonces podremos hablar de mi incomprensible debilidad por ti.

Ella se ahogaba y él se ofrecía a rescatarla, pero no podía aceptar su ayuda. Un día descubriría lo que era ella. Ese día la vilipendiaría, la maldeciría. Ella era su enemigo, y él aún no lo sabía.

–Ha interpretado mal mis sentimientos. Yo no le amo.

Él no la creyó. Había visto en su rostro la miríada de expresiones que le ensombrecían la mirada, había visto más de lo que podía comprender. Sentía deseos de zarandearla, de gritarle, pero algo le contenía.

–¿Y cuáles son esos sentimientos que he interpretado mal? –preguntó con suavidad.

Evangeline lo miró sabiendo que debía herirlo, a él y a sí misma. Recordó los insultos de lady Jane Bellerman, tan pueriles, pero no tenía otra elección que ponerlos a prueba. Se odió a sí misma cuando dijo gélidamente:

–No tiene por qué hacerme una propuesta de matrimonio, su excelencia. Me pregunta cuáles son mis sentimientos hacia usted. Creo que es usted un hombre muy deseable, como intuyo que piensan la mayoría de las mujeres. Me gustaría acostarme con usted, no casarme con usted. –Se obligó a encogerse de hombros con indiferencia–. Como dijo lady Jane, los ingleses no se casan con damas que ya han conocido a otro hombre. Admítalo, su excelencia, lo que quiere es mi cuerpo, no años interminables en mi compañía. Créame, me siento honrada de que se haya visto empujado a pedirme en matrimonio solo para llevarme a su lecho. Pero descuide, iré a su lecho con mucho gusto.

Era extraño. Hacía menos de dos meses que la conocía, pero sabía que mentía. La verdad es que no mentía muy bien. ¿Qué debía hacer? Para ganar tiempo, se limitó a decir:

–No te entiendo, Evangeline.

Ella hizo lo que él asumió como la versión gala de un encogimiento de hombros, no muy bueno.

–Si fuera enteramente inglesa, una de ustedes, y virgen, sin duda contemplaría tal propuesta con otros ojos. Pero ya he estado casada y no deseo repetir. Tal vez tenía usted razón al decir que André era un mal amante. Sé que usted no lo es. Sé que sería perfecto en la cama.

¿Qué responder?, se preguntó. ¿Qué iba a hacer? ¿Vería desprecio en sus ojos?

–Está bien –repuso él, y en sus ojos oscuros solo había regocijo–. Parece que por fin me has encontrado una utilidad. Al menos ahora admites que tu querido difunto san André no era un espécimen tan magnífico. –Hizo una pausa, y bajó la voz–: ¿Abusó de ti? ¿Te golpeó ese bastardo?

–No, por supuesto que no. Entienda de una vez que prefiero la vida de viuda. Disfruto haciendo lo que se me antoja. –No, eso no tenía sentido–. Si bien es cierto que no tengo mucho dinero, disfruto con Edmund, y me gusta vivir en Chesleigh.

Dios mío, estaba cavando una fosa tan profunda que pronto sacaría la cabeza en China.

–¿Y lo que deseas es que me convierta en tu amante –dijo él despacio–, no en tu marido?

–Me gusta besarle.

–Ah, es agradable oírlo.

¿Qué estaba pasando?

Se acercó a ella despacio, sin apartar los ojos de su rostro. Evangeline no retrocedió. Eso se ponía más interesante. Le sujetó los hombros y la atrajo despacio hacia sí. Ella trató de zafarse, pero la aferró con fuerza. Sentía sus senos contra el pecho y se puso duro como una roca. El deseo era abrumador. ¿Siempre tendría ese efecto en él? Imaginaba que sí. Sonrió mientras le obligaba a levantar la cara.

–Eres mía. –Bajó la cabeza despacio y la besó–. Eres mía. Ahora y siempre, solo mía.

–No –dijo ella, y supo que lo deseaba tanto que se moriría si no lo besaba en ese mismo instante.

–Ya lo creo que sí. Basta de farsa, Evangeline.

–Por favor –rogó ella.

Pero él volvió a besarla, una y otra vez, y no tuvo que obligarla a abrir la boca. Hundió las manos en su cabello y, quitándole los pasadores, se lo soltó y deslizó los dedos a través de él, siguió deslizándolos por la espalda hasta sostenerle las nalgas con sus grandes manos. Luego volvió a su cabello y se lo enrrolló en los dedos sin dejar de besarla.

–¿Te acuerdas de cuando te dije que tenías un pelo precioso? –dijo sin dejar de besarla.

–Sí –respondió ella, y solo el sonido de su voz casi lo hizo caer de rodillas.

Volvía a tener las manos en las caderas de ella y se las levantaba, apretándola contra él. Lo que más deseaba en el mundo era tenerla contra él, desnuda.

Ella sentía sus labios en las sienes, las mejillas, la depresión del cuello. Él se apartó, con las manos en las caderas de ella, y la miró.

–¿Qué sientes, Evangeline?

A ella no le extrañó la pregunta, porque no tenía experiencia con hombres. Abrió los ojos y por un prolongado instante fue incapaz de decir nada.

–Que daría la vida por ti –dijo por fin.

Él siguió mirándola mientras le invadía una oleada de deseo tan poderosa que estuvo a punto de tumbarla en la alfombra. No, no, pensó. Aún no. Se dominó.

–¿Siempre me sorprenderás con algo inesperado? ¿Podrías explicarme por qué a una mujer que solo desea a su amante iba a importarle tanto el bienestar de este? –Oyó cómo se le cortaba la respiración, sintió cómo se ponía rígida en sus brazos, sintió su resistencia y añadió–: Te quiero, Evangeline, más allá de la lujuria, si alguna vez ha sido lujuria. Imagino que te querré hasta que pase a mejor vida. Mi padre encontró a su compañera en mi madre. Yo he encontrado la mía en ti. Vamos, ¿tanto te cuesta admitirlo?

Ella apretó la cara contra el hombro de él y meneó la cabeza.

Él le besó la sien, la mejilla, le recorrió las cejas con un dedo, le besó el cuello. Luego cerró las manos sobre sus senos. Ella temblaba y respiraba agitadamente. Arqueó la espalda, empujando los pechos contra las palmas de él.

–¿Me deseas, Evangeline?

–Sí... Sí. –Se apretó contra él y le bajó la cabeza para besarlo.

Él sonrió.

–Ya lo veo. ¿Vendrás conmigo ahora? ¿Harás el amor conmigo?

Ella debía poner fin a esa situación. Pero no soportaba la idea de que pronto iba a tener que dejarlo, que probablemente muy pronto tendría que escapar a hurtadillas en una noche oscura. Viviría y moriría sin haber conocido la pasión con él. Seguramente no hacía mal en demostrarle que lo quería, en entregarse a él solo esa noche. Al día siguiente, cuando se reuniera con el enviado de Houchard, se prepararía para partir. Tal vez se fuera a Londres con él y no volviese a ver al duque. Pero no quería privarlo de ella, y su cuerpo era todo lo que podía compartir con él. Tenía que pasar esa única noche con él.

–Sí –dijo–, quiero hacer el amor contigo.

Capítulo 33

–Tú primero, Evangeline.

Ella lo sorprendió y se sorprendió a sí misma al titubear, con los ojos muy abiertos y expresión recelosa. El duque le sonrió, le hizo entrar en su cámara con un suave empujón y cerró la puerta.

Evangeline tenía los labios secos. De pronto estaba asustada. Era tonta. Iba a deshonrarse. Luego él la repudiaría. Se apartó de él.

–En el fondo no creo que sea buena idea, su excelencia.

–Eso es cierto –respondió él, y rió–. Pero ya no importa, porque es demasiado tarde. –La estrechó entre sus brazos–. Abre la boca, Evangeline. Sabes que disfrutarás más si lo haces.

Ella se disponía a decir algo, pero la besó y se apretó con fuerza contra su vientre. Saber que iba a introducirse dentro de ella como introducía la lengua dentro de su boca la asustaba y excitaba tanto que temblaba. Lo besó, tan excitada que estuvo torpe en su recién despertada pasión. Lo asió queriendo más, pero sin saber qué hacer.

–¿Cómo te sientes ahora?

Ella sintió su aliento cálido en la boca y su lengua en el labio inferior.

–Desesperada, pero no sé qué hacer al respecto. Solo sé que tienes mucho que darme y yo tengo mucho que darte. Ayúdame.

La imagen del marido sin rostro irrumpió en la mente de él. ¿Cómo podía haberle negado aquel hombre la pasión? Era una suerte que el santo André hubiera abandonado este mundo, porque en caso contrario el duque habría estado impaciente por ayudarle a conseguirlo.

Asumió el mando. La atrajo con fuerza hacia sí y le desabrochó los minúsculos botones que le recorrían la espalda. Estos se soltaron fácilmente bajo sus expertos dedos, y el vestido se deslizó por los hombros y cayó con suavidad en la alfombra, amontonándose a sus pies.

Pronto estaría desnuda.

–No entiendo de esto –dijo ella–. Debes creerme, porque hablo en serio. Ay de mí, ¿qué estás haciendo?

Él le desabrochó sus únicas enaguas y observó cómo caían sobre el vestido. Estaba de rodillas frente a ella, con las manos en una pierna.

–Te estoy quitando las medias. Nada alarmante.

¿Qué había hecho con ella el maldito difunto André?

–No voy a casarme contigo. No lo haré. –Ella jadeaba y se le trababa la lengua–. Ya lo verás, una vez me hayas poseído dejarás de quererme. Te lo aseguro.

Él pareció considerar un instante sus palabras desapasionadamente, aunque le costó disimular una sonrisa, tan insistente era ella incluso en esos momentos. Bueno, pronto lo averiguarían. Le bajó la otra media y le quitó las zapatillas. Llevaba solo una combinación que le llegaba a medio muslo. Se levantó y la miró un instante, luego le desató los lazos y observó cómo la delicada muselina caía de sus senos turgentes a su vientre. Volvió a tirar de ella, y se le deslizó por las caderas y cayó flotando hasta el suelo. Estaba desnuda, por fin totalmente desnuda, y era suya. Le miró el vientre, anhelando tocarla, acariciarla con los dedos y la boca, pero algo lo detuvo. Vio pánico en su mirada.

Ella trató de cubrirse, pero el duque le apartó las manos y se acercó a ella.

–Rodéame con tus brazos. Eso es. Me encanta.

Le acarició la espalda desnuda de arriba abajo. Cuando ahuecó las manos sobre sus caderas, ella se dio cuenta de que las sensaciones que le provocaba en lo más profundo era algo que jamás había creído siquiera que existiera. Era extraordinario. Entonces él deslizó los dedos un poco más hacia dentro, y ella notó cómo le tocaba sus partes más íntimas, que solo ella misma había visto o tocado antes. Empezó a sacudir la cabeza y a apartarse, pero lo último que quería era apartarse de él, apartarle los dedos.

Levantó la cara.

–Por favor, dame más.

Él se quedó de una pieza.

–Ya lo creo. Pero no tenemos por qué darnos prisa. Mira cómo me has dejado. Pon la mano en mi corazón, porque yo no pienso soltar tu bonito trasero.

–Te late muy deprisa –dijo ella.

–Como el tuyo. –Él volvió a mover los dedos hacia abajo y deslizó uno dentro.

–¡Dios mío! –susurró ella–. Jamás imaginé... oh, Dios mío.

Ella estrechó los músculos y todo su cuerpo se tensó. Él la besó, cerrando los ojos contra la fuerza de su pasión, contra una urgencia que iba a consumirlo si no la poseía muy pronto. Notó que ella se ponía húmeda mientras la tocaba con delicadeza. Se relajaba, se abría a él, lo deseaba. Era embriagador, casi demasiado. Tenía que apartarse de ella o derramaría su simiente allí mismo, y eso no estaría bien para ninguno de los dos.

Ella lo miró parpadeando, apretándose contra él, deseando que la tocara de nuevo, la palpara, la penetrara con los dedos. Él se llevó una mano a la frente jadeando de tal modo que se preguntó qué pasaría si ella de pronto lo tocara.

–¿Qué quieres que haga?

–Deja de retorcerte contra mí.

–¿Me estoy retorciendo? Sí, supongo que sí. No sé qué hacer. Por favor.

–Aunque el difunto André, que en gloria esté, fuera un bruto, seguro que sabes qué hacer para complacer a un hombre. Yo solo soy un hombre, Evangeline. No hay nada diferente en mí.

La besó ligeramente, tratando todavía de dominarse.

–Bueno, si estás seguro de que no eres diferente, entonces por supuesto que sé qué hacer.

Pero él había advertido una nota discordante en su voz, y ella lo vio. Le atrajo la cabeza y empezó a besarlo con urgencia y pasión, y escasa habilidad.

Él pensó que todo iba a terminar para él. Se apartó con brusquedad, jadeando tanto que se preguntó si conseguiría sobrevivir a ello.

–No –dijo–. Así es peor. Ahora puedo verte en lugar de sentirte solo contra mí. Está bien, paremos o voy a enloquecer.

Pero no pudo evitarlo. Se abalanzó sobre ella, besándola hasta que los dos empezaron a temblar. Él tenía las manos en sus caderas y se las acarició hasta que ella echó la cabeza atrás y gimió con pasión. Luego, con inmenso placer, vio que ella le tiraba de la ropa. Trataba de besarlo al tiempo que le desabrochaba el chaleco. Al ver que no podía, soltó una maldición. Él rió, pero no era nada divertido, no cuando sabía que estaba a las puertas de la locura. La apartó y se desnudó más deprisa que en toda su vida. La cogió en brazos y casi corrió hasta la enorme cama colocada sobre una tarima. La dejó caer en el centro de la cama, logró encender la media docena de velas que había al lado de la cama, y se quedó de pie contemplándola.

–Nunca he deseado a ninguna mujer más que a ti –dijo, y la verdad de esas palabras le llenó hasta lo más profundo de su ser. Luego se inclinó sobre ella–. Evangeline, ¿qué ocurre? ¿Por qué me miras así, con la boca abierta?

–Estás desnudo –dijo ella, sin apartar los ojos de su entrepierna–. Estás muy desnudo. –Se pasó la lengua por los labios, provocándole casi espasmos–. Como cuando saliste del mar, pero no exactamente igual.

Él permaneció allí, palpitando de urgencia.

–Eres tan distinto a mí que sé que no va a funcionar. No. Retiro lo dicho. No quiero un amante. Solo quiero irme a mi cama y ponerme el camisón.

–¡Oh, Dios mío! –exclamó él, y se echó a reír. Iba a decir algo sobre los atributos masculinos del difunto André, pero le urgía deslizarse entre sus piernas–. No voy a hacerte daño. Me lo haría a mí mismo antes que a ti. Vamos, cariño. No, no cierres los ojos. A un hombre le gusta que su amante lo mire, tal vez hasta lo admire.

Se inclinó y le puso una mano en el vientre. No dijo nada más, no hizo nada más, se limitó a permanecer así, con la palma de su mano grande y cálida en el vientre de ella. Luego, muy despacio, deslizó los dedos hacia abajo, y ella no tardó en contener la respiración, mirándolo a la cara con los ojos muy abiertos, sabiendo que él la estudiaba, siguiendo con la mirada los dedos que la tocaban. Ella abrió la boca y, arqueándose contra los dedos, gritó. Cuando él retiró los dedos, ella exhaló. Parecía decepcionada. Respiraba agitadamente, y él no sabía por dónde empezar. Quería todo a la vez.

–Lo que has hecho... –susurró ella, con la mirada fija en su rostro–, lo que has hecho es algo que nunca imaginé que se pudiera hacer. ¿Se hace normalmente? ¿Lo harías otra vez?

–Maldita sea –dijo él.

Se tendió al lado de ella. Bajó la cabeza hasta su pecho y se lo llevó a la boca. Ella estaba llena de pasión, pero curiosamente no parecía saber qué hacer para aumentar su propio placer, cómo guiarlo para que él le hiciera gozar más. Él le lamió los pechos y de nuevo le deslizó una mano por las costillas hasta el vientre. Ella se retorcía contra él, jadeando, y le hincaba los dedos en los hombros.

–Por favor... –suplicó.

–Está bien –respondió él por encima de su pecho. Volvía a tener los dedos en ella y deslizó uno dentro.

Ella gritó, arqueando las caderas.

–Tranquila –dijo él. Le daría placer primero. Estaba tan a punto–. Quiero que me mires, Evangeline.

Ella sacudía la cabeza sobre la almohada.

–Mírame.

Ella así lo hizo. Él la observó mientras la encontraba con los dedos y estos se deslizaban dentro de sus delicadas partes, y en menos de un instante ella tenía los ojos desorbitados y jadeaba hasta casi ahogarse, pero sin dejar de mirarlo.

–Vamos, ven a mí –dijo él, y la besó mientras la acariciaba y la amaba con los dedos hasta que sintió que se ponía rígida por dentro y se le tensaban las piernas, y empezaban las maravillosas sacudidas dentro de ella. Levantó la cabeza y vio cómo el alivio la inundaba y recorría por entero.

Ella se preguntó si se estaba muriendo; luego no le importó, se dejó arrojar de una altura a otra. Lloraba y se revolvía, y gritó cuando todo su cuerpo pareció arquearse de un placer indescriptible. Se quedó sin fuerzas, sintiendo pequeñas y palpitantes oleadas de placer, y se preguntó cuándo volvería a sentir lo mismo. Dirigió la mirada hacia el rostro de él, de una belleza severa, y sonrió.

–Gracias –murmuró con voz áspera–. Nunca imaginé que pudiera ser tan maravilloso.

Cerró los ojos un instante, gozando del delicioso calor que la recorría, relajándola y tranquilizándola, y supo que lo que más deseaba en el mundo era pertenecerle. Pero no podía ser. No, todo lo que iba a tener era esa única noche con él. Sintió lágrimas por sus mejillas, le brotó un sollozo de la garganta. Se incorporó y ocultó la cara contra el pecho del duque.

A pesar de que él no la comprendía, algo a lo que casi se estaba acostumbrando, procuró calmarla, su ardiente pasión temporalmente bajo control. Pero que él le acariciara la espalda, se apretara contra sus senos, la besara en las orejas y el cuello, todo ello enseguida tuvo otro efecto en ella. No cuestionó nada. Se le secaron rápidamente las lágrimas mientras le acariciaba a su vez la espalda. Fue ella quien esta vez buscó su boca, diciendo entre besos:

–Sí, por favor. Dime qué debo hacer.

Él le escudriñó el rostro, atraído por el vago brillo de sus ojos. Le acarició el vientre y sintió cómo se le tensaban los músculos bajo sus dedos. Ella tenía la piel tersa, como seda resbaladiza.

Trató de arquearse hacia él, pero él no se lo permitió.

–No, estate quieta. Esta vez con la boca en lugar de con los dedos.

Y se movió entre las piernas de Evangeline, besándole el vientre al tiempo que tanteaba con los dedos. Estos la encontraron y se deslizaron dentro de ella. Cuando él la rozó con la boca, ella se arqueó hacia arriba jadeando de tal modo que se preguntó si iba a estallarle el corazón.

Lo llamó a gritos. Él levantó la cabeza un instante y sonrió, con una sonrisa muy masculina de placer y satisfacción.

–No te muevas. No, retuércete todo lo que quieras. Grita, Evangeline. Sí, eso es. Vamos, ven otra vez a mí.

En un instante se desvaneció todo pudor. Ella le mordió el hombro, le alborotó el cabello y gritó, tan intenso y cegador era el placer. Mientras perdía el control, él se retiró bruscamente y, abriéndole mucho los muslos, la penetró con fuerza.

Ella estaba caliente y hacía tanta fuerza que él apretó los dientes para no rasgarla. Se detuvo. La estaba ensanchando. Bajó la vista hacia su rostro y vio que estaba inmóvil, ya no se retorcía debajo de él. Ahora lo miraba fijamente.

Estaba asustada. Él lo vio claramente en su cara, pero no lo comprendía. Dios, la deseaba tanto. Siguió penetrándola, y ella gimió y le aferró los brazos para detenerlo.

–Estate quieta, Evangeline. Todo va bien. Aguanta por mí. Te acostumbrarás. Voy a ir lo más despacio posible.

Y se sumergió aún más en ella, y ella le clavó aún más los dedos en los brazos.

–No, por favor, para... Me duele. No pensé que dolería. Me dijiste que no dolía y te creí.

Él se obligó a detenerse. Se sostuvo en equilibrio sobre ella, inmóvil.

–Acostúmbrate a mí. Puedes hacerlo.

Ella cedió, solo un poco, y él se adentró un poco más. Luego se quedó inmóvil, mirándola con incredulidad.

Había topado con su himen.

Su maldito himen. El llorado difunto y santo André nunca había existido. Ella le sostenía la mirada con los ojos muy abiertos. Entonces pensó: «Ni siquiera sabías que iba a notar que eras virgen». Solo pensar en ello le hizo enloquecer.

Antes de que uno de los dos volviera a respirar, él se lanzó hacia delante.

–Sé que duele. Agárrate a mí.

Ella gritó, pero esta vez fue el dolor, no el placer, lo que hizo que el cuerpo se le pusiera rígido y se le tensaran todos los músculos.

–No; aguanta. No opongas resistencia. Vamos, quédate quieta. Estoy dentro de ti, he llegado hasta el fondo y ya no sentirás más dolor. Hazlo por mí. Eso es.

La besó intensa y profundamente.

Ella se movió y casi lo empujó por el precipicio.

–Quieta. Debes hacerlo o me saldré.

–No. Quiero que te quedes dentro de mí –dijo ella, besándole y mordiéndole el cuello, los hombros–. ¿Por qué me ha dolido?

Él rió y luego gimió porque ella se había movido una vez más debajo de él.

–No volverá a dolerte.

Ella temblaba. Él no sabía si seguía haciéndole daño o sencillamente pesaba demasiado sobre ella. Un momento después, sin embargo, dejó de importarle. Ella volvió a moverse y todo terminó para él. Apretó los dientes ante la intensidad de su urgencia.

–Lo he intentado –dijo con voz grave y áspera–, he hecho todo lo posible por distraerme y distraerte, pero no ha servido de nada.

Trató de calmarse y moverse solo un poco dentro de ella, pero no funcionó. Subió y bajó sobre ella como un salvaje y gimió dentro de su boca como un loco hasta que se apartó, disfrutando de cada instante, conociendo más placer que el que jamás había creído posible.

Mientras se calmaba y le besaba la oreja, oyó que ella decía:

–Te amo. Te he amado probablemente desde aquella primera noche en la biblioteca en que me tomaste por una ex querida. Siempre te amaré.

Él se incorporó sosteniéndose sobre los codos y le sonrió.

–Estupendo –dijo–. Lo sé. –Se desplomó sobre ella, con la cabeza en la almohada. Y le dijo al oído–: Nunca, nunca volveré a perderte de vista.

Capítulo 34

Esperó a que ella dijera algo más, pero no lo hizo.

Volvió a incorporarse sobre ella, sosteniéndose en equilibrio con sus codos.

La vio morderse el labio inferior y cerrar los ojos antes de que él pudiera mirarla, pero aun así no fue lo bastante rápida: leyó en sus ojos el dolor de la separación, y sintió una cólera instantánea.

–¿Qué demonios te pasa, Evangeline?

Ella lo miró, lo sintió todavía dentro de ella, y tensó los músculos alrededor de él.

–No quería decir eso –dijo–. Ha sido muy bonito, pero se ha acabado, aunque siga sintiéndote dentro de mí y nunca haya experimentado nada parecido y no quiera que cese nunca.

–Eso es una novedad.

Ella se negó a morder el anzuelo, lo que probablemente era lo mejor, porque no lo entendió. No dijo nada porque no había nada más que decir.

–Te estoy aplastando –dijo él, y salió de ella. Se tendió de espaldas, arrastrándola consigo, y la estrechó entre sus brazos. La oyó suspirar hondo con la cara apretada contra su hombro. Ella tenía una mano abierta en el vientre de él. La besó en la frente–. Me dejas ciego de ira cuando te niegas a confiar en mí. Creo que tienes muchas cosas que explicarme.

Ella trató de levantarse, pero él no se lo permitió.

–Vamos, habla –exigió–. Confía en mí.

Evangeline le mordió el hombro y, levantando la cabeza, le espetó en la cara:

–¿Por qué no me dejas en paz? ¿Por qué tienes que empujarme, presionarme y provocarme? Eres peor que una niñera que tuve a los seis años. No paraba de picarme. Para ya. No tengo nada que decirte, absolutamente nada. Déjeme en paz, su excelencia.

–¿Su excelencia? Por el amor de Dios, acabamos de hacer el amor... ¿No eres capaz llamarme por mi nombre?

–Para mí eres el duque. Ese es tu nombre.

–Muy bien. Puedo soportarlo de momento. Soy un título para ti. Dios, vas a hacerme envejecer antes de tiempo. –La estrechó con fuerza y esperó unos momentos–. Está bien. Cuéntame.

«Otra mentira, Evangeline. Debes mentirle otra vez. No, repite la mentira y haz que esta vez se la crea. Se ha terminado.»

Habló con voz confusa, porque no tenía el coraje de mirarlo.

–No te quiero. Estas palabras me han salido solo porque me has hecho sentir esas cosas. Creo que es así como los hombres logran hacer sucumbir a las mujeres. Les hacen sentir esas sensaciones asombrosas hasta hacerles perder el sentido común. En efecto, eres el hombre más excitante que jamás he conocido. Gracias por hacerme gozar. Es todo cuanto quería de ti, nada más. Ya te lo he dicho. Créeme.

Trató de apartarse de él, pero la retuvo con fuerza. ¿Iba a gritarle? Pero para su desconcierto, el duque estalló en carcajadas. No podía parar de reír. Deseó matarlo.

–Me alegro de que no me soltaras esta perorata cuando estaba dentro de ti –dijo por fin–. Se me habría arrugado rápidamente.

Y rió un poco más.

–Es la verdad. Suéltame. Déjame en paz.

–De modo que soy el más hábil de todos tus amantes hasta la fecha.

–Aunque te llenes aún más de orgullo, es la verdad. Sí, maldita sea.

–¿A pesar de que te hago daño?

–Al principio sentí un placer enorme. Supongo que es un trato justo.

–Normalmente no duele nada en absoluto a la mujer. ¿No lo sabías?

–Por supuesto. Pero tú eres grande.

–Así pues ¿también soy el mejor dotado de todos tus amantes hasta la fecha?

Ella supo que se estaba burlando. Se arqueó hacia atrás y le golpeó el hombro con el puño.

–Maldita sea, para. ¿Por qué me haces esto? Te he dicho la verdad. Déjame en paz.

Él le sujetó las manos, la tendió de espaldas y le sujetó los brazos por encima de la cabeza. Ella forcejeó un poco y luego se quedó rígida debajo de él.

–Debería darte una paliza –dijo él en voz baja, pensativa.

–Inténtalo y te arrepentirás.

El duque se limitó a permanecer sobre ella, los vientres pegados. Evangeline tenía que escapar. Forcejeó pero él logró inmovilizarla con su peso. Bajó la vista hacia su rostro pálido, el pelo enmarañado, la boca tan bonita, y esos ojos tan penetrantes, que escondían tantos secretos que él quería saber.

–Suéltame –dijo ella–. Suéltame.

–Me encerraría yo mismo en el manicomio si te dejara levantar. Como el amante más cualificado que has tenido hasta la fecha, incluso más que ese zoquete, el difunto André que en gloria esté, quiero dejar en ti una impronta que siempre te acompañe, hasta que seas anciana y tus recuerdos se vuelvan confusos. Te acordarás de mí, Evangeline. Seguiré estando contigo.

Y la besó.

Ella forcejeó, dispuesta a no permitir que volviera a hacerle perder la cabeza, aun cuando ya sentía cómo le invadía esa hormigueante sensación de apremio.

Le besó la barbilla, el cuello, le lamió el pulso que le latía frenético. Luego se deslizó entre sus piernas y, separándoselas aún más, le sonrió, y sus ojos negros destellaron a la luz de las velas. Le dijo qué iba a hacerle y empezó a besarle los senos, y entre jadeos le repetía qué estaba haciéndole, qué iba a hacerle a continuación. Antes de que llegara con la boca ardiente a su vientre, ella ya respiraba agitadamente y gemía, con las manos en el cabello de él, estrujándole los hombros. Cuando él la levantó hasta su boca, ella estaba tensa y lista. Se oyó a sí misma suplicarle que no la dejara. Y no lo hizo. Cuando dio sacudidas y gritó, él sintió que el mundo era suyo.

La penetró con fuerza, rápida y profundamente, y aunque estaba muy tensa y temblorosa, sabía que no le hacía daño. Quería prolongarlo, quería hacerle sentir de nuevo placer, pero el cuerpo no se lo permitió. Hacía tanto tiempo que la deseaba. Bramó de placer hacia las vigas de su alcoba.

Finalmente se levantó por encima de ella apoyándose en los codos.

–Dime otra vez que no me amas.

Ella lo miró a la cara con los ojos desorbitados, fijamente, sin hablar. Y rompió a llorar.

Él se tendió a su lado e, inclinándose por encima de ella, empezó a apartarle el pelo de la cara. Le besó con delicadeza la frente, las sienes, las lágrimas saladas que le resbalaban por las mejillas.

–¿Qué te ocurre? ¿Mi Evangeline deshaciéndose en lágrimas como una mujer débil? Jamás lo habría creído posible. No de ti, mi fuerte y terca niña.

Ella apartó la cara, sorbió por la nariz y empezó a hipar.

–No te muevas. Yo me encargo de curarte. –Empezó a levantarse, pero ella lo detuvo y trató de atraerlo de nuevo hacia sí. Sonrió, y ella volvió a hipar–. Suéltame –dijo, y ella por fin lo hizo–. No voy a dejarte –añadió él por encima del hombro–. Solo voy a buscar un vaso de agua.

Después de beber el agua y sonarse con el pañuelo que él le había traído, desvió la mirada. Él le miró el pelo enmarañado, preguntándose por qué siempre le obligaba a retroceder más allá incluso de donde había comenzado.

Frunció el entrecejo al verle los muslos, manchados de sangre y de su simiente.

Cuando la dejó esta vez, ella no dijo nada. Imaginó que estaba devanándose los sesos en busca de más excusas, más mentiras que decirle. Se limitó a volver con una jofaina llena de agua y un paño.

Eso la hizo reaccionar.

–¿Para qué es eso? –preguntó, tratando de incorporarse sobre los codos.

–Calla y échate.

–No voy a hacer nada hasta que me digas qué pretendes.

Él arqueó una ceja.

–Por supuesto que sabes qué pretendo. Voy a lavarte.

–Ah, no. ¿Te has vuelto loco? Eso lo hago yo misma. Oh, Dios mío, estoy cubierta de sangre.

Él no le hizo caso y dijo con tono práctico:

–Siempre es el amante el que hace esta tarea. –Y añadió con irritante calma–: Supongo que los franceses no son distintos de los ingleses en esto.

Eso la dejó confusa, y él se habría reído abiertamente si el asunto no hubiera sido demasiado serio.

–Por supuesto que no –dijo Evangeline por fin, y él advirtió cómo se debatía consigo misma para aceptar lo que él le hacía, sin querer pero sabiendo que era lo adecuado.

–A veces uno se pregunta si hay diferencias entre los hombres de distintos países –comentó él.

Permaneció tumbada boca arriba, cerrando los ojos con fuerza, mientras le pasaba el paño húmedo. Había sangrado mucho, pero la hemorragia parecía haberse detenido. Se inclinó más sobre ella. Tenía las partes irritadas. No había sido brusco con ella, pero aun así había sido demasiado.

Había llegado el momento de poner fin al asunto, pero se limitó a decir:

–Evangeline.

Ella lo miró fijamente.

–Me parece que solo eres expresiva cuando te beso o te acaricio o te hago gritar. Esto no puede ser. Todos los secretos van a salir a la luz. Veo que ya estás tratando de discurrir más mentiras ridículas. Empecemos por una bien sencilla. Sé que eres... que eras virgen.

Ella era una cierva ante un cazador.

–Eso es una estupidez, su excelencia.

–Supongo que no te he dado suficiente tiempo para discurrir

algo más ingenioso, algo con un mínimo de credibilidad. Eres tan increíblemente inocente que no dejas de sorprenderme. He estado ciego. Todas las pistas estaban allí para que las viera, para que las oyera en tus bravatas. Pero he estado ciego y sordo. Solo veía y oía lo que tú querías que viera y oyera.

Ella guardó silencio.

–Está bien. –Suspiró–. Basta con decir que al menos sé algo de ti. Eras virgen, y por eso te he hecho daño. A la mujer le duele la primera vez porque el hombre tiene que atravesar el himen. Luego ya no duele, es decir, si el hombre no es un zopenco como el llorado san André, que nunca honró la tierra con su presencia, ¿no es así?

–Sí, nunca he estado casada –se limitó a decir ella.

Todo había terminado, pensó, y todo porque había sido tan estúpida e ignorante que no había caído en la cuenta de que un hombre notaría si una mujer era virgen. ¿Qué iba a hacer él ahora? No tardó en averiguarlo.

El duque empezó a acariciarle los hombros.

–Entonces ¿por qué no me dices qué te trajo a Chesleigh como madame De la Valette, una prima viuda y pobre de mi difunta mujer?

En la cabeza de Evangeline se arremolinó un calidoscopio de rostros: Houchard, sombrío e inquebrantable en su misión; John Edgerton el Lince, un asesino, el hombre que había jurado que mataría a Edmund así como a su padre, y ella lo creía, porque ¿acaso no había estrangulado a la señora Needle como si a nadie le importara? Evangeline la vio fría, pálida y muerta a la tenue luz de la mañana. Se humedeció los labios resecos. No tenía escapatoria, solo más mentiras. Pero no dijo nada, porque en su mente no había más que dolor. Se limitó a sacudir la cabeza.

Él se levantó y arrojó el paño a la jofaina, un simple movimiento que calmó su enorme frustración y creciente ira.

–Por extraño que parezca –dijo–, sé que me quieres. El hecho de que te hayas entregado esta noche a mí lo demuestra. No, no me interrumpas con más mentiras, Evangeline. Nunca tendrás madera de ramera; ha sido estúpido intentarlo, y más con conmigo. Lo que no entiendo, y créeme que lo he intentado, es por qué viniste aquí. Debiste creer que te ayudaría en todo lo que estuviera en mi mano. Tienes que decirme qué te preocupa. –Hizo una pausa, mirándola fijamente–. Dios, estás aterrorizada. ¡Maldita sea, dime qué es!

Más que aterrorizada, desesperada. Estaba atrapada y no tenía escapatoria. Meneó la cabeza mientras decía casi sin aliento:

–Es cierto que te amo. No quería. Nunca se me pasó por la cabeza que esto ocurriría cuando vine aquí. Pero no he podido evitarlo. Y tienes razón, por supuesto. Como no puedo tenerte como marido, he querido tener todo lo que pudiera tomar de ti, y he querido darte todo lo que pudiese. En cuanto a lo demás... sé que no puedo esperar que confíes en mí. Te he tratado demasiado mal para esperarlo. Pero tienes que creerme. No quiero hacerte daño, ni a ti ni a nadie de tu familia.

–Entonces ¿qué quieres de mí?

–Debo... No, es decir, me gustaría quedarme en Chesleigh un poco más.

Permaneció de pie, desnudo, y ella vio que no sabía qué hacer. Se levantó de la cama y, pasando por su lado, se agachó para recoger su vestido. Lo miró por encima del hombro, sacudió la cabeza y corrió hacia la puerta.

Él dio un paso hacia ella con los brazos extendidos.

–¡No! –gritó ella–. No.

Se pasó el vestido por la cabeza y deslizó los brazos en las mangas. Y en menos de un instante estuvo en el pasillo, cerrando la puerta sin hacer ruido detrás de ella.

Él se quedó mirando fijamente la puerta cerrada, y luego las zapatillas de Evangeline, en medio de la habitación.

Capítulo 35

Era la más negra de las noches, y la única luz procedía de las pequeñas olas espumosas que rompían con suavidad en la cala. Hacía mucho frío, y se arrebujó en su capa oscura mientras se acercaba a la cueva. Se mantuvo al amparo de los árboles y los matorrales, como solía hacer.

Esa noche, pensó, esa noche entregaría una carta para Edgerton, en la que decía que no podía seguir. Tenía que terminar.

Pensó en su encuentro de aquella mañana con el duque en el establo. Ella había estado a punto de salir huyendo y él se había quedado allí, sonriéndole.

–Casi lo logras –había dicho–. Imaginé que tratarías de evitarme esta mañana, de modo que he decidido que un pequeño subterfugio seguramente funcionaría. Tenemos que hablar, Evangeline.

Ella había asentido, porque no podía hacer otra cosa.

–¿No has dormido bien?

Por supuesto que no había dormido bien, pero ella no se había dado cuenta de que lo llevaba escrito en la cara.

–No te inquietes –había dicho–. No tengo intención de cargarte al hombro y llevarte a mi alcoba. Lo cierto es que me gustaría mucho tenerte desnuda en mi lecho y recorrerte todo el cuerpo con las manos, pero no voy a tocarte.

¿Y qué iba a decir ella? ¿Que daría lo que fuera por tenerlo desnudo en su lecho y recorrerle todo el cuerpo con las manos?

–He decidido que no quiero tenerte en mi lecho hasta que hayas aceptado ser mi esposa. Oh, a juzgar por tu mirada desviada sigues sin quererme, es decir, sin quererme por marido. Un amante, entonces. ¿Preferirías ser mi querida? Por los colores que te suben por el cuello deduzco que tengo frente a mí a mademoiselle Evangeline de Beauchamps, no a la viuda del difunto zoquete André que en santa gloria esté.

–Para describir a André me serví de un joven caballero que conocí en Francia, el conde de Pouilly. Quería casarse conmigo.

–Espero que rechazaras a ese idiota, ¿verdad?

–Sí.

–No vas a volver intentar negar que me amas, ¿verdad?

–No, no voy a intentarlo. Puede reírse de mí, o burlarse. Pero escuche, su excelencia, si me ama debe darme más tiempo... tiempo para pensar. ¿Es mucho pedir?

Él se acarició la mandíbula.

–Es toda una concesión viniendo de ti –respondió por fin–. Sí, creo que estoy haciendo progresos. No es mucho pedir, no. Tienes ante ti al más paciente de los hombres. Bueno, en realidad no lo soy tanto. Lo que me gustaría es desnudarte aquí mismo, arrojarte sobre la paja y hacerte el amor. Ya te he dicho que me gustaría recorrerte todo el cuerpo con las manos. Bueno, también con la boca. –Suspiró profundamente–. Pero no lo haré, tienes mi palabra. Ahora debes prometerme que no tratarás de evitarme.

Y ella había aceptado.

Se cerró la capucha de la capa alrededor de la cara. Cada vez tenía más frío. Se acercaba al agua, por eso hacía tanto frío. Bajó corriendo el sendero porque no había mucho tiempo.

Después de encender el farol y dar la señal, se encaminó al embarcadero para recibir el bote que avanzaba entre las olas en dirección a ella. Oyó los susurros roncos de los hombres cuando el bote raspó el embarcadero. Dos de ellos bajaron de un salto y hablaron en voz baja con los otros dos que se quedaron en el bote; luego uno de ellos lo apartó de un empujón del embarcadero.

Un hombre se acercó a ella sin hacer ruido, sus botas avanzando silenciosas sobre los tablones de madera.

–¿Es usted el Águila?

Ella estaba acostumbrada a una nota de incredulidad y sorpresa en la voz de los hombres. Ninguno esperaba a una mujer.

Asintió.

–¿Es usted Paul Treyson?

Él le sonrió y se acercó otro paso.

–Sí. –Le entregó un grueso sobre–. Aquí tiene mis instrucciones. Me han dicho que le diera tiempo para leerlas.

En lugar de volver corriendo a la cueva, Evangeline se arrodilló en la playa, encendió una cerilla y leyó rápidamente las cartas de presentación. Ese hombre iba a convertirse en ayudante del poderoso Rothchild en Londres. Dios mío, no podía ni imaginar las puertas que ese cargo le abriría.

Dejó caer la cerilla consumida, escribió rápidamente sus iniciales en la parte inferior del pliego y se levantó.

–Muy bien, monsieur. Se hace tarde y debe darse prisa. Lleve esto con usted. Encárguese de que llegue al Lince.

Él frunció el entrecejo, pero asintió.

–Está bien. Aquí tiene los otros papeles.

Le entregó dos sobres. Uno contenía instrucciones de Houchard; el otro, una carta de su padre.

–No falta mucho para que su cargo cobre nueva y especial relevancia –dijo el hombre–. En los próximos meses el emperador declarará la guerra a los aliados y al duque de Wellington. Usted nos será más útil que nunca.

Evangeline estrujó los sobres. Había creído que todo terminaría para ella y para su padre en cuanto Napoleón retomara las riendas del poder. Había sido necia al creer a Houchard. Si estuviera allí lo mataría sin vacilar.

–Váyase –dijo ella, y regresó rápidamente hacia la cueva.

Imaginó al duque, aquella mirada oscura clavada en su rostro, diciéndole que le daría tiempo para pensar. No se le había ocurrido nada más que decir y había sido otra mentira. En cuanto Edgerton la liberase, se reuniría con su padre en París y nunca más volvería a ver al duque. Se sentía despreciable, pero no podía remediarlo. Sabía que su carta haría venir a Edgerton en persona o enviarle un mensaje. Tendría que esperar, pero no mucho más, no podía.

De pronto se oyeron dos disparos en lo alto del acantilado. Y un grito de dolor. Luego otro disparo y un chillido, seguido de otro grito de dolor. Ella miró hacia arriba. Llegaban gritos del acantilado. Por un instante se quedó paralizada, incapaz de moverse o de pensar. La habían descubierto. ¡Dios mío, la habían descubierto!

Se agachó y volvió corriendo a la cueva, tratando de ver algo en la oscuridad. A lo lejos se oía el golpeteo de botas y gritos excitados. Se volvió y vio a hombres envueltos en capas negras bajar corriendo por el sendero del acantilado hacia la playa.

Oyó una voz por encima de las demás:

–Registren la playa palmo a palmo. El otro hombre debe de andar cerca. Es el traidor inglés. No lo dejen escapar.

Era lord Pettigrew.

Evangeline corrió hasta el fondo de la cueva, con la mente paralizada de miedo. Iban a matarla, o peor, a capturarla. Pensó en su padre. Moriría porque ella le había fallado. Y el duque... seguramente nadie lo creería culpable de traición a Inglaterra.

Se acurrucó en el fondo de la cueva, esperando a que la descubrieran. Oyó el amortiguado chapoteo y voces masculinas que se aproximaban. Pensó en Edmund. Se reía a carcajadas cuando por casualidad había dicho algo que a ella le había causado gracia. El niño podría morir si la descubrían. Edgerton seguiría libre y mataría a Edmund. No, no podía permitir que Edgerton hiciera daño al niño. Tenía que detenerlo. Corrió hasta la entrada de la cueva y se detuvo en seco al oír voces.

–¡Maldita sea! –gritó uno–. No se puede pasar de aquí. Está subiendo la marea. El hombre no puede haber venido por aquí o lo habríamos visto.

–Tienes razón. El acantilado casi termina en el agua y es escarpado. Regresaremos por el otro lado.

Los oyó detenerse y acto seguido volver chapoteando a la playa. Subía la marea. Esa era su oportunidad. El agua ya le llegaba a los tobillos, y estaba gélida, pero a ella no le importaba. Avanzó despacio por el agua hasta la entrada, atenta por si oía a los soldados ingleses, pero el único sonido era el del mar.

Se obligó a esperar lo que le pareció una eternidad, hasta que el agua le llegaba hasta los muslos. Casi se le habían dormido las piernas. No podía esperar más, o la marea sería demasiado fuerte para nadar en contra. Se lanzó con todas sus fuerzas hacia delante. Solo unos pasos más, se dijo, y estaría fuera.

Una ola rompió inesperadamente sobre ella, derribándola y arrojándola contra las rocas de la entrada de la cueva. Sintió un agudo dolor en las costillas y por un instante no pudo respirar. Edmund, pensó, Edmund. Se aferró con frenesí a una roca que sobresalía, luchando con sus pesadas y empapadas ropas, y avanzó de roca en roca. Cuando no hubo más rocas a las que aferrarse, nadó hasta que el agua la empujó contra el acantilado. Se apartó el pelo de los ojos y levantó la vista hacia la escarpada pared que se alzaba vertical sobre ella. No había forma de escalarla. Pero pensó en Edmund y supo que no tenía elección. Debía llegar arriba, pero por allí no, era imposible. Respiró hondo y nadó hacia fuera, luchando con todas sus fuerzas contra las olas. Cuando ya no pudo más, dejó de oponer resistencia y entonces el agua la arrastró hasta la orilla. Al sentir la áspera arena y las piedras afiladas, experimentó un enorme alivio. Seguía con vida.

Permaneció tumbada boca abajo en la arena, vomitando agua salada.

Finalmente comprendió que debía ponerse a salvo. Avanzó unos pasos, tropezó y se acercó al acantilado a gatas. Oyó voces amortiguadas por encima de la playa, al otro lado de la lengua de tierra que sobresalía y de la cueva, cerca del sendero del acantilado. Levantó la vista. Lo que había parecido tan escarpado en realidad no lo era tanto. Había rocas erosionadas y raíces. Podía conseguirlo, tenía que hacerlo. Se sujetó a una roca y, agarrándose a las raíces que sobresalían unos palmos más arriba, se alzó. Rezó para que aguantaran su peso. Lo hicieron. Encontró otra roca lo bastante grande para aferrarse con firmeza y volvió a auparse. Luego descansó. ¿Dónde podía subirse ahora? Casi había renunciado cuando vio una roca larga y estrecha que sobresalía del acantilado. Sabía que podría utilizarla como punto de apoyo para alzarse, y en efecto, en la pared del acantilado había una profunda hendidura, un poco lejos pero podría alcanzarla. Estaba a unos diez metros por encima de la playa cuando de pronto, sin que se moviera la roca o la tierra a sus pies, el suelo cedió. Se quedó suspendida, tratando frenéticamente de afirmarse en algo. Por fin encontró una roca que sobresalía lo justo para apoyar un pie. Se pegó al acantilado mientras le caían encima piedrecillas sueltas y guijarros. Parecía una avalancha. Después solo hubo silencio. Ya no cayó nada más ni se oyeron voces masculinas. Por fin vio el borde del acantilado sobre ella y subió.

Rodó por el suelo y se quedó tumbada boca abajo, sin poder creerse que hubiese logrado escalar ese maldito acantilado. Pero lo había hecho. Se levantó despacio. Trató de erguirse pero sintió un dolor terrible en las costillas.

Vio a lo lejos Chesleigh, sus pocas ventanas iluminadas como puntitos blancos en la noche oscura. Echó a correr hacia el castillo agachada, las ropas mojadas azotándole las piernas.

–¡Esperad, lo he visto! ¡Parad! –gritó un hombre a lo lejos.

Evangeline siguió avanzando a gatas. Oyó un disparo seguido de otro, pero no estaban cerca. Gracias a Dios no era a ella a quien habían visto. Hubo más disparos aún más lejos. Se levantó con esfuerzo y corrió hacia la hilera de tilos que bordeaba el sendero de grava que rodeaba la fachada norte de Chesleigh. Se apoyó contra un árbol. Apenas podía respirar, se había hecho un tajo en el costado y se sentía como si alguien le hubiera hundido las costillas de un puñetazo.

–¡Por aquí no! –oyó en la lejanía–. ¡He visto a ese bastardo cerca del sendero! –El grito de lord Pettigrew resonó con furia–. No lo matéis. Lo queremos con vida.

Cerró los ojos y apretó la mejilla contra la áspera corteza del árbol. Oyó el ruido de pesadas botas retrocediendo hacia el camino. Se obligó a quedarse inmóvil y esperó tanto como le pareció prudente.

Cruzó a gatas los espesos matorrales que bordeaban el sendero y solo se levantó cuando estuvo frente al ala norte. Sacó del bolsillo la llave, respiró hondo y echó a correr agachada hasta la puerta del castillo. Las paredes de piedra la protegían mientras sus dedos entumecidos luchaban por introducir la llave.

–Vamos, métete, maldita sea.

Una vez introducida la llave, la hizo girar frenética. Esta no se movió. Se apoyó contra el muro del castillo, tan exhausta física y mentalmente que se preguntó si a la mañana siguiente la encontrarían apoyada allí, con los ojos abiertos, pero muerta.

–Ábrete –dijo, maldiciendo la llave hasta que por fin hizo clic.

Empujó la puerta lo justo para entrar. En cuanto estuvo a salvo dentro, se apoyó contra la ancha puerta para cerrarla. Arriba, pensó, tenía que subir a su alcoba. Caminó encorvada, sujetándose las costillas, su respiración agitada el único ruido que rompía el silencio del castillo.

Una vez en su alcoba, encendió una vela y se volvió hacia el espejo. Se encontró con una figura mugrienta y llena de desgarrones. Estaba empapada, y tenía el pelo aplastado, y cortes y rasguños por todo el cuerpo. No parecía capaz de dejar de temblar. Se despojó de las ropas mojadas, apretando los dientes por el dolor de las costillas. Se pasó un camisón por la cabeza y se puso una de las gruesas batas de terciopelo grueso de Marissa. Luego se metió debajo de todas las mantas de la cama. Aunque poco a poco fue entrando en calor, seguía temblando. Al menos podía pensar con más claridad.

Había ganado, de verdad había ganado.

Seguía oyendo los gritos de los hombres de lord Pettigrew. Tal vez la habían visto y de un momento a otro irrumpirían en su habitación. Loca de ansiedad, se levantó y escondió las ropas mojadas debajo del armario. Volvió a la cama tambaleándose y se obligó a cerrar los ojos. No podía hacer nada más.

Capítulo 36

Rayos del brillante sol de primera hora de la mañana le daban en el rostro. Abrió los ojos despacio. Por fin había transcurrido la noche. Había dormido de manera intermitente, aterrorizada de que entraran a detenerla en cualquier momento. Pero nadie había aporreado la puerta. Había llegado la mañana. Permaneció acostada, agradeciendo el nuevo día y que siguiera a salvo, al menos en esa habitación. No hizo caso del dolor del cuerpo porque no podía remediarlo, y se obligó a pensar.

¿Había capturado lord Pettigrew a Paul Treyson y a los demás? ¿O solo a uno? ¿A cuál de ellos? Pensó en la carta que había dado a Paul Treyson. No había utilizado ni su nombre ni el de John Edgerton. Cerró los ojos, sintiendo cómo el alivio difuminaba el dolor.

Estaban registrando la zona en busca de un traidor. Buscaban a un hombre, a menos que los hombres hubieran confesado a lord Pettigrew que el traidor inglés era una mujer. Si habían hablado, estaba acabada. Pero no podía hacer nada. Debía creer que no le habían dicho nada a lord Pettigrew; seguro que no lo habían hecho.

Los hombres de lord Pettigrew ya habían acudido a Chesleigh. Ella no podía quedarse en la cama. Tenía que actuar con naturalidad. Si decía que estaba enferma, tal vez levantara las sospechas del duque, o le pareciera raro a lord Pettigrew. No era buena actriz, pero ese día tendría que serlo.

Pensó en su padre, y en Edmund. Si quería salvarlos debía salvarse primero a sí misma. Cuando se miró en el espejo, casi le dio un desmayo. Tenía el cabello pegajoso y enmarañado alrededor de la cara. ¡Oh, y el resto! No podía mirarse. Claro que no importaba. Se limitaría a taparse cuidadosamente. Por lo menos no se había roto ningún hueso.

Transcurrieron dos horas antes de que terminara de secarse y cepillarse el cabello. Escogió un vestido ligero y muy femenino, que le ceñía los pechos y se ensanchaba hasta un bajo de volantes. Si alguna vez necesitaba parecer la encarnación de la mujer frágil e indefensa, aquel era el día. Se miró las manos, hizo una mueca y se puso un par de guantes blancos.

No vio a nadie abajo. Se disponía a entrar en la salita del desayuno cuando oyó el sonido de un carruaje en el sendero de grava. Entró rápidamente en el salón, corrió las pesadas cortinas y vio a lord Pettigrew bajar de su coche. Parecía muy cansado.

Oyó a Bassick recibirlo. No tardaron en oír la voz del duque.

–Me alegro de verte, Drew. Hemos registrado cada matorral, visitado cada granja entre Chesleigh y cinco kilómetros al sur. Pero no hemos encontrado al traidor, maldita sea. ¿Lo has encontrado tú?

Gracias a Dios. Buscaban a un hombre.

–Hemos encontrado algo interesante –susurró Drew–. Hablemos en privado.

Evangeline se apretó contra la pared hasta que sus pasos se alejaron por el pasillo. Se obligó a esperar unos minutos antes de seguirlos.

Si a Bassick le pareció extraño verla aparecer de pronto, no dio muestras de ello. Se limitó a darle los buenos días. Se obligó a saludarlo alegremente antes de volverse para encaminarse a la biblioteca del duque. Respiró hondo ante las puertas cerradas, las abrió de par en par y entró con una sonrisa tan radiante como el sol matinal.

Drew Halsey apenas había empezado a hablar cuando Evangeline entró flotando en la biblioteca, tan extraordinariamente hermosa y delicadamente femenina que los dos hombres se quedaron mirándola. Luego Drew se dominó. Frunció el entrecejo, impaciente por hablar del asunto de una vez. Pero la vio abrir mucho los ojos y tuvo que sonreír. No creía haberla visto nunca tan encantadora, con una expresión tan risueña y despreocupada. Pensó en Felicia y sonrió más.

–Buenos días, Evangeline –dijo, levantándose y acercándose a ella. Le tomó una mano enguantada y le besó los dedos–. Está singularmente hermosa esta mañana.

Ella retiró la mano y se rió del cumplido.

–Espero no molestar. Los dos están tan serios. Pensé que su excelencia y yo podríamos cabalgar hasta Rye con Edmund. Oh, cielos, espero que no pase nada. No será algo relacionado con Felicia, ¿verdad, Drew?

El duque estaba de pie apoyado contra el escritorio, con los brazos cruzados. Tenía la vista clavada en el cabello color miel de Evangeline, recogido en descuidados tirabuzones en lo alto de la cabeza; varios mechones finos le caían sobre las orejas. Con sus guantes blancos, parecía un exquisito maniquí de la dama a la moda. Pero al oírla hablar se había puesto rígido. Parecía una joven probando sus artimañas con el primer caballero disponible.

–No, no se alarme –se apresuró a decir Drew, esperando borrar el miedo de esos maravillosos ojos–. Felicia está bien. La verdad es que he pasado aquí los últimos dos días. Ella está en la ciudad.

–Buenos días, Evangeline –dijo el duque. Se acercó a ella y guardó silencio antes de asentir despacio–. ¿Ha dicho un paseo hasta Rye con Edmund?

–Sí, su excelencia –respondió, y se apresuró a desviar la mirada. Él siempre le descubría las intenciones.

El duque guardó silencio y retrocedió un paso para apoyarse contra la repisa de la chimenea.

–Evangeline, luego discutiremos algún plan con Edmund sin duda emocionante, empezando por desayunar. De hecho, creo que debería quedarse. Es justo que oiga lo que hemos estado haciendo.

–¿Estás seguro, Richard? Es una dama y no quisiera alarmarla.

Evangeline no hizo caso a Drew.

–¿Qué quiere decir, su excelencia? –Creyó haber hablado con un tono tan desprovisto de malicia como el de una monja–. Cielos, qué misterioso parece. Creo que voy a sentarme por si empiezo a sentirme débil.

El duque no dijo nada mientras Evangeline se sentaba. Drew Halsey miró a uno y otro, se encogió de hombros y se acercó al escritorio del duque.

El duque se miró la uña del pulgar y frunció el entrecejo porque estaba áspera. ¿Le había hecho daño con esa uña? Sacudió la cabeza.

–No se lo he dicho antes porque no quería afectarla más –dijo–, pero cuando recibí su carta sobre el asesinato de la señora Needle, traje a Chesleigh a un agente de policía de Bow Street para que investigara mientras estábamos en Londres. Me dijo que antes de que nos marcháramos a Londres, había estado cerca de la cala y visto extraños sucesos abajo en la playa, una lámpara haciendo una señal y unos tipos misteriosos remando hasta el embarcadero. Creyó que eran franceses y habló con Drew, y este pensó que merecía la pena investigarlo. ¿Cuántas noches han pasado tus hombres escondidos entre los árboles del sendero del acantilado, Drew?

–Casi dos semanas. Anoche estuve con ellos. Como te decía, Richard, tu policía no se equivocó.

Evangeline se llevó una mano al pecho y lo miró con expresión de terror.

Drew miró al duque preocupado, pero este se limitó a mirarse la uña del pulgar.

–Por favor, continúa, Drew.

–Anoche, a una hora avanzada, vimos en el embarcadero dos figuras envueltas en sendas capas, reuniéndose con un tercer hombre. Cuando dos de los hombres llegaron al sendero del acantilado, salimos a su encuentro. Pero, por desgracia, huyeron y nos vimos obligados a disparar. No sé cómo escapó el tercer hombre, el que los esperaba en tierra, pero lo hizo. No me explico cómo logró hacerlo. Ya sabes lo traicioneros que son los acantilados, Richard. Por Dios, siempre he creído que eran totalmente verticales. Pero debió de escalar de alguna manera y llegar hasta lo alto del acantilado. Mis hombres vieron muchas sombras, pero ninguna resultó ser la del traidor.

–Eso es horrible –dijo Evangeline, todavía cubriéndose el pecho con sus manos enguantadas–. ¿Tiene pruebas de que los hombres abatidos eran franceses?

–Sí, Evangeline –respondió Drew–. En uno de los cadáveres encontramos un paquete, instrucciones en un código que descifraremos, estoy seguro. El traidor había garabateado sus iniciales en la esquina inferior derecha. Además, antes de morir, el hombre que llevaba las instrucciones susurró algo en francés. Todo lo que entendí fueron *«l'Aigle»* y *«traitre»*. Es probable que pensara que el hombre que se había reunido con ellos los había traicionado, lo que, por supuesto, no es cierto. En el bolsillo del hombre también había otra carta, dirigida al Lince, sin duda el contacto del traidor en Londres. Como he dicho, está escrita en una especie de código que descifraremos. Estaba firmada «L'Aigle», el Águila. –Se volvió hacia el duque–. Como sabes, nos dirigimos al norte de Chesleigh. Nada, Richard, el hombre escapó. Es frustrante. Tenemos que atraparlo. No quiero pensar en el daño que ya ha hecho. Tengo a tres hombres desde anoche intentando descifrar el código. No debería llevarnos mucho tiempo.

–He estado dándole vueltas –dijo el duque– y tiene que ser un hombre de por aquí. Y el maldito bastardo ha estado utilizando mi propiedad para introducir a espías en el país. Lo desollaré en cuanto le eche el guante.

–Si lo encuentras antes que yo, te ruego que no lo mates. Necesitamos sonsacarle información. Luego lo colgaremos y evitaremos que te ensucies las manos. Sé que te pone furioso que los franceses hayan estado utilizando Chesleigh para entrar en Inglaterra. Como pensábamos, el asesinato de la señora Needle debe de estar relacionado de alguna manera. Ya sabes que ella seguía yendo y viniendo por el condado a su antojo, a pesar de su edad avanzada, de modo que no es un disparate la posibilidad de que oyera o viera algo. Me gustaría que me dieras tu autorización para interrogar a tus criados. No tengo muchas esperanzas, pero tal vez alguien viera algo anoche.

El duque asintió y miró a Evangeline.

–¿Tiene algo que decir a Drew? ¿Vio algo anoche? Tal vez estaba despierta junto a la ventana a medianoche.

–Anoche hacía mucho frío. No me levanté de la cama. Dios mío, todo esto parece una pesadilla.

Con gran alivio Evangeline vio que Drew Halsey se disponía a marcharse.

–Mis hombres no entretendrán mucho rato a tus criados –dijo levantándose–. Te mantendré informado. Seguramente el Águila volverá a intentar utilizar tu playa, pero haré que mis hombres sigan vigilándola.

Evangeline también se levantó.

–Espero que encuentre al traidor, milord. Seguro que esta noche no pego ojo. Si me disculpan, caballeros, iré a ver a Edmund.

Dirigió a los dos hombres una sonrisa radiante y salió de la biblioteca.

El duque la observó salir sin decir nada.

–Estaré en el Raven Inn hoy, Richard, pero debo salir para Londres esta noche. La última información que he recibido es que Napoleón iniciará su ataque en Béliga dentro de unos días. Wellington lo está esperando. Con suerte me llevaré a Londres las instrucciones descifradas y podré entregarlas en el ministerio.

–Quisiera saber si este grupo de espías tuvo algo que ver con la muerte de Robbie –comentó el duque–. Después de todo, él era amigo mío, pasó tiempo aquí en Chesleigh, y esos hombres utilizaban el castillo para entrar en el país.

–Estoy tan seguro como es posible estarlo en estos momentos de que estuvo relacionada. Imagínate, esos bastardos han estado utilizando tu playa privada. Es una asombrosa muestra de descaro, por no decir más.

–Lo cierto es que la idea empieza a parecerme menos fantástica –dijo el duque con frialdad.

Dio instrucciones a Bassick, hizo un breve gesto con la cabeza a los dos hombres que lord Pettigrew había dejado atrás y se encaminó al cuarto de los niños. No la encontró allí. Entró en su alcoba, que estaba vacía, y se volvió para salir, pero al llegar a la puerta se detuvo en seco.

Diez minutos más tarde la encontró en un pequeño salón soleado del segundo piso. Estaba de pie junto a la ventana, contemplando el canal, de espaldas a él. El duque cerró con firmeza la puerta y se apoyó contra ella. Evangeline no se volvió, pero él sabía que era consciente de su presencia.

–Una actuación extraordinaria –dijo él con naturalidad–. Drew admiraba tu belleza tanto como maldecía tu parloteo de mujer frívola. Naturalmente, has acudido para disipar las sospechas si es que alguien sospechaba de ti, y averiguar qué sabemos y qué se está haciendo. Como digo, lo has hecho muy bien. Solo dime una cosa, Evangeline, ¿de verdad creías que podrías engañarme?

Ella cerró los ojos ante tal torrente de palabras. Sacudió la cabeza, sin volverse.

–No sé de qué me está hablando, su excelencia. Una dama se quedaría sin duda horrorizada ante lo ocurrido. –Logró estremecerse–. Un traidor aquí, en Chesleigh.

Él se limitó a decir con la misma soltura, solo que con voz más grave y calma mortífera:

–Sí, hablemos de los traidores que hay en Chesleigh. Permíteme que sea más exacto. ¿Te llamo Evangeline o por tu nombre de traidora, Águila?

Ella se volvió despacio hacia él. Todo había terminado, pero tenía que intentarlo.

–Está imaginando cosas, su excelencia –dijo con desesperada calma–. Míreme. ¿Podría ser un hombre?

–Sí, creo que voy a mirarte con más detenimiento. –Se acercó sin apartar los ojos de su rostro–. Qué raro que lleves guantes. Nunca te había visto con guantes. –Le cogió las manos y se los quitó de un tirón–. Espero que no te hicieras estos rasguños tan poco femeninos haciendo el amor conmigo. –Sacudió la cabeza–. No, no te molestes en mentir, Evangeline, a menos que también te molestes en explicarme qué hacen esas ropas húmedas y rasgadas debajo de tu armario. Maldita sea, Evangeline, vas a decirme la verdad.

Tenía la cara tensa de la cólera. Ella logró soltar las manos. Él lo sabía y no había nada que hacer. Pero ¿qué iba a ser ahora de su padre? ¿Y de Edmund?

–De acuerdo –dijo por fin–. Es verdad.

–¿Eres tú la maldita Águila?

–Sí.

Él no se atrevió a tocarla, por miedo a perder el dominio de sí mismo.

–Nunca me he considerado particularmente ciego a los defectos de los demás. Sin embargo, tú me has dejado verdaderamente en ridículo. Una prima indigente, una mujer bonita que necesitaba ayuda. Una mujer bonita que me miraba como si quisiera arrancarme la ropa y seducirme. Y me has seducido, ¿no? ¿Crees que eso va a cambiar algo ahora que sé quién eres? Dios, eres una maldita embustera, una farsante y una traidora.

Ella le miró los puños cerrados a los costados.

–Solo hice lo que tenía que hacer.

–Y yo he representado mi papel de maravilla, ¿verdad? Dime, ¿qué te decidió a acostarte conmigo? ¿Temiste que pudiese averiguar algo y quisiste distraerme? ¿En serio creíste que estaría menos dispuesto a entregarte al verdugo solo porque te he quitado tu maldita virginidad?

–No tenía elección –replicó ella–. Basta, su excelencia. Deje que le explique.

Él rió con cinismo.

–¿Por qué no? Estoy seguro de que has discurrido largo rato tus explicaciones. Después de todo, has estado jugando a un juego muy peligroso. Tenías que tener unas excusas muy buenas que ofrecer si finalmente te atrapaban. –Y ya no pudo contenerse: la sujetó y empezó a zarandearla.

Ella abrió la boca y lo miró parpadeando.

–No –susurró–. Oh, no, no es posible que esté ocurriendo esto.

Y se desplomó contra él, inconsciente.

Capítulo 37

El duque la cogió en brazos, sintiéndose tan frustrado como asustado. Maldita sea. Ya no podía gritarle, no podía seguir enfrentándose a ella, porque había tenido la desfachatez de desmayarse. La llevó a su cámara, pasando por delante de una doncella boquiabierta y dos lacayos paralizados, y, tendiéndola en su cama, le desabrochó de un tirón el cuello alto de muselina. Los arañazos le llegaban hasta los hombros. Soltó una maldición mientras la desnudaba rápidamente, furioso, deseando estrangularla, porque podría haberse hecho mucho daño. Miró los feos cardenales que tenía sobre las costillas, en las piernas y alrededor de los hombros, los numerosos rasguños y cortes, y trató de calmarse. De repente se le ocurrió que podría haberse matado fácilmente. Había logrado escalar ese maldito acantilado ella sola, aterrorizada en la oscuridad. Dios mío, no creyó poder soportarlo. La tapó hasta el cuello.

Evangeline abrió despacio los ojos y vio al duque mirándola fijamente.

–Maldita sea –dijo él.

–Me he desmayado –balbuceó ella, perpleja–. No me había desmayado en mi vida... Me has desnudado. Estoy hecha un asco, pero no es nada serio. No me he roto ninguna costilla, aunque por un momento estuve a punto.

Cerró los ojos al oírla, porque él mismo había estado fuera, buscando. Sabía lo escarpado que era ese acantilado, sabía cómo debía de haber nadado contra la helada marea para llegar a la playa del acantilado.

–Me alegro de que no te mataras anoche –dijo clavándole una mirada asesina–. Así podré hacerlo yo ahora.

–Recibiré mi castigo, no temas. Pero ahora tienes que dejarme escapar. Debes hacerlo. No puedes ser tú precisamente el que me cuelgue.

–¿Para desaparecer de mi lado tan repentinamente como llegaste? No, Evangeline, no pienso perderte de vista. –Volvió a bajar las mantas y la examinó–. Eres muy buena, ¿lo sabías? Te felicito. Y poseerte virgen, a pesar de tu manifiesto interés por mí... vamos, no era de ningún modo necesario. Esperaba una mujer con cierta habilidad, pero no, habías reservado tu himen para mí. Y pensar que yo, el duque de Portsmouth, un hombre que quiere ver a Napoleón bajo tierra, un hombre que odia a todos los que quieren acabar con Inglaterra, este estúpido orgulloso ha sido derrotado por una mujer. Y no te ha sido tan difícil. Seguro que hay algo edificante en todo ello, pero me temo que tardaré mucho tiempo en verlo. –Le bajó las mantas hasta los tobillos. Ella no hizo ademán de cubrirse; no le quedaban ánimos para luchar. Él le puso una mano en el vientre–. La única parte de tu cuerpo que no tiene rasguños ni cortes.

Ella trató de apartarse, pero él la sujetó.

–Tápame –dijo ella–. No puedo pelear contigo.

–Serías una estúpida si lo hicieras. Te cubriré enseguida. Antes voy a asegurarme de que no te has hecho ninguna herida grave.

Aquel que había sido su amante, que había desahogado su cólera contra ella, pasó a ser un hombre a quien sencillamente no le importaba. Desvió la cabeza y cerró los ojos. Notó los dedos de él en las costillas.

–Tienes razón. No te has roto ninguna costilla. Deberías considerarte muy afortunada. No, no te muevas. Estás hecha un asco, pero no hay nada serio. Quédate quieta. Voy a ponerte un poco del ungüento de la señora Needle.

Ella notó cómo esparcía delicadamente el ungüento en los rasguños, con las manos temblorosas. Le examinó la cara, vuelta hacia un lado.

Evangeline yació allí desnuda, preguntándose qué iba a ser de ella, de su padre, de Edmund. Cuando él volvió a la cama, estaba muy serio.

Como si ella notara que la miraba, volvió despacio la cara hacia él. Tenía una sonrisa amarga, de impotencia.

–Nunca he querido hacerte daño, nunca. Ahora es demasiado tarde. Debes protegerte, proteger a Edmund.

–Enseguida podrás sacar todo lo que tienes dentro. De momento guárdate tus súplicas.

La volvió boca abajo. Tenía arañazos y cardenales en la espalda, las caderas y las piernas. Murmuró una maldición. Ella no se movió mientras él le extendía el ungüento, tocándole ligeramente las contusiones. Lo oyó resoplar.

Él la imaginaba luchando para regresar a Chesleigh, jugándose la vida. Se sorprendió maravillándose ante su fuerza de voluntad. Si Drew hubiera recelado de ella, su actuación lo habría convencido de su inocencia. Drew seguramente la tenía por una mujer boba y bastante frívola.

–Listos –dijo por fin, ayudándola a tenderse de nuevo de espaldas y tapándola–. Ya está. –Acercó una silla a la cama y se sentó, y juntó los dedos pensativo–. Ciertas cosas están ahora muy claras para mí, mademoiselle –continuó sin alterar la voz–. Tu inesperada llegada a Chesleigh, tu situación indigente y tu insistencia en permanecer en Chesleigh. Hasta afirmaste ser viuda. De haber llegado como una supuesta señorita inocente, el decoro habría exigido que te proporcionara una acompañante, o no podrías haberte quedado. –Hizo una pausa, recordando el dolor de Evangeline ante la muerte de la anciana. Frunció el entrecejo–. Estoy seguro de que eres inocente del asesinato de la señora Needle. De hecho, te conmocionó bastante. Pero sabes quién la mató, ¿verdad, Evangeline? Si yo no hubiera tomado cartas en el asunto, si no hubiera traído a un policía de Londres, seguirías recibiendo espías.

–Sí.

Él de pronto recordó su empeño en hacer una visita a Drew en el ministerio.

–Ah, otro detalle. Tu visita al ministerio. No era la petición frívola de una dama, ¿verdad?

–No, me ordenaron que dejara un sobre en el despacho de

lord Pettigrew, en uno de los libros del segundo estante. No sé qué contenía el sobre.

–Creo que es hora de que me lo cuentes todo, Evangeline. –Vio tanto dolor en sus ojos que casi se interrumpió, pero tenía que saber todo lo que había hecho y por qué. Sin embargo, Evangeline no dijo nada–. Entiendo. Quieres hacerme creer que no eres más que una astuta traidora que me ha engañado a mí y a toda mi familia de la manera más alevosa.

–No –replicó ella con tono frío–. Eso no es así. Por favor, su excelencia, no tenía otra elección.

–No le des más vueltas y explícamelo. Confía en mí, Evangeline. Dime por qué lo has hecho.

–Mi padre no ha muerto. Es prisionero de un hombre llamado Houchard en París.

Ella le contó con voz entrecortada la noche en que los dos hombres habían irrumpido en su casa, el viaje a París, su encuentro con Houchard.

–Conocía a toda mi familia y a la tuya. Tú ibas a ser un inocentón, mi instrumento, o se encargaría de que mataran a mi padre por traidor. Solo el Lince sabría la verdad.

–¿Quién es el Lince?

–John Edgerton.

Él se echó hacia delante en la silla.

–¡Maldito bastardo!

–Él o uno de sus hombres asesinó a la pobre señora Needle. La primera noche que me reuní con él, supe que no iba a conseguirlo. Le dije que ya había alguien que se olía algo y mencioné el nombre de la anciana. Dios mío, la mató. Creo que lo hizo más para darme una lección que para silenciarla. Quería que yo supiera que, si te decía algo, si te pedía ayuda, las consecuencias serían terribles. –Contuvo el aliento al recordar–. Yo había decidido contártelo. Edgerton debió de adivinar que yo flaqueaba. Me dijo que si alguna vez te decía algo, mataría personalmente a Edmund. De modo que yo no iba a decir nunca una palabra. No iba a hacerlo, salvo ahora que ha ocurrido esto. –Sacó las piernas de la cama y cogió las mantas para taparse–. Debes detener a Edgerton o Edmund estará en peligro.

–¿Me lo habrías confesado todo si no hubiera sido por la amenaza contra Edmund?

–Sí, créeme. Edgerton está loco. Es capaz de cualquier cosa, hasta de asesinar a un niño y a una anciana para lograr sus propósitos, es decir el triunfo de Napoleón.

–Conozco a John Edgerton desde los dieciocho años, cuando llegué por primera vez a Londres y él era un atildado caballero de treinta años. Está muy bien considerado. Participa en muchas decisiones y tiene acceso a muchos hombres. Cuesta creerlo. No eres bonapartista, ¿verdad?

–Si yo hubiera sido la única persona involucrada, habría muerto de buen grado antes que traicionar a mi país o al tuyo.

El duque pensó en los caprichos del destino que la habían llevado hasta él.

–¿Me lo habrías dicho si no fuera porque Edgerton había amenazado a Edmund?

–Hizo más que amenazar. Describió con detalle lo que le haría. Dijo que enterrarían juntos a mi padre y a Edmund. Entonces supe que él había ganado. Edmund era mi niño. Su vida es todo para mí.

El duque bajó la cara hasta apoyarla en la mano de ella y la tomó entra las suyas.

–Nadie hará daño a Edmund –dijo por fin–. Pero a tu padre, ¿qué crees que le pasará?

Ella tragó saliva.

–No lo sé. Edgerton no tardará en averiguar lo ocurrido. Volverá a París, y entonces mi padre morirá. Tal vez venga aquí antes a matar a Edmund, y a mí, naturalmente.

–Intentaré hacer algo respecto a tu padre. Y me encargaré de que tú y Edmund estéis bien protegidos.

–He olvidado decirte algo. Drew estaba desesperado con esos espías que ya han entrado. Tengo anotados en un diario todos sus nombres y los de las personas a quienes iban a ser asignados en Londres. Lo guardo debajo del cojín del asiento de la ventana. ¿Te acuerdas de Conan DeWitt en el baile de los Sanderson? Él es uno de ellos. Esa noche me estuvo amenazando. Es un hombre muy peligroso, tal vez más que John Edgerton.

–¡Dios mío! –exclamó él, abrumado ante la enormidad de aquello.

–Uno de los hombres que atrapasteis anoche, Paul Treyson, se dirigía a Londres para convertirse en ayudante de Rothchild.

Él se echó a reír.

–Y yo que creía que aquí llevaba una vida de lo más apacible. Ojalá pudiera contarle todo esto a mi madre. Le parecería tan increíble como a mí. Pero no lo haremos. –Luego se calmó y añadió–: En fin, hay algo más. ¿Por qué hiciste el amor conmigo?

Por primera vez ella sonrió.

–No pude resistirlo –dijo, y él vio que era verdad.

–¿Acudiste a mí porque no veías futuro para nosotros?

–No había futuro. Solo podía disfrutar de una noche contigo y la deseaba desesperadamente. No sabía que un hombre notaba si una mujer era virgen o no.

–Me sorprendió –dijo él–. La verdad es que me sorprendió mucho, pero ya no importa. –Le besó los dedos–. Si en adelante tratas de ocultarme el más insignificante de los secretos, te daré una tunda.

–Sigue sin haber futuro –dijo ella cerrando los ojos–. He fracasado y ganado al mismo tiempo, pero la señora Needle ha muerto, y ahora mi padre también va a morir.

Él se tendió a su lado en la cama y la estrechó suavemente. Le acarició el pelo, quitándole los pasadores, y le susurró que todo se solucionaría, se lo prometía, ya lo vería. Ella lloró silenciosamente largo rato.

–Shhhh. Tranquila. Ahora que me lo has contado todo, haré todo lo que esté en mi mano para que no le ocurra nada a tu padre. Ni a ti. No quiero que te veas en medio de un horrible escándalo. Quiero que seas mi duquesa. Ya no estás sola, estamos los dos, y creo que juntos seremos capaces de superar cualquier cosa.

Recordaron y analizaron cada palabra dicha al azar, cada detalle, hasta que el duque quedó satisfecho. Luego estudiaron detenidamente el diario de Evangeline. El duque envió a Drew un mensaje pidiéndole que acudiera inmediatamente a Chesleigh. Al policía londinense, un hombre menudo que Evangeline había visto de vez en cuando en la cocina, le pidió que no se separara nunca de lord Edmund.

–John Edgerton no tardará en enterarse de que Paul Treyson aún no ha llegado a Londres. No sé cuánto tiempo tenemos, pero no podemos asumir que sea mucho. Un día, dos como mucho. Maldita sea, ¿dónde está Drew?

Evangeline, que se había vestido en contra de los deseos del duque, se paseaba por la habitación.

–Debo volver a París, es la única manera. Iré a ver a Houchard personalmente, debo hacerlo para suplicarle por la vida de mi padre. Ahora que Napoleón está en París y todo se ha puesto en marcha, ya no hay motivos para matarlo. No es culpa mía que todo se haya desmantelado. De hecho, la culpa la tiene Edgerton por hacer matar a la señora Needle. Houchard lo comprenderá, tiene que hacerlo.

–Tonterías –dijo el duque.

Al ver que ella iba a discutir, la sujetó por los brazos y la besó en la oreja.

–Escúchame, cariño. Creo que he dado con la manera que no solo te sacará de este lío, sino también a tu padre. Voy a buscar a Drew. Debemos actuar enseguida. Maldito sea por no acudir al instante cuando le llamo. –Le acarició suavemente los labios con los dedos–. ¿Te acuerdas de la primera noche que pasamos juntos, Evangeline... hace solo dos noches? Entonces confiaste en mí. Confía en mí ahora. Ni se te ocurra marcharte. Bassick sabe que no debe dejar entrar a ningún extraño. Enseguida vuelvo.

La besó ardorosamente y se marchó.

Capítulo 38

Cuando el duque volvió a Chesleigh una hora después, encontró a Evangeline yendo y viniendo por la biblioteca.

–Esperaba encontrarte acostada –dijo, arrojando la capa sobre el respaldo de una silla– o dejando que Edmund te cazara. Y aquí estás, gastando mi alfombra.

Ella corrió dispuesta a abrazarlo, algo que a él le complació mucho. La estrechó con fuerza entre sus brazos.

–Por fin has vuelto –dijo ella, echándose hacia atrás–. Dios mío, ¿qué ha ocurrido? ¿Has visto a Drew? ¿Qué piensa hacer?

Él volvió a atraerla hacia sí y la besó con pasión.

–Cree que soy una traidora, ¿verdad?

Él vio el terror en sus ojos, la palidez de su rostro, y sacudió la cabeza.

–Oh, no, Evangeline. No hemos hablado de eso, créeme.

Ella casi se desmayó del alivio.

–Estás sonriendo. Dime, ¿qué has hecho?

–Te he dicho que tenía una idea que necesitaba que Drew aprobara y puliera. Le dejé claro que tú, cariño, el Águila a pesar tuyo, estás en posesión de mucha información que pasará a sus manos si se aviene a olvidar tu forzada participación en el asunto. Cuando le dije que la bella y femenina parlanchina que acababa de ver era en realidad el Águila, creí que le daba un pasmo allí mismo. Se mostró tan incrédulo que me llevó mucho tiempo convencerlo de que era cierto. Si no recuerdo mal, dijo: «Maldita sea, Richard, que una mujer sea capaz de eso me hace temer por el futuro de los hombres en todo el mundo». Y se tomó dos copitas de brandy. Se quedó aún más sorprendido cuando le dije que John Edgerton es el Lince, y que ha sido bonapartista y un traidor a Inglaterra durante todo el tiempo que lo conocemos.

»Cuando terminé de detallarle los hechos, se enfureció. En pocas palabras, querida, uno de los hombres de Drew se hará pasar por el espía muerto, Paul Treyson, y buscará a Edgerton en Londres. En cuanto Edgerton dé a entender que conoce el código, lo tendremos.

Evangeline sacudía la cabeza.

–No, escúchame. Treyson no tiene ningún motivo para ir a ver a Edgerton. Le di mi aprobación, de modo que se supone que debe acudir directamente a Rothchild.

El duque sonrió y le sostuvo la cara entre las manos.

–¿No te acuerdas de la carta que diste a Paul Treyson para que la entregase al Lince? Nuestro hombre estará con Edgerton cuando este lea la carta. En cuanto demuestre que sabe descifrar el código que utilizaste, lo tendremos. Así de simple.

»Drew y yo, y por supuesto lord Melberry, uno de los miembros de más alto rango del ministerio, estaremos cerca. En cuanto nuestro hombre nos haga una señal, caeremos sobre Edgerton inmediatamente. Entonces habrá acabado. ¿Por qué te retuerces las manos? ¿No te gusta el plan?

–Oh, sí, es muy bueno. –Ella se apartó y empezó a pasearse–. Solo que dudo que Edgerton haga lo que esperamos de él. Es muy listo. Siempre parece saber más de la cuenta. Me asusta que pase algo.

–Se lo diré a Drew. Por cierto, está fuera en el coche. Le he pedido que entrara, pero aún no ha logrado reunir el coraje para enfrentarse a ti. Ha dicho que iba a tener que revisar su concepto de las jóvenes, y que no estaba tan seguro de si Felicia carecía de malicia como había creído, a lo que yo respondí que era lista y, como le quería, le ocultaba toda su malicia. Le he dejado en el coche mordisqueándose las uñas.

»Te vas a quedar en Chesleigh, totalmente a salvo. No puedes venir a Londres con nosotros. Una vez detengamos a Edgerton, Drew cree que el ministerio accederá a canjearlo por tu padre y toda la información que tú les proporcionarás voluntariamente.

Ella reflexionó.

–Es demasiado sencillo. ¿Crees que Napoleón cambiará a mi padre por Edgerton? ¿Drew está dispuesto a soltar a Edgerton? ¿Y si Napoleón no acepta el trato? ¿Y si los del ministerio se niegan a permitirlo?

–Has vivido demasiado tiempo bajo presión. Escucha. Confía en mí. Napoleón será lo que quieras, pero es leal a sus hombres. En cuanto a los del ministerio, créeme si te digo que tienen algo de poder. Ahora debo dejarte. Debemos actuar deprisa antes de que Edgerton intuya que pasa algo. Estaré de vuelta mañana o pasado como muy tarde. No te vayas lejos. ¿Has conocido a Bullock, el policía?

–Sí. Edmund cree que está aquí para ayudarme con sus lecciones. Oí a Bullock hablar a Edmund de un bandido al que colgaron hace diez años. Se quedó entusiasmado.

Él la atrajo hacia sí y la besó.

–Cuando esto termine –dijo–, nos casaremos y no te dejaré levantarte de la cama hasta el próximo invierno, como muy pronto.

–Tal vez sea yo la que no te deje levantarte hasta la próxima primavera.

–¡Dios mío! –exclamó él con una ancha sonrisa–. He encontrado realmente a la mujer de mi vida. –Y en el umbral, con los ojos brillantes, añadió–: Todo saldrá bien, Evangeline. No te preocupes. Cuida de mi hijo.

Se marchó. Ella se acercó a la ventana y observó el carruaje de cuatro caballos hasta que desapareció. No podía contarse con que nada saliera bien. Nunca.

Sucedió tan deprisa que apenas tuvo tiempo para respirar o gritar. Tenía contra la boca la mano de un hombre y el cuerpo inmovilizado contra el colchón.

–Eres tan necia –le susurró él en la mejilla–. Tan necia al haber creído que podías vencerme.

Ella levantó la vista hacia la cara de John Edgerton, lívido a la pálida luz del amanecer, y fue presa del pánico. Habían fracasado. Él había logrado entrar de algún modo en el castillo de Chesleigh y encontrar su alcoba. Evangeline se limitó a mirarlo como hipnotizada, pensando...

–Qué encantador verte sin habla, querida. Normalmente todo lo que veo en ti es esa rabia impotente que me encanta. Sabía que querías matarme para salvarte a ti y a tu padre, pero sabías tan bien como yo que no lo conseguirías. La impotencia en una mujer es sublime. Pero ahora estás callada. Tienes miedo y lo tienes bien merecido.

Ella siguió callada.

Él se irguió un poco y, sonriendo, le apretó con más fuerza la mano sobre la boca.

–La más ligera presión de mi mano bastará para recordarte que lo mejor es el silencio. ¿Sabes que he estado un rato observándote dormir y preguntándome qué iba a hacer contigo después de matar a lord Edmund?

–No –dijo ella contra su mano–. No.

–Oh, sí. Te dije qué pasaría si me traicionabas y aun así lo has hecho. Eso ha sido más que estúpido, querida. Si te soy sincero, no lo esperaba de ti.

–En realidad no lo hice –susurró ella, sintiendo las palmas secas de él contra los labios.

De pronto la mano de él se volvió más pesada. Él no quería que hablase. No le hizo caso.

–Eres muy guapa, ¿lo sabías? Claro que sí. Tienes al duque por amante, ¿verdad? ¿Hace cuánto? ¿Te hizo gritar? He oído decir que ha tenido a mujeres suplicándole que se acostara con ellas. ¿Crees que es cierto? ¿Tú también se lo has suplicado?

Levantó un poco la mano y ella se la mordió, pero no lo bastante profundamente para que a le doliera. Él le dio una bofetada y volvió a taparle la boca.

–No eres una joven debilucha, ¿verdad? No, si me muevo un palmo empezarás a forcejear, tal vez a gritar. ¿Notas la presión de la pistola contra las costillas, Evangeline? Estupendo. Trata de hacerme daño otra vez y me limitaré a apretar el gatillo y a dejarte en la cama para que te desangres sobre estas bonitas sábanas blancas. Por supuesto, no te importará, ya que estarás muerta. No quiero hacerlo, pero lo haré. Lo que quiero es que me veas matar a lord Edmund.

–No –volvió a decir ella–. Por favor, no. Haré todo lo que me pida, pero Edmund no.

Él se echó a reír.

–Dime cómo te complació el duque hasta que le confesaste todas tus infamias.

Levantó ligeramente la mano al tiempo que le apretaba un poco más la pistola contra las costillas.

–Creyó que era una traidora. No le dije nada hasta que todo se descubrió y no tuve opción. ¿No lo comprende? Yo no hice nada. Drew Halsey y sus hombres ya estaban en el acantilado sobre la playa, esperando.

–Sí, lo sé. Logré escapar de Londres justo a tiempo. Fue patética la artimaña que intentaron. Pobre Drew, se esfuerza tanto, pero no es tan listo como yo. Ahora lo comprenderá y se quedará frustrado. En cuanto al duque, te perderá a ti y a su hijo. Un castigo suficiente, creo.

Ella se incorporó y trató de golpearle con los puños.

–No me has dejado opción –dijo él–. En fin, no tengo más remedio. –Y la golpeó en la mandíbula.

Cuando Evangeline abrió los ojos, no supo dónde estaba. Sentía un dolor punzante en la cabeza. Trató de llevarse una mano a la mandíbula para frotársela, pero tenía las muñecas atadas. Al menos las tenía delante y no a la espalda. Se frotó ligeramente la barbilla. No le había partido la mandíbula, el muy bastardo. También le había atado los tobillos, y le había amordazado la boca y puesto otra tela encima anudada detrás de la cabeza.

–Qué chica tan singular eres –oyó decir a Edgerton.

Ella sacudía la cabeza y levantó la mirada. Él estaba sentado en una silla frente a ella. Ella seguía acostada en la cama, en camisón, solo que tenía las mantas a los pies.

–Nunca te he dicho cuánto me gusta tu pelo. Y lo tienes enredado alrededor de la cara y por la espalda. ¿Le gusta tu pelo al duque? Ah, no vas a decirme gran cosa, ¿verdad? Siempre he creído que una mujer callada es una bendición. –Sonrió. Luego se levantó–. Reza para que no nos vea ningún criado, Evangeline, o tendré que dispararles. A pesar de lo mucho que me gustaría quedarme aquí a solas contigo y tal vez acariciarte y hacerte el amor, no tenemos tiempo. Sí, debo partir muy pronto. Al menos volveré a estar con mi querido emperador. Me has traicionado. No eres sino una bruja perversa, y debes morir. Pero recuerda que, en cuanto llegue a París, tu padre te seguirá. Sí, cuando hago una promesa la cumplo. No puedo permitir que me gobiernen emociones más débiles, como te gobiernan a ti. Ahora iremos a ver a lord Edmund. –Ella forcejeó y se resistió, pero él logró cargársela al hombro–. Quieta –ordenó jadeando– o te golpearé la oreja con la pistola. Y cuando despiertes desearás estar muerta.

Evangeline se quedó inmóvil.

–Bien –dijo él.

Ella colgaba cabeza abajo, cada vez más mareada. Debía permanecer alerta, no podía sucumbir al miedo. No podía dejar que matara a su padre y su niño.

Le daba vueltas la cabeza.

No se cruzaron con ningún criado al dirigirse al cuarto de los niños, pero ella no dudaba de que Edgerton los habría matado sin vacilar.

Ellen estaría en el cuarto. Evangeline cerró los ojos y rezó. Recordó a Bullock, bajo y patizambo. Imaginar su figura no le tranquilizó mucho, no en esos momentos. Bullock no tenía ninguna posibilidad contra Edgerton. Había sido tonta al creer que él bastaría para proteger a Edmund.

Sin embargo, el duque le había creído preparado y capaz. Tenía que creer que él sabía proteger a Edmund. Sin duda Bullock dormía en la misma habitación que Edmund. Si era así, Edgerton los sorprendería a ambos. ¿Quién podía estar preparado para eso? Pobre Bullock, probablemente Edgerton también lo mataría.

Una última oportunidad. Se impulsó y golpeó con los puños la espalda de Edgerton, que casi cayó hacia delante. Murmuró una cruel maldición y se limitó a darse la vuelta rápidamente. Ella se dio un golpe en la cabeza contra la pared y quedó inconsciente.

Volvió en sí cuando Edgerton abría la puerta del cuarto de los niños.

–Caramba, Evangeline, no ha sido tan fuerte el golpe. Vuelves a estar despierta y espero que escarmentada. Dime, ¿por dónde se va a la cámara de Edmund? Ah, he vuelto a olvidar que estás muda. ¿Tal vez esta puerta a la izquierda?

La abrió despacio. No oyó nada. Entró. Vio a Edmund acostado, rodeado de almohadones.

–Edmund –llamó con suavidad–. Edmund, vamos, chico, es hora de despertar.

El niño se incorporó, rascándose la cabeza, y se frotó los ojos.

–¿Quién eres? ¿Dónde está Ellen? ¡Oh, no! ¿qué le ha pasado a Eve?

–Arriba, jovencito. Traigo conmigo a tu prima Eve. Está atada porque no me fío de que se quede quieta y callada.

–¿Eve? ¿Estás bien?

Ella trató de levantarse hacia atrás, pero Edgerton se inclinó hacia un lado, casi golpeándole la cabeza de nuevo contra la puerta.

–Vamos, Edmund, los tres daremos un paseíto.

Edmund miró a Eve, indefensa y muda, colgando del hombro de sir John. Levantó la barbilla.

–No, sir. No iré a ningún sitio con usted. Baje ahora mismo a Eve, con mucho cuidado. Si no lo hace mi padre le castigará.

Edgerton rió. Dio dos pasos hacia el niño, que estaba de pie al lado de la cama con una camisa de dormir que le llegaba hasta los tobillos, los pequeños puños apretados a los costados.

Evangeline se desesperó. Una vez más se levantó hacia atrás, sabiendo que él podía matarla y terminar con todo, y le clavó los dedos en la parte inferior de la espalda. Él rió.

Pero Evangeline se quedó de una pieza cuando oyó:

–Creo que eso es más que suficiente, sir. –Era Bullock–. Siento no haberla rescatado enseguida, señorita. Tenía que esperar a ver qué hacía, y aquí tengo al muy canalla. Déjela en el suelo, sir, o le agujerearé la oreja.

Edgerton soltaba maldiciones, pero Bullock se limitó a sacudir la cabeza.

–No, sir, no diga tales cosas delante del niño. A su padre no le gustaría. Baje el arma ahora mismo.

–¡No! –gritó Edgerton y, dándose media vuelta, se abalanzó hacia Bullock.

Le arrojó a Evangeline contra el pecho, tirándolo al suelo. La pistola de Bullock se disparó sonoramente en la pequeña alcoba. Bullock soltó una maldición al tiempo que se levantaba de debajo de Evangeline.

–¡Al suelo! –gritó a Edmund y Evangeline–. Deténgase, canalla, o le dispararé frente a ese bonito globo terráqueo que pertenece al niño.

Edgerton se detuvo en seco, bajó la cabeza y dejó caer la pistola. Se volvió despacio hacia ese hombrecillo al que debería haber aplastado con el pie como a un insecto. Lo había derrotado un hombrecillo patético. No, lo había derribado una bruja traidora y embustera. Vio a Evangeline en el umbral de la alcoba con Edmund al lado. El niño la había desatado de sus ataduras y ella volvía a estar libre.

–Retroceda un paso. Eso es. Ahora siéntese en esa silla.

Edgerton obedeció.

Edmund tiró de la mano de Evangeline.

–¿Estás bien, Eve? ¿No te ha hecho daño? Cielos, mira esa mandíbula. Te ha golpeado.

De pronto puso una cara que era un calco de la de su padre. Corrió hacia Edgerton y le golpeó con los puños en el pecho. Edgerton trató de agarrarlo, pero Bullock gritó:

–¡Lord Edmund, retroceda!

Edmund retrocedió de un salto antes de que Edgerton lo aferrara.

–Edmund –dijo Evangeline con calma–, ven aquí, cariño, y

ayúdame. No me encuentro muy bien. Me he levantado demasiado deprisa y no sé si podré sostenerme de pie sin tu ayuda. Ven aquí. Eso es. Quédate aquí sujetándome.

Al ver que Edmund volvía a estar a salvo a su lado, Evangeline sintió alivio, y al mismo tiempo ira. Quería abalanzarse ella misma sobre Edgerton y estrangularlo. Notó que Edmund le cogía la mano.

–Señor Bullock –dijo–, gracias por estar alerta. ¿Atamos a este bastardo? ¿O prefiere darme la pistola y que le pegue un tiro?

–Peguémosle un tiro, señor Bullock –dijo Edmund, con la camisa de dormir hasta los tobillos, el negro y abundante pelo como el de su padre alborotado–. Es un hombre malo. Ha hecho daño a Eve. Sí, quiero dispararle como haría a un bandido. Iré por mi pistola.

Se acercó corriendo a la cama y sacó de debajo de la almohada su pistola de madera. Apuntó a Edgerton.

Evangeline rió.

–¿Ve esta pistola de juguete, sir? Es el regalo que yo le hice al llegar a Chesleigh. Recuerda quién me la dio, ¿verdad?

Edgerton la miró con tanto odio que ella casi gritó de placer.

–Ya no importa nada salvo que nunca más volverá a meterse en nuestras vidas. Ha perdido. Al final ha perdido.

–Imposible –dijo sir John Edgerton.

Ella se limitó a sonreírle.

–Ya lo creo que sí –dijo.

–Ahora, señorita –dijo Bullock–, es hora de que ate a este bribón.

–Lo haré yo, señor Bullock –dijo Evangeline–. Edmund, sigue apuntándolo mientras lo ato a la silla.

Cuando el duque llegó seis horas más tarde con Drew y seis soldados, estaba tan desolado que casi derribó la puerta principal. Lo recibió una Evangeline sonriente y su hijo empuñando su pistola de juguete, su pequeño rostro también todo sonrisas. El duque, radiante al verlos a salvo, los estrechó entre sus brazos y no los soltó hasta que Edmund dijo:

–Papá, me estás hundiendo las costillas. Cielos, Eve y yo somos héroes. También hemos dejado que el señor Bullock nos ayudara.

El duque soltó a su hijo.

–¿Qué ha pasado aquí? –preguntó.

–Ven con Eve y conmigo, papá. Tenemos una sorpresa para ti. Casi mejor que mi pistola. Vamos, papá.

El duque y Drew Halsey siguieron a Evangeline y Edmund hasta la biblioteca, donde Bullock estaba de pie al lado de John Edgerton, sentado y con una pistola apuntada a la cabeza.

–No he querido correr ningún riesgo –dijo Bullock–. Este tipo es un gusano escurridizo.

Retrocedió un paso con una ancha sonrisa.

John Edgerton estaba totalmente atado, con el rostro lívido de la cólera. Por fortuna estaba amordazado.

–Todo ha terminado –dijo Evangeline y, acercándose al duque, le rodeó la espalda con un brazo–. Y hemos ganado.

–Cuéntamelo todo –dijo el duque, y ella así lo hizo, con intervenciones de Bullock y de Edmund, algunos de los pormenores, sobre todo los de Edmund, no muy útiles ni pertinentes, pero no importaba.

Por lo que se refería a Drew y al duque, habían ido a la casa de Edgerton y comprobado que se había marchado.

–No recuerdo haber estado nunca tan asustado –dijo el duque–. Por lo visto, alguien lo avisó a tiempo. He muerto una docena de veces en el trayecto de Londres hasta aquí. –Sacudió la cabeza y abrazó a Edmund tan fuerte que el niño gritó–. Dios mío, al menos ya le tenemos y todo ha terminado.

–Sí, todo –intervino Drew–. Hasta he encontrado el sobre que dejó en mi despacho, Evangeline. Cielos, me hacía parecer un vil traidor. Mis hombres ya están sobre la pista de los espías. Antes de que se acabe el día nos habremos librado de ellos.

Ella temía preguntar, pero debía hacerlo.

–¿Y mi padre? ¿Hay alguna posibilidad de que sobreviva?

–Enviaremos un mensaje a París. Creemos que Napoleón estará dispuesto a canjear a su padre por Edgerton. Como dice el duque, Napoleón es leal a los que le son leales. En cuanto a usted, mi querida señora, el duque me ha asegurado que una vez se case con él, no tendrá tiempo para hacer más visitas a la playa a medianoche.

–Me alegro de que puedas hablar con ella sin tragarte la lengua, Drew –dijo el duque, palmeando el brazo de su amigo–. Por lo general no muerde.

–¿Te ha mordido a ti, papá? –quiso saber Edmund, mirando a Evangeline con asombro.

–Solo cuando está tan furiosa que no sabe qué decir, Edmund.

Drew Halsey, lord Pettigrew, se quedó mirando a Evangeline, que estaba junto al duque con una sonrisa en los labios, y se limitó a sacudir la cabeza.

–La vida –dijo después de mirar la copa de brandy que tenía en las manos– a veces es más extraña que las pesadillas más descabelladas.

–No estoy muy segura de cómo interpretar esa proclamación –dijo Evangeline, y se echó a reír aun mientras el duque inclinaba la cabeza para besarla–. Nunca tengo pesadillas descabelladas.

–¿Va a morderte porque le has acariciado el morro, papá?

–Rezo para que no empiece a morder hasta mucho después –dijo el duque.

Drew tosió detrás de una mano.

Edgerton había cerrado los ojos, con Bullock cerniéndose sobre él con el arma lista.

Dos horas después, el duque, Drew Halsey y sus soldados llevaron a Edgerton de vuelta a Londres.

–¿Cuándo volverá papá, Eve?

–Muy pronto, Edmund. Mañana por la tarde como muy tarde. No quería irse, pero tenía asuntos importantes que atender en Londres antes de volver con nosotros.

–Le he vuelto a ver besándote –dijo Edmund con ceño–. Y no te daba unas palmaditas en la espalda como me las da a mí de vez en cuando. No, te frotaba la espalda de arriba abajo. Parecía muy interesado en lo que hacía.

–Bueno, sí –respondió ella–. Supongo que estaba bastante absorto en lo que hacía. La verdad es que os quiero mucho a ti y a tu padre.

–No sabía que también mordías a papá. Nunca pensé que se podía morder a otra persona. Es extraño que tú y papá lo hagáis. Una vez le vi morderte la oreja y tú estiraste el cuello como para dejarle que te mordiera mejor. ¿Por qué iba a querer morderte la oreja?

Ella se arrodilló frente a él. Lo miró a la cara y le puso las manos en los hombros.

–¿Te gusta tenerme aquí, Edmund?

–Sí –dijo él sin vacilar–. Me gusta perseguirte.

«Igual que tu padre», quiso decirle ella, pero se contuvo.

–A mí también me gusta perseguirte. Que me dispares a veces es un poco desconcertante, pero me acostumbraré.

–¿Te vas a quedar aquí conmigo? ¿Me enseñarás a nadar mejor que papá?

–Sí –respondió ella–. Voy a quedarme. Cuando tu padre vuelva de Londres, hablaremos de ello.

–Voy a pegarle un tiro al pavo real, y cuando esté tumbado muerto, le morderé.

–Te llenarías la boca de plumas y eso no sería nada divertido. Ellen tendría que lavarte la boca. No, yo de ti no lo haría, Edmund.

–Está bien –respondió el niño, asintiendo. Se volvió y echó a correr escaleras arriba–. Entonces morderé a Ellen.

Afortunada Ellen, pensó Evangeline observando a Edmund subir al piso de arriba a todo correr. Aun después de que él hubiera desaparecido, se quedó en el suntuoso vestíbulo, sacudiendo la cabeza y sonriendo como una boba, tan aliviada y feliz que creyó que iba a estallarle el corazón.

Capítulo 39

La mañana siguiente hacía sol y la brisa que llegaba del mar era ligera y estimulante. No iba a hacer frío. Evangeline silbó al ir de la habitación del desayuno al salón.

–Le espera un caballero, madame –anunció Bassick–. Dice que lo envía el duque.

Ella casi corrió al salón con una sonrisa en los labios.

–Gracias, Bassick –dijo por encima del hombro.

–¡Cierra la puerta!

Ella se quedó paralizada en el umbral: Conan DeWitt la apuntaba con una pistola.

–Cierra la puerta o mataré al anciano que está ahí fuera.

Obedeció y se volvió despacio hacia él.

–¿Qué estás haciendo aquí?

–Me gustaría decirte que soy el emisario de Edgerton y he venido para informarte que el maldito duque está muerto, pero por desgracia no es así. Tienen a Edgerton. Creo que gracias a ti, Águila, también tienen a todos los hombres que hemos introducido en Inglaterra. Yo conseguí escapar. Los mismos hombres que avisaron a Edgerton de que lord Pettigrew y sus hombres estaban aquí en Chesleigh, también me avisaron a mí. Si él hubiera esperado una hora más, me habrían detenido con el resto.

–¿Por qué has venido aquí? Debes de saber que te están buscando.

–Deja que busquen en Escocia, donde no me encontrarán. Le dije a John que no se fiara de ti. Se lo advertí muchas veces, pero te deseaba. No solo eso, quería tenerte completamente en su poder. También fue un estúpido, porque creía que te tenía lo suficientemente bajo control para mantenerte a raya. Pero yo sabía que nos traicionarías.

–En realidad fue por culpa de Edgerton que todo fracasó. Al matar a la pobre señora Needle puso en marcha su perdición y la tuya. Verás, el duque vino con un policía de Londres para que averiguase quién la había asesinado. La noche antes de que el duque y yo regresáramos a Londres, me reuní con un hombre en la playa a medianoche. El policía lo vio todo y se lo dijo al duque. Evidentemente, no se dio cuenta de que yo no era un hombre, con la larga capa que siempre llevaba. No os traicioné. Fue Edgerton quien os hundió a todos.

–Eres una rehén excelente. Yo de ti no haría ninguna tontería. Para mí, viva no vales mucho más que muerta.

Al menos Edmund estaba a salvo. Solo Edgerton había estado al corriente, afortunadamente, de la amenaza que se cernía sobre Edmund. Estaba segura de que, de haberlo sabido, DeWitt habría intentado matarlo. Ella había ganado y había perdido. Pero aún no había terminado todo. No mientras siguiera viva.

El duque bajó de un salto de su carruaje, arrojó las riendas a Juniper y subió a grandes zancadas la escalinata de piedra. Abrió las pesadas puertas del castillo de Chesleigh y llamó a Evangeline a gritos.

–Su excelencia, ¿qué está haciendo aquí? No lo comprendo. Está aquí el caballero que ha enviado, comunicándole a madame su retraso...

–¿Qué caballero, Bassick? –Sujetó al mayordomo por los brazos y lo zarandeó–. ¿Quién es? ¿Qué retraso? ¿Qué está pasando aquí? ¿Dónde está madame?

–En el salón, su excelencia, con el caballero que ha enviado usted. Le informaré que usted ha llegado antes de lo previsto.

–¡Cielo santo, yo no he enviado a nadie!

No esperó a que Bassick respondiera. Cruzó corriendo el vestíbulo y abrió de par en par las puertas del salón. Una pesada cortina de brocado se levantaba ligeramente por la brisa que entraba a través de una ventana abierta. La habitación estaba vacía.

Volvió a salir al pasillo a grandes zancadas, con el corazón encogido del miedo, y casi chocó contra Bassick.

–¿Quién era ese hombre?

Bassick, como todos los que vivían en Chesleigh, sabía que habían capturado a espías franceses comportándose misteriosamente en la cala de Chesleigh. También sabía, como todos los demás, que madame estaba de alguna manera involucrada, aunque nadie sabía exactamente los hechos. Pero algo horrible estaba ocurriendo en esos momentos.

–Ha dicho llamarse Ferguson, su excelencia.

–¿Qué aspecto tenía? –preguntó el duque, maldiciendo–. Deprisa, Bassick, ¿recuerdas algo de él?

–No era mucho más alto que usted, su excelencia. Un caballero de aspecto agradable y corpulento. Un lunar, sí, su excelencia, tenía un gran lunar en la mejilla. Oh, cielos, ¿no se llamaba Ferguson?

–No, Bassick –respondió el duque–. Era Conan DeWitt, un hombre muy malvado. Reúne a todos los hombres. Ha secuestrado a madame. Deprisa, Bassick. –Mientras corría a la biblioteca en busca de sus pistolas, gritó por encima del hombro–: ¿Iba en un carruaje, Bassick? ¿A caballo? ¿Cómo?

–A caballo, su excelencia. No había ningún carruaje.

Con sus dos pistolas cargadas, el duque se encaminó a los establos. DeWitt había venido a matarla o a llevársela como rehén a Francia. No podía contar con llegar muy lejos si llevaba a Evangeline en su montura. Debía de haber cogido otro caballo. Luego debía de haberse dirigido a Eastbourne. Era la ciudad más próxima para tomar un barco a Francia.

Trevlin estaba acuclillado en la entrada del establo, arreglando una brida.

–Trevlin, ¿has visto a madame?

–Sí, su excelencia –respondió Trevlin, rascándose la oreja izquierda, pero al reparar en el tono apremiante del duque se levantó de un salto–. Me pregunté... me pregunté qué hacía con él.

Iba con un hombre, su excelencia. Se fueron hacia el acantilado, por encima de la cala.

El duque oyó a media docena de hombres acercarse corriendo.

–¡Se la ha llevado a los acantilados! –gritó por encima del hombro mientras se alejaba de Trevlin, quien arrojó al suelo la brida para unirse a la persecución.

Rodeó los establos y bajó a todo correr el sendero lleno de surcos, seguido de cerca por sus hombres. DeWitt tenía un bote esperándole.

El duque estaba a unos treinta pasos del acantilado cuando oyó el grito de terror de Evangeline, seguido de un débil gemido.

No se detuvo. Le palpitaban las sienes y sus jadeos resonaban en sus oídos. No se atrevía a pensar en lo que significaba ese grito. El terreno rocoso se elevaba hasta el borde del acantilado, y de pronto la vio sujetada por Conan DeWitt, que la conducía al acantilado. No había ningún caballo a la vista. Dios mío, iba a matarse con ella.

–¡DeWitt, suéltala!

El hombre se volvió hacia él, sujetando con fuerza a Evangeline contra su costado.

–¡Enfréntate a mí, cobarde! ¡Suéltala!

En ese instante de distracción, Evangeline le lanzó la rodilla contra la entrepierna. Él gritó y aflojó la presa, y ella se apartó bruscamente. Pero tropezó con una piedra y salió despedida hacia delante, agitando los brazos para mantener el equilibrio. DeWitt se volvió y la vio caer hacia el borde del acantilado, y al instante se abalanzó sobre ella con los brazos extendidos. Pero ella cayó sobre manos y rodillas, y cuando DeWitt se lanzó para cogerla, Evangeline se aplastó contra él, de forma que él saltó por encima de ella, gritando.

Cuando el duque la alcanzó, ella ya estaba de pie, mirando por el borde del acantilado la playa de abajo. Él se detuvo a su lado y bajó la vista. Poco a poco fueron llegando todos los hombres y miraron abajo.

Conan DeWitt estaba tumbado boca arriba, con el gabán negro extendido como enormes alas alrededor del cuerpo. Fue entonces cuando el duque vio un bote de remos alejándose del embarcadero.

No había querido matarla. Iba a llevársela consigo a Francia.

La abrazó.

–Todo ha terminado –dijo contra su cabello–. Todo ha terminado. DeWitt está muerto.

Le frotaba la espalda con manos temblorosas. Sentía tal alivio que por un momento no pudo hablar.

Ella levantó despacio la cara y vio que tenía las pupilas dilatadas.

–Dios mío, has venido –dijo–. Has venido. Él iba a matarme. Verás, el bote que se acercaba solo tenía sitio para uno más. No me quería como rehén. Solo quería matarme. No ha parado de empujarme hacia el borde del acantilado. –De pronto le rodeó la espalda con los brazos. Jadeaba y tenía los ojos desorbitados–. No quería morir. Dios mío, acabo de encontrarte y no quería dejarte.

Él seguía sin habla. Se limitó a abrazarla, sintiendo los latidos de su corazón contra el suyo.

–Le di una patada e intenté correr, pero tropecé y caí. Entonces él...

–Lo sé. Todos lo hemos visto. Ya está. Todo ha terminado.

Evangeline se volvió y vio a una docena de criados de Chesleigh, tanto hombres como mujeres, empuñando diversas armas: ramas, una horca, una pistola. La señora Raleigh llevaba una sombrilla y Bassick un pesado candelabro. Trevlin se había enrollado una brida alrededor del puño.

–Gracias por acudir en mi auxilio –dijo Evangeline.

–Yo también os doy las gracias. Evangeline de Beauchamps pronto se convertirá en vuestra señora y mi duquesa.

Evangeline oyó los vítores mientras ambos, cogidos del brazo, volvían despacio al castillo de Chesleigh.

–Drew me preguntó si íbamos a casarnos. Le dije que lo creía mi deber, puesto que parecías totalmente indefensa sin mí. A lo que él tuvo el descaro de desternillarse de risa. Si no recuerdo mal, gritó: «¿Indefensa? ¡Por Dios, indefensa!», antes de golpearme el hombro con el puño con regocijo. Entonces le dije que de acuerdo, que no estabas tan indefensa, pero sin mí no parecías capaz de ir por el camino recto. Logró darme la razón en eso y, con alguna que otra risotada, dijo que el ministerio se sentiría aliviado de que las cosas se hubieran solucionado tan bien.

Cuando estuvieron en el salón, con la puerta cerrada, el duque volvió a atraerla hacia sí y durante largo rato se limitó a abrazarla, con el rostro hundido en su cabello.

–Saldremos para Londres mañana mismo y nos casaremos tan pronto tu padre llegue de París. Ahora debemos hablar con mi hijo.

–Sí –dijo ella–. Le prometeré que dejaré que me persiga toda la vida si te da su bendición.

–Dudo que se quede muy sorprendido.

En ese momento apareció por el pasillo Ellen, manos arriba. Oyeron a Edmund decir detrás de ella:

–¡Sigue andando, cruel Tom, o será peor para ti! Espera, que cogeré el dinero de estos viajeros.

El duque se echó a reír.

–Edmund, ¿eres policía o bandido?

–Tengo una amplia vocación –respondió el niño–. Seré las dos cosas.

–Mi padre adorará a Edmund –dijo Evangeline.

–En este momento solo rezo para que nos dé su bendición.

–¿Por qué no iba a hacerlo? Ah, la disputa entre las familias. ¿No vas a decirme qué ocurrió?

–Ahora parece bastante ridículo. Tuvo que ver con la dote de Marissa, gran parte de la cual se suponía que eran joyas pero resultó mera bisutería. Tu tío se negó a oír hablar de ello, acusando a mi padre de haber robado las joyas para sacarle más dinero. Pensé que mi padre se iba a morir de un ataque de apoplejía. En adelante rompió relaciones con los Clarendon y con todos los Beauchamps. Como es lógico, tu padre tomó partido por su hermano, lo que explica que yo no haya vuelto a ver a aquella niña medio francesa y terriblemente seria en seis años.

–Pues ahora la tienes para toda la vida. –Sacudió la cabeza–. La verdad, no creo que tengas que preocuparte por mi padre. Creo que se sentirá tan aliviado al ver que los dos estamos a salvo que te besará. Hasta te perdonará que seas un aburrido inglés.

–Un inglés aburrido sin duda es preferible al llorado san André, que en gloria esté.

–Bien dicho –dijo ella, y extendió los brazos para coger a Edmund.

–Eve, me parece que papá quiere morderte otra vez la oreja.

Reír, pensó ella, no existe mayor placer que reír.

Título de la edición original: *Deception*
Traducción del inglés: Aurora Echevarría,
cedida por Plaza & Janés Editores, S. A.
Diseño: Joaquín Monclús
Ilustración: *Flaming June* de Frederic Leighton,
Museo de Arte de Ponce, Puerto Rico

Círculo de Lectores, S. A. (Sociedad Unipersonal)
Travessera de Gràcia, 47-49, 08021 Barcelona
www.circulo.es
1 3 5 7 9 2 0 1 0 8 6 4 2

Licencia editorial para Círculo de Lectores
por cortesía de Plaza & Janés Editores, S. A.

Depósito legal: Na. 2179-2002
Fotocomposición: Fotoletra, S. A., Barcelona
Impresión y encuadernación: RODESA (Rotativas de Estella, S. A.)
Navarra, 2002. Impreso en España
ISBN 84-226-9698-3
N.º 33076